아서 페퍼
아내의 시간을 걷는 남자

아서 페퍼

아내의 시간을 걷는 남자

패드라 패트릭 장편소설

이진 옮김

올리버에게

차례

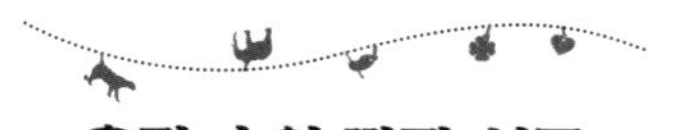

옷장 속의 깜짝 선물

그는 매일 아침 아내 미리엄이 살아 있을 때 그랬던 것처럼, 정확히 7시 30분에 침대에서 일어났다. 샤워를 하고 전날 밤 꺼내둔 회색 바지, 빛바랜 파란 셔츠에 겨자색 민소매 셔츠를 덧입고 면도를 하고 나서 아래층으로 내려갔다.

정각 8시에 주로 토스트 한 쪽과 마가린으로 아침 식사를 준비한 다음, 여섯 명이 앉을 수 있는, 그러나 이제는 한 명만 앉는 널찍한 소나무 식탁에 앉았다. 8시 30분이 되면 설거지를 하고 부엌 조리대 상판을 손바닥으로 쓸어낸 다음 레몬향이 나는 물티슈 두 장으로 닦았다. 그러고 나면 비로소 하루를 시작할 수 있었다.

비교적 화창한 5월의 아침이면, 벌써 해가 떠 있는 게 반가울 때도 있었다. 텃밭에서 잡초를 뽑고 흙을 갈아엎으며 시간을 보낼 수도 있을 테니까. 햇볕은 뒷목을 데웠고, 분홍빛으로 익어서 간질거릴 때까지 두피에 키스하곤 했다. 그럴 때면 그는 자신이 여전히 이곳에 살아 있음을, 꾸역꾸역 일상을 견디고 있음을 깨닫게 되었다.

그러나 오늘은, 이 달의 열다섯 번째 날인 오늘은 여느 때와 달랐다. 오늘은 그가 몇 주 동안 두려워했던 기념일이었다. *스카버러의 장관*이 담긴 달력 속 그 날짜가 스쳐갈 때마다 눈에 와 박혔다. 그는 잠시 바라보다가 이내 주위를 분산시킬 소일거리를 찾았다. 양치식물 프레더리카에게 물을 주거나, 부엌 창문을 열고 "나가!" 하고 소리쳐 암석정원에서 볼일을 보던 이웃집 고양이들을 쫓아버렸다.

꼭 1년 전 오늘, 그의 아내가 죽었다.

*세상을 떠났다*고 사람들은 말한다. *죽었다*라는 말이 욕이라도 된다는 듯이. 아서는 *세상을 떠났다*는 말을 증오했다. 그 말은 잔물결이 일렁이는 운하를 가르며 지나가는 보트처럼, 혹은 구름 한 점 없는 하늘을 떠다니는 비눗방울처럼 온화하게 들렸다. 그러나 그녀의 죽음은 그렇지가 않았다.

40여 년의 결혼 생활 끝에 이제 이 집엔 그 혼자만 덩그라니 남았다. 침실이 세 개인 이 집엔, 장성한 딸 루시와 아들 댄이 연금으로 시공하라고 했던 침실에 딸린 샤워 룸도 있었다. 새로 시공한 주방은 너도밤나무 원목에 나사 우주 관제 센터에나 있을 법한 레인지가 달려 있었다. 혹시라도 로켓처럼 집이 발

사될까봐 아서는 그 레인지를 한 번도 사용하지 않았다.

집에서 울려 퍼지던 웃음소리가 얼마나 그립던지. 계단을 뛰어다니는 발자국 소리, 심지어 문이 쾅 닫히는 소리마저도 너무나 듣고 싶었다. 층계참에 떨어져 뒹구는 빨래 한 무더기가 그리웠고 현관에서 진흙 묻은 장화에 걸려 넘어지고 싶었다. 아이들은 그 장화를 *웰리밥*이라 부르곤 했다. 혼자 사는 삶의 정적은 그가 불평했던 그 어떤 생활 소음보다도 그의 귀를 먹먹하게 했다.

조리대를 닦고 나서 1층 거실로 가는데 엄청난 소음이 두개골을 파고들었다. 그는 본능적으로 벽에 등을 바짝 붙였다. 손가락이 엷은 미색 목재 조각 위로 넓게 펼쳐졌다. 겨드랑이에 땀이 찼다. 데이지 문양이 있는 현관 유리창을 통해 커다란 자줏빛 그림자가 어렴풋이 보였다. 이제 그는 자기 집 현관홀에 갇힌 포로였다.

다시 초인종이 울렸다. 초인종 소리가 이토록 요란할 수 있다니 놀라울 따름이었다. 마치 화재 경보 같았다. 귀와 두근대는 심장을 보호하기 위해 어깨가 잔뜩 움츠러들었다. 몇 초만 더 버티면 지쳐서 돌아가겠지. 그러나 그 순간 문에 달린 우편함 뚜껑이 열렸다.

"아서 페퍼. 문 열어요. 거기 있는 거 알아요."

이웃집 여자 버나뎃이 찾아온 게 이번 주 들어서만 벌써 세 번째였다. 지난 몇 달간 그녀는 돼지고기 파이, 혹은 집에서 만든 고기와 양파 다진 것 따위를 들고 찾아와 그를 먹이려 애쓰고 있었다. 굴복하고 열어줄 때도 있지만 그는 대체로 문을 열어주지 않았다.

지난주엔 현관 앞에 소시지 롤이 놓여 있었다. 겁에 질린 짐승처럼 종이 봉지 밖으로 고개를 비죽이 내밀고서. 헤센* 현관 매트에서 빵 부스러기를 쓸어내는 데 얼마나 오래 걸리던지.

침착해야 했다. 지금 움직이면 숨어 있는 걸 들킬 테니까. 그렇게 되면 핑계를 대야 했다. 쓰레기를 내다놓고 있었다든가, 정원의 제라늄에 물을 주고 있었다든가. 그러나 이야기를 지어내기엔 너무 피곤했다. 오늘은 더더욱.

"안에 있는 거 알아요, 아서. 혼자 감당할 필요 없어요. 당신을 아끼는 친구들이 있잖아요." 우편함이 달그락거리는 소리가 들렸다. '사별한 이들의 벗'이라는 제목의 조그만 라일락 빛깔 광고지가 바닥에 떨어졌다. 앞 장에는 엉성한 백합 한 송이가 그려져 있었다.

일주일 넘게 그 누구와도 얘기하지 않았고, 냉장고에 남아 있는 거라곤 조그만 체더치즈 한 덩이와 날짜 지난 우유 한 통뿐이었지만 그래도 그에겐 아직 자존심이 남아 있었다. 그는 버나뎃 패터슨이 돌보는 실패자들 중 한 명이 되진 않을 생각이었다.

---

* 자루를 만드는 데 쓰는 튼튼한 갈색 천.

"아서."

그가 눈을 질끈 감고 대저택의 정원에 서 있는 동상인 척했다. 그와 미리엄은 내셔널 트러스트*의 유적지들을 즐겨 찾았지만 사람이 없는 주중에만 다녔다. 그는 두 사람이 지금 그런 곳에 있길, 달그락거리는 자갈길을 걷고 있길, 장미들 틈으로 파닥거리며 날아가는 양배추 빛깔의 나비들을 보며 감탄하고 있길, 찻집에서 큼지막한 스펀지케이크 한 조각이 나오기를 기다리고 있길 바랐다.

아내 생각을 하다보니 목 아래서 뭔가가 울컥 치밀었지만 그는 자세를 고치지 않았다. 정말로 돌이 되어 더 이상 고통을 느끼지 못하면 좋겠다고 생각하면서.

마침내 우편함이 딸깍 하고 닫혔다. 보라색 형체도 멀어졌다. 아서는 먼저 손가락의 힘을 뺐고 곧 팔꿈치 힘도 뺐다. 긴장을 풀려고 어깨를 들썩여봤다.

정원 게이트 옆에 버나뎃이 웅크리고 있지 말란 법은 없으니 현관문을 아주 조금만 열었다. 문틈에 한쪽 눈을 대고 밖을 내다보았다. 맞은편 정원에서 언제 봐도 잔디를 깎는 중인 테리가 레게 머리를 빨간 두건으로 묶고 창고에서 힘겹게 잔디 깎는 기계를 꺼내고 있었다. 이웃집의 빨간 머리 꼬마 둘이 맨발

* 영국, 웨일스, 북아일랜드에서 역사적인 의미가 있거나 자연미가 뛰어난 곳을 소유, 관리하며 일반인들에게 개방하는 일을 하는 민간단체.

로 거리를 뛰어다녔다. 비둘기들이 고물이 된 그의 미크라 승용차 앞 유리에 떡칠을 해놓았다. 비로소 마음이 가라앉기 시작했다. 모든 게 제자리로 돌아갔다. 그는 규칙적인 일상이 좋았다.

광고지를 읽고 나서 버나뎃이 그간 넣어준 다른 광고지들 위에 조심스럽게 올려놓았다. '진정한 친구' '손애플 주민 연합' '동굴 속의 남자들' 그리고 '노스요크셔 무어스 철도회사 주최 디젤 기차 축제' 등등. 그는 억지로 몸을 움직여 차를 한 잔 끓였다.

버나뎃이 그의 아침을 뒤흔들어놓았고, 균형을 깨뜨렸다. 아서는 어쩔 줄을 몰라 허둥거리다가 티백을 충분히 우러나기도 전에 주전자에서 빼냈다. 냉장고에서 우유를 꺼내 냄새를 맡아보고는 악취에 얼굴을 찡그리며 싱크대에 쏟아버렸다. 블랙으로 마셔야겠군. 차에선 쇳가루 맛이 났다. 아서는 깊은 한숨을 내쉬었다.

오늘, 그는 부엌 바닥을 닦지도 않고 계단 카펫에 대고 진공청소기를 아주 세게 돌려 올이 도드라지게 하지도 않을 생각이었다. 욕실 수도꼭지를 광내지도 않고 수건들을 네모반듯하게 개어놓지도 않을 작정이었다.

그는 손을 뻗어 식탁에 놓아둔, 망원경처럼 굵게 말아놓은 검은색 쓰레기봉투를 마지못해 집어 들었다. 묵직했다. 이 정도면 충분하겠지.

좀 더 수월하게 일을 처리할 수 있도록 고양이 구호단체의 광고지를 다시 한번 읽어봤다. '고양이 구조대. 기증해주신 모든 물품의 판매 수익은 학대당하는 고양이와 새끼 고양이들을 위한 기금으로 사용됩니다.'

그 자신은 고양이 애호가가 아니었다. 녀석들이 암석정원을 망가뜨리고 있으니 더더욱 그랬다. 그러나 미리엄은 재채기를 하면서도 고양이를 좋아했다. 미리엄은 이 광고지를 전화기 밑에 보관해두었고 아서는 이걸 그곳으로 유품을 보내라는 신호로 받아들였다.

자신에게 주어진 임무를 어떻게든 미뤄보려고 아서는 천천히 계단을 올라 첫 번째 층계참에 멈췄다. 아내의 옷장을 정리하는 건 그녀에게 다시 한번 이별을 고하는 것처럼 느껴졌다. 이제 그는 그녀를 그의 삶에서 걷어내려 하고 있었다.

눈물을 머금고 아서는 창밖으로 펼쳐진 뒤쪽 정원을 바라보았다. 까치발로 서면 요크 민스터*의 뾰족한 지붕들이, 하늘을 떠받치는 듯한 석조 손가락들이 보였다. 그가 살고 있는 손애플은 도시에서 살짝 벗어난 외곽에 자리 잡고 있었다. 벌써 떨어지기 시작한 벚꽃 잎들이 분홍 색종이처럼 흩날렸다. 그의 집 정원은 삼면이 높은 나무 울타리로 둘러쳐져 있어 사생활이

---

* 영국 잉글랜드 노스요크셔 카운티 요크에 있는 영국국교회 성당으로 영국 최대의 고딕 건축물이다.

보장되었다. 이웃들이 수다나 떨어보려고 고개를 들이밀기엔 너무 높았다. 그와 미리엄은 둘만의 시간을 즐겼다. 모든 걸 함께했다. 그게 그들이 원하는 방식이었고 그걸로 충분했다.

정원에는 아서가 철로 굄목을 대어 만든 돋음모판 네 개가 있었다. 그는 그곳에 비트와 당근, 양파와 감자를 심었다. 올해는 호박도 심어볼까 생각 중이었다. 미리엄은 텃밭에서 수확한 작물로 근사한 닭고기 야채 스튜와 수프들을 만들었다. 하지만 그는 요리를 할 줄 몰랐다. 지난여름 수확한 빛깔 고운 붉은 양파는 자기처럼 피부가 쪼글쪼글해질 때까지 부엌 조리대 위에서 묵혔다 재활용 음식물 쓰레기통에 던져버렸다.

그는 마침내 남은 계단을 올라가 숨을 헐떡이며 욕실 앞에 섰다. 예전에는 루시와 댄을 쫓아 집 안 구석구석을 거뜬히 뛰어다녔건만. 이젠 모든 게 굼떴다. 무릎이 삐걱거렸고 쪼그라들고 있는 게 분명했다. 한때 검던 머리카락은 비둘기의 잿빛이 되었고(비록 아직도 너무 굵어서 차분하게 정돈하기가 어렵긴 하지만) 둥근 코끝은 하루가 다르게 붉게 변해가는 것 같았다. 정확히 언제부터 젊음이 멈추고 노인이 되었는지 기억해낼 수가 없었다.

몇 주 전 마지막으로 통화했을 때 루시가 했던 말이 떠올랐다. "유품을 정리하세요, 아버지. 정리하고 나면 한결 기분이 나아질 거예요. 그럼 앞으로 나아갈 수 있을 거예요." 아내와 두 아이와 함께 오스트레일리아에서 살고 있는 댄은 이따금 전화를 했다. 그 녀석은 더 눈치가 없었다. "다 내다 버리세요. 집 안을 박물관으로 만들지 마시고."

앞으로 나아가라고? 대체 어디로 나아가란 말인가, 젠장! 그의 나이는 예순아홉이었다. 대학에 다니거나 휴학 중인 10대 청년이 아니란 말이다. 앞으로 *나아가라니*. 그는 터덜터덜 침실로 들어서며 한숨을 내쉬었다.

그는 천천히 거울 달린 옷장 문을 열었다.

갈색, 검정 그리고 회색. 그는 흙빛 옷들의 행렬과 마주했다. 우습게도 그에겐 미리엄이 그렇게 칙칙한 옷을 입은 기억이 없었다. 머릿속에 문득 미리엄의 모습이 떠올랐다. 그녀는 젊었고 어린 댄의 팔과 다리를 잡고 빙글빙글 돌리고 있었다. 비행기 놀이. 그녀는 파란색 물방울무늬 원피스에 흰 스카프를 둘렀다. 미리엄이 머리를 뒤로 젖힌 채 웃으며 그에게 같이 놀자고 말했다. 그러나 그 장면은 나타난 것만큼이나 순식간에 사라져버렸다. 그녀에 대한 그의 마지막 기억은 옷장 속 옷들과 같은 빛깔이었다. 회색. 미리엄의 머리는 수영 모자 모양에 알루미늄 빛깔이었다. 그녀는 양파처럼 시들어갔다.

미리엄은 몇 주 동안 앓았다. 처음엔 흉부 감염이었다. 해마다 하는 병치레였고 그럴 때면 항생제를 먹으며 2주 정도 누워 있었다. 그러나 이번에는 흉부 감염이 폐렴이 되었다. 의사는 조금 더 누워 지내며 휴식을 취할 것을 권했고 결코 호들갑 떠는 법이 없었던 그의 아내는 순순히 의사의 지시를 따랐다.

멍하니, 생기 없이 누워 있는 아내를 아서가 발견했다. 처음엔 나무 위 새들을 바라보는 거라 생각했지만 팔을 흔들어도 깨어나지 않았다.

아내의 옷장 절반이 카디건이었다. 고릴라가 입었다가 도로 벗어놓은 듯, 팔을 축 늘어뜨린 채 흐물흐물 걸려 있었다. 그리고 스커트들이 있었다. 종아리 중간까지 오는 감색, 회색, 베이지색 스커트. 그녀의 향수 냄새가 풍겼다. 장미와 은방울꽃이 섞인 향이었다. 그는 문득 그녀의 목 뒤에 코를 파묻고 싶었다. *하나님, 제발 꼭 한 번만 더요.* 그는 이 모든 게 악몽이고 그녀가 아래층에서《우먼스 위클리》의 낱말 퍼즐을 맞추고 있거나 휴가 때 만난 친구들 중 한 명에게 편지를 쓰고 있길 바랐다.

아서는 몇 분 동안 자기 연민에 빠진 채로 침대에 앉아 있다가 벌떡 일어나 쓰레기봉투 두 개를 흔들어 펼쳤다. 그는 이 일을 *해야만* 했다. 하나는 구호단체에 가져다줄 물건을 담을 봉투였고 또 하나는 내다 버릴 물건을 담을 봉투였다. 옷가지를 한 아름 꺼내 구호단체 봉투에 넣었다. 발가락 쪽에 구멍이 난 미리엄의 낡은 슬리퍼는 버릴 물건 봉투에 넣었다. 그는 신속하고도 조용히 일을 처리했다. 중도에 멈춰서 감정이 끼어들지 못하도록. 정리를 반쯤 끝내고 낡은 회색 운동화 한 켤레를 구호단체 봉투에 넣은 다음, 거의 똑같은 운동화 한 켤레를 더 넣었다. 큼직한 구두 상자를 꺼내 그 안에 담겨 있던, 안에 털을 댄 실용적인 갈색 스웨이드 부츠 한 켤레도 꺼냈다.

벼룩시장에서 부츠 한 켤레를 샀는데 그 안에 (당첨되지 않은) 복권이 들어 있더라는 버나뎃의 얘기가 떠올라 아서는 무심코 한쪽 부츠에 손을 넣어보고는(비어 있었다) 나머지 한쪽에도 손을 넣었다. 손끝에 딱딱한 물체가 닿는 순간 그는 깜짝 놀랐다. 이상한 일이었다. 아서는 물건을 움켜쥐고 꺼내 들었다.

손에 하트 모양의 상자가 놓여 있었다. 질감이 느껴지는 주홍색 가죽 상자엔 조그만 황금 자물쇠가 달려 있었다. 상자의 색깔이 어딘가 그를 불편하게 했다. 비싸 보였고, 경박해 보였다. 루시가 준 선물인가? 아니, 그랬다면 분명히 기억이 날 텐데. 그는 아내를 위해 이런 선물을 산 적이 없었다. 그녀는 단순하고 실용적인 것들을 좋아했다. 수수하고 동그란 은색 귀고리라든가 예쁜 오븐 장갑이라든가. 그들은 결혼 생활 내내 돈에 쪼들렸고 궂은날을 대비해 돈을 아끼고 모았다. 마침내 부엌과 욕실 공사에 목돈을 지출했을 때도 그녀는 잠깐 좋아했을 뿐이었다. 아니, 미리엄이 이 상자를 샀을 리가 없었다.

아서는 조그만 자물쇠의 열쇠 구멍을 살폈다. 미리엄의 나머지 구두들을 밀치고 뒤섞으며 옷장 바닥을 손으로 훑었다. 그러나 열쇠를 찾을 수가 없었다. 손톱 가위로 열쇠 구멍을 후벼봤지만 자물쇠는 꿈적도 하지 않았다. 호기심이 고개를 들었다. 그는 패배를 인정하고 싶지 않아서 아래층으로 내려갔다. 열쇠수리공으로 근 50여 년을 살아온 그인데, 망할 놈의 하트모양 상자 하나 못 열어서야. 그는 부엌 맨 아래 서랍에서 2리터들이 아이스크림 상자를 꺼냈다. 그의 연장통이었다.

다시 위층으로 올라가 침대 위에 앉아 자물쇠 따는 도구들이 잔뜩 달려 있는 고리를 꺼냈다. 그중 가장 작은 도구를 꺼내 열쇠 구멍에 넣고 살짝 비틀어봤다. 딸각 소리와 함께 비밀을 속삭이는 입처럼, 몇 밀리미터가 감질나게 벌어졌다. 아서는 상자의 자물쇠를 고리에서 뺀 다음 뚜껑을 열었다.

상자엔 주름진 검은색 벨벳 안감이 대어져 있었다. 퇴폐와 부의 상징이었다. 그러나 정작 그의 숨이 멎게 한 건 그 안에 놓여 있던 참[charm] 팔찌였다. 묵직하고 둥근 고리들과 하트 모양의 잠금장치가 달려 있는 화려한 금팔찌였다. 또 하나의 하트.

더 독특한 건, 아이들 그림책에 나오는 태양처럼 팔찌에서 뻗어 나가며 달려 있는 참들이었다. 모두 여덟 개. 코끼리, 꽃, 책, 팔레트, 호랑이, 골무, 하트 그리고 반지였다.

그는 팔찌를 상자에서 꺼냈다. 손안에서 굴려보니 묵직하고 짤랑거렸다. 진귀한 골동품이거나, 아주 오래된 물건 같았고, 세공이 섬세했다. 참 하나하나의 묘사가 날카로웠다. 그러나 아무리 기억하려 애를 써봐도 미리엄이 그 팔찌를 끼고 있는 걸 본 기억도, 참을 그에게 보여준 기억도 없었다. 누군가에게 주려고 사놓은 선물이었나보네. 하지만 누구? 비싼 물건 같았다. 루시는 꼬불꼬불한 은색 줄에 유리와 조개껍데기가 달린 최신 유행 제품들로 치장을 하는데.

그는 엄마 옷장에 숨겨져 있는 팔찌에 대해 아는 게 있는지 자식들에게 전화를 해볼까 싶었다. 아이들에게 연락할 합당한 이유 같았다. 그러나 자신이 귀찮게 하기엔 다들 너무 바쁠 거라고 스스로를 타일렀다. 레인지 작동법을 묻는다는 핑계로 루시와 전화를 한 지도 한참 되었다. 댄으로 말하자면, 연락한 지가 벌써 두 달이 넘었다. 댄이 마흔이고 루시가 서른여섯이라는 사실이 믿기지 않았다. 세월이 언제 그렇게 흘렀는지.

이제 아이들에겐 그들의 삶이 있었다. 한때 미리엄은 아이들의 해고, 아서는 달이었지만, 이제 댄과 루시는 자신들만의 은하에서 반짝이는 머나먼 별들이 되었다.

어쨌든 그 팔찌는 댄의 선물이 아니었다. 절대 그럴 리가 없었다. 해마다 미리엄의 생일이 되기 전, 아서가 아들에게 전화를 걸어 날짜를 상기시켜주었다. 댄은 잊지 않았다고, 안 그래도 바로 그날 자그마한 선물이라도 부치려 했다고 말하곤 했다. 그리고 보통 그 선물이란 건 *정말* 작은 무언가였다. 시드니 오페라하우스 모양의 냉장고 자석, 종이 사진틀에 넣은 손주 카일과 마리나의 사진, 예전에 댄이 쓰던 침실 커튼에 미리엄이 꽂아놓은 조그만 코알라 곰.

아들이 보낸 선물에 실망했을지언정 미리엄은 한 번도 내색을 하지 않았다. "예뻐라!" 마치 자기가 받은 최고의 선물이라는 듯 감탄하곤 했다. 아서는 미리엄이 단 한 번이라도 솔직하길, 그래서 아들이 좀 더 신경을 써주었으면 좋겠다고 말하길 바랐다. 그러나 어렸을 때도 댄은 다른 사람들을 의식하지도 그들의 감정을 헤아리지도 못하는 아이였다. 자동차 엔진을 해체하느라 기름 범벅이 될 때 가장 행복한 아이였다. 아서는 시드니에서 자동차 정비소를 세 군데 운영하고 있는 아들이 자랑스러웠지만 그가 카뷰레터에 쏟아붓는 만큼의 관심을 사람들에게도 쏟았으면 좋겠다고 생각했다.

루시가 더 속이 깊었다. 매번 감사 카드를 보냈고 생일 한번 잊은 적이 없었다. 루시는 아서와 미리엄이 혹시 언어장애가 있는 건 아닌지 걱정할 정도로 조용한 아이였다. 의사는 그렇지 않다고, 단지 예민한 것뿐이라고 설명했다. 루시는 모든 일을 다른 사람들보다 더 진지하게 받아들였다. 그녀는 사색하고 자신의 감정을 탐험하길 즐겼다. 그래서 제 어머니의 장례식에도 못 왔을 거라고 아서는 생각했다. 수천 킬로미터 떨어진 곳에 살고 있다는 게 댄이 오지 못한 이유였다. 오지 못한 이유를 알고 있는데도, 자식들이 미리엄에게 작별 인사를 하는 자리에 나타나지 않았다는 사실은 그들이 짐작조차 할 수 없을 정도로 아서에게는 큰 아픔이었다. 어쩌다 한번씩 전화 통화를 할 때에도 아서는 그와 자식들 사이에 장벽이 있는 것 같은 기분이 들었다. 아내를 잃은 것뿐 아니라 이제 자식들까지 잃어가고 있었다.

그는 팔찌의 삼각형 속으로 손을 넣어보려 했지만 팔찌가 손가락 관절을 통과하지 못했다. 코끼리 참이 가장 마음에 들었다. 코를 위로 쳐든, 귀가 조그만 인도코끼리였다. 코끼리가 지닌 이국적인 정취에 그가 씁쓸한 미소를 지었다. 그와 미리엄도 해외로 휴가를 가보자는 얘기를 하곤 했지만 결국엔 매번 브리들링턴의 똑같은 바닷가 비앤드비*로 가게 되었다. 기념품을 산다고 해도 뜯어 쓰는 엽서 한 통과 행주 정도였지 황금 참은 아니었다.

코끼리 등 위에는 차양이 달린 나무 안장이 있었고 안장 속에 짙은 초록색 보석이 박혀 있었다. 손가락으로 굴려보니 돌아갔다. 에메랄드인가? 아니, 그럴 리가 없었다. 유리거나 모조품일 것이다. 그는 손가락으로 코끼리 코를 쓰다듬고 동그란 엉덩이를 만져보고는 조그만 꼬리에서 멈췄다. 꼬리의 어떤 부분은 질감이 매끄러웠고 어떤 부분은 오톨도톨했다. 참을 가까이 들여다볼수록 시야가 더 흐릿해졌다. 글자를 읽으려면 돋보기가 필요한데 이놈의 돋보기가 어디 있는지 도무지 찾을 수가 없었다. 집 안 어딘가에 돋보기 다섯 개를 고이 모셔놓은 게 틀림없었다. 그는 연장통에서 외알 안경을 꺼냈다. 1년에 한 번 정도는 아주 요긴했다. 그는 안경알을 눈에 대고 코끼리를 들여다보았다. 머리를 가까이 댔다가 초점이 맞도록 뒤로 빼면서 보았더니 오톨도톨한 부분은 글자와 번호들이었다. 아서는 글자를 읽고 나서 한 번 더 읽었다.

* Bed and Breakfast(B&B), 아침 식사를 제공하는 비교적 저렴한 숙박 시설.

*아야*Ayah. *0091 832 221 897*

심장이 빠르게 뛰기 시작했다. 아야. 도대체 무슨 뜻이람? 이 숫자는 또 뭐고. 지도상의 지점을 말하는 건가? 암호처럼? 그는 연장통에서 조그만 연필과 수첩을 꺼내 그것을 적었다. 안경알이 침대로 떨어졌다. 어젯밤에 본 TV 퀴즈 프로그램이 떠올랐다. 부스스한 머리의 진행자가 영국에서 인도로 전화할 때 국가번호를 물었고, 답은 0091이었지.

아서는 아이스크림 상자의 뚜껑을 도로 닫고 나서 팔찌를 들고 아래층으로 내려갔다. 『옥스퍼드 간편 사전』을 뒤져봤지만, '아야'라는 단어의 정의를 읽어도 전혀 도움이 되지 않았다. *동아시아나 인도의 보모 또는 가정부.*

그는 누구에게든 충동적으로 전화를 거는 사람이 아니었다. 그보다는 전화를 아예 사용하지 않는 편을 선호했다. 댄과 루시에게 전화해봐야 실망만 하게 될 뿐이다. 그런데도 그는 수화기를 들었다.

그는 부엌 식탁의 늘 앉는 의자에 앉아 조심스럽게, 어떻게 되나 보려고, 번호를 눌렀다. 바보 같은 노릇이었지만 이 신기하고 조그만 코끼리의 무언가가 그의 호기심을 자극했다.

신호가 가기까지 꽤 오래 걸렸고 누군가가 전화를 받기까지는 그보다 더 오래 걸렸다.

"메라의 집입니다. 무엇을 도와드릴까요?"

공손한 아가씨의 말투에서 인도 억양이 느껴졌다. 목소리가 꽤 젊었다. 입을 여는 순간 아서의 목소리가 떨렸다. 이런 황당한 노릇이 있나. "제 아내의 일로 전화드렸는데요." 그가 말했다. "제 아내의 이름은 미리엄 페퍼입니다. 결혼 전에는 미리엄 켐프스터였고요. 이 번호가 적혀 있는 코끼리 참을 찾았어요. 옷장 안에서요. 옷장을 정리하고 있었는데……" 그가 말끝을 흐렸다. 대체 내가 지금 뭘 하는 거지. 무슨 소릴 하는 건가.

여자는 잠시 말이 없었다. 아서는 여자가 장난 전화 하지 말라며 전화를 끊을 거라고 생각했다. 그런데 그녀는 이렇게 말했다. "네. 미리엄 켐프스터 씨 이야기는 들어서 알고 있습니다. 메라 씨를 바꿔드릴게요. 아마 도움을 드릴 수 있을 거예요."

아서의 입이 쩍 벌어졌다.

코끼리

아서는 수화기를 꽉 움켜쥐었다. 머릿속에서 수화기를 내려놓으라고, 내버려두라고 말하는 목소리가 들렸다. 첫째, 비용이 드는 일이었다. 그는 인도로 전화를 걸고 있었다. 전화 요금이 저렴할 리가 없었다. 미리엄은 항상 전화 요금을 신경 썼고 오스트레일리아에 사는 댄에게 걸 때면 특히 더 그랬다.

그게 아니어도 아내의 사생활을 캐는 것 같아서 영 찜찜했다. 그들의 결혼 생활에서 신뢰는 큰 부분을 차지했다. 그가 자물쇠와 안전장치를 팔러 출장길에 오를 때면 미리엄은 그가 여관의 예쁘장한 안주인의 유혹에 굴복할까봐 걱정된다고 말하곤 했다. 그는 자신의 결혼 생활이나 가정을 위태롭게 하는 짓은 결코 하지 않겠다며 그녀를 안심시켰다. 게다가 그는 여자들이 매력을 느끼는 타입도 아니었다. 과거 여자 친구 중 한 명은 그를 두더지에 비유하기도 했으니까. 소심하고 어딘가 불안해 보인다면서. 그러나 놀랍게도, *실제로* 몇 번 유혹을 당했다. 아마도 그가 매력이 있어서라기보다 여자들의(한 번은 남자였다) 외로움이나 기회주의 때문이었을 테지만.

때로는 여러 날을 여행하기도 했다. 전국 곳곳을 돌아다녔다. 그는 고객들에게 문에 박아 넣는 신형 자물쇠를 선보이면서 빗장, 걸쇠, 레버에 대해 설명하길 좋아했다. 자물쇠에는 마음을 끄는 무언가가 있었다. 자물쇠는 단단하고 믿음직스러웠다. 자물쇠는 우리를 보호하고 안전하게 지켜주었다. 차에서 항상 기름 냄새가 나는 게 좋았고 상점에서 고객들과 대화를 나누는 게 좋았다. 그러던 어느 날 인터넷과 온라인 쇼핑이 등장했다. 자물쇠 상인들에겐 더 이상 영업 사원이 필요하지 않았다. 여전히 영업을 하는 상점들은 컴퓨터로 물건을 주문하기 시작했고 아서는 고객들의 얼굴을 보고 대화하는 대신 전화로 통화하게 되었다. 그는 통화가 영 적성에 안 맞았다. 질문을 할 때 상대의 미소와 눈빛을 볼 수도 없으니.

아이들과 떨어져 있어야 하는 것도 힘들었다. 때로는 아이들이 잠자리에 든 뒤에야 집으로 돌아왔다. 루시는 아빠를 이해했고 다음 날 아침 아빠를 보면 반가워했다. 그의 목에 팔을 두르고 보고 싶었다고 말했다. 댄은 좀 어려웠다. 드물게 아서가 일찍 퇴근한 날이면 오히려 싫어하는 기색이었다. 한번은 "엄마랑 있는 게 더 좋아요"라고 한 적도 있었다. 미리엄은 아서에게 아이 말을 마음에 담아두지 말라고 일렀다. 어떤 아이들은 부모 중 한쪽과 더 가까울 수도 있다면서. 그러나 아서는 가족을 부양하기 위해 너무 일만 했다는 죄책감을 떨쳐버릴 수가 없었다.

미리엄은 그가 아무리 일에만 매달리더라도 신의를 지키겠다고 맹세했고, 아서는 그녀가 그 맹세를 지켰다고 생각했다. 미리엄이 그렇게 생각하지 않을 빌미를 제공한 적도 없었다. 그녀가 다른 남자와 시시덕거리는 걸 본 적도 없었고, 한눈을 팔았다는 증거를 발견한 적도 없었다. 물론 그런 증거를 찾으려 했던 적도 없었다. 가끔 출장에서 돌아와, 혹시 그녀에게 누군가가 있는 건 아닌가 생각했던 적은 있었다. 두 아이를 데리고 혼자 지낸다는 게 결코 쉬운 일은 아닐 테니까. 그렇다고 그녀가 불평을 한 건 아니었다. 미리엄은 씩씩하고 노련했다.

가족을 떠올리는 순간 목 밑에서 울컥 치밀어 오르는 무언가를 삼키며 그는 수화기를 귀에서 점점 떼어놓았다. 손이 떨렸다. 이대로 내버려두는 게 나아. 전화를 끊어. 바로 그때, 그를 찾는 조그맣고 갸냘픈 목소리가 들렸다. "여보세요. 메라라고 합니다. 미리엄 켐프스터 일로 전화하셨다고 들었는데요. 맞습니까?"

아서는 침을 꿀꺽 삼켰다. 입안이 바짝 말랐다. "네, 맞습니다. 제 이름은 아서 페퍼고, 미리엄이 제 아내입니다." 미리엄이 아내였*다*고 말하는 건 잘못인 것 같았다. 미리엄이 더 이상 이곳에 없는 건 사실이지만, 두 사람은 여전히 결혼한 상태니까.

그렇지 않은가?

그는 참 팔찌와 번호가 새겨진 코끼리 참을 찾았다고 설명했다. 전화를 받을 거라고 기대하진 않았다고. 그러고는 메라 씨에게 아내가 죽었다고 얘기했다.

메라 씨는 말이 없었다. 1분가량 지난 뒤에야 다시 말을 이었다. "세상에, 선생님, 정말 유감입니다. 제가 어렸을 때 절 무척 잘 돌봐주셨거든요. 너무 오래전 일이네요. 전 아직도 그 집에 살고 있어요! 집 안에 좀 변화가 있긴 했지요. 전화번호는 그대로예요. 저는 의사고 아버지와 할아버지도 의사였어요. 미리엄이 베풀어준 친절을 한번도 잊은 적이 없습니다. 언젠가 찾아보고 싶었어요. 좀 더 열심히 찾아봤어야 했는데."

"미리엄이 당신을 돌봐줬다고요?"

"네. 저의 *아야*였거든요. 저와 제 여동생들을 돌봐줬어요."

"보모였다고요? 여기 영국에서요?"

"아뇨, 선생님. 인도에서요. 전 고아에 살고 있습니다."

아서는 말문이 막혔다. 머릿속이 멍해졌다. 전혀 몰랐던 사실이었다. 미리엄은 인도에 살았다는 얘기는 한 적이 없었다. 어떻게 이럴 수가 있지? 그는 복도에 실로 매달려 있는, 포푸리로 속을 채운 나뭇잎이 흔들리는 걸 멍하니 응시했다.

"좀 더 얘기해드릴까요, 선생님?"

"네, 부탁드립니다." 그가 웅얼거렸다. 빈틈을 채워줄 얘기라면, 그들이 말하는 사람이 다른 미리엄 켐프스터임을 밝혀줄 얘기라면 뭐든 상관없었다.

메라 씨의 목소리는 부드러우면서도 위엄이 있었다. 아서는 전화 요금 따윈 생각하지 않았다. 그는 미리엄을 알고 또 사랑했던 또 다른 사람의 이야기를 간절히 듣고 싶었다. 비록 그 사람이 낯선 이일지라도. 이따금이라도 미리엄 이야기를 하지 않으면 그녀에 대한 기억이 흐릿해질 것 같았다.

"미리엄이 오기 전에 여러 아야들이 있었어요. 전 버릇없는 아이였지요. 전 보모들한테 장난을 쳤어요. 신발에 영원*을 넣어놓고 수프에 고춧가루를 뿌렸어요. 다들 오래 못 버텼지만 미리엄은 달랐어요. 매운 음식을 먹고도 한마디도 안 했어요. 신발에서 영원을 꺼내 정원에 놓아주었고요. 미리엄의 표정을 살폈지만 미리엄은 훌륭한 배우였어요. 일체 내색을 하지 않아서 저한테 화가 났는지, 재미있어하는지 알 수가 없었어요. 서서히 전 미리엄을 괴롭히길 그만뒀어요. 해봐야 소용이 없었으니까요. 미리엄은 제 수법을 전부 다 꿰고 있었어요! 미리엄은 멋진 구슬들이 잔뜩 들어 있는 주머니를 들고 다녔어요. 달처럼 반짝이는 구슬들이었는데 그중 한 개는 꼭 호랑이의 눈 같았죠. 미리엄은 흙바닥에 무릎을 꿇는 것도 마다하지 않았어요." 메라 씨가 목이 쉰 듯한 웃음소리를 냈다. "전 미리엄과 약간 사랑에 빠져 있었어요."

---

* 도롱뇽목 영원과의 동물.

"당신의 가족과 얼마나 오래 머물렀나요?"

"인도에 몇 달을 머물렀어요. 떠났을 때 무척 상심했죠. 전적으로 제 잘못이었거든요. 전엔 아무한테도 말하지 않았지만 페퍼 씨는 알 자격이 있어요. 그 일은 아주 오랜 세월 동안 제가 간직하고 있는 부끄러운 일이거든요."

아서가 의자에서 초조하게 들썩였다.

"말씀드려도 될까요? 저한테는 아주 큰 의미가 있는 일이에요. 그동안 비밀이 제 배에 구멍을 뚫는 것 같았어요."

메라는 대답을 기다리지 않고 자신의 이야기를 이어갔다.

"그때 전 겨우 열한 살이었고 미리엄을 사랑했어요. 여자에게 관심을 가진 건 그때가 처음이었어요. 미리엄은 너무 예뻤고 항상 품위 있게 차려입었어요. 웃음소리는, 마치 작은 종소리 같았어요. 아침에 눈을 뜨면 가장 먼저 미리엄이 떠올랐고 잠자리에 들면 다음 날을 기다렸어요. 아내 프리야를 만나고 나서 그게 진정한 사랑은 아니었다는 걸 알게 되었지만 그땐 무척 진지했어요. 미리엄은 저랑 같이 학교에 다니던 다른 여자애들과는 달랐어요. 석고처럼 매끄러운 피부에, 머리카락은 호두 빛깔이었고, 눈은 남청색이어서 이국적인 분위기를 풍겼어요. 제가 너무 심하게 쫓아다녔는데도 한번도 절 무안하게 하지 않았어요. 제가 아주 어렸을 때 어머니가 돌아가셔서 전 미리엄에게 어머니 방에 같이 앉아 있자고 조르곤 했죠. 어머니의 보석함을 같이 살펴보면서요. 미리엄은 그 코끼리 참을 무척 좋아했어요. 우린 그 에메랄드를 통해 초록빛 세상을 바라보곤 했어요."

그러니까, 그게 진짜 에메랄드였군, 아서가 생각했다.

"그러다가 미리엄이 일주일에 두 번 혼자 외출하기 시작했어요. 같이 보내는 시간이 줄어들었죠. 저는 아야가 필요하지 않을 만큼 자랐지만 두 여동생들은 그렇지 않았어요. 미리엄은 여동생들 곁엔 자주 있어줬지만 제겐 그러지 않았어요. 어느 날 뒤를 밟아보니, 미리엄이 남자를 만나고 있었어요. 우리 학교의 선생님이었는데, 영국 남자였죠. 그 남자가 우리 집으로 찾아왔고 오후에 두 사람은 함께 차를 마셨어요. 전 그 남자가 미리엄을 좋아한다는 걸 알았어요. 미리엄에게 주려고 정원에서 히비스커스 꽃을 땄거든요.

페퍼 씨, 전 그때 어린애였어요. 한창 자랄 나이라 온몸에서 호르몬이 솟구치고 있었죠. 전 무척 화가 났어요. 그래서 아버지에게 미리엄과 그 남자가 키스하는 걸 봤다고 말했어요. 아버지는 아주 보수적인 분이었는데, 이미 그 비슷한 일로 아야 한 명을 잃었던 터였지요. 아버지는 곧바로 미리엄한테 가서 당장 일을 그만두라고 했어요. 미리엄은 무척 놀랐지만 침착하게 가방을 싸더군요.

전 완전히 좌절했어요. 일을 그렇게 만들려고 한 건 아니었는데. 저는 보석 상자에서 코끼리를 꺼내 시내로 가서 글자를 새겼어요. 그리고 그 코끼리를 문 앞에 세워둔 여행 가방 앞주머니에 넣었어요. 작별 인사를 할 용기가 없었지만 미리엄이 숨어 있던 절 찾아서 키스해줬어요. 그녀가 말했어요. '잘 있어, 라제쉬.' 그 뒤로 다시는 그녀를 보지 못했어요.

그날부터요, 페퍼 씨, 맹세하건대, 절대 거짓말을 한 적이 없어요. 오직 진실만을 말합니다. 그게 유일한 길이죠. 미리엄이 절 용서하길 기도했어요. 그렇게 얘기하던가요?"

아서는 아내의 삶의 이 대목에 관해 전혀 아는 바가 없었다. 그러나 그들 두 사람이 같은 여자를 사랑했다는 것만은 알 수 있었다. 미리엄의 웃음은 정말로 종소리 같았다. 미리엄은 실제로 구슬 주머니를 갖고 있었고 그 주머니를 댄에게 주었다. 그는 여전히 놀란 탓에 어지러웠지만 메라의 목소리에서 배어나는 그리움을 느낄 수 있었다. 그가 헛기침을 했다. "네, 이미 오래전에 용서했습니다. 당신에 대해 좋게 얘기하던데요."

메라 씨가 큰 소리로 짧게 "하하!" 웃었다. 그러고는 말했다. "페퍼 씨! 그렇게 말씀해주셔서 제가 얼마나 행복한지 아마 모르실 겁니다. 아주 오랫동안 그 일이 제 마음을 무겁게 짓눌렀거든요. 수고스럽게도 제게 전화까지 주셔서 고맙습니다. 미리엄이 곁에 없다니 안타깝네요."

아서는 마음이 따듯해져오는 걸 느꼈다. 아주 오랫동안 느끼지 못했던 감정이었다. 쓸모 있는 사람이 된 것 같았다.

"그토록 오랜 세월 동안 결혼 생활을 하시다니 아주 운이 좋으시네요. 미리엄 같은 아내와 사셨으니 말이에요. 미리엄은 행복한 삶을 살았나요, 선생님?"

"네, 그럼요. 그랬던 것 같습니다. 평화로운 삶이었어요. 사랑스러운 자식도 둘이나 두었고요."

"그렇다면 선생님도 행복해지려고 노력하셔야 해요. 선생님이 슬퍼하는 걸 미리엄이 원할 리 없을 테니까요."

"원하지 않겠죠. 그래도 슬퍼하지 않기가 힘이 드네요."

"그렇겠죠. 하지만 미리엄에 대해 기억할 일들이 많잖아요."

"맞아요."

두 남자 모두 말이 없었다.

아서는 손에 쥔 팔찌를 달그락거렸다. 이제 코끼리에 대해 알게 되었다. 하지만 다른 참들은? 미리엄이 인도에서 살았다는 것도 알지 못했는데, 다른 참들은 또 어떤 이야기들을 품고 있을까? 그는 메라 씨에게 팔찌에 대해 아는 게 있는지 물었다.

"전 코끼리 참만 주었을 뿐입니다. 여길 떠나고 나서 몇 달 뒤 미리엄이 제게 고맙다고 편지를 보냈어요. 전 감수성이 예민한 바보라 아직도 그 편지를 간직하고 있답니다. 언젠가 연락을 해야겠다고 생각했는데 제가 한 거짓말이 너무 부끄러웠어요. 원하시면 편지에 적혀 있던 주소를 알려드릴까요?"

그는 침을 꿀꺽 삼켰다. "그래주시면 정말 감사하겠습니다."

아서는 메라 씨가 다시 전화하기까지 5분을 기다렸다. 그 사이 손을 뻗어 포푸리 잎사귀의 흔들림을 멈추었다. 버나뎃이 문 안으로 넣어준 팸플릿들도 뒤적거렸다.

"아, 여기 있네요. 영국 배스의 그레이스톡 영지. 1963년. 추적에 도움이 되길 바랍니다. 편지에 친구들과 함께 거기 머물고 있다고 썼어요. 호랑이들이 돌아다닌다는 얘기도 있고요."

"팔찌에 호랑이도 있더군요." 아서가 말했다.

"아하. 그렇다면 그곳이 다음번 행선지가 되겠네요. 참 하나하나에 담긴 이야기들을 추적해보실 거죠?"

"아, 이건 추적이 아니에요." 아서가 말했다. "단지 궁금해서……."

"혹시 인도에 오시게 되면요, 페퍼 씨. 꼭 절 찾아주세요. 미리엄이 좋아했던 장소들을 알려드릴게요. 예전에 쓰던 방도 보여드리고요. 세월이 지났지만 많이 달라지진 않았어요. 보고 싶으세요?"

"그런 제안을 해주시다니 감사합니다. 하지만 전 한번도 영국을 떠난 적이 없어요. 당분간 인도에 갈 일은 없을 것 같습니다."

"무슨 일이든 항상 처음이 있는 법이지요, 페퍼 씨. 저의 제안을 기억해주세요."

아서는 작별 인사를 하고 초대해줘서 고맙다고 인사했다. 수화기를 내려놓는 순간에도 메라 씨의 말이 자꾸만 머릿속에서 맴돌았다. *다음 행선지…… 참 하나하나에 담긴 이야기를 추적해본다…….*

그리고 그는 실제로 생각을 해보기 시작했다.

대탈출

다음 날 아침 아서가 눈을 떴을 때 밖은 여전히 어두웠다. 알람 시계 숫자가 새벽 5시 32분을 알렸고 그는 한동안 천장을 바라보며 누워 있었다. 밖에서 차 한 대가 지나갔고 자동차 헤드라이트 불빛이 수면을 가르는 등대의 불빛처럼 천장을 훑고 지나갔다. 그곳에 없는 걸 알면서도 그는 매트리스 위로 손가락을 움직여 미리엄의 손을 찾았고 서늘한 면 시트의 감촉만 느꼈다.

매일 밤 잠자리에 들 때면, 미리엄이 없으니 얼마나 쓸쓸한지 새삼 깨닫곤 했다. 미리엄이 곁에 있을 땐 스르르 잠이 들어서 밤새 푹 자고는 개똥지빠귀 소리를 들으며 잠에서 깨어났건만. 그녀는 고개를 설레설레 저으며 간밤에 천둥 소리나 이웃집 알람 소리를 못 들었느냐고 묻곤 했다. 그러나 그는 그런 소리는 한 번도 들은 적이 없었다.

이제 그의 잠은 얕고도 불안했다. 자주 깨어나 몸을 떨면서 이불을 누에처럼 몸에 칭칭 감았다. 등으로 스멀거리며 올라오거나 발을 얼얼하게 하는 한기를 막으려고 담요를 덮어야 했다. 그의 몸은 자고, 깨어나고, 떨고, 자고, 깨어나고, 떠는 이상한 리듬을 터득했고, 비록 불편할지언정 그는 그 리듬을 깨고 싶지 않았다. 곤히 잠들었다가 새소리에 눈을 떠 미리엄이 곁에 없음을 깨닫고 싶지 않았다. 지금까지도 그건 너무나 큰 충격이었다. 밤새 뒤척이다보면 그녀의 부재를 수시로 떠올리게 되었고 그렇게라도 끊임없이 일깨워지는 편이 나았다. 그녀를 잊는 위험을 감수하고 싶지는 않았다.

오늘 아침 그의 기분을 한마디로 표현하자면, 아마도 *당혹감*일 것이다. 미리엄의 옷을 처분하는 건 하나의 의식이었고, 그녀의 물건들, 그녀의 신발들, 그녀의 세면도구로부터 이 집을 자유롭게 하는 것이었다. 상실감을 직시하고 앞으로 나아가기 위한 작은 한 걸음이었다.

그러나 새로 발견한 참 팔찌는 그런 그의 의지를 막는 장애물이었다. 그 팔찌는 의문이 없던 곳에 의문을 제기했다. 팔찌가 하나의 문을 열었고 그는 그 문을 넘어 안으로 들어섰다.

그와 미리엄은 미스터리를 보는 관점이 달랐다. 매주 일요일 오후 두 사람은 〈미스 마플〉과 〈명탐정 포와로〉를 꼭 챙겨봤다. 아서는 주의 깊게 살폈다. "저 사람인가?" 아서가 묻곤 했다.

"저 사람은 상당히 도움을 주고 있는데 캐릭터가 줄거리와 아무 상관이 없잖아. 보아하니 저 사람이 살인범이구먼."

"잠자코 영화나 보지그래." 미리엄이 그의 무릎을 꽉 움켜쥐곤 했다. "그냥 좀 즐겨. 모든 인물의 정신을 분석할 필요는 없잖아. 꼭 결말을 짐작할 필요는 없어."

"하지만 미스터리잖아. 미스터리는 추측을 하라고 만들어놓은 거고. 그러니 우리도 사건을 해결하려고 노력해야지."

미리엄이 웃으며 고개를 저었다.

만약 이 상황이 반대여서 (생각하기 싫었지만) 그가 죽었다면, 미리엄은 아서의 옷장에서 발견한 이상한 물건에 그다지 신경을 쓰지 않았을 수도 있다. 그러나 지금 이곳에 남아 있는 사람은 그였고, 그의 머릿속은 정원에 세워놓은 장난감 바람개비처럼 돌아가고 있었다.

그는 침대에서 일어나 샤워를 하며 얼굴 위로 쏟아지는 뜨거운 물을 맞았다. 몸의 물기를 닦아내고 나서 면도를 하고, 회색 바지를 입고, 파란 셔츠를 입고, 겨자색 민소매 셔츠를 입은 다음 아래층으로 내려갔다. 그가 이렇게 차려입으면 미리엄이 좋아했다. 남 앞에 *선보일 만*하다면서.

그녀가 죽고 나서 처음 몇 주 동안 그는 옷을 입는 수고조차 하지 않았다. 누구를 위해 그런 노력을 한단 말인가. 아내도 아이들도 없는데 뭐하러? 밤이나 낮이나 잠옷 신세를 면치 못했다. 난생처음으로 수염도 길렀다. 침실 거울에 비친 자신의 모습은 영락없는 버즈아이 선장*이었다. 그는 기겁을 하고 수염을 밀어버렸다.

또 방마다 라디오를 틀어놓아서 자기 발자국 소리가 들리지 않게 했다. 요거트와 캔 수프를 데우지도 않고 떠먹으며 연명했다. 그에게 필요한 건 스푼 하나와 캔 따개뿐이었다. 그는 소일거리를 찾았다. 침대에서 삐걱거리는 소리가 나지 않도록 침대 나사를 조인다든가 욕실 타일 사이에 낀 시커먼 때를 긁어낸다든가.

미리엄은 부엌 창가에 양치식물을 놓아두었다. 솜털 같은 잎사귀를 축 늘어뜨린 허접한 식물이었다. 처음엔 아내가 죽은 마당에 저따위 한심한 식물이 뭐라고 여태 살아 있나 싶어서 경멸했다. 양치식물은 뒷문 옆 바닥에서 분리수거 날짜를 기다리고 있었다. 그러나 죄책감에 생각을 고치고 제자리에 돌려놓았다. 그는 양치식물에 프레더리카라는 이름을 붙이고 물을 주고 말을 걸기 시작했다. 프레더리카는 서서히 기운을 차렸다. 더 이상은 축 늘어지지 않았다. 잎사귀도 더 파래졌다. 무언가를 돌본다는 것에 기분이 좋았다. 사람들보다 식물들과 대화하는 게 더 쉬웠다. 바쁘게 지내는 게 좋았다. 그래야 슬픔에 잠길 시간이 없을 테니까.

어쨌든 그게 아서가 스스로에게 타이른 말이었다. 그러면서

---

* 영국의 냉동식품 브랜드 버즈아이 사의 광고에 마스코트로 등장하는 캐릭터.

도 한편으로는 일상의 일들을 처리했고, 그럭저럭 견뎠고, 잘 버텼다. 그러다가 복도에 걸려 있는 초록색 포푸리 잎사귀, 저장실에 있는 미리엄의 진흙 묻은 신발, 욕실 선반에 놓인 핸드크림을 보는 순간, 산사태가 나는 듯한 기분이 들었다. 그런 작고 하찮은 물건들이 그의 가슴을 갈기갈기 찢어놓았다.

그는 계단 맨 밑에 앉아 양손으로 머리를 감싸 쥐었다. 몸을 앞뒤로 흔들면서 눈을 꼭 감고, 이런 기분을 느끼는 게 당연하다고 스스로를 다독였다. 슬픔은 아직도 생생했다. 다 지나간다고. 미리엄은 더 좋은 곳으로 갔을 거라고. 미리엄은 그가 이렇게 지내는 걸 좋아하지 않을 거라고. *어쩌고저쩌고.* 버나뎃이 넣은 팸플릿 속 온갖 무의미한 말들이었다. 물론 슬픔은 지나갔다. 그러나 완전히 사라지진 않았다. 마치 배 속 구멍에 볼링공을 넣은 것처럼 그는 상실감을 품고 다녔다.

이럴 때면 완고하고 강인했던 아버지가 떠올랐다. "정신 차려, 이 녀석아. 질질 짜는 건 여자들이나 하는 짓이야." 그는 턱을 들고 씩씩해지려고 노력했다.

이젠 극복할 때도 되었건만.

초기 암울했던 시간들은 흐릿하게 기억되었다. 흑백 TV의 치직거리는 화면 같았다. 발을 끌며 집 안을 돌아다니는 자신의 모습이 보였다.

솔직히 말하면 버나뎃이 큰 도움이 되었다. 그녀는 환영받지 못하는 램프의 요정처럼 집으로 찾아왔고 자기가 점심을 만들

테니 그동안 목욕을 하라고 채근했다. 아서는 먹고 싶지 않았다. 음식에서 맛도 기쁨도 느낄 수 없었다.

"당신의 몸은 석탄이 필요한 증기기관차와 마찬가지예요." 방문 앞으로 들고 온 파이와 수프와 스튜를 먹지 않겠다고 버티는 그에게 버나뎃이 말했다. "연료 없이 기관차가 어떻게 여행을 하겠어요?"

아서는 어차피 여행을 할 계획이 없었다. 집을 떠나고 싶지 않았다. 그가 한 유일한 여행은 화장실에 가거나 잠자리에 들기 위해 위층으로 올라가는 것뿐이었다. 그 이상은 생각이 없었다. 소동을 피우기 싫어서 그는 그녀의 음식을 먹었고, 그녀의 수다를 차단했고, 그녀가 가져온 팸플릿을 읽었다. 그는 정말이지 혼자 있고 싶었다.

그녀는 집요했다. 때로는 문을 열어주었고 때로는 침대에 누워 머리까지 담요를 뒤집어쓰고 내셔널 트러스트의 동상 모드로 전환했다. 그러나 그녀는 결코 그를 포기하지 않았다.

*

그날 아침 늦게, 자기 생각을 하고 있었다는 걸 알기라도 한 듯 버나뎃이 초인종을 눌렀다. 아서는 몇 분 동안 식탁 앞에 서서 나갈지 말지 망설이고 있었다. 뱅크애비뉴의 이웃들이 아침 식사를 하느라 베이컨과 달걀과 갓 구운 토스트 냄새를 풍겼다. 초인종이 다시 울렸다.

"버나뎃의 남편 칼이 얼마 전에 죽었대." 몇 년 전 교회 행사장 판매대에서 버터플라이번*과 초콜릿 케이크를 팔고 있는 버나뎃을 보고 미리엄이 말했다.

"내가 보기에 사별한 사람들은 둘 중 하나야. 과거를 꽉 움켜잡고 있거나, 훌훌 털고 자신의 삶을 살아가거나. 저 빨간 머리 여자는 후자야. 항상 바쁘게 지내더라고."

"당신이 아는 여자야?"

"시내에 있는 레이디 비러블리라는 고급 상점에서 일하는데 내가 거기서 남색 드레스를 샀거든. 조그만 진주 단추 달린 거. 저 여자 말이, 남편을 기억하면서 빵을 구워서 사람들을 도울 거래. 사람들이 지치고 외롭고 상심했을 때나, 그저 기력이 떨어졌을 때라도 음식이 필요하다면서. 남을 도울 생각을 하다니, 참 용기 있는 일이지 뭐야."

그때부터 아서는 버나뎃을 더 자주 보게 되었다. 학교의 여름 축제에서나 우체국에서, 혹은 가운 차림으로 정원의 장미들을 돌보고 있을 때에도. 두 사람은 그저 인사나 주고받는 정도였다. 버나뎃과 미리엄이 길모퉁이에서 얘기하고 있는 모습을 본 적도 있었다. 두 사람은 웃으며 날씨 이야기나 올해 딸기가 참 달더라는 이야기를 나누었다. 버나뎃의 목소리가 얼마나 큰

* 나비 모양으로 튀긴 빵.

지 집 안에서도 대화가 다 들렸다.

버나뎃도 미리엄의 장례식에 참석했다. 아서 곁으로 다가와 팔을 다독여주던 기억이 어렴풋이 남아 있었다. "필요한 게 있으면 언제든 말씀만 하세요." 그녀가 말했고 아서는 대체 뭘 얘기하라는 건지 의아했다. 그러다가 어느 날부터 그녀가 집 앞에 나타나기 시작했다.

처음엔 그녀가 찾아오는 게 짜증이 났고, 나중엔 혹시 자신을 두 번째 남편감으로 점찍은 게 아닌지 걱정되기 시작했다. 그는 그럴 생각이 추호도 없었다. 미리엄 이후로는 누구와도 그럴 수가 없었다. 그러나 그토록 오랜 기간 그의 집 문을 두드렸음에도 버나뎃의 관심에 순수한 호의 이상의 감정이 담겨 있다고 생각할 근거는 전혀 없었다. 그녀는 여러 과부와 홀아비들을 방문하고 있었다.

"다진 고기하고 양파를 넣은 파이예요." 아서가 문을 열자 반가워하며 버나뎃이 말했다. "방금 만들었어요." 그녀가 파이를 앞세워 현관홀로 들어섰다. 그녀는 손끝으로 라디에이터를 만져보더니 먼지가 없는 걸 확인하고 만족한 듯 고개를 끄덕였다. 킁킁거리며 냄새도 맡았다. "좀 눅눅하네요. 방향제 있으세요?"

아서는 그녀가 무심결에 내뱉는 무례한 말에 놀라면서도 순순히 방향제를 가져왔다. 얼마 뒤 역겨울 정도로 강한 라벤더 향이 실내에 진동했다. 버나뎃이 부엌으로 들어와 싱크대 위에 파이를 올려놓았다. "주방이 정말 근사해요." 그녀가 말했다.

"그러게요."

"레인지가 멋져요."

"그러게요."

버나뎃은 미리엄과는 모든 면에서 정반대였다. 그의 아내는 새처럼 가냘팠다. 버나뎃은 살집이 있고 후덕한 편이었다. 머리카락은 우체통처럼 빨간색으로 염색했고 손톱 끝에 모조 다이아몬드를 박았다. 앞니 하나는 누렇게 변색이 되었다. 목소리가 얼마나 쩌렁쩌렁한지 커다란 칼처럼 집 안의 정적을 갈랐다. 그는 주머니 속 팔찌를 초조하게 만지작거렸다. 어젯밤 메라와 통화한 뒤로 줄곧 팔찌를 지니고 있었다. 그는 참 하나하나를 몇 번이나 살펴보았다.

인도. 너무도 먼 나라였다. 미리엄에겐 엄청난 모험이었을 것이다. 왜 미리엄은 그에게 말하지 않았을까? 메라가 들려준 이야기는 비밀로 간직할 이유로 충분치 않았다.

"괜찮으세요, 아서? 지금 꿈속에 있는 것 같아요." 버나뎃의 말이 그의 생각을 흩어놓았다.

"제가요? 네, 괜찮고말고요."

"어제 전화드렸는데 안 계시더군요. *동굴 속의 남자*들엔 가 보셨어요?"

*동굴 속의 남자*들은 독신남들의 모임이었다. 아서는 그곳에 두 번 가서 나무토막과 연장을 들고 작업하는 우울한 표정의

남자들을 보았다. 그 모임을 주최하는 바비는 몸집이 커다랬고, 조그만 얼굴이 꼭 스키틀*처럼 생겼다. "남자들한텐 동굴이 필요한 법이죠." 그가 높은 목소리로 말했다. "남자들은 은둔하면서 본연의 모습으로 돌아갈 장소가 필요해요."

이웃집 레게 머리 남자도 거기 있었다. 테리. 그는 나무토막을 줄로 다듬느라 바빴다. "차가 아주 근사하구먼." 아서가 예의상 말을 걸었다.

"이거 거북인데요."

"아."

"지난주에 잔디를 깎다가 거북을 발견했거든요."

"야생거북인가?"

"맨발에 머리가 빨간 아이들이 기르는 거예요. 탈출했어요."

아서는 무슨 말을 해야 할지 알 수 없었다. 탈출한 거북이까지 가세하지 않아도 그의 암석정원에선 이미 고양이들이 충분히 말썽을 피우고 있었다. 테리는 다시 하던 일로 돌아가 자신의 집 번지수 37이 적힌 문패를 완성했다. 3이 7보다 훨씬 컸지만 개의치 않고 집 뒷문에 달았다.

비록 너무 이른 아침이긴 했지만, 동굴 속의 남자들에 다녀왔다고 말하면 편할 것이다. 그러나 버나뎃은 미소를 지으며서 있었고 파이에서 맛있는 냄새가 났다. 그는 그녀에게 거짓

---

* 영국에서 스키틀즈 게임에 쓰이는 병 모양의 물체.

말을 하고 싶지 않았다. 더구나 미리엄에 관한 거짓말을 한 걸 후회한다는 메라 씨의 이야기를 듣고 난 뒤라 더더욱 그랬다. 그도 메라 씨처럼 거짓말을 하지 않기로 했다. "실은 어제 숨어 있었어요." 그가 말했다.

"숨어 있었다고요?"

"아무도 만나고 싶지 않았어요. 어젠 미리엄의 옷장을 정리하기로 마음먹고 있던 터라 초인종이 울렸을 때 현관홀에 가만히 서서 집에 없는 척했어요." 입에서 말이 술술 나왔고 솔직하게 털어놓으니 놀라울 정도로 후련했다. "어제가 아내가 죽은 지 꼭 1년 되는 날이었거든요."

"참 솔직하시네요, 아서. 솔직하게 말해줘서 고마워요. 얼마나 힘든지 알아요. 칼이 죽었을 때…… 그이를 보내기가 얼마나 힘이 들던지. 칼이 쓰던 연장들을 동굴 속 남자들에 가져다주었어요."

아서는 아차 싶었다. 자기 남편 얘긴 안 했으면 좋겠는데. 그는 죽음에 관한 이야기를 주고받고 싶지 않았다. 배우자를 잃은 사람들에겐 묘한 우월감 같은 게 있었다. 바로 지난주만 해도 우체국에서 연금 생활자 네 명이 그에게는 자랑으로밖에 들리지 않는 대화를 나누고 있는 모습을 보았다.

"아내가 10년을 앓다가 세상을 떠났다오."

"그래요? 우리 세드릭은 화물차에 납작하게 깔렸어요. 응급구조사들도 그런 광경은 처음 봤다고 하더라만. 완전 팬케이크 같았다나 어쨌다나."

그 순간 떨리는 남자의 목소리. "내가 보기엔 약 때문이었어요. 하루에 스물세 알을 주었으니 원. 배 속에서 약이 덜그럭거릴 정도였다니까요."

"배를 갈라봤더니 글쎄 남은 게 하나도 없더래요. 암세포가 그이를 전부 다 갉아먹었대요."

그들은 사랑했던 사람의 이야기를 마치 물건인 양 떠벌리고 있었다. 미리엄은 그에게 언제나 한 사람의 인간일 것이다. 그는 그녀에 관한 기억을 그런 식으로 주고받지 않을 것이다.

"그 여잔 실패자들을 좋아하죠." 아서가 조그만 갈색 마닐라 봉투를 집어 들고 접수대로 다가갔을 때 우체국의 베라가 말했었다. 그녀는 늘 연필 하나를 동그란 거북 등껍질 안경 틈에 끼우고는 마을 사람들 모두가 하는 모든 일에 시시콜콜 참견했다. 그녀가 맡기 전엔 그 어머니가 우체국 주인이었는데 그녀의 어머니도 똑같았다.

"누가요?"

"버나뎃 패터슨요. 듣기로는 그 집에도 파이를 가져다드린다면서요?"

"듣기는 *누구한테* 들었다는 겁니까?" 아서가 화를 내며 말했다. "남의 사생활을 염탐하는 모임이라도 있답니까?"

"아뇨, 어느 고객이 별 뜻 없이 전해준 소식이에요. 그게 버나뎃이 늘 하는 일이거든요. 그 여잔 실의에 빠진, 무기력하고 쓸모없는 사람들에게 친절해요."

아서는 봉투 요금을 지불하고 휙 돌아서서 우체국을 나왔다.

그가 일어나 주전자의 불을 켰다. "미리엄의 물건들을 *고양이 구조대*에 내놓을 생각이에요. 그 사람들이 옷가지나 장신구 같은 물건들을 팔아 기금을 만들어서 학대당하는 고양이를 돕는 데 쓰거든요."

"좋은 생각이네요. 전 조그만 강아지들을 더 좋아해요. 강아지들이 더 고마운 줄을 알죠."

"미리엄이 고양이들을 돕고 싶어 했던 것 같아서요."

"그렇다면 그렇게 하셔야죠. 파이를 오븐에 돌려드릴까요? 점심 식사 같이해요. 혹시 다른 일정이 없으시면……."

일이 있어서 바쁘다고 둘러대려다가 다시 메라의 이야기를 떠올렸다. 그에겐 일정이 없었다. "아뇨, 다른 일정은 없습니다." 그가 말했다.

20분 뒤 나이프로 파이를 자르며 그는 다시 한번 팔찌를 떠올렸다. 버나뎃은 여자니까 어쩌면 팔찌에 대해 뭔가 알고 있을지도 모른다. 아서는 그 팔찌가 별로 중요한 물건이 아닐 거라고, 비싸 보이긴 해도 요즘엔 그런 복제품을 어디서든 싸게 살 수 있다고 누군가 말해주길 바랐다. 그러나 그는 코끼리에 박힌 에메랄드가 진품이란 걸 알고 있었다. 더구나 버나뎃이 우체국의 베라와 그녀가 돌본다는 실패자들에게 그 사실을 떠벌릴 수도 있었다.

"좀 더 자주 외출을 하셔야 해요." 그녀가 말했다. "동굴 속의 남자들에도 한 번밖에 안 가셨던데."

"두 번 갔어요. 저도 외출은 합니다."

그녀가 눈썹을 치켜 올렸다. "이를테면 어디로요?"

"이거 혹시 〈마스터마인드〉*인가요? 지원한 기억이 없는데."

"전 그저 돕고 싶은 것뿐이에요."

버나뎃은 그를 실패자로 여기고 있었다. 베라가 암시했던 것처럼.

이런 기분을 느끼고 싶지 않았고, 이런 취급을 당하고 싶지 않았다. 가슴속에서 무언가가 울컥 치밀었다. 5년 동안 집 밖으로 나오지 않고 하루에 우드바인 담배 스무 개비를 피웠다는 먼턴 부인이나 자기네 집 온실에 유니콘이 살고 있다고 생각한 플라워 씨처럼 무기력하고, 실의에 빠진, 쓸모없는 사람처럼 보이지 않도록 무슨 말이든 해야 했다. 아서에겐 아직 자존심이 남아 있었다. 한때는 그 자신도 아버지로서 그리고 남편으로서 소중한 존재였다. 한때는 그에게도 생각과 꿈과 계획이 있었다.

그는 미리엄이 메라 씨에게 남겼다는 주소를 떠올리며 헛기침을 했다. "그렇게 궁금해하시니 제 계획을 알려드리자면," 그가 엉겁결에 말했다. "배스에 있는 그레이스톡 영지에 한번 다녀올까 생각 중입니다."

---

* 위압적인 분위기에서 진행되는 영국 BBC의 TV 퀴즈쇼.

“아 그러세요.” 버나뎃이 그의 말을 곱씹었다. “호랑이들이 마음대로 돌아다니는 곳이죠.”

버나뎃은 걸어 다니는 영국 잡학사전이었다. 그녀와 칼은 고급 캠핑카를 타고 안 가본 데가 없었다. 그레이스톡에서 어디를 가봐야 하고 어디를 가지 말아야 하는지, 무엇을 하고 무엇을 하지 말아야 하는지 설교를 들을 생각에 아서는 뒷목이 뻐근해졌다.

버나뎃은 부엌에서 분주하게 움직이며 저울이 반듯한지 칼들이 깨끗한지 살피는 동안 자기가 아는 것들을 읊어댔다.

물론 아서는 5년 전 그레이스톡 경이 호랑이에 물렸고 호랑이 이빨과 발톱이 종아리에 파고들어서 요즘엔 다리를 전다는 걸 알지 못했다. 젊은 시절 그레이스톡이 쾌락주의자의 노아의 방주처럼, 다양한 국적의 여자들로 구성된 하렘*을 두었다는 것도 몰랐고, 1960년대에 자신의 영지에서 난교파티를 벌이는 걸로 유명했다는 것도 몰랐다. 짙은 파란색이 행운의 색이라는 말을 꿈에서 듣고 속옷까지 짙은 파란색을 입는다는 것도 몰랐다. (아서는 호랑이한테 공격을 당했을 때도 그가 파란색 옷을 입고 있었는지 궁금했다.)

그레이스톡 경이 자신의 영지를 리처드 브랜슨**에게 매각하려다가 사이가 틀어지는 바람에 그 뒤로는 서로 말을 안 섞는

---

* 이슬람 국가에서 부인(첩)들이 거처하던 방. 주로 부유한 남자들이 하렘을 두었다.
** 영국 버진 그룹의 창업자이자 회장.

다는 것도 이제야 알았다. 그레이스톡 경은 지금 은둔자가 되었고 금요일과 토요일에만 영지를 개방하기 때문에 일반인들은 더 이상 호랑이들을 볼 수 없게 되었단다.

버나뎃의 이야기를 통해 아서는 그레이스톡의 일생을 알게 된 기분이었다.

"지금은 기념품 가게와 정원만 개방하는데 약간 허접해요." 버나뎃은 과장된 몸짓으로 수도꼭지 닦는 일을 막 마친 참이었다. "거긴 왜 가시려고요?"

아서는 시계를 보았다. 괜한 말을 꺼냈다는 생각이 들었다. 그녀는 장장 25분에 걸쳐 그에게 봉사하고 있었다. 왼쪽 다리가 뻐근했다. "그냥 기분전환 삼아 다녀오려고요."

"실은 다음 주에 네이단하고 같이 우스터와 첼트넘에 가볼까 해요. 대학들을 좀 둘러보려고요. 원하시면 저희하고 같이 가세요. 거기서 내려 기차를 타고 그레이스톡으로 가시면 되니까요."

아서는 속으로 뜨끔했다. 그저 한번 생각만 해본 거지, 실제로 그레이스톡에 갈 작정은 아니었다. 그는 미리엄하고만 여행을 다녔다. 혼자 여행하는 게 무슨 재미인가. 그레이스톡에 간다고 한 건 그가 쓸모없는 인간이 아님을 버나뎃에게 보여주려고 내뱉은 말일 뿐이었다. 슬슬 불안감이 밀려들었다. 그는 시간을 되돌려 부츠에 손을 집어넣어 팔찌를 발견하지 않았던 때로 돌아가고 싶었다. 그랬다면 코끼리에 새겨진 번호를 누르지도 않았을 텐데. 버나뎃과 그레이스톡 영지 얘기를 나눌 일도 없었을 텐데. "글쎄요, 아직은 잘 모르겠습니다." 그가 말했다. "아마 다음번에……."

"가셔야 해요. 이제 그만 새 출발을 하셔야죠. 작은 걸음부터요. 바람을 한번 쐬어보는 것도 좋을 거예요."

가슴속에서 설렘의 씨앗이 뿌리내리는 걸 느끼며 아서는 흠칫 놀랐다. 그는 아내의 과거 삶에서 무언가를 발견했고 천성이 호기심이 많은 터라 좀 더 알아보고 싶었다. 최근 들어 그가 느낀 감정은 오직 슬픔, 낙담, 우울뿐이라 그런 감정이 새롭게 느껴졌다. "영국식 정원을 돌아다니는 호랑이라니, 재미있을 것 같아서요."

실제로 그는 호랑이를 좋아했다. 그들은 강하고 위엄 있으며 현란한 빛깔의 짐승이었고, 사냥하고 먹고 짝짓기를 하는 생의 핵심적인 임무를 수행하며 어슬렁거린다. 반면 나약함과 근심으로 가득 찬 인간들의 삶은 제각기 너무도 달랐다.

"정말요? 전 조그만 개를 좋아하는 분일 거라 생각하고 있었어요. 이를테면 테리어라든가 햄스터 같은 동물을 좋아하실 것 같았어요. 어쨌든 우리하고 같이 차를 타고 가시겠어요? 네이단이 운전할 거예요."

"캠핑카로 안 가시고요?"

"그 차는 팔 생각이에요. 제가 몰기엔 너무 큰 데다 칼이 죽은 뒤로 보관료를 지불하고 있거든요. 네이단한테 피에스타*가 있어요. 낡긴 했지만 튼튼해요."

"아드님한테 먼저 물어봐야 되지 않겠어요? 다른 계획이 있을지도 모르고……" 아서는 본능적으로 이 여행에서 발을 빼려 애쓰고 있었다. 입을 꽉 다물고 있을걸. 집을 떠나면 일상의 규칙들을 지킬 수가 없었다. 그의 일과는 엉망이 될 것이다. 양치식물 프레더리카와 정원의 고양이 똥은 누가 치운단 말인가? 만약 남쪽으로 가게 된다면 하룻밤 묵게 될 수도 있을 텐데. 그는 혼자 힘으로 가방을 챙겨본 적도 없었다. 미리엄이 늘 해줬는데…… 핑계를 찾느라 그의 머리가 바쁘게 움직였다. 아내의 사생활을 염탐하고 싶진 않았지만 두 사람이 만나기 이전 미리엄의 삶에 대해 더 알고 싶었다.

"아뇨, 그럴 필요 없어요. 네이단은 워낙 아무 생각 없는 아이라서요. 제가 다 챙겨줘야 해요. 이번 여행이 책임감을 갖는 데 도움이 될 거예요. 네이단은 대학을 둘러볼 생각도 못 하고 있을걸요. 지원하기까지는 아직 몇 달이 남아 있지만 일찌감치 준비하고 싶어서요. 네이단이 떠나면 많이 적적할 것 같아요. 다시 혼자가 된다는 건 무척 낯설겠죠. 그 아이가 집을 떠나서 어떻게 살아갈지 생각만 해도 끔찍해요. 기숙사로 찾아가면 먹는 걸 잊어버려서 해골이 되어 있을지도……."

* 미국 포드사의 소형 승용차.

아서는 다시 생각해보니 연말쯤에나 가보는 게 좋겠다고 말하려던 참이었다. 버나뎃과 버나뎃의 아들과 함께하는 여행이 벌써부터 영 내키지 않았다. 언젠가 미리엄과 함께 커피숍에 갔다가 우연히 버나뎃을 만났을 때 얼핏 네이단을 본 적이 있었다. 단음절로 대답하는 유형의 아이였다. 아서는 정말이지 안락한 자신의 집에서, 숨 막히는 일상의 위안에서 벗어나고 싶지 않았다.

그러나 바로 그때 버나뎃이 말했다. "네이단이 떠나면 전 완전히 혼자 남아요. 외로운 과부가 되는 거죠. 그래도 당신과 다른 친구들이 있으니 다행이에요, 아서. 당신은 내게 가족이나 다름없어요."

배 속에서 죄책감이 꿈틀거렸다. 듣자하니 외로운 모양이었다. 그녀가 외로워할 줄은 꿈에도 몰랐다. 몸속의 모든 신중한 신경들이 그레이스톡으로 가지 말라고 말하고 있었다. 그러나 그는 미리엄이 그곳에 대체 어떤 연고가 있었는지 궁금했다. 그녀와는 너무도 어울리지 않는 주소였다. 인도 역시 어울리지 않기는 마찬가지였다. 그레이스톡 경은 매력적인 사람 같았고 그의 집안은 오랜 세월에 걸쳐 그 영지를 소유하고 있었다. 어쩌면 그레이스톡 경은 미리엄을 알거나 기억할 수도 있었다. 팔찌의 다른 참들에 숨겨진 이야기들을 알 수도 있었다. 아서가 과연 참 팔찌에 관한 모든 걸 잊고 상자에 도로 넣은 다음 젊은 시절 아내에 관해 더 이상 캐지 않고 덮어둘 수 있을까?

"솔직히 얘기해도 될까요?" 버나뎃이 말했다. 그녀가 아서의 곁에 앉더니 마른 행주를 비틀어 짰다.

"어, 아뇨……."

"칼이 죽고 나서 네이단이 힘들어했어요. 말을 많이 하진 않았지만 전 알아요. 남자가 곁에 있으면 좋을 거예요. 친구들이 있긴 하지만…… 그건 좀 다르잖아요. 여행하는 동안 조언이나 지도를 좀 해주시면…… 그 아이한테 좋을 것 같아요."

아서는 세차게 고개를 젓지 않으려고 안간힘을 써야만 했다. 그는 깍지콩 같은 기다란 몸에 영안실 커튼처럼 한쪽 눈을 가린 검은 머리카락을 떠올렸다. 커피와 케이크를 앞에 놓고 그들이 만났을 때 그 아이는 거의 말이 없었다. 그런데 버나뎃은 아서가 그 아이와 남자 대 남자의 대화를 나눠주길 기대하고 있었다. "아, 네이단은 제 말 안 들을걸요." 그가 가볍게 말했다. "우린 겨우 한 번 만났을 뿐인걸요."

"제 생각엔 들을 것 같아요. 그 아이가 듣는 말이라곤 이거 해라, 저거 하지 마라 하는 잔소리뿐이거든요. 네이단한테 아주 큰 도움이 될 거예요."

아서는 다시 한번 찬찬히 버나뎃을 바라보았다. 평상시에는 시선을 피했지만 이번엔 그녀의 주홍색 머리카락을 자세히 보았다. 짙은 회색 뿌리가 자라 나오고 있었다. 입꼬리는 처져 있었다. 그녀는 진심으로 그가 같이 가주길 원하고 있었다.

미리엄의 유품들을 구호단체에 가져다줄 수도 있을 것이다.

팔찌를 도로 옷장에 넣고 잊어버릴 수도 있겠지. 그 편이 쉬운 선택이었다. 그러나 그를 가로막는 게 두 가지 있었다. 하나는 이 일에 숨겨진 미스터리였다. 일요일 오후 그와 미리엄이 함께 보곤 했던 탐정물처럼 팔찌의 참에 숨겨진 이야기들을 찾는 일이 그의 뇌를 자극했다. 어쩌면 아내에 대해 좀 더 많은 것을 알게 되고 보다 친밀감을 느낄 수도 있지 않을까. 두 번째는 버나뎃이었다. 파이와 따듯한 말로 이미 여러 차례 그를 찾아와 주었던 버나뎃은 지금껏 한 번도 그에게 대가를 요구한 적이 없었다. 돈을 요구한 적도, 부탁을 한 적도, 칼 얘기를 들어달라고 한 적도 없었다. 그러나 지금 그녀가 그에게 부탁을 하고 있었다.

고집을 부리지는 않으리란 걸 알았지만, 결혼반지를 돌리고 또 돌리며 그의 앞에 앉아 있는 모습으로 보아 이 일이 그녀에게 중요한 일임에 틀림없었다. 그녀는 그들의 여행에 아서가 동행해주길 원했다. 그녀는 그를 필요로 하고 있었다.

아서는 의자에 앉아 몸을 조금 흔들다가, 이건 내가 해야 하는 일이라고 스스로에게 말했다. 가지 말라는 잔소리는 묵살했다. "그러고 보니 저도 그레이스톡에 다녀오는 게 좋겠네요." 마음을 바꾸기 전에 그가 얼른 말했다. "저와 네이단은 잘 통할 겁니다. 저도 끼워주세요."

출발

네이단 패터슨은 몸과 머리와 팔과 다리를 가지고 있다는 점에서 보면 존재하고 있는 게 분명했다. 그러나 그 몸을 작동하게 하는 생각이라는 게 과연 내면에 존재하는지 의문이다. 그 아이는 마치 공항의 컨베이어 벨트에 올라탄 것처럼 미끄러지듯 걸었다. 갈대처럼 마른 몸에 검은색 청바지를 허리춤에 걸쳐 입었고 해골이 그려진 검은 티셔츠를 입고 흰 운동화를 신었다. 앞머리가 얼굴 대부분을 가렸다.

"잘 있었니, 네이단. 다시 보니 반갑구나." 버나뎃의 집 앞 자갈길에 함께 서 있게 되었을 때 아서가 쾌활하게 말하며 손을 내밀었다. "지난번 아침에 커피 마실 때 한 번 만난 거 기억하니?"

네이단은 외계인 보듯 아서를 쳐다보았다. 양손은 옆으로 늘어뜨린 채로. "아뇨."

"하긴, 아주 잠깐이었지. 대학을 둘러볼 거라면서. 너 아주 똑똑한가보다."

네이단은 고개를 돌리고 딴청을 피웠다. 그러고는 자동차 문을 열더니 말 한마디 없이 운전석에 탔다. 아서가 네이단을 쳐다보았다. 아주 긴 여행이 될 것 같았다. "내가 뒤에 타는 게 좋겠지?" 그가 말했다. 그러나 차에 탈 때까지 아무 대답도 듣지 못했다. "그래야 너와 네 엄마가 앞자리에서 얘기를 나눌 수 있을 테니까."

아서는 점심 식사를 하고 나서 여행 가방을 끌고 버나뎃의 집으로 왔다. 프레더리카에게 물을 더 주었고 그녀를 남겨두고 떠나는 데 죄책감이 들었다. "며칠이면 될 거야." 젖은 수건으로 잎을 닦아주면서 그가 중얼거렸다. "별일 없을 거야. 너와 나 둘 다 이렇게 넋 놓고 앉아 있을 수만은 없잖아. 하긴 너야 그래도 되겠지만, 난 가야겠다. 미리엄에 대해 내가 알지 못했던 것들을 알아볼 거야. 너도 내가 가는 걸 바라겠지." 프레더리카에게 어떤 징후가 있는지, 잎이 떨리거나 흙에서 기포가 솟아나는지 살펴봤지만 아무 징후도 없었다.

그는 여벌 셔츠 한 장과 속옷을 챙겼고 세면도구, 면 잠옷, 비상용 비닐 쇼핑백, 코코아 한 봉지를 챙겼다. 버나뎃이 그날 밤 그들이 묵을 첼트넘 비앤드비에 1인실을 예약해주었다. "괜찮아 보여요." 그녀가 말했다. "어떤 방에선 첼트넘 민스터가 보인다네요. 꼭 요크에 있는 것 같을 거예요, 아서. 향수병에 걸릴 일은 없을 거예요."

버나뎃이 부산을 떨며 집에서 나왔다. 그녀는 남색과 자주색 여행 가방, 그리고 막스앤드스펜서 캐리어 네 개를 들고 나왔다.

아서가 창문을 내렸다. 네이단이 달려 나가 도울 거라고 생각했지만 그 아이는 발을 계기반에 올려놓고 과자 한 봉지를 먹고 있을 뿐이었다. "도와드려요?"

"괜찮아. 내가 트렁크에 실을게. 바로 출발하자." 버나뎃이 트렁크 문을 닫고 네이단 옆자리에 앉았다. "우리가 어디 가는지 알지?"

"네." 아들이 한숨을 쉬었다.

"숙소까지 세 시간은 걸릴 거야." 버나뎃이 말했다.

차 안에서 네이단이 라디오를 크게 틀었고 아서는 제대로 생각을 할 수가 없었다. 록 음악이 울려 퍼졌다. 남자 가수가 자기 여자 친구를 죽이고 싶다고 악을 써댔다. 버나뎃은 주기적으로 고개를 돌리고 아서에게 미소를 지으며 "괜찮아요?"라고 입모양으로 물었다.

아서는 고개를 끄덕이며 엄지손가락을 들어 보였다. 아침 일과가 바뀌어버린 게 벌써부터 불안했다. 면도를 하지 않았고 찻잔을 닦아놓는 것도 잊었다. 여행에서 돌아오면 찻잔 안쪽에 굵은 베이지색 줄이 가 있겠지. 혹시 프레더리카에게 물을 너무 많이 준 건 아닌지. 조리대의 부스러기들을 닦아냈던가? 그 생각을 하는 순간 몸서리를 쳤다. 그나저나 앞문은 제대로 잠갔던가?

그는 걱정을 떨쳐버리기 위해 손을 주머니에 넣고 하트 모양의 상자를 감싸 쥐었다. 결이 있는 가죽을 쓰다듬고 조그만 자물쇠도 만져봤다. 비록 어디서 온 물건인지는 알 수 없지만 아내의 물건을 지니고 있으니 안심이 되었다.

가로수 길을 지나 도로로 접어들 때 아서의 눈이 감겼다. 일부러 눈을 부릅떠봤지만 파르르 떨리다가 이내 도로 감겼다. 타이어가 아스팔트 위를 스치는 소리가 그를 진정시키고 재웠다.

그는 미리엄과 루시, 댄과 함께 바닷가로 놀러가는 꿈을 꾸었다. 어느 동네인지는 기억이 나지 않았다. 루시와 댄은 바닷가 여행과 99아이스크림*에 신이 날 정도로 어린 나이였다. "아빠 이리 와서 물장난해요!" 댄이 그의 손을 잡아끌었다. 바다의 수면에서 햇살이 은박지처럼 반짝였다. 해변 산책로를 따라 들어선 음식판매대에서 갓 구운 도넛 냄새와 식초 냄새가 풍겼다. 갈매기들이 머리 위에서 깍깍거리며 달려들었다. 햇볕은 뜨겁고 쨍했다.

"어서! 당신도 들어와!" 미리엄이 그를 바라보며 서 있었다. 그녀의 뒤쪽으로 햇살이 환했고 머리에 황금빛 후광이 비추는 것 같았다. 아서는 속이 비치는 흰 드레스 틈으로 드러난 그녀

---

* 영국의 소프트아이스크림 브랜드.

의 다리 윤곽을 바라보았다. 그는 바짓단을 발목까지 접고 백사장에 앉아 있었다. 겨자색 민소매 셔츠 속으로 땀이 찼다.

"난 좀 피곤해. 모래 위에 누워서 세 사람 구경이나 할래. 신문 기사나 읽으면서." 그가 신문을 두드렸다.

"그건 언제고 할 수 있는 일이잖아. 우리하고 같이 가. 애들 잠들면 그때 우리끼리 편하게 쉬자."

아서가 미소를 지었다. "난 그냥 여기 있을래. 당신하고 애들은 가서 물놀이해." 그가 손을 뻗어 루시의 머리카락을 헝클어뜨렸다.

아내와 두 아이는 잠시 그 자리에 서서 아서를 쳐다봤지만 이내 설득하기를 포기했다. 그는 세 사람이 손을 잡고 바다로 뛰어가는 걸 바라보았다. 일어나 쫓아가볼까도 생각했지만 그들은 비치파라솔과 색색의 타월들 사이로 순식간에 사라져버렸다. 그는 셔츠를 벗어서 돌돌 만 다음 머리 밑에 받쳤다.

그러나 꿈이기에 그는 그 일을 돌이킬 수 있었다. 아내가 같이 물놀이를 하자고 했고 그는 이번엔 좋다고 대답했다. 다시는 이 순간이 오지 않으리란 걸 알고 있었기 때문이다. 아이들과 함께하는 이 시간이 너무도 소중하다는 걸, 훗날 댄은 수천 킬로미터 떨어진 곳에서 살고 루시와도 소원해지리란 걸 알고 있었기 때문이다. 그날 이후 너무도 여러 번, 가족들과 함께 그 바닷가에 가고 싶어 하리란 걸 알고 있었기 때문이다.

그래서 이번엔, 꿈속에서 그가 일어나 댄과 루시의 모래 범벅이 된 조그맣고 촉촉한 손을 잡았다. 그들은 백사장을 함께 달렸다. 넷이서 한 줄로 서서 웃으면서 소리를 지르며 달렸다. 허벅다리까지 바지가 젖도록, 입술에서 찝찔한 맛이 나도록 바닷물 속에서 첨벙거렸다. 미리엄이 물살을 헤치고 그에게로 다가왔다. 그녀는 웃으며 손끝을 물에 담근 채 끌며 걸었다. 루시는 그의 다리에 꼭 붙어 있었고 댄은 허리께로 파도를 맞으며 물속에 앉아 있었다. 아서는 미리엄의 허리를 한 팔로 감고 가까이 끌어당겼다. 미리엄의 코에 난 주근깨들이 두드러지기 시작했고 햇볕에 그을려 뺨에는 분홍색 동그라미가 생겼다. 지금 이 순간보다 그가 더 머물고 싶은 곳은 없었다. 그가 몸을 앞으로 숙이고 그녀의 숨결을 입술로 느끼면서…….

"아서, *아서!*"

그의 무릎에 누군가의 손길이 느껴졌다. "*미리엄?*" 그가 눈을 떴다. 아내와 아이들과 함께한 시간은 순식간에 사라졌다. 버나뎃이 앞좌석에서 뒤쪽으로 몸을 숙이고 있었다. 앞좌석 문이 열려 있었다. 회색 아스팔트가 펼쳐져 있었다. "깜빡 잠이 들었나보네요. 여기 휴게소예요. 나 화장실 가야 해요."

"아."

아서가 다시 현실에 적응하며 눈을 깜빡였다. 그의 손을 잡은 미리엄 손의 감촉이 여전히 생생했다. 너무도 그녀와 함께 있고 싶었고 그녀의 입술에 키스하고 싶었다. 그는 축 늘어져 있던 몸을 추슬렀다. "여기가 어디죠?"

"벌써 버밍엄에 거의 다 왔어요. 도로가 한적하네요. 내려서 다리 좀 뻗어보세요."

그는 그녀가 시키는 대로 차에서 내렸다. 거의 두 시간 가까이 잤다. 건물의 회색 슬라브 쪽으로 걸으면서 그는 다시 꿈으로 돌아가 가족과 함께 있으면 좋겠다고 생각했다. 꼭 실제 같았다. 왜 실제로 그 일이 일어나고 있을 땐 그 순간을 즐기지 못했을까?

그는 WH 스미스*를 둘러보고 〈데일리 메일〉을 산 다음 자판기에서 종이컵에 커피를 뽑았다. 흙맛이었다. 로비에서는 오락기계의 소음이 울려 퍼졌고 현란한 조명이 반짝거렸고 경쾌한 전자음악이 흘러나왔다. 어니언링 튀기는 냄새와 표백제 냄새가 풍겼다. 그는 반쯤 마신 커피 컵을 조심스럽게 쓰레기통에 넣은 다음 화장실로 향했다.

다시 차로 돌아오니 네이단 혼자였다.

네이단은 도로 흰 발목을 드러낸 채 발을 계기반에 올려놓고 있었다. 아서는 뒷좌석에서 신문을 펼쳤다. 앞으로 며칠간 폭염이 예고되었다. 수십 년 만에 가장 더운 5월. 그는 프레더리카의 흙을 떠올리며 부디 촉촉하길 바랐다.

네이단이 과자 봉지에서 꼬부라진 노란 과자를 하나 꺼냈다.

---

* 간단한 먹을거리와 음료, 잡지, 책 등을 파는 영국의 대형 체인 서점. 번화가와 기차역, 공항 등에 입점해 있다.

과자 하나를 아서가 아는 그 누구보다도 긴 시간에 걸쳐 먹고 나서 마침내 네이단이 말했다. "아저씨하고 우리 엄마하고…… 혹시 그런……?"

아서는 다음 문장이 이어지길 기다렸지만 거기까지였다. "미안하다, 난 통 무슨 소린지……."

"아저씨하고 우리 엄마요. 혹시…… 그런 사인가요?" 네이단이 몸을 돌려 아서를 바라보면서 우아한 말투로 물었다. "두 분 *사귀*는 거예요?"

"아니." 아서는 너무 기겁한 것처럼 들리지 않게 말하려 애썼다. 대체 어쩌다 그런 생각을 하게 되었는지. "절대 아니야. 우린 그냥 친구란다."

네이단이 점잖게 고개를 끄덕였다. "그럼 호텔에서 방도 따로 쓰시는 거죠?"

"물론 그래야지."

"그냥 궁금해서요."

"우린 진짜 그냥 친구야."

"엄마가 파이 같은 음식을 가져다드리더라고요. 다른 사람들한테는 단 것들만 가져가거든요."

그녀의 다른 *실패자*들을 말하는 건가. 정신 나간 플라워 씨, 집에만 틀어박혀 지내는 먼턴 부인 등등. "네 엄마가 애써줘서 얼마나 고마운지 몰라. 그동안 힘든 시간을 보냈는데 엄마가 아주 큰 도움이 되었단다. 그리고 난 단 음식보단 짭짜름한 게 더 좋더라.”

“아, 그러세요.” 네이단이 과자를 씹다가 멈췄다. 그러고는 과자 봉지를 접어 매듭을 지어 묶어서는 콧수염처럼 코 밑에 올려놓았다. “엄마는 남을 돕는 걸 좋아해요. 완전 성녀가 따로 없어요.”

네이단이 빈정거리는 건지 아닌지 아서는 알 수가 없었다.

“아저씨 부인은 돌아가셨죠?” 네이단이 물었다.

“응, 그렇단다.”

“기분 진짜 좆같겠어요, 그죠?”

아서는 자리에서 벌떡 일어나 앞좌석 쪽으로 달려들어 과자 봉지를 네이단의 코밑에서 확 낚아채고 싶었다. 젊은 사람들은, 그들이 결코 갈 일이 없는 먼 나라 얘기라는 듯 죽음을 하찮게 여겼다. 더구나 미리엄에 대해 그렇게 스스럼없이 얘기하다니 괘씸한 놈 같으니라고. 그는 가죽 시트를 손톱이 파고들도록 움켜쥐었다. 뺨이 벌겋게 달아올랐다. 아서는 앞좌석 거울 속에서 네이단과 눈이 마주치지 않도록 창밖을 내다보았다.

오소리가 그려진 검은 티셔츠를 입은 여자가 걸음마를 뗀 악을 쓰는 아이를 끌고 주차장을 가로지르고 있었다. 여자아이는 해피밀 봉지*를 움켜쥐고 있었다. 나이 든 여자가 포드 승용차에서 내려 소리를 지르기 시작했다. 그녀가 봉지를 가리켰다.

* 맥도날드에서 판매하는 어린이용 세트 메뉴.

가족 삼대가 맥도날드 햄버거 때문에 다투고 있었다.

아서는 네이단의 질문에 대답해야 했다. 대답을 안 하는 건 무례한 행동이니까. 그러나 자신의 감정을 공들여 설명하고 싶진 않았다. "그래. 아주 좆같아." 욕을 했다는 것조차 의식하지 못한 채 그가 대답했다.

"다들 왔네." 때마침 앞문이 열리면서 버나뎃이 짐이 잔뜩 들어 있는 봉지 여러 개를 발밑 공간에 집어넣었다. 그러고는 자기도 봉지들 틈을 비집고 들어가 자리에 앉으려 애썼다. "출발 준비 됐어요?" 안전벨트를 채우며 그녀가 물었다.

"뭘 산 거예요? 맥도날드하고 WH 스미스밖에 없던데." 네이단이 말했다.

"여행에 필요한 잡지들, 음료수, 초콜릿 같은 거. 너하고 아서 아저씨 배고플까봐."

"트렁크에도 먹을 거 있지 않아요?"

"있어. 그래도 새로운 것들이 있으면 좋잖아."

"비앤드비에서 차 마실 거라면서요. 한 시간이면 도착할 텐데."

아서는 마음이 불편했다. 버나뎃은 분위기를 띄우려 애쓰고 있었다. "그러고 보니 좀 출출하네요." 전혀 배가 고프지 않은데도 그녀 편을 들기 위해 아서가 말했다. "과자하고 음료수 좀 마시면 딱 좋겠어요."

아서는 보상으로 그녀의 따스한 미소, 킹사이즈 트윅스 초코

바, 2리터짜리 코카콜라 한 병을 받았다.

*

비앤드비의 방은 싱글 침대 하나와 부실한 옷장 하나, 의자 하나가 겨우 들어갈 정도로 좁았다. 한쪽 구석에는 지금까지 그가 본 것 중 가장 작은 세면대와 미니 치즈 크기의 포장된 비누가 있었다. 화장실과 욕실은 (주인이 알려준 바에 따르면) 위층에 있었다. 9시 이후에는 목욕을 할 수 없고 변기 물을 힘껏 내리지 않으면 배설물이 다 내려가지 않는단다.

마지막으로 싱글 침대에서 잔 게 언제였는지 기억조차 나지 않았다. 침대는 너무도 비좁아 보였고 홀아비가 된 그의 처지를 새삼 일깨워주었다. 그나마 침구는 밝고 산뜻했다. 침대에 걸터앉아 내리닫이 창문 밖을 내다보니 길 건너편에 공원이 시원스레 펼쳐졌다. 그와 미리엄이 비앤드비에 묵을 때면 가장 먼저 하는 일이 차 한 잔을 마시면서 무료 서비스 트레이에 어떤 비스킷이 있는지 확인해보는 것이었다. 그들에겐 나름의 점수표가 있었다. 비스킷이 없으면 무조건 0점이었다. 다이제스티브는 2점. 커스터드 크림은 그보다 조금 나아서 4점. 부르봉 비스킷*은 처음엔 5점을 주었지만 아서가 갈수록 더 좋아하게

* 초콜릿 크림이 들어 있는 비스킷.

되어서 나중엔 6점을 주었다. 안에 아무것도 들어 있지 않은 초콜릿 맛이 나는 비스킷은 점수가 높았다. 그보다 더 상위권 점수를 받는 비교적 큰 호텔 체인의 고급 비스킷들로는 레몬과 진저 혹은 초콜릿 칩 쿠키들이 있는데 8점이었다. 10점을 받는 것은 숙소 주인이 직접 만든 비스킷이지만 극히 드물었다.

이곳에는 생강 쿠키 두 개가 들어 있는 봉지가 하나 있었다. 이 정도면 상당히 훌륭한 편이었지만 봉지에 들어 있는 쿠키들을 본 순간 가슴이 저렸다. 그는 하나를 꺼내 먹고는 봉지를 닫아 쟁반에 올려놓았다. 남은 생강 쿠키는 미리엄의 것이었다. 도저히 그 쿠키를 먹을 수가 없었다.

버나뎃과 네이단을 만나 아래층 식당에서 저녁 식사를 할 때까진 아직 두 시간이나 남아 있었다. 그와 미리엄은 얇은 점퍼를 걸치고 주변을 둘러보며 다음 날 무얼 할지 생각해볼 겸 산책을 나가곤 했었다. 혼자서 이것저것 알아내본들 무슨 의미가 있을까. 천천히 공원 쪽으로 걸어가는 네이단의 모습이 보였다. 한 손을 주머니에 찔러 넣고 담배를 피우고 있었다. 녀석의 나쁜 습관을 버나뎃은 알고 있는지.

그는 주머니에서 상자를 꺼내 창틀 위에서 열어봤다. 이제 그 팔찌를 보는 것도 만지는 것도 익숙해졌건만 아직도 팔찌를 아내와 연결시킬 수가 없었다. 그녀의 여린 손목에 그토록 묵직하고 큼직한 물건들이 달랑거리는 모습은 상상하기 힘들었다. 미리엄은 자신의 고상한 취향에 자부심을 갖고 있었고 옷차림에도 품위가 있어서 종종 프랑스 출신이라는 오해를 받곤 했다. 실제로 미리엄은 프랑스 여자들이 옷 입는 방식이 마음에 든다며 언젠가는 파리에 가보고 싶다고도 했다. 옷차림이 세련되었다면서.

그녀가 몸이 아프기 시작하고, 가슴이 답답해지고 호흡이 가빠지면서 옷차림도 달라졌다. 파란 실크 블라우스와 크림색 스커트와 진주는 형체 없는 카디건으로 대체되었다. 그녀의 유일한 목표는 보온이었다. 햇볕이 살갗에 내리쬘 때조차도 한기를 느꼈다. 그녀는 정원에서 점퍼를 입고 얼굴을 뒤로 젖히고는 해를 바라보곤 했다. 마치 태양에 맞서기라도 하는 것처럼. *아! 난 널 충분히 느낄 수가 없어.*

"당신이 왜 인도 얘기를 안 했는지 모르겠어, 미리엄." 그가 소리 내어 말했다. "메라 씨 이야기는 안타깝긴 하지만 당신이 부끄러워할 일은 아니잖아."

까마귀 한 마리가 창문 뒤에 앉아 그를 바라보더니 다시 팔찌를 쳐다보는 것 같았다. 아서가 창문을 두드렸다. "훠이!" 그는 상자를 가슴에 댄 채 눈을 가늘게 뜨고 팔찌에 달린 참들을 보았다. 꽃 모양 참은 조그만 진주알을 다섯 빛깔의 보석이 둘러싸고 있었다. 팔레트 참에는 조그만 붓과 물감으로 보이는 여섯 개의 에나멜 점들이 박혀 있었다. 호랑이는 뾰족한 황금 이빨을 드러내며 으르렁거렸다. 그는 다시 시계를 보았다. 저녁 식사까지는 1시간 45분이 남아 있었다.

집에 있었다면 지금쯤 저녁을 먹었을 것이다. 그와 미리엄은 항상 정확히 5시 반에 식사를 했고 그는 그 습관을 유지해오고 있었다. 그녀가 음식을 준비하는 동안 그가 식탁을 차렸다. 이러한 규칙에서 유일하게 벗어나는 날이 금요일이었다. 금요일은 TV 앞에서 생선, 칩, 으깬 완두콩 따위를 쟁반째로 놓고 먹는 날이었다. 그는 양손을 깍지 껴 머리를 받치고 침대에 누웠다. 아내가 없으니 음식 맛도 전 같지 않았다.

시간을 때우기 위해 그는 다음 날을 생각하기 시작했다. 같은 시간에 차와 아침 식사를 할 수나 있을지. 그는 종이에 적어놓은 열차 시간표를 찬찬히 읽어보고 기억해두었다. 그레이스톡 경이 마치 오랜 친구처럼 양팔을 벌리고 자신을 반기는 모습을 상상해봤다. 그리고 인도에서 맨땅에 앉아 어린아이들과 함께 구슬 놀이를 하는 미리엄도 상상해봤다. 이해하기가 너무 힘들었다.

그렇게 해서 겨우 10분이 지났고 아서는 객실 벽에 어설프게 달려 있는 소형 TV의 리모컨을 들었다. 전원을 켜고, 채널을 전부 돌려보다가 결국 〈형사 콜롬보〉의 20분짜리 최신 에피소드를 보기 시작했다.

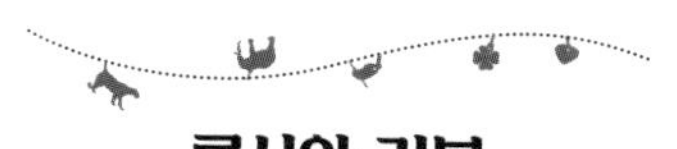

루시와 거북

루시 페퍼는 예전에 살던 집의 문 앞에 서서 예전에 쓰던 방의 창문을 올려다보았다. 집에 올 때마다 집 크기가 줄어드는 것 같았다. 그녀와 댄이 계단을 오르내리고 어머니 아버지가 거실에 앉아 있을 땐 그렇게 넓어 보였건만. 두 사람은 늘 함께였다. 벽난로 양쪽을 지키고 앉아 있는 도자기 개들처럼.

힘세고 꼿꼿했던 아버지는 이제 너무나 왜소해 보였다. 반듯했던 허리는 굽었고, 그녀가 잡아당겼다가 제자리로 돌아가는 걸 보며 재미있어했던 검은 머리카락은 이제 뻣뻣하고 허옇게 셌다. 그 모든 일이 너무도 순식간에 일어났다. 부모님이 영원히 살 거라는 어린 시절의 순수한 믿음은 이제 깨져버렸다.

루시는 오직 엄마가 되기만을 원했다. 어렸을 때부터 인형들을 아기인 양 돌봤고 두 아이의 엄마가 된 자신의 모습을 상상했다. 남자애 하나 여자애 하나건, 남자애 둘 여자애 둘이건 상관없었다. 서른여섯 살의 나이라면 걸음마하는 아기들을 거느린 엄마여야 했다. 페이스북을 통해 동창 중 한 명이 할머니가 되었다는 소식도 들었다. 그녀는 자신의 뺨에 닿는 작고 끈적이는 뽀뽀들을 갈망했다.

요즘 같은 세상에 이런 생각을 하다니, 이 사실을 인정하는 것 자체가 낯설게 느껴졌다. 화려한 직업적 성공을 추구하거나 세계를 여행하고 싶어야 맞는 게 아닐까? 그러나 루시는 자식을 키우며 행복했던 그녀의 어머니 미리엄처럼 되고 싶었다. 어머니 아버지는 완벽한 결혼 생활을 했다. 한 번도 다투지 않았다. 서로의 농담에 웃었고 손을 잡고 다녔다. 어렸을 때 루시는 부모님의 그런 모습이 창피했다. 두 사람은 마치 10대 연인들처럼 서로의 허리를 감싸안고 걸었다. 자신이 데이트를 시작하고 길을 건널 때, 소중한 존재를 다루듯 그녀의 허리 잘록한 부분을 손으로 감아주는 사람을 찾지 못하자 그제야 비로소 부모님이 얼마나 특별한 부부인지 깨닫게 되었다. 물론 가라테 갈색 띠인 그녀에게 딱히 보호자가 필요한 건 아니었지만 그런 대접을 받으면 기분이 좋을 것 같았다.

그녀의 오빠 댄은 부모가 되는 것 따위엔 전혀 관심이 없었다. 자기 사업을 키우고 외국에서 삶의 터전을 닦는 일에만 몰두했다. 댄과 그의 아내 켈리가 본인들이 원하자마자 바로 예쁜 아이 둘을 낳은 건 너무 불공평했다. 댄은 항상 운이 좋았던

반면 루시는 무언가를 이루기 위해 죽도록 노력해야 했다. 결혼도, 아버지와의 관계도, 직장도.

루시는 밤마다 침대에 누워 이상적인 삶을 상상했다. 남편과 아이들과 함께 공원에서 웃고 그네를 미는 자신의 모습을. 무릎이라도 까지게 되면 필요할 휴지를 들고 뽀뽀해줄 준비가 된 그녀의 어머니도 곁에 있을 것이다.

그러나 어머니는 이제 여기 없고 앞으로도 없을 것이다. 어머니는 아직 루시가 낳지 않은 아이들을 볼 수도, 안아볼 수도 없을 것이다.

초등학교 교사인 루시는 아이들을 학교에 데려다주는 학부모들이 자기보다 나이가 어리다는 걸 깨달았다. 앤서니와 너무 긴 시간을 허비했다는 생각에 그녀는 얼굴을 찌푸렸다. 앤서니는 피임약을 중단하기 전에 한 번 더 외국에서 휴가를 보내자고 우겼다. 아기를 갖기 전에 멋진 새 소파를 장만하는 호사를 누려야 한다고도 했다.

루시는 그에게 알리지 않고 무작정 약을 끊었다. 매사에 신중한 그녀답지 않게, 이런 상황에서는 일단 저지르고 나서 나중에 생각해야 한다고 믿었다. 앤서니의 뜻대로 하도록 내버려둔다면 쉰 살이 되어서도 아이를 가질지 말지 고민하고 있을 것 같았다. 어쨌든 그로부터 몇 주 만에 임신을 했고, 그로부터 몇 달 뒤에는 더 이상 임신이 아니었다.

이제 앤서니는 떠났고 어머니도 떠났다. 가정을 꾸려보겠다는 루시의 꿈도 햇살 아래 쏟아진 향수처럼 증발해버렸다.

루시는 어머니의 장례식에 가지 않은 일로 여전히 자신을 책망하고 있었다. 딸이 되어서 제 어머니의 장례식에도 안 가다니, 그러고도 딸이라고 할 수 있을까. 형편없는 딸, 그게 바로 그녀였다. 작별 인사를 하러 갔어야만 했다. 그러나 그럴 수가 없었다. 못 가는 이유를 아버지에게 설명할 수도 없었다. 그녀가 써서 아버지의 집 문 안에 밀어 넣은 쪽지에는 이렇게 적혀 있었다.

미안해요, 아버지. 도저히 감당할 수가 없어요.

제 대신 어머니한테 작별 인사 전해주세요.

사랑해요, 루시. xxx

그러고는 다시 침대로 돌아갔고 그로부터 일주일을 일어나지 못했다.

그녀의 아버지는 규칙적인 일과 속에 안주했다. 아버지의 삶은 엄격했고 확고했다. 아버지의 집에 갈 때면 왠지 아버지를 방해하는 것 같은 기분이 들었다. 아버지는 끊임없이 시계를 보았고 그녀가 없다는 듯 해야 할 일들을 했다. 마치 평행 우주 속에 존재하는 두 사람처럼. 마지막으로 찾아갔을 때 루시는 주전자를 올려놓고 차를 두 잔 준비했다. 그런데 아버지는 차를 마시지 않겠다고 했다. 자기는 아침 8시 반, 11시에만 차를 마시고 가끔 3시에도 한번 마신다면서. 마치 하워드 휴즈*를 방문한 기분이었다.

루시는 어머니가 아직도 살아 있어서 아버지 문제를 해결해줬으면 좋겠다고 생각했다. 지금도 식탁에 앉아 있거나 정원에서 장미 가지를 다듬는 어머니를 볼 수 있을 것만 같았다. 때로는 저도 모르게 가냘파져가는 어머니의 어깨 위에 다정하게 손을 얹으려고 허공으로 손을 뻗어보곤 했다.

루시는 오빠 댄이 그녀와 아버지의 삶에 관심을 가져주길 바랐다. 댄과 아버지의 관계는 언제나 삐걱거렸다. 두 사람은 서로의 방식들과 성향들을 결코 포용하지 못하는 것 같았다. 그들은 같은 하늘을 이루고 있는 그림 맞추기의 두 조각이지만 정작 서로는 결코 맞지 않았다. 어머니가 없는 지금, 아버지와 댄이 언제 어떻게 연락을 주고받아야 하는지 루시가 알려줘야 하는 지금, 그 사실은 더더욱 분명해졌다.

아버지와 짜증스러운 한 시간을 보내고 난 뒤 집으로 돌아갈 때면 집에 누군가 있었으면, 그녀를 안아주고 다 괜찮을 거라고 말해주는 누군가가 있었으면 좋겠다는 생각이 들었다.

앤서니가 그들의 결혼 생활을 뒤로하고 떠나버린 지 여섯 달이 되었다. 너무 상투적인 이야기지만 어느 날 퇴근하고 집으

---

* 미국의 투자가이자 비행사, 공학자, 영화 제작자, 감독, 자선가. 생전에 여러 가지 기행으로 구설수에 올랐다.

로 돌아와보니 현관 앞에 그의 가방들이 나와 있었다. 처음엔 출장을 가는데 깜빡 잊고 말을 하지 않은 모양이라고 생각했다. 가방 뒤로 그가 모습을 드러내는 순간 그녀는 곧바로 *알아차렸다*. 그는 바닥을 보고 있었다. "아무래도 이건 아닌 것 같아, 루스. 이게 아니라는 건 우리 둘 다 알고 있잖아."

애원하고 싶지 않았다. 돌이켜 생각해보면 너무 나약한 행동이었다. 그러나 그녀는 *애원*했다. 곁에 있어달라고, 태어날 아기의 아버지가 되어달라고 애원했다. 지난 1년간 거지 같은 시간을 보낸 건 사실이지만 이젠 다 지난 일이라고. 이제 그만 잊고 앞으로 나아가자고. 어머니가 돌아가신 뒤로 그에게 소홀했던 걸 안다고. 아기를 잃은 뒤로 그녀가 소홀했다고.

그러나 그는 고개를 저었다. "너무 많은 슬픔을 겪었어. 난 행복하고 싶어. 당신도 행복했으면 좋겠어. 하지만 우리 사이에 일어난 일들 때문에 행복해질 수가 없어. 우리가 헤어져야 그 슬픔에서 벗어날 수가 있어. 난 떠나야 해."

협동조합 제과 코너에서 앤서니가 다른 여자와 쇼핑 카트를 밀고 있는 걸 보았다. 단발에 목이 긴 여자는 루시와 약간 닮았었다.

루시는 그들을 따라 과일 주스 코너와 냉동 디저트 코너까지 들어갔다가 거기서 마음을 접었다. 만약 앤서니가 그녀를 보았다면 자기를 스토킹한다고 생각했을 것이다. 그는 자신의 새 여자 친구에게 루시를 소개했을 것이고 루시는 만나서 정말 반갑지만 신선한 딸기가 있을까 해서 들어와본 거라고, 얼른 가봐야 한다고 말했을 것이다. 그리고 그녀가 그들의 말을 듣지 못할 정도로 멀어지면 그는 새 여자 친구에게 말할 것이다. "내 전처야. 임신 15주차에 유산을 했는데, 그 뒤로 사람이 달라지더라고. 마치 불이 꺼진 것처럼. 난 벗어날 수밖에 없었어." 그의 여자 친구는 이해한다는 듯 고개를 끄덕이면서 자신은 생식력이 왕성하다며, 가족을 원한다면 그녀의 몸이 실망시키는 일은 결코 없을 거라며 그를 안심시킬 것이다.

루시는 계산대까지는 그런대로 잘 버텼지만 카트 보관소에서 울음을 터뜨렸다. 카트를 다른 카트에 포개어 넣기 위해 밀고 또 밀었지만 들어가지 않았다. 흰 요크셔 장미가 그려진 토큰을 카트의 구멍에 넣어둔 채로 돌아섰다. 목둘레가 허리둘레와 비슷한 남자가 휴지를 건넸고 그녀는 그 휴지에 코를 풀고는 집으로 가서 보드카 반병을 들이켰다.

그 뒤로 그녀는 자신의 성을 페퍼로 다시 바꿨다. 루시 브래니건보다는 루시 페퍼가 훨씬 더 나았다. 그녀는 조용히 집 안에 남아 있는 앤서니의 기억을 지웠고 모유 수유 홍보책자, 기저귀 할인권, 수유패드를 재활용품 수거함에 넣었다. 예전의 성이 그녀를 좀 더 강하게 만들어준 것 같았고, 그녀에게 다시 삶을 시작할 힘을 주었다.

이제 그녀는 자신이 성장했던 집, 그녀의 어머니 아버지가 그녀의 기저귀를 수천 번은 갈았을 그 집 앞에 서 있었다. 따스함이 그녀를 감쌌다. 루시는 미소를 지으며 벨을 눌렀다. 데이지 꽃무늬 유리창으로 현관홀에 걸려 있는 아버지의 코트가 보였다. 현관 매트 앞에 우편물이 쌓여 있었다. 아직 우편물을 들여가지 않은 게 이상하다는 생각이 들었다.

그녀는 다시 한번 벨을 누르고 문을 한 번 두드렸다. 기척이 없었다.

올려다보니 집 창문들이 전부 다 닫혀 있었다. 뒤쪽 정원으로 난 옆길을 따라가봤지만 아버지는 보이지 않았다.

그녀는 눈을 가늘게 뜨고 햇살을 바라봤다. 아버지를 찾으면 원예용품점에 가자고 설득해봐야지. 화창한 날이었다.

오늘은 한 시간 일찍 퇴근했다. 학교 운동회 날이라 아이들 무릎에 반창고를 붙여주거나 오렌지 과즙 음료를 나르며 학교에 남아 있어야 했다. 그러나 숟가락에 달걀 얹고 달리기 게임을 하는 아이들을 바라보면서 문득 아버지 곁에 있고 싶은 마음이 간절해졌다. 댄은 오스트레일리아에 있고 어머니는 세상을 떠난 지금 그녀에게 남아 있는 가까운 혈육은 아버지뿐이었다. 그녀는 두통을 핑계로 릴레이 경주가 시작되면서 들려오는 웃음소리와 박수 소리를 뒤로하고 학교에서 빠져나왔다.

그녀는 까치발을 하고 서서 두 눈 위로 손을 구부리고 뒤쪽 창문으로 집 안을 들여다보았다. 양치식물 프레더리카는 어딘가 처량해 보였다. 가장자리 잎이 늘어져 있었다. 아버지는 이 식물에 집착했었다.

문득 섬뜩한 생각이 뇌리를 스쳤다. *돌아가셨는지도 몰라.* 계단에서 굴렀거나 아니면 어머니처럼 침대에 누워서 돌아가셨는지도. 욕실 바닥에 넘어져서 움직이지 못하는 상태면 어쩌지. *세상에.* 가슴속에 두려움이 끓어오르기 시작했다. 그녀는 다시 집 앞쪽으로 가봤다.

"무슨 일이세요?" 맞은편 정원에서 웬 남자가 소리를 질렀다. 두건을 쓴 아버지의 이웃이었다. 전에도 본 적이 있었다. 잔디 깎는 기계에 몸을 기대고 선 그 남자는 뒤집어놓은 그릇 같은 것을 들고 있었다.

"아버지를 만나러 왔는데, 대답이 없어서요. 아버지가 넘어지시기라도 한 게 아닐까 걱정이 되네요. 테리 씨 맞죠?"

"맞습니다. 걱정 마세요. 오늘 아침 여행 가방을 들고 나가셨어요."

루시가 머리를 쓸어 넘겼다. "여행 가방요? 확실한가요?"

"그럼요. 저 여자 집으로 가는 것 같던데. 라즈베리 색깔 머리 여자."

"버나뎃?" 언젠가 아버지를 만나러 왔을 때 버나뎃이 부엌 어머니의 자리에 앉아 있었다. 버나뎃은 갓 만든 소시지 롤을 들고 왔었다. 루시는 음식을 만들지 않았다. 해놓은 음식을 전자레인지에 데우거나 그릴에 구울 줄만 알았다.

"그 여자분 이름은 몰라요. 두 분이 한 차를 타고 가던데요. 어린 남자애가 차를 몰았어요. 머리카락이 한쪽 눈을 가렸던데,

그래가지고 길을 제대로 볼 수나 있을지 원."

"어딜 간다고는 얘기하던가요?"

테리가 고개를 저었다. "아뇨. 따님이신가요? 눈이 닮았네요."

"그래요?"

"네. 어디 간다고는 얘기 안 했어요. 아버지가 워낙 말수가 적은 분이잖아요. 아닌가요?"

"그렇진 않아요." 루시가 눈을 가늘게 뜨며 말했다. 테리의 손안에 있던 조그만 갈색 그릇이 움직였다. 그릇에서 머리 하나가 빠끔히 나오더니 눈 두 개가 그녀를 쳐다보았다. "그거…… 혹시 거북이에요?"

테리가 고개를 끄덕였다. "옆집에서 탈출했어요. 우리 집 잔디를 좋아하는데 이유를 모르겠어요. 제가 잔디를 깔끔하게 관리하는 걸 좋아하거든요. 이 꼬마 친구가 먹을 게 별로 없을 텐데 말이에요. 이 녀석이 탈출할 때마다 잡아서 되돌려줘요. 빨간 머리에 맨발로 다니는 꼬마 둘이 거북이 주인이에요. 그 아이들 아세요?"

루시는 모른다고 했다.

"아버지 오시면 따님이 왔었다고 전해드릴까요?"

루시는 그래주면 고맙겠다고, 자기도 전화해보겠다고 했다. 그녀는 아버지가 왜 여행 가방을 챙겼으며 대체 어딜 간 건지 궁금했다. 우유를 사러 동네에 나가자고 설득하는 것조차 힘든 아버지였는데. "거북이 당분간 좀 돌아다니게 내버려두지 그러세요? 그럼 방랑벽이 좀 잦아들 수도 있지 않을까요. 제 집에 있는 걸 행복해하게 될 수도 있고요. 어디가 집인지는 모르겠지만."

"그런 생각은 미처 못했네요." 테리가 거북을 자기 쪽으로 돌려 마주 봤다. "넌 그 점에 대해 어떻게 생각하니, 친구?"

"도와줘서 고마워요." 루시가 다시 길을 가로지르며 건성으로 어깨 너머 소리쳤다.

그녀는 집 뒤쪽으로 가서 커다란 화단 가장자리에 앉았다. 그러고는 휴대전화에 아버지의 번호를 찍었다. 평상시처럼 아버지가 휴대전화를 어디다 뒀는지 생각해내기까지 스무 번 정도 벨이 울렸다. 마침내 아버지가 전화를 받았다.

"여보세요. 아서 페퍼입니다."

"아버지. 루시예요." 목소리를 듣고 안심하며 그녀가 말했다.

"오, 그래, 얘야."

"아버지 집에 왔는데 안 계시네요."

"네가 오는 줄 몰랐지."

"그냥…… 아버지가 보고 싶어서 왔어요. 이웃에 사는 분이, 그 잔디를 사랑하는 분이, 아버지가 여행 가방을 들고 나가는 걸 봤대요."

"맞아. 그레이스톡 영지에 가볼 생각이야. 그 배스에 있는, 호랑이들이 산다는 곳 말이야."

"그곳 이야기는 저도 들어본 적 있어요. 하지만 아버지가……."

"버나뎃하고 버나뎃 아들이 그쪽 방향으로 간다면서 같이 가자고 해서."

"그래서 같이 가셨다고요?"

"네이단이 대학을 둘러본다고 하더라고. 난…… 글쎄다…… 그냥 기분전환이나 해볼까 했지."

루시는 눈을 감았다. 일정에 없으면 그녀와 차 한잔 마시지 않는 아버지였는데, 불타는 머리의 이웃집 여자와 여행을 떠나다니. 아버지는 지난 1년 동안 집에만 틀어박혀 지냈다. 루시는 이 갑작스러운 여행에 어딘가 수상한 구석이 있음을, 아버지가 뭔가 숨기고 있음을 직감했다. "갑자기 훌쩍 떠나기엔 먼 길이잖아요."

"어쨌든 덕분에 이렇게 집 밖으로 나왔잖니."

루시는 아버지가 혼자 살다보니 마음이 약해진 게 아닌가 걱정이 되었다. 신문에는 항상 남의 말에 잘 속는 연금 생활자에 관한 기사들이 넘쳐났다. 루시는 이 일을 어떻게 받아들여야 할지 알 수 없었다. 그녀가 화단 화초들이나 한번 둘러보러 원예 용품점에 가자고 해도 안 나서던 아버지가 왜 버나뎃을 따라나섰을까. 루시는 목소리에서 배어나는 불안감을 억누르려 애썼다. "집엔 언제 돌아오세요?"

"언제 돌아갈지는 모르겠다. 지금 비앤드비에 있는데, 내일

그레이스톡으로 갈 거야. 어쨌든, 그만 가봐야겠다, 얘야. 집에 돌아가서 전화하마."

"아버지…… 아버지." 그리고 전화가 끊겼다. 루시는 휴대전화를 바라보았다. 다시 전화를 걸까도 생각했지만 아버지의 다른 이상한 습관들, 엄격하게 지키는 규칙들을 생각해봤다. 아버지는 볼 때마다 늘 겨자색 민소매 셔츠를 입고 있었다. 아버지는 몇 주 동안 그녀에게 전화를 하지 않았다. 식물에게 말을 걸었다.

어머니가 세상을 떠날 때까지 루시는 부모님이 늙었다고 생각해본 적이 없었다. 그러나 지금은 그런 생각이 들었다. 아버지가 혼자 힘으로 살 수 없다면 도와줄 사람을 찾아보거나 요양원을 알아봐야 했다. 아버지의 정신은 얼마나 급격히 쇠퇴할까.

아버지가 계단 올라가는 걸 도와주고, 음식을 먹여주고, 화장실에 데려가는 자신의 모습을 상상하면서 루시의 입안이 바짝 말랐다. 돌보아야 할 아기 대신 그녀에겐 아버지가 있었다.

정원 게이트로 향하는 그녀의 무릎이 후들거렸다. 그녀의 삶에서 이미 어긋나버린 것들도 모자라, 이제 그녀는 치매 앓는 아버지까지 떠안게 되었다.

비앤드비

비앤드비 아래층에서 제공되는 아침 식사는 냄새가 그럴듯했다. 집에서 그와 미리엄은 시리얼만 먹었다. 토스트를 먹을 땐 앵커 버터나 루어팍 버터보다는 플로라 마가린을 곁들였다. 의사가 혈압 수치를 검사하고 수치가 낮다고 확인해줬는데도 미리엄은 그에게 콜레스테롤 수치를 신경 써야 한다고 했다. 아서는 푸짐한 영국식 아침 식사 냄새보다는 세탁한 면 시트 냄새를 맡으며 일어나는 데 익숙했다. 이건 엄청난 호사였다. 그러나 아내와 함께 이 식사를 즐길 수 없는 것에 죄책감이 들었다.

어젯밤 비앤드비로 오는 차 안에서 잤는데도 간밤에 잠을 푹 잤다. 오늘 아침 그를 깨운 건 하늘에서 깍깍거리고 지붕에서 탭댄스를 추는 갈매기 소리였다.

어젯밤 루시와 통화를 하고 나서 피로감이 몰려왔다. 그는 버나뎃의 방문을 두드리고 두 사람과 함께 저녁 식사를 못 할 것 같다고 양해를 구했다. 일찌감치 잠자리에 들고 싶다고 다음 날 아침에 보자고. 버나뎃은 고개를 끄덕이면서도 실망한 기색이 역력했다.

그는 샤워를 한 다음, 옷을 입고 면도를 하고 아침 식사 장소로 내려갔다. 노란 비닐 식탁보에 인조 수선화들이 놓여 있었고 벽에는 바닷가 풍경을 담은 액자들이 걸려 있었다. 버나뎃과 네이단은 이미 4인용 식탁에 앉아 있었다.

"좋은 아침입니다." 그가 쾌활하게 말하며 두 사람 곁에 앉았다.

"……아침입니다……." 네이단이 나이프로 꽃들을 찌르며 겨우 한마디 내뱉었다.

"좋은 아침이에요, 아서." 버나뎃이 말했다. 그가 손을 뻗어 아들의 손을 내렸다. "잘 잤어요?"

"기절한 것처럼 잤어요. 버나뎃은요?"

"난 잘 못 잤어요. 새벽 3시쯤에 깨어나서 이런저런 생각을 하느라고. 생각을 멈출 수가 없더라고요."

무슨 생각을 했느냐고 물으려는데 깔끔한 검은 스커트에 노란 블라우스를 받쳐 입은 젊은 종업원이 차와 커피 중 무얼 들겠느냐고 물었다. 한쪽 손목에는 닻 모양의 문신을, 한쪽 손목에는 장미 모양의 문신을 새긴 것이 아서의 눈에 띄었다. 요즘 젊은 사람들이 좋아하는, 그의 눈엔 영 못마땅한 새 유행인 모양이었다. 이렇게 예쁜 아가씨가 왜 뱃사람을 닮고 싶어 하는지, 참나. 그러나 아서는 곧바로 자신의 고리타분한 생각을 책망했다. 미리엄은 늘 그에게 좀 더 열린 마음을 가지라고 말하곤 했다. "문신이 마음에 드네요." 그가 미소를 지으며 말했다. "아주 예뻐요."

웨이트리스는 그에게 혼란스러운 미소를 지어 보였다. 마치 그 문신이 걸음마 하는 아기가 바늘과 잉크를 들고 그린 것 같다는 걸 자기도 안다는 듯이. 아서는 차를 주문하고 구운 토마토를 제외한 영국식 아침 식사 세트를 주문했다.

그와 버나뎃은 시리얼과 우유 한 컵을 가지러 간이테이블로 동시에 다가갔다. 아서는 라이스 크리스피 시리얼을 골라서 들고 왔다. 버나뎃은 프로스티 시리얼 두 통을 가져왔다. "박스가 작아서 양이 항상 부족하더라고요." 그녀가 말했다.

세 사람은 침묵 속에서 식사를 했다. 네이단은 금방이라도 식탁에서 곯아떨어질 것처럼 고개를 숙인 채 머리카락을 거의 그릇에 담그고 있었다.

시리얼을 다 먹고 나니 종업원이 그릇을 치우고 조리한 아침 식사를 가져다주었다.

"소시지가 맛있어 보이는구나." 대화를 이어보려고 아서가 네이단에게 말했다.

"……있어요."

"맛있어요, 라고 해야지." 버나뎃이 정정했다.

네이단은 무표정했다. 그는 소시지 한 개를 포크로 찔러서 그 상태로 먹기 시작했다. 아서는 테이블 밑에서 그를 걷어차 주고 싶은 충동을 느꼈다. 버나뎃이 테이블 매너를 아주 제대로 가르친 모양이었다.

"오늘 첫 번째 대학을 둘러보려고요. 근사할 것 같아요." 버나뎃이 말했다. "같이 가시겠어요, 아서?"

"괜찮으시다면, 저는 그레이스톡에 가보려고요. 기차를 타고 브리스톨로 가서 거기서 배스로 가는 기차를 탈 생각입니다."

"금요일하고 토요일만 여는 걸로 아는데, 오늘은 화요일이잖아요."

"일반인한테 여는 날이 아니어도 돼요. 가서 문을 두드리면 될 거예요."

"그래도 미리 전화를 해보시는 게……."

잔소리를 들을 기분이 아니었다. 그의 머릿속엔 오직 한 가지 생각뿐이었고 자신의 임무를 완수하기로 결심했다. 그는 베이컨을 잘랐다.

"나중에 어디로 데리러 가면 될까요?"

"그러실 필요 없습니다. 영지에서 집까지는 혼자 갈게요."

버나뎃의 얼굴이 조금 시무룩해졌다. "그러지 마세요. 시간이 많이 걸릴 거예요. 그리고 이 숙소는 하룻밤만 예약했어요."

"이미 충분히 도움을 주셨어요." 아서가 단호하게 말했다.

"일단 거기 가보고 그다음에 어떻게 할지 생각해보겠습니다."

"성급하게 결정하지 마시고, 나중에 전화로 알려주세요. 저희하고 같이 가셔도 괜찮으니까요. 하지만 저도 수업은 빠지고 싶지 않아요."

"수업요?"

"우리 엄마 밸리 댄스 배워요." 네이단이 키득거리며 말했다.

아서는 말없이 음식을 씹었다. 버나뎃이 자주색 시폰을 입고 엉덩이를 흔드는 남사스러운 모습이 머릿속에 떠올랐다. "몰랐네요. 그건 아주…… 에너지가 넘치는 운동일 것 같습니다."

"운동은 좀 되더라고요."

네이단이 다시 키득거렸다.

버나뎃은 네이단을 무시했다. "베이컨 어때요, 아서?" 그녀가 물었다.

"맛있어요." 아서가 대답했다. 오늘은 혼자 시간을 보낼 수 있다는 게 기뻤다. 미리엄에 대해 무얼 알게 되건, 그것은 그만의 사생활이어야 했다. 그는 혼자만의 생각에 잠기고 싶었다. "바삭바삭한 베이컨을 좋아하거든요. 그리고 제 걱정은 하지 마세요. 혼자서도 얼마든지 그레이스톡에 갈 수 있으니까요."

호랑이

버나뎃과 네이단은 아서를 첼트넘 기차역에 내려주었다. 배스에 도착한 아서는 그레이스톡 영지까지 걸어가기로 했다.

그때까지만 해도 그게 잘한 일 같았다. 해가 났고 새들이 지저귀고 있었다. 아서는 가방을 들고 기차역 앞 광장을 기분 좋게 가로질렀고, 검은 택시들의 행렬을 지나쳤다. 종이에 스케치한 지도를 보면서 조그만 로터리를 건넌 다음 영지까지 이어진 B로드로 접어들었다. 모험가가 된 것 같았고 이런 결정을 내린 자신이 자랑스러웠다. 그는 단호한 발걸음으로 앞으로 나아갔다.

포장도로는 얼마 못 가서 끝나고 쐐기풀과 엉겅퀴가 발목을 찌르기 시작했다. 발에 닿는 지면이 울퉁불퉁했고 회색 스웨이드 모카신이 아닌 튼튼한 가죽신을 신을 걸 그랬다는 후회가 밀려들었다. 길 곳곳에 널려 있는 바위와 자갈 틈을 헤치고 가방을 끈다는 게 사실상 불가능했다. 그는 가방을 끌었다가 들었다가 하며 걸었다.

"어이, 할아버지!" 반짝이는 스포츠카가 쌩하고 곁을 지나갔다. 아서는 뒷좌석 창문 밖으로 누군가 엉덩이를 내밀고 있는 걸 분명히 보았다.

8백 미터 남짓 걸었더니 길이 좁아졌다. 그는 까칠까칠한 생울타리와 높고 널찍한 연석 사이에 끼어 있었다. 도저히 더 이상은 여행 가방을 주체할 수가 없어서 멈춰 서서 양손을 무릎 위에 올려놓고 숨을 골랐다. 미리엄이 죽은 뒤로 가장 멀리 나간 게 우체국이었건만. 꼴이 말이 아니었다.

생 울타리에 틈새가 있었다. 아서는 몸을 일으켜 호박벌 한 마리를 바라보았다. 소들이 침착하게 풀을 뜯고 있었다. 빨간 트랙터가 들판을 갈아엎는 광경도 감상했다. 그는 다시 걷기 시작했지만 이번엔 벽돌 무더기와 철제 장바구니가 길을 막았다. 아서의 인내심은 한계에 달했다. 더 이상은 여행 가방을 끌고 갈 수가 없었다. 그는 가방을 생 울타리 틈새에 밀어 넣고 주위의 수풀을 매만져 가방을 감췄다.

그는 주위를 둘러보며 위치를 기억해두었다. 맞은편에 이번 주 일요일에 열리는 중고 매매 광고판이 있었고 '롱스데일 팜까지 1.6킬로미터'라고 적힌 표지판도 보였다. 그레이스톡을 방문하고 돌아가는 길에 가방을 챙길 생각이었다. 튼튼한 나일론 가방이라 한나절 정도 덤불 속에 묵혀도 괜찮을 것이다.

이제 그는 한결 가볍고 빨라졌다. 여행에 무얼 가져갈지 생각하는 사람은 주로 미리엄이었다. 그럴 때면 집안 곳곳에 자그마한 무더기들이 생겨나곤 했다. 속옷들, 면도용품들, 비스킷 두 봉지, 상상할 수 있는 모든 자외선 차단 지수의 선크림. 덤불 속에 가방을 숨겨둔 걸 알면 미리엄이 썩 좋아할 것 같지 않았다. 그러나 아서는 이런 자신의 모습이 만족스러웠다. 어쨌든 그는 궁리를 하고 결정을 내리고 앞으로 나아가고 있었다.

그레이스톡은 아직 한참을 더 가야 했기 때문에 그는 생 울타리를 비집고 나온 냉이와 유채꽃밭을 감상하려 멈추지 않고 계속 걸었다. 은색 컨버터블을 타고 지나가다가 차를 세우고 태워주겠다는 매혹적인 금발 아가씨들의 제안을 거절했고, 트랙터 기사에겐 고맙지만 길을 잃은 게 아니라고 말했다. 이 동네 사람들은 전반적으로 쾌활해서 그는 이제 빨간 차를 탄 남자아이들이 엉덩이를 내놓았던 사건도 용서할 수 있었다. 날이 화창하다보니 흥에 겨워 그랬을 것이다.

마침내 그레이스톡 영지의 정문 앞에 다다르니 벗겨지기 시작한 나무 표지판이 있었다. 글자도 대부분 떨어져 나갔다.

'그레이Gray___ 영Man__에 오신 것을 환영합니다.'

그 사람들이 내가 오는 걸 안 모양이라고* 아서는 생각했다.

---

* '그레이스톡 영지Graystock Manor'의 알파벳이 떨어져 'Gray Man'이 된 것을 머리가 센 노인, 즉 자신을 두고 한 말로 가정한 것.

그리고 영지 쪽으로 구부러진 기다란 진입로를 바라보며 낭패감을 느꼈다. 나무들 틈으로 저택이 보였다.

한때 그레이스톡은 웅장했지만, 지금은 청승맞은 1980년대 비디오에 나오는 건물처럼 쇠락한 화려함이 배어날 뿐이었다. 거대한 앞문을 받치고 있는 도리아 양식 기둥은 군데군데 부서져 나갔다. 건물의 석재는 아서가 쓰는 다이슨 진공청소기가 흡수한 먼지 빛깔이었다. 위층 창문 몇 개는 깨어져 있었다.

그는 잠시 양손을 허리에 얹고 서서, 이제 곧 미리엄 삶의 또 한 챕터를 발견하게 되리라는 생각을 했다. 설레야 할지 두려워해야 할지.

이쯤 되니 화장실이 너무 급했다. 갑자기 어디선가 공공화장실이 나타날지도 모른다는 막연한 기대를 품고 주위를 둘러보았다. 유일한 대안은 수풀로 들어가는 것이었다. 그를 볼 관광객이 없길 바라는 마음으로 아서는 수풀로 들어가 소변을 보기 시작했다. 회색 다람쥐가 달려와 흘금 쳐다보더니 나무 위로 올라갔다. 다람쥐는 나뭇가지에 앉아 그가 일을 마칠 때까지 수염을 씰룩거리고 있었다. 다행히 주머니에 물티슈 한 봉지가 있어서 다시 걷기 전에 손을 닦을 수 있었다.

저택 쪽으로 걷는 동안 숨이 가빠졌다. 태워주겠다는 버나뎃의 제안을 어쩌자고 뿌리쳤는지. 그는 가끔 아주 고집불통인 얼간이처럼 굴 때가 있었다.

저택은 높고 검은 철책으로 둘러싸여 있었다. 이중문에는 묵직한 청동 자물쇠가 달려 있었다. 그는 철책에 얼굴을 대고 안을 들여다보았다. 저택으로 들어가는 문들은 잠겨 있었다. 왜 무작정 이곳에 와서 초인종만 누르면 될 거라고 생각했는지. 발이 욱신거렸고 물티슈 때문에 손이 끈적거렸다.

그는 적어도 10여 분을 그렇게 서 있었다. 자신이 무기력하게 느껴졌고 이제 어떻게 해야 할지 난감했다. 그때 무언가가 움직였다. 정원의 장미 덤불 뒤에서 파란색 형체가 휙 스쳤다. 그레이스톡 경이었다. 아서는 까치발로 섰다. 그 형체가 덤불 밖으로 나왔다. 영주는 웃옷을 벗고 짙은 파란색 바지만 입고 있었다. 가슴이, 데친 바닷가재의 붉은 빛깔이었다.

"안녕하세요." 그가 소리쳤다. "*안녕하세요*, 그레이스톡 경."

영주는 그의 말을 못 들었거나 혹은 듣고도 무시하는 것 같았다. 바로 그때 아서는 나뭇가지에 가려진, 구부러진 무쇠 손잡이가 달려 있는 놋쇠 방울을 보았다. 손잡이를 흔들어봤지만 종소리가 나무에 파묻혔다. 펄쩍 뛰어 나뭇가지와 잔가지를 손으로 밀쳐봤지만 가지들은 곧바로 제자리로 돌아왔다. 마지막으로 한 번 더 종을 울리고 문을 두드렸지만 허사였다. 그는 저만치에 있는 자신의 표적을 잠시 바라보았다. 그레이스톡 경은 주머니에 손을 넣고 자신의 영지를 거닐고 있었다. 그는 장미향을 맡아보거나 잡초를 뽑으려 멈춰 서곤 했다. 둥글고 빨간 배가 벨트 위로 불룩하게 나왔다.

귀가 먹었나? 아서가 생각했다. 저런 사람이 어떻게 하렘을 거느렸는지 원. 미리엄은 절대 그들 중 한 명일 리가 없었다.

짜증이 치민 그는 손가락으로 철책을 더듬으며 걸었다. 이따금 멈추어 까치발로 정원 안을 들여다보곤 했다. 영지는 마치 요새 같았다.

그러다가 어느 순간, 저택 뒤쪽 커다란 참나무로 가려진 곳에 철책이 땅바닥까지 뻗어 있는 대신 철책 밑으로 야트막한 벽돌담이 있는 지점이 보였다. 좋은 수가 있어.

그는 다른 사람이 없는지 주위를 둘러본 다음 돌담 위로 올라갈 작정으로 오른쪽 다리를 들었다. 거기 올라서면 철책 안쪽을 더 잘 볼 수 있을 것이다. 그러나 다리를 들어 올리는 순간 우두둑 소리가 나더니 무릎이 뻣뻣해졌다. 그는 몸을 숙이고 무릎을 문지른 다음 다시 한번 시도했다. 양손으로 무릎 뒤쪽을 받치고는 한 발을 돌담 위에 올려놓았다. 그리고 철책을 잡은 다음 있는 힘을 다해 다른 발도 땅에서 뗐다. 다른 한 발을 마저 돌담 위에 올려놓는 순간 짜릿한 쾌감을 느꼈다. 나이는 좀 먹었어도 아직은 팔팔했다. 그는 심호흡을 몇 번 하고는 다시 철책에 얼굴을 붙였다.

버스럭거리는 소리가 나더니 잭 러셀 테리어가 노란 눈으로 그를 쳐다봤다. 무늬가 있는 실크 스카프에 카키색 바버 재킷을 입은 여자가 다가와 아서를 위아래로 훑었다. "무얼 도와드릴까요?" 그녀가 물었다.

"아뇨, 괜찮습니다. 고맙습니다." 그는 양손으로 철책을 붙잡고 최대한 태연한 표정으로 서 있었다.

여자는 여전히 그 자리에 있었다. "지금 뭐하시는 거죠?"

아서는 대답을 너무 빨리 생각해냈다. "제 개를 찾고 있었습니다. 아무래도 철책을 넘어갔나보네요."

"이 철책 높이가 3미터가 넘는데요."

"아, 그러게요." 그가 고개를 끄덕였다. 변명도 없이 아무 말 않고 있으면 돌아서서 가버리겠지. 그는 내셔널 트러스트 동상 모드에 돌입했다.

여자가 입술을 깨물었다. "10분 정도 개를 산책시킬 거예요. 제가 돌아왔을 때도 계속 여기 이러고 계시면 경찰 부를 거예요. 아시겠죠?"

"알겠습니다." 아서는 담장 위로 기어 올라오느라 양말 위로 말려 올라간 바지 자락을 펴려고 다리를 흔들었다. "분명히 말씀드리는데, 제가 이래봬도 도둑은 아닙니다."

"듣던 중 반가운 소리네요. 개를 찾으시길 바랄게요. 10분이에요." 여자가 경고했다.

아서는 여자가 멀어질 때까지 기다렸다. 오늘은 그야말로 재앙이었다. 그냥 집에서 〈데일리 메일〉이나 읽고 있을 것을. 바로 그때 짙은 파란색 바지가 보였다. 젠장. 그의 관심을 끌어야 했다. 아서는 선 채로 철책을 흔들어봤지만 꿈쩍도 하지 않았다. 그래서 대신 손을 흔들기 시작했다. "그레이스톡 경! 그레이스톡 경!" 아서가 소리쳤다. 이게 무슨 꼴이람. 록 콘서트에라도 온 것 같구먼. 그러나 *이렇게라*도 해야 했다. 그를 만나기 위해 먼 길을 왔다. 아서는 규칙적인 일상이 있는 집에 머물라고 말했던 그 자신의 목소리를 거슬렀다. 대답을 듣기 전엔 돌아갈 수 없었다.

여자와 개는 돌아올 것이다. 어차피 치를 일이라면 빨리 해치우는 편이 나았다. 아서는 더 생각하지 않고 철책 위의 불룩한 지점을 보았다. 그는 있는 힘을 다해 다리를 들고는 발을 그 뒤에 고정했다. 그 자신조차 알지 못했던 힘을 끌어내 철책 위로 몸을 끌어올렸다. 아서는 잠시 그 상태로 힘을 끌어모았다. *힘내시구려, 에드먼드 힐러리 경,* 자, 조금만 더.* 그는 중심을 잡으며 한쪽 다리를 철책 반대편으로 넘겼다. 그러고는 펄쩍 뛰어내렸다. 철책 꼭대기의 백합 문양에 바짓단이 걸렸다. 잔디로 뛰어내릴 때 요란하게 찢어지는 소리가 났다. 내려다보니 왼쪽 바지통이 허벅지까지 찢어져서 이상한 사롱**을 걸친 것 같은 꼴이 되었다. 상관없었다. 어쨌든 들어왔으니까. 그는 일어서서 왼쪽 다리를 드러낸 채 저택을 향해 걸었다.

잔디가 젖어 있어서 뽀드득거렸다. 버터 같은 태양에 풀잎이 반짝였다. 아름다운 날이었다. 아서는 안도의 한숨을 쉬었다. 새들이 지저귀고 있었고 붉은 까불 나비가 어깨에 내려앉았다.

---

* 에베레스트 산을 최초로 등정한 뉴질랜드 출신의 산악인이자 탐험가.

** 말레이시아, 인도네시아 등지에서 남녀 구분 없이 허리에 둘러 입는 천.

"안녕," 아서가 말했다. "아내에 대해 알고 싶어서 왔단다." 나비가 날아가는 걸 바라보다가 잔디 위의 벽돌을 미처 보지 못했다.

발이 벽돌에 걸렸고 그 바람에 발목이 접질렸다. 그는 비틀거리며 옆으로 쓰러졌다가 굴러서 다시 바로 누웠다. 몸을 일으키려 해봤지만 딱정벌레처럼 팔다리가 허공에서 버둥거릴 뿐이었다. 다시 한번 몸을 일으키려는 순간 신음소리가 새어 나왔다. 아주 제대로 넘어졌군. 발목이 욱신거렸다. 까마득한 철책도 가뿐하게 넘었건만 겨우 벽돌 하나에 걸려 넘어지다니. 그는 팔다리를 축 늘어뜨린 채 하늘을 보았다. 웨지우드 도자기처럼 파란 빛깔 하늘에 익룡 모양의 구름이 떠다녔다. 비행기 한 대가 날아가며 구름을 일으켰다. 배추흰나비 두 마리가 점점 더 높이 날아올랐고 어느 순간 아득히 멀어졌다. 벽돌이 귀 옆에 놓여 있었다. 누군가 갉아먹은 것처럼 깎인 채로.

그는 숨을 한껏 들이마시고 다시 한번 힘을 내 일어나 앉으려 했지만 부질없는 노릇이었다. *멍청하긴.* 그가 한숨을 쉬었다. 아무래도 잠시 동상 모드를 취했다가 다시 움직여야 할 것 같았다. 바닥에 뻗어 있는 내셔널 트러스트 동상을 본 적이 있었던가. 흠, 그런 건 본 적 없는 것 같은데. 그는 다리를 들어 접질린 발목을 돌려보려 애썼다. 발목이 돌아갔고 딸깍 소리가 났다. 처음에 생각했던 만큼 나쁘진 않았다. 저택은 몇 걸음 거리였다. 거의 다 왔어. 조금 더 있다가 옆으로 돌아눕고 그다음엔 일어날 수 있겠지. 필요하다면 기어서라도 가야지.

그가 혼자 있는 게 아니라는 사실을 깨닫기까진 잠시 시간이 걸렸다.

먼저 손끝에서 잔디의 진동이 느껴졌다. 묘한 느낌이었다. 쿵쿵거리는 것도 윙윙거리는 것도 아니었다. 그보다는 철퍼덕하는 데 가까웠다. 오른발에 뭔가가 스쳤다. 개인가? 아니면 다람쥐? 아서는 머리를 움직여 고개를 들려고 애썼지만 그 순간 날카로운 통증이 목을 관통했다. 아이쿠, 꽤 아프네.

그다음으로 알아차린 것은, 거대한 뭔가가 시야를 가려 하늘이 보이지 않는다는 것이었다. 털이 난 것. 주황색, 검은색, 그리고 흰색.

하나님 맙소사. *안 돼.*

호랑이가 그를 내려다보고 있었다. 녀석의 얼굴이 얼마나 가까운지 탁한 숨결이 뺨에 후끈하게 와닿을 정도였다. 오줌 냄새가 분명한 싸한 냄새가 코를 찔렀다. 뭔가 묵직한 게 어깨를 지그시 눌렀다. 앞발. 거대한 앞발. 아서는 눈을 질끈 감고 싶었지만 이 거대한 짐승에 홀리기라도 한 듯 녀석을 똑바로 쳐다보지 않을 수가 없었다.

호랑이는 입술이 검었고 수염이 코바늘처럼 굵었다. 입술을 씰룩거리자 침 한 가닥이 길게 늘어져 아서의 귀에 떨어졌다. 손을 뻗어 닦아내고 싶었지만 움직일 엄두가 나지 않았다. 이제 끝장이었다. 이제 그는 죽은 목숨이었다. 아서는 침이 잔디로 흘러내리도록 고개를 살짝 옆으로 돌렸다.

자신의 죽음을 상상할 때 (미리엄이 세상을 떠난 뒤 그는 자주 죽음을 상상하곤 했다) 그가 선호하는 방식은 잠이 들었다가 깨어나지 않는 것이었다. 그래도 누구든 바로 발견해주길 바랐다. 악취를 풍기기 시작하면 곤란하니까. 그리고 평온해 보이고 싶었다. 고통으로든, 그 무엇으로든 얼굴이 일그러지지 않길 바랐다. 아마도 루시가 그를 발견할 테고 얼굴을 찌푸리고 있으면 루시의 마음이 불편할 테니까. 자신의 죽음을 예감할 수 있으면 좋으련만. 그러면 준비할 수도 있을 텐데. 만약 앞으로 15년 뒤 3월 8일에 잠자리에 들고 일어나지 않으리란 걸 미리 안다면, 테리에게 그 전날 살짝 귀띔을 해줄 수도 있을 것이다. "만약 내일 내가 안 보이거든 자네가 집으로 쳐들어와도 좋아. 아마 내가 침대에 누워서 죽어 있을 걸세. 놀라지 말게. 난 그렇게 되리란 걸 이미 알고 있으니까."

그런 식이 아니라면, 그들 나이엔 암도 아주 흔한 병이었다. 혹이 생겼는지 알아보려면 고환을 어떻게 쥐어봐야 하는지 TV에서 본 적이 있었다. 그날 아침 텔레비전 화면에 등장한 털이 북슬북슬한 한 쌍의 공을 보고 있자니 얼마나 민망하던지. 나중에 바지 위로 확인을 해봤고 전립선암은 그에게 해당 없다는 결론을 내렸다.

상상조차 해보지 않은 게 있다면 바로 호랑이한테 잡아먹히는 것이었다. 신문 헤드라인이 보이는 것만 같았다.

연금 생활자 호랑이에게 물려 죽다

허벅다리 뼈 그레이스톡 영지 내에서 발견

이런 식으로 죽고 싶진 않았다.

호랑이가 앞발을 움직여서 이번엔 팔 조금 아래쪽을 짚었다. 앞발의 발톱이 살로 파고드는 섬뜩한 느낌이 들 때에도 아서는 그저 가만히 누워 있는 수밖에 없었다. 날카로운 통증이 밀려들었고 흘긋 쳐다보니 팔뚝에 네 줄로 맺힌 핏자국이 보였다. 살갗 위로 피가 배어나기 시작했다. 마치 몸 위로 떠올라 이 광경을 내려다보는 것 같은 기분이 들었다.

언젠가 책에서 본 그림이 떠올랐다. 사람을 덮친 사자의 그림이었다. 화가가 앙리 루소였던가? 이제 그 자신이 바로 바닥에 쓰러져 있는 그 남자가 되었다. 그림 속의 남자가 겁에 질린 표정이었던가? 피가 흘렀던가? 두려움에 마비된 상태로 바닥에 누워 있자니 시간조차 가늠할 수가 없었다. 얼마나 오래 있었을까? 몇 초인지, 몇 분인지, 몇 시간인지 알 수 없었다. 호랑이가 그를 빤히 쳐다보며 기다리고 있었다. 깜빡이지 않고, 감정도 없는 노란 눈동자로. *어디 한번 움직여보시지.* 녀석이 그를 부추기고 있었다. *날 건드리면 어떻게 되는지 한번 보자고.*

아서는 다시 호랑이를 보았다. 호랑이는 그의 드러난 다리를 동경의 눈빛으로 바라보는 듯했다. 버나뎃의 목소리가 들리는 것만 같았다. "미련한 영감탱이 같으니라고. 어쩌자고 그놈의 울타리를 타넘었대요?"

"엘시. 안 돼." 어디선가 성난 남자의 목소리가 들려왔다. "물러서! *망나니 아가씨.*"

이로써 암컷으로 밝혀진 호랑이는, 고개를 돌려 고함치는 사람을 응시했다. 그러더니 다시 아서를 보았다. 둘은 잠시 그렇게 서로를 쳐다보며 한 순간을 공유했다. 그녀는 아직 결정을 내리지 못했다. 그녀는 언제고 그의 머리를 찢어발길 수 있었다. 머리가 허옇게 센 노인을 잡아먹는 건 식은 죽 먹기일 테지. 약간 오돌오돌할 순 있겠지만 그 정도는 감수하겠지.

"엘시." 그의 귀에서 몇 센티미터 떨어진 풀밭 위에 두툼한 날고기 한 덩이가 척 하고 떨어졌다. 아서의 머리보단 더 맛있어 보였는지 호랑이는 *내가 이번엔 봐준다*는 듯한 오만한 눈빛으로 쳐다보고는 어슬렁거리며 가버렸다.

아서는 욕을 하고 싶진 않았다. 하지만…… *젠장*. 그는 큰 한숨을 내쉬었다.

단단한 팔 하나가 그의 등을 받치고 일으켜 앉혔다. 아서도 최대한 힘을 보탰다. 팔이 옆으로 축 늘어진 채로.

그의 곁에 쪼그려 앉은 사람은, 다름 아닌 그레이스톡 경이었다. 그는 파란 셔츠에 그와 어울리는 파란 조끼를 걸쳤다. 햇살에 반짝이는 조그만 거울들로 장식된 조끼는 바지와 같은 색깔이었다. "대체 여기서 뭘 하시는 겁니까?"

"전 단지……."

"경찰을 부르겠습니다. 당신은 사유지를 침범했어요. 하마터면 죽을 뻔했잖아요."

"그러게요." 아서가 거친 숨을 내쉬었다. 아서는 자신의 팔을 보았다. 빨간색 페인트 볼*을 맞은 것 같았다.

"약간 긁힌 것뿐이에요." 그레이스톡이 퉁명스럽게 말했다. 그가 바지를 걷고 발목에서 무릎까지 녹아내린 밀랍 같은 피부를 드러냈다. "*이 정도는 돼야* 상처라고 말할 수 있죠. 운 좋은 줄 알아요. 호랑이들은 마음대로 다가와 쓰다듬는 애완동물이 아니에요."

"호랑이를 보러 온 게 아닙니다."

"아니라고요? 그럼 왜 우리 엘시랑 레슬링을 하면서 놀고 있었습니까?"

아서가 입을 벌렸다 다물었다. 호랑이와 놀고 있었다니 얼토당토않은 소리였다. "당신을 만나러 왔습니다."

"절요? 참 나! 평범한 사람처럼 초인종을 누를 순 없었습니까?"

"전 멀리서 왔어요. 당신을 직접 만나기 전엔 돌아갈 수 없었습니다."

"처음엔 무모한 장난을 하는 동네 아이들인 줄 알았습니다.

* 서로에게 페인트가 든 탄환을 쏘는 게임.

두어 번인가 이 동네 10대 아이들이 철책에 티셔츠를 걸고 매달려서는 사색이 된 채 도움을 청한 적이 있었거든요. 엘시가 그저 장난만 치고 싶어 했으니 망정이지, 운 좋은 줄 알아요." 그가 무릎을 꿇고 앉았다. "이런 묘기를 하기엔 너무 나이가 많다고 생각하지 않습니까?"

"네. 나이가 많긴 하죠."

"혹시 동물 보호 운동가는 아니시죠?"

아서가 고개를 저었다. "저는 은퇴한 열쇠 수리공입니다."

그레이스톡이 혀를 끌끌 찼다. 그가 아서를 도와 일으켜 세웠다. "안으로 들어가시죠. 팔에 반창고를 붙여드릴게요."

"발목도 접질린 것 같습니다만."

"날 고소할 생각일랑 마세요. 어떤 기자가 한번 그런 적이 있어요. 우리 호랑이 중 한 마리가 그자를 가지고 놀다가 어깨를 긁었거든요. 미리 경고하는데 난 지금 땡전 한 푼 없어요."

"고소할 생각 없습니다." 아서가 말했다. "다 제 잘못이에요. 제가 바보짓을 했어요."

*

저택에서는 습기, 가구 광택제, 그리고 쇠락의 냄새가 풍겼다. 현관홀은 전부 흰 대리석이었고 벽엔 그레이스톡 선조들의 초상화들이 걸려 있었다. 바닥에는 거대한 체스판처럼 검은색과 흰색 체크무늬 타일이 깔렸고, 오크재 계단은 현관홀 한복판에서 방향이 휘어져 있었다. 이 저택은 정지 상태였다. 아서는 이런 곳을 둘러보려고 10파운드를 낸다는 게 납득이 가지 않았다. 그들이 들어온 현관문 맞은편 책상 위에 바로 그 가격이 적혀 있었다. 한때는 웅장했을 것이다. 하지만 지금은 천장 벽화 속 하늘에서 내려오는 천사들과 그들을 휘감은 빨간 휘장에서 페인트가 벗겨지고 있었다.

그레이스톡이 아서를 안내했고 아서는 절뚝거리며 몇 걸음 뒤에서 걸었다. 몸 어디가 가장 아픈지조차 알 수가 없었다.

"이 집은 오랜 세월 동안 우리 가족의 집이었어요. 지금은 방 몇 개만 씁니다." 그레이스톡이 말했다. "이런 집에 살 형편이 못 되지만 여길 떠나고 싶지가 않아요. 이쪽으로 오세요."

아서가 그를 따라 어두운 방으로 들어섰다. 가죽 안락의자들이 있고 진짜 불을 지피는 벽난로가 있었다. 석조 벽난로 위 선반에는 라파엘 전파* 분위기의 하늘거리는 흰 드레스 차림을 한 여자 그림이 있었다. 여자는 양팔을 호랑이 목에 두르고 풀밭에 앉아 있었고 호랑이가 여자의 턱밑에 코를 비비고 있었다. 아서는 혹시 미리엄인가 해서 자세히 들여다보았다. 미리엄은 아니었다.

* 19세기 중엽 영국에서 일어난 예술 운동으로, 라파엘로 이전처럼 자연에서 겸허하게 배우는 예술을 표방한 유파.

그는 벽난로 옆에 놓인 푹신한 초록색 가죽의자에 앉았다. 그레이스톡이 텀블러에 브랜디를 따랐다. "아뇨, 전……" 아서는 사양했다.

"죽음 직전까지 갔다가 돌아오셨잖아요. 술이 필요합니다."

아서가 술잔을 받아들고 한 모금 마셨다.

그레이스톡은 바닥에 가부좌를 틀고 불 앞에 앉아 브랜디를 병째로 길게 한 모금 들이켰다. "그러니까 왜 이곳에 와서 내 정원을 돌아다니면서 우리 아가씨들을 화나게 했죠?"

"아가씨들?"

"우리 호랑이들 말입니다. 엘시를 화나게 했잖아요."

"그럴 생각은 없었습니다. 제 아내에 대해 물어보러 왔어요."

"당신 아내에 대해서요?" 그레이스톡이 얼굴을 찌푸렸다. "아내한테 버림받으셨습니까?"

"아뇨."

"아니면 우리 하렘에 있었답디까?"

"하렘이 *실제로* 있었다고요?" 아서는 그레이스톡의 사생활에 대해 버나뎃이 했던 이야기를 떠올렸다. 광란의 파티들과 난잡한 생활.

"그럼요. 돈이 있었거든요. 외모도 받쳐줬고요. 그런 여건이라면 어떤 남자가 그런 걸 마다하겠습니까?" 그가 벽난로에서 조그만 청동 종을 집어 들더니 흔들었다. "애석하게도, 이젠 나이가 들었지요. 여자는 한 명뿐이지만 그 여자로 충분합니다."

잠시 후 웬 여자가 방으로 들어왔다. 펄럭이는 파란색 가운에 은색 체인벨트를 매고 있었다. 칠흑 같은 긴 머리카락을 허리까지 늘어뜨렸다. 비록 지금은 나이가 들었지만 아서는 그녀가 그림 속의 여자임을 알아봤다. 그녀가 그레이스톡에게 다가가 몸을 숙여 그의 뺨에 키스했다. 그러더니 두 사람이 서로를 바라보며 으르렁거렸다.

아서는 말문이 막힌 채 앉아 있었다. 만약 그가 종으로 미리엄을 호출했다면 미리엄은 뭐라고 했을까. 혹은 그가 그녀에게 으르렁거렸다면. 아마 바로 오븐 장갑이 머리로 날아왔겠지.

"이쪽은 케이트예요. 지난 30년 동안 제 아내로 살았고 그보다 더 오랜 시간을 저와 함께 사는 불운을 누렸지요. 제가 술과 마약으로 재산을 탕진했을 때도 제 곁에 있어줬어요. 날 구원했어요."

케이트가 고개를 저었다. "말도 안 돼. 난 당신을 구원하지 않았어. 난 당신을 사랑했지."

"그럼 사랑이 날 구원했군."

케이트가 아서를 돌아봤다. "종 때문에 거북해하실 것 없어요. 이 집에서 우리가 소통하는 간단한 방식이거든요. 저도 하나 갖고 있어요."

"이 쪽은……" 그레이스톡이 아서를 가리켰다.

"아서라고 합니다."

"맞아요. 아서는 자기 아내에 대해서 알고 싶어 여길 왔대.

철책을 넘어왔고 내가 엘시한테서 구했어." 그 기억을 떠올리며 그레이스톡이 얼굴을 찌푸렸다. "그래서 정확히 뭘 알고 싶으신 거죠?"

"제 아내가 어느 편지에 이 주소를 남겼어요. 1963년도에."

"흠. 1963년이라." 그가 웃음을 터뜨렸다. "그렇게 오래전 일은 고사하고 어젯밤 차를 마실 때 뭘 먹었는지도 잘 기억을 못 합니다."

아서가 자세를 고쳤다. "제 아내 이름은 미리엄 페퍼예요."

"그런 이름 들어본 적 없는데요."

"미리엄 켐프스터는요?"

"그 이름도요."

"이걸 가져왔습니다." 아서가 주머니에서 팔찌를 꺼냈다.

"아하." 그레이스톡이 말했다. 그는 몸을 숙여 팔찌를 건네받았다. "이거라면 제가 도와드릴 수 있겠네요."

그가 손으로 팔찌의 무게를 가늠해보더니 일어나 검은색과 황금색으로 래커 칠을 한 벽장 쪽으로 가서 문을 열었다. 안에서 유리그릇을 하나 꺼내 아서에게 내밀었다. 그릇에 황금 참들이 쉰 개 정도 담겨 있었다. 전부 다 똑같은 호랑이였다.

"아마 그 참은 여기서 가져갔을 거예요. 60년대에 이런 걸 천 개 정도 만들었거든요. 이건…… 감사의 징표였지요."

"감사?"

그레이스톡이 손가락을 흔들었다. "무슨 생각 하는지 알아요. 성적인 봉사의 대가로 주는 자그마한 징표들." 그가 웃었다.
"뭐 그런 경우도 있긴 했어요. 하지만 애인들뿐 아니라 친구나 친지들에게도 줬어요. 그게 제 명함이었으니까요."

"이이는 호랑이를 좋아해요." 케이트가 말했다. "우리 둘 다 좋아하죠. 우리가 갖지 못했던 자식이나 마찬가지예요."

그레이스톡이 그녀를 꽉 끌어안고는 이마에 키스했다.

아서는 그릇에 담긴 호랑이들을 쓸쓸하게 바라봤다. 손가락으로 참들을 찔러보고 휘저어봤다. 미리엄의 참 팔찌에 달려 있는 호랑이에 숨겨진 사연이 있을 거라 생각했다. 코끼리가 그랬던 것처럼. 그러나 그 줄무늬 짐승은 천 마리의 자매 중 한 마리였다. 그는 그레이스톡이 말한 분류 중 미리엄이 어디에 해당될지 궁금했다. 친구였을까, 친지였을까, 아니면 애인이었을까. 아서는 남은 브랜디를 단숨에 들이켰다. 케이트가 그에게서 그릇을 받아 도로 벽장에 넣었다.

"미안합니다." 그레이스톡이 어깨를 으쓱했다. "오랜 세월 동안 수많은 사람들이 이곳에 머물렀고 저의 기억력은 금붕어 수준이랍니다. 도와드릴 수가 없네요."

아서가 고개를 끄덕였다. 그는 일어서려 했지만 발목에 날카로운 통증이 밀려들어서 도로 의자에 주저앉았다.

"움직이지 마세요." 근심 어린 목소리로 케이트가 말했다.

"이런."

"어디 머물고 계세요?"

"딱히 정해둔 곳은 없습니다." 아서는 피로했고 당혹스러웠다. "어젯밤엔 어느 비앤드비에 묵었어요. 여기 오는 데 이렇게 오래 걸릴 줄 몰랐고 호랑이가 다가와 말을 거는 것도 예정에 없던 일이었습니다." 버나뎃에게 데리러 오라고 전화하고 싶지 않았다. 그녀는 네이단의 일에 집중해야 했다.

"오늘 밤은 여기서 묵고 가세요." 케이트가 말했다. "상처를 제대로 치료해드릴게요. 집으로 돌아가시면 파상풍 주사 맞으셔야 할지도 몰라요."

"작년에 맞았습니다." 우체국에서 포장지를 집으려고 손을 뻗는데 성질 사나운 테리어 개가 손을 깨물었던 일이 떠올랐다. 아무래도 동물들에게 공격당할 운명인 건지. "그래도 병원에 가보셔야 해요. 그럼, 짐은 어디 두셨어요?"

아서는 B로드 수풀 속에 밀어 넣은 여행 가방을 생각했다. 그러나 사실대로 말하기가 창피했다. "짐은 없습니다." 그가 말했다. "여기 묵을 생각으로 온 게 아니었거든요."

"그러시군요." 케이트가 방을 나갔다가 붕대와 연고 같은 것들이 담겨 있는 조그만 바구니를 들고 돌아왔다. 그녀가 아서의 곁에 무릎을 꿇고 앉더니 면봉에 항생제를 묻혀 그의 팔에 발랐다. 그러고는 붕대로 감고 핀으로 고정했다. 그러고 나서 그의 신발과 양말을 벗긴 다음 흰 크림을 바르고 문질러주었다. "일단 오늘은 이 바지를 입고 계세요, 내일 아침엔 새 바지를 찾아드릴게요." 그녀가 무릎을 꿇고 발꿈치 위에 앉았다.

"방금 콩과 햄 수프를 만들었는데, 수프 한 그릇 대접해드려도 될까요?"

아서의 배에서 꼬르륵 소리가 났다. "네, 주세요."

*

그레이스톡과 아서는 불 앞에 앉아서 무릎 위에 커다란 그릇을 올려놓고 수프를 먹었다. 집주인은 쿠션을 잔뜩 쌓아놓고 바닥에 앉아 있었고 아서는 커다란 초록색 안락의자에 앉아 몸을 숨기려 애쓰며 웅크리고 있었다. 큼직한 햄 덩어리가 들어 있는 수프는 맛이 좋았고 쐐기 모양의 빵과 버터까지 곁들였는데도 아서는 집에서 소시지랑 달걀이랑 칩이나 먹으며 TV나 보고 있으면 좋겠다는 생각이 들었다.

미리엄이 죽은 뒤로 처음으로 다른 사람과 어울려 보내는 밤이었다. 아서는 그레이스톡 경이 들려주는 광란의 파티와 대담한 친구들 얘기를 들었고, 남편이 과장이 좀 심한 편이라는 케이트의 다정한 설명도 들었다. 아서는 미리엄도 같이 왔으면 좋았을 거라는 생각이 들었다. 미리엄이라면 그들에게 들려줄 재미있는 얘깃거리들이 있을 텐데. 미리엄이라면 그레이스톡의 이야기에 어떤 식으로 반응해야 할지도 알았을 텐데.

아서가 사양하는데도 다양한 모양의 술병을 들고 와 잔을 채워주는 그레이스톡 경을 막을 수가 없었다. 유리잔 윗부분을 손으로 막으려 했지만 그레이스톡 경이 아서의 손을 뿌리쳤다. 아서는 호의적으로 보이기 위해, 그리고 접질린 발목과 긁힌 팔의 통증을 누그러뜨리기 위해, 그가 따라주는 대로 마셨다.

"이건 정말 훌륭한 진이에요. 우리 주니퍼 베리로 담갔거든요." 그레이스톡 경이 말했다. "이건 말론 브랜도한테서 받은 빈티지 코냑입니다…… 이걸 드시면 발목이 한결 부드러워질 거예요."

알코올 때문에 가슴이 뜨겁고 목이 잠겼지만 한편 호랑이 참으로 막다른 골목에 다다른 것에 대한 실망감도 잦아들었다. 다음번 행선지는 없었다. 이제 그만 집으로 돌아가서 참 팔찌 따위는 잊어야 할 것이다. 추적을 여기서 접어야 하다니 마음이 무거웠다. 그는 황금빛 술을 한 잔 더 받았다.

"적당히 해." 케이트가 남편을 보고 웃었다. 술과 불기운에 그녀의 뺨이 붉게 물들었다. "가엾은 아서 씨가 취하잖아."

"머리가 좀 띵하네요." 아서가 말했다.

"제가 물 한잔 갖다드릴게요." 그녀가 일어섰다. "우릴 찾아주셔서 감사해요, 아서. 요즘엔 방문객이 거의 없었거든요. 우리끼리만 지내는 편이었어요."

그레이스톡 경이 고개를 끄덕였다. "집사람이 허구한 날 내 못생긴 상판대기만 보는 게 지겨웠을 거예요."

"천만에." 케이트가 웃었다. "내가 어떻게 그럴 수 있겠어?"

케이트가 잠시 후 물을 가져와 아서에게 건넸다. 그는 물을 단숨에 들이켠 다음 손을 잡고 앉아 있는 그레이스톡 부부를 바라보았다. 그와 미리엄은 산책할 때 손을 잡곤 했지만 집에서는 거의 그런 적이 없었다. 아서는 문득 이 집 부부에게 아내 이야기를 해야겠다는 생각이 들었다. 그는 마음의 준비를 할 겸 가벼운 헛기침을 했다.

"저와 미리엄도 소박한 삶을 즐겼어요. 떨어져 지낸 적이 거의 없었지요. 대저택을 함께 방문하길 좋아했어요. 같이 왔으면 미리엄도 이 집을 무척 좋아했을 텐데."

"부인을 기억하지 못해서 정말 미안합니다." 그레이스톡은 약간 취했다.

"네." 아서가 눈을 감았고 방 안이 돌기 시작했다. 그가 다시 눈을 떴다.

"그건 그렇고, 술을 한 병 더 땁시다. 위스키?" 그레이스톡이 일어섰고 곧바로 쿠션에 걸려 비틀거렸다.

케이트가 일어나 그를 가까이 끌어당겼다. "오늘 밤은 마실 만큼 마셨어." 그녀가 단호하게 말했다. "우리 손님은 그만 잠자리에 들고 싶으실걸."

"실은 그게 좋을 것 같습니다." 아서가 말했다. "정말 멋진 저녁이었어요. 하지만 전 이만 잠자리에 들겠습니다."

*

아서는 케이트가 자신의 어깨에 그의 팔을 두르고 위층으로 부축해줘서 마음이 놓였다. 알코올이 발목까지 퍼져 침실로 가는 동안 접질린 발의 통증이 거의 느껴지지 않았다. 팔의 긁힌 상처가 따가웠지만 그리 심하진 않았다. 붕대가 깔끔하게 매였고 무척 희었다. 그리고 예뻤다. 이상하게도 노래를 부르고 싶은 기분이었다.

그의 방은 오렌지색 바탕에 검은색 줄이 그어져 있었다. 침대로 쓰러지면서 아서는 생각했다. 호랑이 줄무늬로군. 그러면 그렇지.

케이트가 뜨거운 우유 한 잔을 가져왔다. "옛날 사진들을 한번 찾아보고 부인에 대해 뭐라도 찾을 수 있을지 볼게요. 너무 오래전 일이긴 하지만요."

"괜히 번거롭게 해드리고 싶진 않았는데……."

"전혀 번거롭지 않아요. 제가 한창 때는 꽤 알아주는 사진작가였어요. 그레이스톡 부인이 제 직업이 되기 전까지는요. 한동안 옛날 사진을 보지 않았어요. 아서 씨의 추적이 좋은 구실이 되겠네요. 저도 추억의 길을 좀 걸어보고 싶어요."

"고맙습니다. 이게 도움이 될지도 모르겠네요." 아서가 지갑을 꺼냈다. 그는 케이트에게 미리엄의 흑백사진을 건네주었다. 신혼여행 때 찍은 사진이었다. 가장자리가 닳았고 사선으로 잡힌 주름이 미리엄의 머리카락을 가르고 있었지만 그는 이 사진이 마음에 들었다. 미리엄은 결코 싫증이 나지 않는 독특한 얼굴의 소유자였다. 살짝 매부리코에 말을 걸고 싶은 눈빛. 갈색 머리를 조그맣게 틀어 올리고 예쁜 흰 드레스를 입고 있었다.

"찾아볼게요. 그레이스톡은 뭐든 쌓아두길 좋아해서 아무것도 버리질 못해요. 어쩌면 운이 따라줄지도 몰라요."

아서는 침대에 누워 그레이스톡과 케이트는 저 고양잇과 동물들과 어떻게 지금처럼 좋은 관계를 유지할 수 있었을까 생각해봤다. 그와 댄과 루시의 관계보다도 더 좋아보였다. 그는 항상 고양이들이 지독하게 교활하다고 생각했지만, 아마도 그의 암석정원을 더럽힌 고양이들만 그런가보다. 그는 침대 속으로 파고들며 미리엄도 이 방에서 잤을지, 무슨 일로 이곳에 왔을지 생각했다. 미리엄은 여기서 뭘 했을까?

잠 속으로 빠져들면서, 그는 미리엄이 맨발로 정원을 뛰어다니고 호랑이들이 주위를 맴돌며 그녀를 지켜주는 상상을 했다.

사진

다음 날 아침 누군가가 그의 방문을 두드렸다. 아서는 잠에서 깨어났지만 여전히 몽롱한 상태로 지난 스물네 시간이 이상한 꿈은 아니었는지 돌이켜봤다. 주위를 둘러싼 호랑이 그림들, 오렌지색 침대보, 욱신거리는 발목, 긁힌 팔도 그의 궁금증을 가중시켰다. 그는 목까지 이불을 끌어올렸다. "네!" 그가 외쳤다.

케이트가 들어왔다. 그녀가 아서에게 차 한 잔을 내밀었다. "우리 환자분 기분이 어떠세요?"

아서가 자신의 팔을 눌러봤다. 따갑긴 했지만 날카롭다기보다는 묵직한 통증이었다. 발목을 돌려봤더니 욱신거리기보다는 뻣뻣했다. 케이트의 치료가 효과가 있었다. "괜찮아요."

침대맡 테이블에 놓인, 윗부분에 청동 호랑이 장식이 달린 검은색 시계를 보니 벌써 10시가 넘었다. 시간을 확인하는 순간 혼란스럽고 짜증이 났다. 그의 규칙은 또다시 창문 밖으로 날아가버렸다. 어쩌면 영원히 회복할 수 없을지도 몰랐다. 그는 계획을 세우는 걸 좋아했고 하루가 시작되기 전에 오늘 일어날 일을 시간 단위로 알길 원했다. 아침 식사도 늦었다. 프레더리카에게 물 주는 것도 빠뜨렸다.

게다가 생각해보니 휴대전화도 여행 가방 안에 두고 왔다. 만약 누가 전화라도 하게 되면 시골 마을의 수풀 속에서 '〈그린 슬리브스〉'*가 울려 퍼지겠군. 그는 손으로 턱 밑의 까칠한 수염을 만져보면서 얼굴을 찌푸렸다. 술 때문에 입안이 찝찝했다.

"셔츠에 묻은 잔디 얼룩은 거의 다 지웠고 깨끗한 바지도 가져왔어요. 입고 오신 바지는 수선을 할 수가 없더라고요. 이건 그레이스톡한테 더 이상 맞지 않는 바지예요. 준비되는 대로 아침 식사 하러 내려오세요. 옆방에 화장실이 있으니 원하시면 목욕도 하시고."

아서는 샤워를 더 선호하는 편이었지만 막상 뜨거운 물에 반 시간쯤 몸을 담그고 나니 발목이 한결 유연해졌다. 팔에 맨 붕대 밑을 들춰보니 상처에 딱지가 앉았다.

옷을 입고 나서 그는 욕실에 있는 전신 거울에 자신의 모습을 비춰봤다. 허리 위로는 그런대로 괜찮은 연금 생활자처럼 보였지만 허리 아래로는…… 글쎄올시다! 그레이스톡의 짙은

---

* Greensleeves, 16세기 말부터 유행했던 유명한 영국 민요.

파란색 통바지는, 보드랍고 펄럭펄럭한 것이 놀라울 정도로 편안했지만 덕분에 스칸디나비아 관광객처럼 보였다.

케이트가 신선하고 바삭한 빵과 버터, 오렌지 주스 한 잔을 식탁에 차려놓았다. 널찍한 식당의 모든 벽이 그녀가 사육하는 호랑이들의 사진과 그림으로 장식되어 있었다. 벽난로에 불을 지펴두었지만 방이 너무 커서 두 사람에게까지 온기가 전해지진 않았다. 밖을 보니 아직은 태양이 아침의 대지를 달구기 전이었다. 케이트는 기다란 흰색 면 잠옷을 입고 어깨에 타탄체크 무늬 담요를 둘렀다. "요즘엔 고기를 거의 사지 않아요. 호랑이들이 먹을 것 외에는. 그레이스톡은 우리보다 그 아가씨들을 더 잘 먹이고 싶어 하거든요." 벤치 옆자리에 앉으며 그녀가 말했다.

"어쩌다가 저…… 아가씨들하고 살게 되었지요?"

"아버지가 쇼맨이었어요. 서커스단을 이끌고 이탈리아, 프랑스, 미국을 돌아다녔죠. 세계 각지를요. 저도 데리고 다녔고요. 전 어릿광대 분장을 했어요. 제가 하는 일은 물 한 동이를 들고 나가서 큰 광대들한테 뿌리는 거였는데, 사실 물동이 안에는 반짝이가 들어 있어서 관객들이 항상 웃었지요. 아버지는 술을 좋아했어요. 술이 들어가면 성질이 고약해져서 절 때리기도 했죠. 어느 날 아버지가 새끼 호랑이를 훈련시키고 있었는데, 새끼 호랑이는 뭔가 배우기엔, 그리고 아버지가 원하는 걸 이해하기엔 너무 어렸어요. 아버지가 채찍을 들고 가엾은 호랑이를 때리려고 했어요. 제가 달려가서 호랑이를 번쩍 안아 들었어요. 아버지는 호랑이를 놔주지 않으면 저도 때리겠다고 했죠. 그러기 싫으면 쫓아낼 테니 다시는 눈에 띄지 말라고요.

아서, 그래서 난 새끼 호랑이를 품에 안고 달아났어요. 친구들을 통해 그레이스톡 이야기를 들었던 터라 어느 날 무턱대고 이 집으로 찾아왔죠. 그때 내 나이가 겨우 열여덟 살이었어요. 그레이스톡과 호랑이들 모두 보살핌이, 보호가 필요한 상황이었지요. 제가 구출한 어린 호랑이가 우리의 첫 아이였어요. 그 뒤로 많은 아이들이 태어났고요."

"그래서 자식을 안 낳으셨나요?"

케이트가 고개를 저었다. "자식을 낳을 필요를 느끼지 못했어요. 아기를 낳은 친구들이 많아서 그 아기들을 안아주고 재워주는 건 좋아했는데, 그레이스톡과 제겐 그런 일이 일어나지 않더라고요. 하지만 후회는 없어요. 호랑이들이 제 가족이고 이제 다 자란 호랑이가 세 마리나 있거든요. 이미 만나보셨겠지만 엘시가 있고요. 타이머스와 테레사도 있어요. 그리고…… 이쪽으로 와보세요, 아서."

그가 일어나 그녀를 따라 부엌 한구석, 거대한 철제 레인지 옆으로 갔다. 큼직하고 평평한 대나무 바구니에 구겨진 담요들이 가득 담겨 있었고 그 한복판에 새끼 호랑이 한 마리가 잠들어 있었다. 얼마나 예쁜지 숨이 멎는 것만 같았다. 진짜 호랑이라기보다는 어린아이가 놓고 간 봉제 장난감 같았다. 그러나 녀석의 흰 가슴이 오르락내리락했고 줄로 당기기라도 하는 것 처럼 입가가 씰룩거렸다.

"정말 예쁘지 않아요?"

아서가 고개를 끄덕였다.

"이 녀석이 몸 상태가 영 좋지 않은데 엘시가 약간 심술이나 있어서, 어젯밤에 여기 있게 했어요. 제가 사진을 찾으면서 이 녀석을 지켜볼 수 있도록."

아서는 고양잇과 짐승을 좋아한 적이 없었다. 그에게 고양이들은 가만히 때를 보다가 부리나케 쳐들어와서 그의 암석정원을 신나게 파헤쳐놓는 성가시고 형편없는 놈들이었다. 그러나 이 어린 짐승은 놀라웠다. "좀 만져봐도 될까요?"

케이트가 고개를 끄덕였다. "살짝만요. 깨우고 싶지 않아요."

아서가 조심스럽게 손을 뻗어 어린 호랑이의 가슴을 만졌다. "세상에, 엄청 보드랍네."

"이제 석 달 됐어요. 이름은 엘리자예요."

아서는 호랑이 곁에 웅크리고 앉았다. 미리엄이 왜 이곳에 끌렸는지 알 것 같았다.

케이트가 그의 어깨에 다정하게 손을 얹었다. "부인에 관해 뭔가 찾을 수 있을지 한번 볼까요?" 그녀가 테이블 위에 놓여 있던 신발 상자 몇 개를 가리켰다. "옛날 자료, 사진들, 편지들을 찾아보려고 오늘 일찍 일어났어요. 이렇게 많은 줄은 몰랐어요. 남편은 워낙 정리를 잘 못하는데 다행히 제가 이름표 붙이기를 좋아하거든요. 사진들 전부 다 뒷면에 날짜가 있어요."

"고맙습니다." 아서가 상자들을 보면서 어디서부터 시작해야 할지 고민에 잠겼다. "그레이스톡 경은 일어나셨나요?"

케이트가 고개를 저었다. "그이는 워낙 늦게 일어나요. 점심시간이 지나야 일어날 거예요. 더구나 어젯밤 그렇게 술을 마셨으니…… 요즘엔 술이 익숙지가 않아서요."

"어젯밤은 즐거웠습니다."

"저도요. 아침 식사 하시고 사진을 보고 나서, 원하는 곳까지 차를 태워드릴게요." 그녀가 그에게 사진 한 움큼을 내밀었다. "이게 전부 다 1963년도 사진이에요. 정확히 말하면 1962년과 1964년 사진도 포함되어 있어요. 일단 이것들을 한번 훑어보세요."

아서가 사진을 받아들었다.

너울거리는 드레스 차림의 여자들, 매끄럽게 틀어 올린 머리에 커다랗고 검게 눈 화장을 한 여자들, 웃고, 파티를 즐기고, 포즈를 취한 사진들이 많았다. 마음 한편으로 아서는 자신의 아내가 그레이스톡 하렘의 일원, 또 한 명의 여자, 호랑이 참을 받을 만한 무언가를 그에게 선물한 사람이라는 사실을 확인하고 싶지 않았다. "왜 이렇게 많은 사람들이 이곳에 왔죠?" 그가 생각하고 있던 것을 소리 내어 말했다.

"제가 이래봬도 그 시절엔 케이트 모스였어요." 케이트가 말했다. "그레이스톡은 약간 독특하긴 했지만 대단한 미남이었고요. 우리 집은 예술가들, 공연가들, 몽상가들, 여행자들에게 열려 있었어요. 어떤 사람들은 우리의 화려한 생활에 끌렸고 어떤 사람들은 은신처가 필요했죠. 또 어떤 사람들은 호랑이를 좋아했어요. 그런 생활이 몇 년 동안 계속되었는데, 어느 순간 그레이스톡이 약을 너무 많이 먹기 시작했어요. 피해망상에 시달리고 공격적으로 변해갔죠. 사람들이 서서히 우리 곁을 떠나기 시작했고, 오직 저만 그의 곁에 남았어요. 전 그이를 사랑했고 호랑이들도 그이를 사랑했어요. 우리는 서로 잘 맞아요. 잘 살고 있죠."

아서는 검은 터틀넥에 꽉 붙는 검은 바지를 입은 잘생긴 남자의 사진을 무심히 지나칠 뻔했다. 검은 머리카락을 뒤로 빗어 넘기고 한 손으로 허리를 짚고 거만하게 서서 카메라를 뚫어져라 바라보고 있어서, 처음엔 그의 곁에 서 있는 젊은 여자를 알아보지 못했다. 그러나 아서는 미리엄을 알아보았다. 그의 아내는 공작새처럼 뽐내는 남자 곁에 서서 선망의 눈빛으로 그를 바라보고 있었다.

다른 남자와 함께 서 있는 아내의 모습을 본 순간 구역질이 났다. 아서는 오렌지 주스를 한 모금 들이켜 입안을 헹궜다. 있는 줄도 몰랐던 질투심이 끓어올랐다. 미리엄과 그 남자가 침대에 뒤엉켜 있는 모습을 상상하는 순간 주먹을 불끈 쥐고 뭔가 딱딱한 것을 때리고 싶은 기분이었다. 그가 사진을 케이트에게 보여줬다. "이 사람이 누군지 아십니까?"

케이트가 그녀에게 어울리지 않는 짧고 날카로운 웃음을 지었다. "그 사람은 프랑소와즈 드 쇼펑이에요. 현존하는 가장 거만한 인간이죠. 그 사람과 그레이스톡은 60년대에 친구였어요. 우리 집에 몇 번이나 왔었는데, 여자들을 여럿 데리고 왔어요. 어느 날 밤 두 사람이 거실에서 브랜디를 진탕 마시고서는 그레이스톡이 자기 집안에서 몇 세대에 걸쳐 전해 내려오던 이야기를 그 사람한테 들려주었어요. 1년 뒤 드 쇼펑이 신간을 출간했는데, 그게 그레이스톡의 이야기였어요. 제목을 *'우리가 전하는 이야기들'*이라고 붙였더군요. *'내가 전하는 거짓말들'*이라고 붙였어야 하는데. 뻔뻔하게도 그게 자기네 집안 이야기라고 주장하더라고요. 나 참 기가 막혀서. 그 이후로 두 사람은 더 이상 말을 섞지 않아요. 내가 보기엔 아주 잘된 일이에요."

"소설가였나요?" 아서가 주머니에서 팔찌를 꺼냈다.

"쳇. 뭐 본인은 그렇게 말하더군요. 그 사람은 아이디어 도둑이에요. 그레이스톡의 가슴을 멍들게 한 거만한 프랑스인이죠."

아서는 미리엄이 어쩌다가 그레이스톡에게서 호랑이 참을 얻었을까 생각하니 마음이 불편했다. 그 참이 그레이스톡이 닥치는 대로 나눠준 여러 개의 참들 중 하나라고 자신을 설득했다. 그러나 이제 그는 미리엄 삶의 또 한 챕터를, 아마도 드 쇼펑이라는 자와의 연애사를 발견하기에 이르렀다.

아서는 당시 자신의 사진을 생각해봤다. 그는 머리를 뒤로 넘기지도 않았고 꽉 끼는 바지를 입지도 않았다. 검은색은 결코 입지 않았다. 검은색은 너무 반항적이거나 어두웠다. 이 사진으로만 보면 프랑소와즈 드 쇼펑은 위험과 반체제를 상징하고 있었다. 흥미롭고 열정적인 사람 같았다. 도대체 미리엄은 어쩌다가 이 남자에게서 내게로 왔을까? 드 쇼펑과 아내는 연인이었을까? 묻고 싶지 않은 질문이었다.

미리엄을 처음 만났을 때 그녀는 너무도 순수해 보였다. 그들은 결혼식 날 밤까지 사랑을 나누지 않았고 아서는 그녀에게 다른 남자가 있었을 거라고는 상상조차 해본 적이 없었다. 그러나 이제 그는 그 문제를 되짚어야 했다. 그들의 데이트를 돌이켜봐도 미리엄이 연애 경험이 있었다는 인상을 준 적은, 더구나 프랑스 작가와 열정적인 사랑을 나눴다는 인상을 준 적은 없었다. 누군가 그의 창자를 조이는 것 같은 기분이 들었다.

아서는 그런 감정이 어디서 연유한 것인지 돌이켜봤다. 지금까지 그는 한 번도 질투심을 느낄 일이 없었다. 아내는 다른 남자들과 시시덕거리지 않았다. 남자들이 으레 그러하듯 미리엄을 쳐다볼 때면 그는 오히려 자랑스러웠다.

케이트가 아서의 어깨에 손을 올려놓았다.

"미리엄이에요. 확실합니다." 아서가 말했다.

"참 미인이시네요. 하지만 기억이 안 나요."

두 사람이 함께 팔찌를 보았다. 케이트가 책 모양의 참을 응시했다. "책이네요. 드 쇼펑이 작가잖아요. 어쩌면……."

아서도 같은 생각을 하고 있었다. 그는 책 모양의 참을 엄지와 검지로 집었다.

"이 책 혹시 펼쳐보셨어요?" 케이트가 물었다.

아서가 얼굴을 찌푸렸다. "펼쳐봤냐고요?"

"옆에 작은 고리가 달려 있잖아요."

자세히 들여다볼수록 점점 더 뿌옇게 보였다. 안경을 가져올 걸 그랬다는 생각이 들었다. 조그만 고리는 미처 보지 못했다. 케이트가 부엌 찬장을 뒤지더니 큼직한 돋보기를 들고 왔다. "이거면 될 거예요."

두 사람이 함께 돋보기를 들여다보는 동안 케이트가 고리를 풀었다. 책 속에는 단 한 페이지만 있었다. 종이가 아닌 황금이었다. 그 페이지에는 *'마 셰리'*라고 적혀 있었다.

"*나의 사랑*이라는 뜻이에요." 케이트가 말했다.

아서도 그렇게 짐작했다. 아서는 다른 남자를 애정 어린 눈빛으로 바라보는 아내의 사진을 응시했다.

"그 사진은 가져가세요." 케이트가 말했다. "그레이스톡은 그 역겨운 인간의 사진이 우리 집에 있는 걸 좋아하지 않을 거예요."

아서가 고개를 끄덕였다. "봉투 있으세요?" 그는 사진이 몸에 닿는 걸 원치 않았다. 사진과 그 사이에 공간이 필요했다.

"그 사람 찾아보실 건가요?"

아서가 침을 꿀꺽 삼켰다. 이대로 집으로 돌아갈 수도 있다.

쿠션 위에 발을 올려놓고 발목을 쉬게 하면서 팔에 연고를 바르고 TV나 보며 지낼 수도 있다. 버나뎃이 매일 파이들과 짭짜름한 음식들을 가져오며 그를 돌봐줄 것이다. 길 건너의 테리는 잔디를 깎고 빨간 머리 아이들은 그의 집 앞을 질주할 것이다. 그의 삶은 다시 평범한 일상으로 돌아갈 것이다. 어쩌면 동굴 속의 남자들로 돌아가, 집 안에 필요한 무언가를, 머그 찻잔을 받칠 나무 코스터라도 만들어볼 수 있겠지.

그러나 앞으로는 모든 게 평범하지 않을 것이다. 이 추적이 그의 내면에 있는 무언가를 휘저어놓았으니까. 이건 더 이상 미리엄만의 문제가 아니었다. 그 자신의 문제이기도 했다.

그는 존재조차 알지 못했던 감정들을 느끼고 있었다. 그를 설레게 하는 사람들과 동물들을 발견하기 시작했다. 아직은 아내를 애도하면서 자식들이 전화해주길 기다리고, 물을 주고 TV를 보는 것으로 하루를 소일하며 안락의자에서 썩어갈 생각이 없었다.

드 쇼펑이라는 작자에 대해 아서가 느끼는 감정이 불안과 질투라고 해도, 그 감정으로 인해 그는 살아 있음을 느꼈다. 그의 몸에는 충격요법이 필요했다. 스스로 만들어놓은 안락한 감옥을 뒤흔들 무언가가 필요했다. 미리엄과의 추억이 여전히 생생하게 남아 있는 그 집에 살고 있는 아서에게는 뭔가 다른 게 필요했다. 일단은 집으로 돌아가서 프레더리카가 촉촉하게 잘 있는지 보고 옷가지를 더 챙겨야지. 그다음엔 여행을 계속할 것이다.

“네.” 그가 말했다. “만나볼 생각입니다.”

*

차 안에서 아서는 얘기할 기분이 아니었다. 케이트는 드 쇼펑이 살아 있는지조차 알 수 없다고, 설령 살아 있다고 해도 그녀가 알 바 아니라고 했다. B로드의 수풀 옆에 내려달라고 했을 때 그녀는 전혀 놀라지 않았다. “역까지 태워다드릴 수도 있어요.” 그녀가 말했다.

아서가 고개를 저었다. “괜찮습니다.”

사실 역까지 어떻게 갈지 그 자신도 알지 못했다. 절뚝거리면서 걸을 수는 있었지만 짧은 거리 정도였고, 팔이 무척 따가웠다. 그러나 어떻게든 집으로 돌아갈 수 있을 것 같았다.

아서가 도로로 내려서며 케이트에게 고맙다고 인사했다. 그는 그녀의 손을 잡고 악수를 하면서 그레이스톡 영지를 고소하지 않겠다고 다시 한번 그녀를 안심시켰다. 그녀에게 키스를 해야 할지 고마움을 말로 표현해야 할지 잠시 고민하다가 “그럼 이만”이라고 말하고는 손을 흔들었다.

평상시처럼 발가락을 내리는 대신 펭귄처럼 들고 집중해서 걸으니 발목이 덜 아팠다. 아서는 수풀 틈새로 난 자신의 발자국을 쫓아갔다. 어제는 잠잠했던 바람이 파란 바지를 세차게 관통하면서 아랫도리에 한기가 느껴졌다. 가방을 끌어당겨보니 한 귀퉁이에 커다란 구멍이 나 있었다. 나일론이 찢어져서 너덜너덜했다. 노인의 가방을 찢어놓는 놈들은 대체 어떤 놈들인지 원. 그는 수풀 뒤쪽의 들판을 쳐다봤다. 세면도구가 담긴 봉지가 풀밭 아침이슬 속에 뒹굴고 있었고, 치약이 진흙탕에 파묻혀 있었다. 저만치 염소 떼들이 그를 바라보고 있었다. 그중 한 녀석이 겨자색 헝겊을 씹어 먹는 중이었다. 빌어먹을 그의 민소매 셔츠였다.

바로 그때 〈그린슬리브스〉의 전자음이 울려 퍼졌다. 그는 가방에 난 구멍 안으로 손을 넣어서 휴대전화를 꺼냈다. 부재중 전화가 열두 통 와 있었다. 루시에게서 온 전화 한 통을 제외하면 전부 다 버나뎃의 전화였다. 다른 상황이었다면 버나뎃의 전화를 무시했을 것이다. 그러나 초록색 버튼을 누르는 순간 가슴이 뛰었다. "여보세요. 아서 페퍼입니다."

"아서. 세상에! 드디어 받았군요. 지금 어디예요? 전화를 통 안 받더라고요."

그녀의 걱정이, 누군가 그를 걱정한다는 사실이, 뭉클하게 느껴졌다. "난 괜찮아요. 가방을 잃어버렸는데 휴대전화가 그 안에 있었어요. 이제야 가방을 찾았어요."

버나뎃은 자기와 네이단이 비앤드비에서 하룻밤 더 묵었다면서 이제 곧 집으로 돌아갈 생각인데 같이 가겠느냐고 물었다.

그것보다 아서가 더 원하는 건 없었다. "네, 부탁할게요." 그가 말했다. "그레이스톡 영지 쪽으로 이어진 B로드에 있어요. 짙은 파란색 바지를 찾으시면 됩니다."

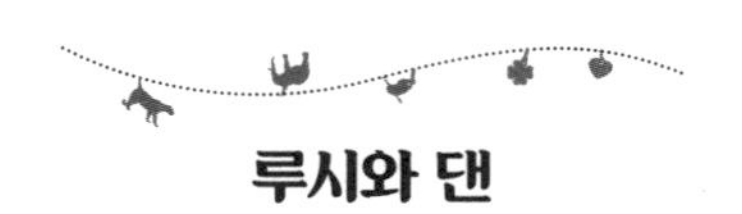

루시와 댄

다음 날 아침 학교 점심시간에 루시는 휴대전화의 음성 메시지를 확인했고 아버지가 그레이스톡에 갔던 일에 대해 횡설수설하는 메시지를 남겨놓았음을 알게 되었다. 루시는 친구 클라라와 애니와 함께 전날 외출을 했었고 둘 다 쉴 새 없이 자기 아이들 얘기를 하는 바람에 아버지의 전화를 받지 못했다. 음성메시지는 계속 끊겼고 목소리가 들락날락했다. 도로의 소음과 록 음악 소리가 들렸다. 잠깐 쉬면서 샌드위치를 먹고 싶은 사람이 있는지를 묻는 여자의 목소리도 들렸다. 루시는 한쪽 귀를 손가락으로 막고 아버지가 하는 말을 이해하려 애썼다. 그러다 어느 순간 아버지가 호랑이의 공격을 당했다는 말을 들은 것 같았다. 루시는 고개를 저으며 다시 아버지에게 전화를 걸어보려 했지만 지금은 연결이 되지 않는다는 오만한 남자의 목소리만 들릴 뿐이었다.

호랑이의 공격을 당했다고? 루시는 아버지가 죽은 채로 바닥에 쓰러져 있고 거대한 고양잇과 짐승이 아버지의 다리를 씹어 먹는 광경을 상상했다. 제대로 들긴 한 건가? 아버지는 지금 제정신인가?

아버지와 통화한 이후, 아버지가 버나뎃과 함께 떠났다는 얘기를 들은 뒤로, 루시는 아버지의 건강이 무척 염려스러웠다. 그런 식으로 떠나는 건 아버지답지 않았다. 그런데 이제 호랑이가 어쩌고저쩌고 하는 메시지를 남겨놓다니. 어쩌면 조만간 교사 일을 그만두고 아버지를 곁에서 돌봐야 할지도 모른다. 하루 종일 아버지를 돌보려면 그녀의 예전 방으로 도로 들어가 살아야 할 수도 있다.

물론 루시는 그럴 수 있었다. 아버지를 사랑하니까. 그러나 아버지를 돌보는 일에 힘을 쏟을수록 그녀만의 가정을 꾸리겠다는 꿈에서 멀어질 것이다. 연로한 아버지와 함께 사는 여자라. 매치닷컴에 프로필을 올려놓았을 때 전혀 매력적이지 않은 조건이었다.

점심 휴식 시간이었고 루시는 교실에 앉아 숙제를 채점하고 있었다. 3학년 아이들은 튜더 왕조에 관해 공부하고 있었다. 튜더 왕조 시대의 한 장면을 그려 오라는 숙제를 내주었는데 그림의 반 이상이 처형이나 목을 베는 것이라 놀라웠다. 살아 있는 사람의 그림을 그려 오라고 할걸 그랬다.

"대견하구나." 루시가 교사가 되었을 때 어머니는 말했다. 두 사람은 함께 점심 식사를 하고 나서 와인 한 병을 마시고 살짝 취해서는 데번햄스 백화점에 가서 여러 가지 향수를 시향해봤다. "넌 아이들을 네 자식처럼 돌보게 될 거야."

루시는 지금도 자신의 일을 사랑했다. 다만, 하루 종일 남을 돌보는 일에 시간을 다 써버리는 것 같은 기분이 드는 게 문제였다. 긴 시간에 걸쳐 아이들을 돌보고, 화장실에 데려다주고, 소시지 자르는 걸 도와주고, 교복 스커트의 물감을 지워주고, 체육 시간에 신는 운동화를 찾아주고 나서, 이제는 아버지 걱정까지 하게 되었다.

한때 그녀는, 남몰래 생각했다. 부모님 중에 아마도 아버지가 먼저 돌아가실 거라고. 그래도 어머니는 분명히 잘 지낼 수 있을 거라고. 어머니는 자립심이 있고 합리적인 사람이었다. 반면 아버지는 모든 일이 의외라는 듯 매사에 당혹스러워하는 사람이었다. 그런데 이제 아버지는 전혀 예측 불가능한 방식으로 행동하고 있었다.

"아버지 어머니를 돌봐줘." 새로운 삶을 시작하기 위해 오스트레일리아행 비행기에 오르면서 댄이 말했다. 고작 그 말 한 마디를 내뱉어놓고 저 아래 먼 나라에서 행복한 가정을 꾸려보겠다고 훌쩍 떠나버리는 게 댄에게는 너무도 쉬운 일처럼 보였다. 댄과 아버지의 관계는 경직되어 있었다. 아버지는 댄이 페퍼 집안이 뿌리를 내린 요크에 머물면서 대를 이어야 한다고 생각했다. 댄이 어머니를 두고 떠나선 안 된다고, 손주들이 할아버지 할머니를 모르고 자라게 해서는 안 된다고 생각했다. 아버지 어머니의 생일이 다가오면 루시가 댄에게 전화해서 일깨워줬다. 댄이 아버지에게 전화를 하지 않으면 루시가 대신 변명했다. 때로 루시는 자신이 가족이라는 그물에 걸려 끊어지지 않도록 전부 다 움켜잡고 있는 한 마리 거미가 된 것 같은 기분이 들었다.

두 사람이 어렸을 때 댄은 빈민가 친구들과 어울렸다. 모두가 담배를 피웠고 골목 한 귀퉁이나 동네 가게, 공원 같은 곳에서 빈둥거렸다. 몰래 담배를 피울 수 있고, 운 나쁘게 그들에게 걸려든 여자들에게 치근덕거릴 수 있는 곳이면 어디든 좋았다. 열한 살 때 루시는 댄이 정글짐 꼭대기에 앉아 있는 걸 보았다. 댄은 입술에 담배를 물고 정글짐의 빨간 철골에 검은색 마커펜으로 낙서를 하고 있었다. 30센티미터 높이의 거품처럼 동글동글한 글씨로 '불알'이라고 쓰고 있을 때 자기 여동생과 여동생의 친구 엘리자가 지나가는 것도 모르고.

"너네 오빠니?" 엘리자가 물었다. 키가 작고 길게 땋은 머리를 시계추처럼 흔들고 다니는 아이였다.

"그런 것 같은데." 루시는 애써 태연한 척하면서 댄을 흘긋 쳐다봤다.

"저러다 큰일 나겠다."

그때 루시는 댄에게 동경과 분노가 뒤섞인 묘한 감정을 느꼈다. 댄은 루시보다 나이도 많았고, 중학교 졸업반이었다. 빈둥거리며 돌아다녔고, 과시하길 좋아했고, 그래서 더 멋져 보였다. 댄에게는 어머니 아버지가 알지 못하는 은밀한 삶이 있었다. 루시에겐 없는 것이었다. 루시는 누구와 어디에 가는지 몇 시에 돌아올지 일일이 보고해야 했다. 댄은 "저 나가요"라고 말하고 문을 쾅 닫고 나가도 심문을 당하지 않았다.

"댄이 놀이터에서 못된 짓을 하고 다니는지 혹시 아는 게 좀 있니?" 아버지가 물었다.

"아뇨." 루시는 거짓말을 했다. 오빠에게는 매력과 함께 순진한 척하는 능력이 있었다. 자동차 정비사가 되지 않았다면 분명히 연기로 오스카상을 거머쥐었을 것이다. 하지만 고자질을 해봐야 무슨 득 될 일이 있겠는가. "전 아무것도 몰라요."

나중에 루시는 그런 댄을 나무랐고 댄은 웃으며 멍청하고 따분하게 굴지 좀 말라고 응수했다. 루시의 오빠에게는 자신감과 허세가 있었고 루시는 그것을 갈망했다. 댄은 학교를 졸업하고 자기 사업을 시작했고, 은행과 접촉했고, 일말의 주저도 없이 부지를 확보하고 자동차 부품들을 직접 매입했다. 감정이나 의심에 휘말리지 않고, 목표를 설정하고, 오직 그 목표만 생각하며 앞으로 나아갈 수 있는 사람처럼 보였다.

루시는 자신의 삶과 근심에도 그런 식으로 대처할 수 있으면 좋겠다고 생각했다. 호랑이의 공격을 받았다는 아버지의 메시지를 받아도, 어쨌든 아버진 살아 있잖아. 살다보면 그런 일도 있는 거지, 라고 말할 수 있었으면. 아마도 댄은 그렇게 받아들일 것이다.

때로 루시는 압박감에 굴복했다. 학교에서 돌아와 아버지에게 전화해서 어머니가 얼마나 보고 싶은지 하소연을 듣기엔 너무 피곤할 때면 레드 와인 한 병을 따서 잔도 꺼내지 않고 마시면서 미국 범죄 드라마를 보았다. 그녀는 자신이 붉은 머리 탐정들 중 한 명이었으면 좋겠다고 생각했다. 그들은 삶이 자신에게 무엇을 던져주건 그다지 개의치 않는 것처럼 보였기 때문이다. 그는 삶에 대해 오빠와 같은 생각을 갖고 있었다. 우리 집 지하실에 시체가 있다고? 뭔 걱정이야. 밴에 타고 있던 불법 이민자들이 방화로 살해되었다고? 어떤 놈 짓인지 알아내겠어.

루시는 놀이터에서 노는 아이들을 바라보며 창가에 서 있었다. 휴대전화로 턱을 두드리며 오빠를 생각했다. *일광욕이나 즐기고 있겠지.* 앞마당 잔디까지 파도가 밀려드는 바닷가에 살면 정말 근사할 것이다. 그녀는 오스트레일리아에 가본 적이 없지만 댄의 페이스북 사진들을 보면 반드시 '좋아요'를 눌러주었다.

댄의 번호를 찾아보면서도 오스트레일리아가 지금 몇 시쯤 됐을지 감도 안 잡혔다. 그녀가 아는 것이라고는 댄과 통화를 해야 한다는 것뿐이었다. 댄은 아버지의 상황을 어떻게 받아들일지 궁금했다. 댄은 현실적이었고 모든 문제의 해답을 알고 있었다.

오스트레일리아 억양의 어린아이가 전화를 받았다.

루시는 머리가 핑 돌았다. 마리나와 카일이 올해 몇 살이더라? 어쨌든 전화를 받을 나이가 된 게 분명했다. 아직도 아기인 줄만 알았는데.

"안녕. 카일이니?"

"네."

"댄하고 통화할 수 있을까? 너희 아빠 말이야."

"누구신데요?"

"영국에 사는 루시 고모란다. 날 기억할지 모르겠는데……" 카일이 이미 듣고 있지 않다는 사실을 깨닫고 루시가 말끝을 흐렸다.

전화를 받기 전에 댄의 목소리가 들렸다. "누구라고?"

"어떤 아줌마요. 누군지 모르겠어요."

전화기가 달그락거렸다. "페퍼 자동차 정비소입니다."

"안녕, 댄. 나야."

"루시?"

"응."

"와우. 목소리 들으니 반갑네. 오랜만이야."

오빠가 전화를 안 하니 오랜만이지라고 말하려다가 참았다. "그러게. 몇 달 됐지."

"벌써 그렇게 됐나? 시간 참 빠르네." 댄의 목소리에 근심이 깃들었고 루시는 그게 반가웠다. "별일 없지?" 그가 물었다.

"그럭저럭. 그냥 한번 전화해봤어. 어머니 돌아가신 지 1년이 됐잖아."

"아. 그렇지. 얼추 그렇게 된 것 같더라. 난 바쁘게 지내는 걸로 견디기로 했어."

"지난주가 기일이었어."

"아. 그렇구나. 이맘때인 건 알고 있었지. 결국 내 작전이 통한 셈이네."

오빠의 농담에 루시는 울컥 화가 치밀었다. 때로 댄은 그녀를 열한 살로 돌아가게 만들곤 했다. "아버지가 걱정돼." 의도한 것보다 목소리가 좀 더 날카롭게 나왔다. "요즘 아버지가 좀 이상해."

"왜? 아버지한테 무슨 일 있어?"

"그게, 아버진 집에서 통 안 나가거든. 동네만 다니고. 아버지는 은둔자가 됐어. 매일 똑같은 옷을 입고 어머니가 기르던 얼룩덜룩한 양치식물에 약간 집착해. 그러다가 아무 예고도, 설명도 없이 버나뎃이라는 이웃집 여자하고 여행을 떠났어. 아버지 집에 가봤는데 집에 안 계셔. 배스로 여행을 떠났대."

"별로 걱정할 일은 아닌 것 같은데. 아마 너한테 얘기하는 걸 잊었나보지."

"그건 아닌 것 같아. 나한테 뭔가 *숨기는 게* 있는 것 같았어."

"아버지답진 않지만 어쨌든 덕분에 집 밖으로 나갔잖아."

"그게 다가 아니야. 여행하는 중에 어떤 귀족을 만나려고 그 사람의 저택을 방문했대. 그리고 거기서 호랑이의 공격을 받았다는 것 같아."

댄이 웃음을 터뜨렸다. "뭐?"

"호랑이."

"영국에 아직 호랑이가 있나? 동물원에나 있는 거 아니야?"

"내가 알기로는 그레이스톡 경이 자기 집 정원에서 호랑이를 키워."

댄은 잠시 아무 말도 하지 않았다. 아버지가 아닌 그녀가 미쳤다고 생각하는 건가. "그건 좀 이상하네."

"사실이야."

"하지만 그렇다면 멋진 일 아니야? 아버지가 집 안에 틀어박혀서 하루 종일 우울한 표정으로 서성거리는 것보단 낫잖아. 안 그래? 아버지도 다시 인생을 즐기기 시작한 거네."

루시가 한숨을 쉬었다. "아무래도 아직은 인생을 즐기지 *않는 게* 맞지 않을까. 어머니가 돌아가신 지 이제 겨우 열두 달이잖아."

"열두 달은 아주 긴 시간이야. 아버지가 비참하게 지내길 원하진 않잖아."

"그건 아니지. 하지만……."

"그러니까 네가 보기엔 아버지가 버나뎃이라는 여자하고 사귀기 시작한 것 같단 거야?"

"아니. 사실 그런 생각은 안 해봤어."

"내가 보기엔 설령 그렇다고 해도, 공원에서 손이나 잡는 정도일 텐데 뭘. 침대에서 뜨거운 열정을 불태울 나이는 아니잖아."

"댄!"

"사실인데 뭐. 가장 화끈한 데이트라고 해봐야 오이 샌드위치에 플레이크를 얹은 아이스크림을 먹는 것 정도일걸. 아버진 늘 조용하고 침착한 분이었어. 이제 와서 크게 달라질 것 같진 않아."

루시가 눈을 깜빡였다. *그녀의 아버지와 버나뎃.* 그게 아버지가 말을 아끼는 이유일까? "내가 보기에 아버진 아직 그런 일엔 준비가 안 되신 것 같아. 집 문제도 생각해야 하잖아."

"제발 좀 진정해. 여행 하루 다녀왔다고 아버지가 결혼이라도 할 것처럼 호들갑을 떨면서 아버지의 정신 상태를 의심하다니. 아버지가 알아서 하도록 내버려둬. 네 자신의 삶에 집중해."

"아버지가 알아서 하게 내버려두고 있잖아."

"루시, 아버진 혼자야. 아버지의 삶에 〈카운트다운〉,* 살인 미스터리, 차 마시는 것 외에도 뭔가 다른 게 있다는 건 좋은 일이야. 〈카운트다운〉 아직 하지?"

"응." 루시가 목을 긁었다. 그녀는 책상 앞에 앉았다. "어쨌든. 조만간 한번 올 수 있겠어, 댄? 1년 반이 다 됐잖아. 그래도

---

* 낱말과 숫자 퍼즐을 맞추는 영국의 게임쇼.

어머니 장례식 땐 올 줄 알았는데. 아버지 문제 좀 도와주면 좋겠어."

"장례식에 못 간 건," 댄이 얼른 말했다. "켈리가 의대 시험 기간이었어. 카일은 팔이 부러졌고, 마리나가 홍역에 걸렸어. 한마디로 최악의 상황이었다고. 그리고 너도 안 갔잖아……."

"오빠를 비난하려는 게 아니야."

"너도 안 갔다는 얘길 한 것뿐이야."

"알아……."

"어쨌든……."

"어쨌든……."

그들은 어느새 다시 어린아이로 돌아가 있었다.

"난 아버지가 무척 걱정돼. 하지만 오빠는 바다 건너에 있어. 아버지가 매일 식사는 챙겨 드시는지 신경 쓸 필요도 없고 아버지가 우울할 때 기분을 띄워주려고 애쓸 필요도 없지." 그녀가 말했다. 그리고 도저히 참을 수가 없어서 한마디를 덧붙이고 말았다. "오빤 어렸을 때부터 항상 편하게만 살았어."

"야, 대체 그게 무슨 소리야."

"미안해, 하지만……."

"루시, 너와 아버지는 언제까지나 내 가족이겠지만 이젠 나한테도 아내와 아이들이 있어. 내 가족이 우선이야. 이제 너도 슬슬 네 가족을 꾸려야 할 때가 됐어. 아버지가 우리 곁에 없는 날이 올 거고 그럼 넌 완전 혼자잖아."

루시는 목 안에 뜨거운 사탕이 걸린 것 같은 기분이 들었다. 그녀는 그 무엇보다도 아이를 원했다. 댄은 그녀가 유산했다는 걸 모르고 있었다.

"아직 거기 있어?"

그녀가 침을 삼키려 애썼다. "그런 거 같아."

"큰 소리 내서 미안해."

"괜찮아."

"정말 괜찮아?"

"잘 모르겠어." 그녀가 한숨을 쉬었다.

"내가 할 수 있는 일이 별로 없어, 루스. 어머니가 돌아가셨고 그건 정말 끔찍하게 슬픈 일이야. 아버지 문제로 말하자면, 난 네가 별것도 아닌 일을 걱정하는 것 같아. 괜찮으니까 너한테 문자도 남겼겠지. 버나뎃이라는 여자하고 여행을 떠난 것도 내가 보기엔 지극히 정상이야. 아버지한테 진짜 도움이 필요한 상황이 되면 그때 얘기하자. 언제든 전화해."

"어쩌면 지금이 진짜 도움이 필요한 상황인지도……."

"내가 보기엔 괜찮은 것 같은데."

"하지만 오빤 여기 없잖아."

"그런 식으로 말하지 마. 난 여기 멋진 삶이 있을 거라고 생각해서 온 거야. 영국에서 도피한 게 아니고. 됐어?"

더 이상 얘기를 지속해봐야 화만 날 것 같아서 루시는 전화를 끊어버렸다.

댄이 곧바로 다시 전화를 걸어서 전화기가 진동했다. 루시는 거절 버튼을 눌렀다. 다시 전화가 왔고 그녀는 그 전화도 거절했다.

생각할 시간이 필요했다. 그녀는 양손으로 머리를 감쌌다. 학교 종이 울리는 것도 모른 채 어깨에 조그만 손이 닿는 걸 느낄 때까지 그 자세로 있었다.

"수업 들어와도 되나요, 선생님?"

이동통신 기술

아서, 버나뎃, 네이단이 버나뎃의 집에 도착했을 때 버나뎃은 들어와 커피 한잔하라고 아서에게 한사코 권했다. 그는 어서 집으로 돌아가서 파상풍 예방 접종을 예약하고 싶었다. 평화로운 도피처인 그의 집으로 돌아가 지난 며칠간의 광기와 낯선 사건들을 잊고 싶었다. 베이지색 벽들과 현관의 포푸리가 간절히 보고 싶었고 프레더리카에게 물을 주고 싶었다. 루시에게 전화를 걸어 자신의 모험에 대해 제대로 얘기해주고 싶었다. 음성메시지를 남기는 건 영 익숙지 않았다.

버나뎃이 부엌에서 그가 모르는 노래를 큰 소리로 부르는 동안 아서는 소파에 앉아 있었다. 그는 팔을 눌러봤다. 불에 덴 것처럼 무척 따가웠다. 아서는 레인지 옆 바구니에 웅크리고 있던 아기 호랑이 엘리자를 떠올리며 미소를 지었다. 구멍 난 여행 가방을 옆에 놓고 파란색 바지를 입고 있는 자신의 모습이 얼마나 이상하게 보일지 생각하면서.

지금껏 한 번도 버나뎃의 집에 들어와본 적이 없었다. 색깔을 낼 수 있는 곳엔 전부 다 색을 입힌 집이었다. 벽은 수선화의 노란색으로, 굽도리 널과 문은 잎의 초록색으로 칠했다. 커튼은 큼직한 붉은색과 자주색 꽃들이 그려진 화려한 벨벳이었고, 모든 평면엔 장식품들이 놓여 있었다. 강아지를 안은 도자기 소녀상들, 실크 꽃들이 담긴 색색의 유리병, 휴가 기념품들. 병원 수준으로 깔끔한 그의 집에 비해 여긴 아늑하고 사람 사는 집 같았다. 미리엄은 늘어놓는 걸 싫어했다. 신문이 펼쳐져 있거나 제자리가 아닌 곳에 있는 물건을 보면 바로 '제자리'로 치웠다. "당신 그만 좀 앉아서 쉬어." 퇴근하고 왔을 때 다림질에 청소에 빨래를 하는 아내를 보면 그는 그렇게 말하곤 했다.

"청소가 거저 되는 게 아니잖아." 그녀가 말했다. "집이 깨끗해야 마음도 깨끗해져."

아내가 부산을 떨며 돌아다닐 때 아서는 가만히 소파에 앉아 있었다. 그녀가 죽은 뒤엔 그녀가 원하는 상태로 그가 대신 집안을 청소했다.

네이단이 들어왔다. "어, MC 해머 같아요!" 아서의 바지를 고갯짓으로 가리키며 네이단이 말했다. "캔 터치 디스!"* 네이

* 미국의 래퍼 MC 해머의 세계적인 히트곡.

단이 의자에 털썩 앉더니 양팔을 의자 뒤로 늘어뜨렸다. 다리가 꽈배기사탕처럼 배배 꼬였다. 네이단은 10초 간격으로 코를 훌쩍이며 손등으로 코를 닦았다.

아서는 무슨 말을 해야 할지 곰곰이 생각해봤다. MC 해머인지 뭔지 하는 작자가 대체 뭐하는 사람인지, 사람은 맞는지 그로서는 알 길이 없었다. 그는 아들과 남자 대 남자의 대화를 나눠달라는 버나뎃의 부탁을 떠올렸다. 마침내 그가 "대학교는 알아봤니?"라고 묻기에 이르렀다.

네이단이 어깨를 으쓱했다. "대충요."

"가고 싶은 곳이 있든?"

이번에도 어깨가 대답을 대신했다.

아서는 벽난로 위에 줄지어 놓인 액자들을 보았다. 그중 하나엔 '세계 최고의 엄마'라고 적혀 있었다. 아주 어린 네이단, 커다란 물고기를 들고 있는 버나뎃과 칼이 카메라를 향해 미소를 짓고 있었다. 칼 혼자 찍은 사진이 그의 시선을 끌었다. 칼은 레드 와인 한 잔을 들고 일광욕을 하고 있었다. "아버지는 무슨 일을 하셨니?"

네이단이 의자에서 뒤척였다. "엔지니어였어요. 엘리베이터를 수리하셨던 것 같아요. 전기 쪽요."

"너도 대학에서 그쪽을 공부하고 싶니?"

"별로요."

"넌 뭘 공부하고 싶은데?"

"영문학 쪽을 보고 있어요. 엄마가 그게 좋을 거 같대요."

"네 생각은 어떤데?"

"잘 모르겠어요."

어떻게든 아이의 관심을 끌 만한 대화를 이어가보려고 아서가 횡설수설하기 시작했다. 그러다보니 어느덧 자신이 어렸을 땐 아버지 직업을 따르는 게 자연스러운 일이었다는 얘기를 하고 있었다. 아버지가 열쇠 수리공이었기에 그의 직업도 정해져 있었다고.

"하지만 그땐 직업이라고 부르지도 않았어. 그저 일자리나 장사라고 했지. 나도 도제 생활을 해야 했단다. 도제 생활이라는 건 다른 열쇠 수리공 밑에서 2년 동안, 보수도 제대로 못 받고 아주 오랫동안 지켜보는 걸 말하는 거야. 스탠리 시어링이라는 사람이었는데, 항상 일부러 짬을 내서 나한테 설명을 해주고 어떻게 하는 건지 보여주었지. 요즘 젊은 사람들한테도 그런 사람이 있는지 모르겠다. 젊은 사람들이 하는 일에 관심을 가져주는 사람 말이야. 이제 넌 세상으로 나아가겠구나. 대학에 진학해서 네 삶을 개척하겠지. 세상이 예전과는 많이 다른 것 같아. 예전에는 요즘보다 훨씬 더 어렸을 때 결혼을 했거든. 결혼할 무렵에는 이미 자리를 잡아서 돈을 꽤 벌 수 있었으니까. 도제 생활을 하면서 번 돈이나 학생보조금만으로는 살 수가 없었지."

아서가 얘기하는 내내 네이단은 휴대전화만 보고 있었다. 양쪽 엄지손가락이 화면 위에서 쉴 새 없이 움직였다.

버나뎃이 커피 세 잔을 들고 왔다. “남자들끼리 얘기하는 중인가요? 그럼 자리를 피해드릴게요.”

아서는 거실에서 나가는 버나뎃을 애처롭게 바라봤다. 도대체 그가 이 어린 친구와 무슨 공통점이 있겠는가? 네이단은 일이나 대학 얘기는 하고 싶지 않은 게 분명했다. 그래서 결국 아서가 물었다. “MC 해머가 대체 뭐냐?”

네이단이 고개를 들었다. “80년대에 유명했던 미국 랩 가수예요. 아저씨가 입고 있는 것 같은 배기 바지를 내려서 입었어요. 지금은 목사인가 신부인가가 되었어요.” 네이단은 휴대전화 위에서 손가락을 놀리더니 화면을 들어 보였다.

아서는 안경을 쓰고 풍성한 은색 바지를 입은 흑인 남자의 사진을 보았다. “아. 너 음악 좋아하는구나?”

네이단이 고개를 끄덕였다. “주로 록 음악을 좋아해요. 하지만 옛날 음악도 좋아요. 비틀스 같은 거.”

“옛날 비틀스 앨범이 어디 있을 텐데. 좋아한다면 네가 가지렴. 하지만 비닐 레코드라서. 그걸 들으려면 레코드플레이어가 있어야 해.”

“다락방에 엄마 꺼 하나 있어요. 제목이 뭔데요?”

“*러버 소울*이었던 것 같아.”

네이단이 고개를 끄덕였다. “다운로드 받아놓은 게 있긴 하지만 레코드를 들어보는 것도 좋죠. 아저씨가 비틀스를 좋아하실 줄은 몰랐어요."

"비틀스는 나보다 미리엄이 더 좋아했지. 존 레논 팬이었어. 난 폴 매카트니가 더 좋더라."

"왠지 그럴 것 같았어요! 그래도 조지 해리슨이 가장 멋져요."

아서가 소파 가장자리 쪽으로 조금 움직였다. "휴대전화로는 뭐든지 찾을 수 있니? 그게 이를테면 도서관 같은 거냐?"

"말하자면요."

"뭐 하나 찾아봐줄 수 있겠니?"

"그럼요."

"내가 프랑스 소설가를 찾고 있는데 말이다. 그 사람 이름은 프랑소와즈 드 쇼펑이야. 그 사람이 어디 사는지 알고 싶어."

네이단이 휴대전화를 두드렸다. "그야 간단하죠."

아서가 그에게서 전화를 받아 들었다. 아담하고 네모난, 치장벽토를 바른 흰색 복층 주택의 사진이었다. 무척 웅장해 보였다. 그 밑에 런던 주소가 있었다. "이게 현재 주소냐?"

네이단이 조금 더 두드렸다. "이 사람 주소는 이것밖에 없어요. 다시 프랑스로 돌아가지 않았다면요. 원래 벨기에 출신이에요. 어렸을 때 가족이 니스로 이주했어요."

"네 휴대전화에 그런 게 다 나온다는 거냐?"

"저도 조금은 알아요. 수업 시간에 드 쇼펑에 대해서 배웠거든요. 60년대에 가장 영향력 있는 소설가 중 한 명이었어요. 그 사람 소설 중 『*우리가 전하는 이야기들*』은 고전이에요. 들어보셨어요?"

"들어는 봤지." 아서는 그가 그레이스톡의 아이디어를 훔쳤다는 이야기를 떠올렸고 그런 짓을 하는 사람은 대체 어떻게 생겨먹은 사람인지 궁금했다.

네이단이 전화기를 다시 받아 들었다. "아저씨 휴대전화 있으세요? 이 링크 블루투스로 보내드릴게요."

"그냥 받아 적으마." 아서가 말했다. 그는 가방에서 종이와 메모지를 꺼냈다. "좀 읽어줄 수 있겠니? 내가 시력이 좋질 않아서."

네이단은 눈을 부라리긴 했지만 이내 시큰둥한 목소리로 주소를 읽었다. "근데 진짜 호랑이한테 공격을 당하셨어요?" 받아 적은 주소를 뒷주머니에 넣을 때 네이단이 물었다.

아서가 고개를 끄덕이고는 셔츠 팔목의 단추를 풀고 소매를 걷어 올렸다. 케이트가 붙여준 붕대가 풀어지려 하고 있었다. 피가 배어 나와서 녹슨 금속 빛깔 줄무늬를 만들었다. 네이단은 눈이 휘둥그레졌지만 무엇에든 관심을 보이는 건 결코 쿨하지 않다는 사실을 떠올리기라도 하듯 어깨를 으쓱하더니 도로 소파에 기댔다.

버나뎃이 다시 나타났고 이번엔 잼을 넣은 빵 한 접시를 들고 왔다. "두 사람이 얘기하는 동안 이걸 만들었어요. 퍼프 패스트리를 밀어서 편 다음 네모로 자르고요. 가운데 잼을 한 번씩 찍어줘요. 그다음에 오븐에 집어넣기만 하면, 짠! 아주 간단한 조리법이죠. 자, 따뜻할 때 드세요."

아서와 네이단이 동시에 손을 뻗었다. 두 사람은 빵을 후후 불고 나서 먹었다.

"네이단과 전 다음 주에 맨체스터에 가볼 계획이에요." 버나뎃이 아서 옆자리에 앉으며 말했다. "같이 가고 싶으면 저흰 환영이에요. 또 한 번 여행을 하실 생각이라면요. 멋진 도시잖아요. 그 대학 영문과는 최고거든요."

그는 커피 잔을 들었다. 커피가 식었다. "다음 주엔 런던을 가볼까 합니다. 만나보고 싶은 소설가의 집이 런던에 있거든요. 아내가 그 소설가와 친분이 있었던 것 같아서요."

굵고 검은 앞머리 뒤에서 네이단이 한쪽 눈썹을 치켜 올렸는지 확실히는 알 수 없었지만, 아마도 그랬을 거라고 아서는 생각했다.

런던

런던은 놀라움 그 자체였고, 심지어 즐겁기까지 했다. 아서는 그를 짓누르는 건물들과 뭉크의 그림 같은 공허한 회사원들로 가득 찬 인간미 없는 잿빛 도시를 상상했다. 그러나 런던은 활기가 넘쳤고 마치 딴 세상 같았다.

런던의 날씨는 음울하고 더웠다. 모든 것이 움직이고 있었다. 소리와 색과 형태가 뒤섞인 만화경처럼. 택시들이 경적을 울려댔고, 자전거들이 쌩쌩거리며 지나갔고, 비둘기들이 거들먹거리며 걸었고, 사람들이 고함을 질렀다. 그가 알고 있는 것보다 더 많은 종류의 언어가 들렸다. 그는 로터리 한복판에 꼼짝없이 갇힌 채로 서 있는 기분이었다. 그의 곁을 스쳐지나가는 세상으로부터 외면당한 채로.

낯선 사람이 사과 한마디 없이 부딪치고 지나갔을 때 놀랍게도 그는 전혀 기죽지 않았다. 그는 이 낯선 세계의 일부가 아니었다. 잠시 이곳에 머무는 방문객일 뿐이었고 언제든 안락한 집으로 돌아갈 수 있었다. 그 사실이 그를 조금 더 용감하고 조금 더 대범하게 했다.

아서는 킹스크로스 역에서 내려 걸을 수 있는 만큼 걸어보기로 했다. 역에서 챙겨온 지도를 보면 모든 게 찾기 쉬워 보였다.

평상시에 입는 바지는 기차를 타고 도시를 돌아다니기엔 너무 더울 것 같아서 케이트 그레이스톡이 준 파란 바지를 빨아서 다림질해 입었다. 버나뎃이 스카버러에 있는 여행용품 전문점의 할인권을 줘서 큰맘 먹고 다녀왔다. 거기서 주머니가 여러 개 달린 남색 배낭과 물통, 나침반, 그리고 워킹 샌들을 샀다. 튼튼하면서도 발이 시원했다.

그는 한쪽 발목에 붕대를 단단히 감은 채로 걸었다. 분홍 머리의 여자, 코카콜라 캔도 통과할 정도로 커다란 귀고리를 한 남자와 함께 걷다보니 그의 파란 바지는 여기서 특별할 것도 없었다. 꼬리에 보라색 방울이 달린 것 같은 푸들도 보았고, 외바퀴 자전거를 탄 남자가 휴대전화를 받는 모습도 보았다.

그 남자를 보는 순간 버나뎃의 차에서 횡설수설하는 메시지를 남긴 이후 루시와 통화를 하지 못한 일이 생각났다. 그레이스톡 영지에서 돌아와 다시 런던으로 오기까지 그에겐 스물네 시간이 있었다. 루시에게 두 번 전화를 했지만 자동응답기 소리만 들었다. 루시가 자신을 피하는 건지 아니면 통화하기에 너무 바쁜 건지 알 수가 없었다.

그는 계속 걸었다. 풍경을 감상하고 소리에 귀를 귀울였지만, 걸을수록 점점 더 당혹감과 후회가 밀려들었다.

오래전 미리엄이 열세 번째 결혼기념일에 런던에서 일주일을 보내자고, 뮤지컬도 보고 코벤트가든에서 점심 식사를 하자고 했을 때, 그는 웃었다. 웃었다. 런던엔 왜 가자는 거야? 그가 말했다. 런던은 지저분하고 냄새나고 너무 복잡하고 지나치게 큰 도시였다. 런던은 뉴캐슬이나 맨체스터의 큰 버전이었다. 골목마다 소매치기와 거지들이 있었다. 식사라도 한번 할라치면 거금이 깨졌다.

"그냥 한번 생각해봤어." 미리엄이 가볍게 말했다. 별로 속상해하는 눈치가 아니어서 그는 이내 그녀의 제안을 잊었다.

지금은 그 일이 후회스러웠다. 아이들을 키운 뒤로, 그들은 함께 새로운 곳들을 가보고 새로운 경험들을 했어야 했다. 하고 싶은 일들을 해볼 기회를 잡았어야 했고 함께 삶의 지평을 넓혔어야 했다. 그를 만나기 전에 미리엄이 이토록 충만하고 흥미진진한 삶을 살았다는 걸 알게 된 지금은 더더욱 그런 생각이 들었다. 그가 그녀를 숨 막히게 했다. 그의 방식만을 고집했다.

그 대화를 나누고 난 다음 달, 아서는 스카버러에 있는 스파 호텔에 짧은 휴가를 예약했다. 런던보다 훨씬 더 고상한 곳이었다. 그는 스위트룸을 얻기 위해 추가 비용을 지불했고, 그 방

침대맡 테이블에는 초콜릿 다이제스티브 비스킷이 놓여 있었다. 결혼기념일 저녁엔 미리엄을 데리고 앨런 에이크번*의 연극을 보러 갔고 미리엄은 무척 좋아했다. 연극을 보고 나서 두 사람은 머리에 스카프를 두르고 바람 부는 바닷가로 산책을 나갔다.

평화로운 휴가였다. 적어도 그에게는. 아내에게는 실망스러운 휴가였을까. 런던 여행을 가자고 했을 때 그녀는 드 쇼펑을 생각했을까? 과거의 연인을 잠깐이라도 훔쳐보고 싶었을까?

질투는 그에게 익숙한 감정이 아니었다. 질투가 옆구리를 파고들어 속이 부글거리게 하고 그를 보며 키득거리는 게 싫었다. 미리엄을 비웃은 건 잘못이었다. 그녀가 옳았다. 그가 틀렸다.

그는 미리엄과 함께했어야 하는 일들을 하며 여행자로 하루를 보냈다. 런던 아이, 국회의사당, 빅벤 같은 런던의 유명 관광지들을 둘러봤고 너무도 즐거웠다. 지붕 없는 버스를 타기도 했고 걸을 수 있는 곳은 걸어 다녔다. 아드레날린이 혈관을 타고 흘렀다. 미지의 세계에 대한 두려움 때문일 거라 생각했지만 그보다는 흥분 때문이었다. 도시가 그를 품어주는 듯한 기분이 들었다.

빨간 버스 모양의 냉장고 자석과 꼭대기에 황금빛 플라스틱 런던 타워가 달린 연필도 샀다. 보도에 흔들거리는 스테인리스

---

* 런던 출신의 유명한 희곡작가이자 연출가.

테이블이 놓인 펄리 퀸 카페에서 점심 식사를 했다. 그에게 묻지도 않고 웬 남자가 그의 테이블에 앉았다. 주머니에 분홍색 손수건을 꽂고 회색 줄무늬 양복을 입은 남자였다. 뛰었는지 아니면 화가 났는지 낯빛이 붉었다. 앉은 채로 다리를 아무렇게나 뻗어서 아서의 다리에 닿을락 말락 했다. 아서는 어렵사리 다리를 빼낸 다음 정면을 바라보려 애썼다. 그러나 남자는 베이컨과 체더 파니니를 주문하면서 그와 눈을 마주치고는 고개를 끄덕였다. "괜찮죠?"

"괜찮아요, 고마워요."

"결혼하셨습니까?"

"네." 그는 자신도 모르게 손을 뻗어 손가락에 끼고 있던 결혼반지를 돌렸다.

"몇 년 되셨어요?"

"40년이 넘었지요."

"맙소사. 살인을 해도 그보단 수감 생활을 덜 할 텐데." 그 남자는 미소를 지었다.

아서는 미소를 짓지 않았다. 남자가 합석하는 걸 원치 않았다. 아서는 조용히 차 한 잔과 베이컨 샌드위치를 먹고 관광을 하면서 프랑소와즈 드 쇼평의 집으로 갈 마음의 준비를 하고 싶었다. 그는 남자의 어깨 너머로 주문을 받은 종업원과 눈을 맞추었다. 10분 전에 차를 주문했는데 아직도 나오지 않았다.

"죄송합니다." 남자가 말했다. 남자의 표정이 바뀌었다. "농담이에요. 요즘엔 결혼 생활을 길게 하는 사람이 별로 없잖아요. 집에서 기다리는 사람이 있으면 참 좋을 거예요. 그쵸?"

"좋았죠."

"좋았다고요?"

아서가 침을 삼켰다. "아내가 1년 전에 죽었거든요." 아서가 마침내 손짓으로 종업원의 시선을 끌었다. 그녀가 곧바로 입 모양으로 미안하다고 말하고 차를 가져왔다.

"죄송합니다, 손님. 제가 지금 바빠서 정신이 없네요." 그녀가 말했다. 분홍색 드레스가 어깨 밑으로 흘러내려 보라색 브라 끈을 드러냈다. "대신 샌드위치를 큰 걸로 드릴게요."

"내가 주문한 스몰 사이즈면 충분해요."

"하지만 같은 가격에 드릴 건데요." 폴란드 억양에 손가락이 분필처럼 기다란 아가씨였다.

"친절도 하셔라."

그녀가 고개를 끄덕이고는 무릎을 굽혀 인사했다.

"난 대식가는 아닌데," 아서가 남자에게 말했다. "작은 걸 먹겠다고 하면 서운해할 것 같아서요."

남자의 눈이 카운터로 가서 핫초코를 만드는 종업원을 좇았다. "예쁘게 생겼네. 검은 눈에 검은 머리라. 마음에 들어."

아서가 차에 우유를 붓고 한 모금을 마셨다. 아서는 남자의 당당함이, 남자의 다리가 자신의 공간을 침해하는 것이, 남자가 종업원을 흘금거리는 것이 불편했다.

"뭐 하나 여쭤봐도 되겠습니까?" 남자가 몸을 앞으로 숙이며 말했다. 남자는 아서의 허락을 기다리지 않았다. "저도 결혼을 해볼까 생각 중이거든요. 왠지 훌륭한 조언을 해줄 분 같아서요. 살 만큼 사신 분이니까요. 많은 일들을 하셨을 테고, 많은 것들을 보셨겠죠. 산전수전 다 겪으시고요."

"도움이 될 수 있을지 어디 한번 들어나봅시다." 아서가 조심스럽게 말했다.

"좋습니다." 남자가 주머니에 손을 넣더니 조그만 노트를 꺼냈다. "제가 기록을 하면서 머릿속을 좀 정리해봤거든요. 그래야 결정을 할 수 있을 테니까요. 저는 잠자리에 들기 전에 제가 써놓은 글을 읽어본답니다."

"결혼이라는 건 중요한 결정이지요."

"말씀해주세요. 부인이 결혼할 여자란 걸 어떻게 아셨습니까?"

"처음 만났을 때 그 여자가 내가 결혼하고 싶은 여자란 걸 바로 알았지요."

"그래요? 계속하세요……."

"같이 있으면 다른 사람과 같이 있고 싶다는 생각이 들지 않았어요. 이 여자가 과연 바로 그 *여자*인가 고민해본 적도 없어요. 다른 여자는 없었으니까요. 그녀와의 소박한 삶을 사랑했지요. 우리가 만났을 때 내가 스물여섯이고 아내는 나보다 한 살 어렸어요. 우린 손을 잡고 산책을 하고, 키스를 했지요. 늘 아내만 생각했어요. 다른 사람은 보지도 않았어요. 약혼을 했고 만난 지 2년이 못 되어서 결혼을 했지요. 마치 날 위해 준비되어 있는 보이지 않는 길을 걷는 것 같았어요. 다른 방향으로 가는 길들도 있었지만, 다른 길은 어디로 가는 길인가 궁금했던 적도 없어요. 그저 앞만 보고 걸었지요."

"흠. 참 단순하네요. 저도 그렇게 단순할 수 있으면 좋겠습니다."

아서가 차를 한 모금 마셨다.

"신의를 지키셨나요?"

누군가에게 자신의 삶을 헌신하는 것에 대해 고민하는 사람이라면 충분히 할 수 있는 질문이었다. "네, 지켰어요."

"다른 여자와는 어떤 느낌일까 궁금하진 않으셨어요? 그러니까 제 말은…… 혹시 다른 여자를 보면서 궁금했던 적은…… 제가 너무 노골적이라고 생각하지 말아주셨으면 합니다."

아서는 그렇게 생각하고 있었다. 그는 지나치게 캐묻고 있었다. 음탕한 사람 같진 않았고 단지 자신이 처한 상황과 관련된 호기심인 것 같았다. "궁금하긴 했지요. 그게 인간의 본성이니까. 하지만 그런 걸 좇고 싶은 욕망은 없었어요. 다른 여자를 보고 예쁘다고 생각하거나 웃는 모습이 보기 좋다고 생각한 적은 있어요. 하지만 그러다가도 자칫하면 내가 무엇을 잃게 될지 알았고 이내 그런 생각을 떨쳐버렸지요."

"굉장히 합리적이시네요. 그게 말처럼 쉬운 일이면 얼마나 좋겠습니까. 저도 그런 식으로 생각을 정리할 수 있으면 좋겠네요. 저한텐 여자가 둘이 있거든요."

"아."

"전 둘 다 사랑합니다. 제 나이가 벌써 서른다섯이에요. 어서 결혼을 하고 아이를 낳고 싶어요."

"난 서른세 살 때 이미 애가 둘이었다오."

"집을 사고 가정을 꾸리고 싶어요." 남자가 고개를 숙이더니 자기 머리에 손가락으로 동그라미를 그렸다. "벌써 머리가 벗어지기 시작했어요. 보이세요? 이제 보금자리를 꾸미고 아내와 아이들을 데리고 산책을 할 나이라고요. 하지만 어떻게 해야 좋을지 모르겠습니다. 왠지 조언을 해주실 수 있는 분 같아요. 인상을 보면 알아요."

종업원이 음식을 가지고 왔다. 아서의 베이컨 샌드위치는 접시와 크기가 같았다. "어떠세요?" 그녀가 말했다.

"아주 좋습니다." 아서가 엄지손가락을 들어 보였다.

남자가 자신의 파니니를 깨물었다. 치즈가 흘러 턱에 묻었다. "둘 중 한 명이 제 여자 친구인데, 3년 사귀었어요. 사랑스러운 여자죠. 찻집 창가에 앉아 있는 걸 봤어요. 그 옆을 지나가다가 그 여자가 마음에 들어서 케이크를 샀어요. 곧장 다가가서는 나하고 데이트하자고, 멋진 레스토랑에 데리고 가겠다고 했어요. 처음엔 싫다고 하더군요. 전 그게 좋았어요. 쉬운 여자가 아니었던 거죠. 하지만 전 계속 노력했어요. 돌아설 때 제 명함을 줬어요. 나중엔 꽃을 사 들고 밖에서 기다렸고요. 그녀에게 마음이 끌렸어요. 부인에 대해 말씀하셨던 것처럼요. 전 계속 쫓아다녔어요. 그녀의 친구를 웃게 만들었지요. 그러다가 마침내 그녀가 승낙을 했고 극장에 가서 휴 그랜트 영화를 봤어요. 진짜 멋진 밤이었죠. 10대들처럼 손을 잡았어요. 그녀는 영화가 끝나고 나서 멋진 레스토랑에 가는 걸 원하지도 않았어요. 버거 하나면 된다면서요. 다나는 사랑스러운 여자예요. 미용사로 열심히 일하고 있죠." 남자는 지갑을 꺼내 아서에게 여자의 사진을 보여주었다. 하트 모양의 얼굴에 빨간 스카프를 머리에 묶고 미소를 짓고 있었다.

"예쁘네요."

"제가 만나는 또 다른 여자는, 만다인데……" 그는 손가락에 불이 붙었다는 듯 불을 끄는 시늉을 했다. "진짜 화끈해요. 제가 무슨 짓이든 다 할 수 있게 해주죠. 무슨 뜻인지 아시죠?"

무슨 뜻인지 몰랐지만 아서는 고개를 끄덕였다.

"만다는 안마시술소에서 만났어요. 만다가 저의 안마사였죠. 사실, 만약 제가 행복했다면, 다나에게 만족했다면, 그런 곳에 가지 않았을 거예요, 안 그런가요? 다나는 미용 관련 컨벤션에 출장을 가 있었죠. 만다는 절 자기 집으로 데리고 갔어요. 만난 지 한 시간밖에 안 되었는데…… *와우*."

남자가 손바닥을 마주치며 미소를 지었다. "불꽃이 일었어요. 제가 전혀 알지 못했던 것들을 만다가 알려줬어요. 우리 둘

다 제대로 걸을 수도 없을 정도였죠."

"하지만 다나는 어쩌고요?"

"전 다나에겐 그런 것들을 요구하지 않아요. 제가 그런 요구를 하고 그녀가 그런 걸 받아주면 전 다나에 대한 존경심을 잃을 거거든요. 다나는 그런 여자가 아니고, 만다는 그런 여자인 거죠. 아주 미묘한 상황이에요."

"여자 친구 몰래 바람을 피우는 것에 대해 죄책감이 들진 않던가요?"

남자가 얼굴을 찌푸렸다. "좀 그랬어요. 나중에요. 다나가 망할 놈의 컨벤션에 안 갔더라면 저도 이런 골칫거리를 안 만들었을 거예요."

아서는 식욕을 잃었다. 그는 샌드위치를 네 조각으로 자른 다음 브라운소스를 뿌렸지만 먹지는 않았다.

"제가 누굴 선택해야 할까요? 일단 결혼을 하고 나면, 그걸로 끝이에요. 전 신의를 지키고 싶어요. 적어도 신의를 지키려고 노력하고 싶어요. 아이들이 생기면 가정적인 아빠가 되고 싶어요. 다나랑 결혼하는 게 맞아요. 다나야말로 결혼할 만한 여자죠. 하지만 전 이미 다른 세상이 있다는 걸 알아버렸어요. 다나와 사는 건 바닐라 같을 거예요. 초콜릿 칩을 놓칠지도 모르지요. 하지만 만다도 슬슬 변하고 있어요. 침실 밖에서 해보고 싶은 것들에 대해서 얘기하기 시작해요. 그러니까 말하자면, 제대로 된 데이트 같은 거요. 그래서 극장에 갔는데 만다가 근사하게 차려입고 나왔고 우린 멋진 밤을 보냈어요. 그래서 더 헷갈리게 됐어요."

"하지만 항상 초콜릿 칩만 먹다보면 속이 좀 느글거릴 텐데." 아서는 여자를 아이스크림 맛에 비교하는 게 영 마음에 들지 않았지만 그게 줄무늬 양복을 입은 남자가 사용하는 언어였다.

"선생님이라면 어떻게 하시겠어요? 단순한 맛에 머무시겠어요, 아니면 좀 더 흥미진진한 맛을 찾아가시겠어요?"

아서는 남자가 처한 상황을 곰곰이 생각해봤다. 자신의 사생활에 관한 결정을 내리기 위해 낯선 사람한테 도움을 청할 정도라면 아주 중요한 문제인 게 분명했다. "그게, 요즘에는 말입니다," 아서가 말했다. "선택의 폭이 너무 넓은 게 문제예요. 내가 젊었을 땐 그저 주어지는 것에 만족하고 살았거든요. 그땐 크리스마스에 양말 두 개만 받아도 행복했지만 요즘 젊은 사람들은 전부 다 갖고 싶어 하죠. 전화기 한 대만 있으면 되는 게 아니라, 별의별 기능이 다 있어야 해요. 컴퓨터도 있어야 하고 집도 있어야 하고 차도 있어야 하고 식사도 하고 술도 마셔야 하죠. 그저 평범한 음식으론 안 되고 화려한 레스토랑에서 비싼 병맥주를 시켜야 하고.

다나한테 그런 것들을 시키면 다나를 존중하지 않는 거라고 했지만, 이미 만다를 만난다는 것 자체가 다나를 존중하지 않는 거예요. 다나와 결혼하면 다나를 존중하게 될까요? 만약 그녀가 결혼을 해준다 해도 자신이 바람둥이라는 걸 당신은 알

거고, 사실 당신은 그 여자를 아내로 맞을 자격이 없어요. 그리고 특별히 어떤 것들에 관심을 보인다는 또 다른 여자로 말하자면…… 그런 것들이 얼마나 오래 당신의 관심을 끌 수 있을까요? 두 사람이 함께 먼지를 털고 청소하는 모습을 상상할 수 있겠어요? 엄마가 되고 나서도 그런 것들을 하게 해줄까요? 그러니까 둘 중 어떤 여자가 더 결혼하기 적당한 여자인지 생각할 게 아니에요. 아마 둘 다 아닐 거예요. 만약 내가 다나라면, 날 아내로 맞을 자격이 있고 날 존중해줄 남자를 원할 거예요. 내가 만다라면, 여자 친구 몰래 바람을 피우는 남자와는 사귀지 않을 거고요. 따라서 나는 당신이 둘 중 누구에게도 청혼을 해선 안 된다고 생각해요. 설령 둘 중 한 명이 좋다고 대답한다고 해도 말입니다."

남자는 눈살을 찌푸리고, 양손을 무릎 위에 깍지 낀 채 잠자코 앉아 있었다. 그가 고개를 저었다. "그건 제가 생각했던 선택에 들어 있지 않아요. 절 완전히 가지고 노시네요."

"미안합니다. 진실을 말하는 게 최선이니까요."

"그 점은 감사합니다. 하지만 진짜 잔인하시네요. 그러니까 이 상황에 세 번째 선택마저 더해진 셈이네요. 제가 두 여자를 버리고 새로운 여자를 찾아야 한다는 건가요?"

"아마도 초콜릿 칩이 들어 있는 바닐라 같은 여자?"

"잔인하시네요. 점심 값 제가 내도 될까요?"

"괜찮아요. 내가 낼 수 있어요."

"이젠 다른 사람한테 못 물어보겠어요." 남자가 일어서더니 다시 고개를 저었다. 그는 20파운드짜리 지폐를 테이블 위에 올려놓았다. "제가 직접 해결해야겠어요."

"혼란스럽게 했다면 미안해요."

"아뇨. 제가 조언을 구했고 그래서 조언을 해주신 거잖아요. 아주 노골적인 조언이었죠."

아서는 망설였다. 그는 남자의 달라진 모습을 보았다. 움츠러든 어깨에 진실을 갈구하는 눈빛. 말을 꺼내기 전에 아서는 침을 꿀꺽 삼켰다. 어쩌면 그 자신에게도 잔인한 진실이 필요할지 몰랐다. "가기 전에, 내가 부탁 하나 해도 될까요? 보아하니 우리가 다시 만날 것 같지도 않은데, 당신 생각을 좀 들어봅시다."

"좋습니다. 뭔데요?"

"만약 당신이 어떤 여자를 만났는데, 당신을 만나기 전에 그 여자가 다른 남자와 사귀었고 전혀 다른 세상에 살았고 여러 가지 일들을 했는데 그 얘기를 당신한테 하지 않았다면, 그게 문제가 될까요?"

남자가 고개를 갸우뚱하며 생각했다. "아뇨. 그건 그 여자 사정인 거죠. 그러니까 제 말은, 그럴 만한 이유가 있었을 거라고요. 현재에 충실하고 뒤돌아보지 않는 사람들도 있으니까요. 현재에 만족한다면 왜 뒤를 돌아보겠어요?"

아서는 잠시 생각에 잠겼다. 아서는 종이냅킨으로 베이컨 샌드위치를 싸서 주머니에 넣었다. "혹시 만다와 다나를 위해 보석을 산 적 있어요?"

"그럼요. 다나는 반짝이는 싸구려 물건들을 좋아해요. 서랍 한가득 그런 것들이 있어요. 만다는 비싼 걸 좋아해요. 다이아몬드나 백금 같은 거요. 내가 자길 얼마나 좋아하는지 증명할 수 있는 것들. 돈이 많이 들어요."

"팔찌를 사게 된다면 생각을 많이 하고 사겠어요?" 책 모양의 참 속에 글자가 새겨진 단 한 페이지와 드 쇼펑이 미리엄을 얼마나 깊이 사랑했는지 생각하며 아서가 물었다.

"별로요. 전 그냥 본인한테 맡겨요. 좋아하는 걸 알려달라고 하거나 자기들이 직접 사게 해요. 아니면 좋은 물건을 저렴하게 들여오는 친구들을 통해서 사기도 하고요. 하지만 결혼반지는 신경을 써야겠죠. 그건 영원한 거니까."

"고마워요. 도움이 됐어요." 아서가 일어서서 남자를 마주보았다. "내가 아내를 잘 선택했느냐고 물었지요? 난 분명히 그랬어요. 하지만 내가 아내한테 좋은 선택이었는지는 잘 모르겠네요."

남자가 손을 뻗어 아서의 어깨를 두드렸다. "아뇨. 선생님은 좋은 분 같아요. 아마 좋은 선택이었을 거예요."

"정말로 그렇게 생각해요?" 아서는 불현듯 누군가의 확인이 필요하다고 느꼈다. 그 사람이 방금 만난 거만한 바람둥이일지라도.

"신의를 지키셨잖아요. 친절하시고요. 들을 줄도 아시고, 생각도 깊으세요. 훌륭한 조언도 해주셨어요. 못생기지도 않으셨고요. 분명히 좋은 선택이었을 거예요, 아무렴요."

"고마워요." 아서가 나지막이 말했다. 그는 계산을 한 다음 팁으로 2파운드를 남겨놓았다. 종업원이 그를 보고 손을 흔들었다.

"진짜 예쁘네." 남자가 아서와 함께 걸으며 말했다. "혹시 저 여자가……."

"아니요." 아서가 단호하게 말했다. "아니라고 봅니다."

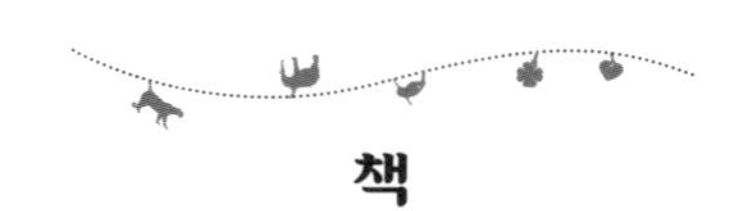

책

프랑소와즈 드 쇼평의 집은 아서가 예상했던 것보다 컸다. 화려하고 사치스러워서 5성급 호텔처럼 회색 모자를 쓴 남자가 문 앞에 서 있어야 할 것만 같았다. 건물 앞면이 햇살 속에서 반짝였다. 아서는 문득 옆집과 담이 붙어 있는 그의 3층짜리 빨간 벽돌주택이 부끄러워졌다. 더 큰 집을 바란 적은 없었다. 댄과 루시의 학교에서 좀 더 가까운 곳으로 이사하면 어떨까 미리엄과 의논했던 적이 있긴 했지만, 그 자신도 그렇고 다른 사람도 집의 크기로 판단한 적은 없었다. 마음이 머무는 곳이 바로 집이라고, 그의 어머니는 말하곤 했다. 직업의 사다리를 올라가 가족들을 위해 보다 큰 집을 마련했어야 하나? 좀 더 성공하기 위해 노력했어야 하나? 여행길에 오르기 전까지 그가 한 번도 던져본 적 없는 질문들이었다.

집 앞에 서서 반달 모양의 길, 포플러 나무들, 깔끔하게 손질된 네모난 광장을 바라보면서 그는 드 쇼펑과 미리엄이 손잡고 산책하는 모습을 상상했다. 미리엄은 온통 흰색 옷을, 그는 검은색 옷을 입고 있었다. 이웃들과 지나가는 행인들의 부러움 가득한 시선을 한 몸에 받으면서. 그의 상상 속에서 두 사람은 발을 맞추어 걸으며 키득거렸고, 머리를 숙이고 서로를 쓰다듬었다. 그러고는 문 앞에서 키스한 뒤 집 안으로 사라졌다.

아서는 양손을 주머니에 찔러 넣고 자신의 우스꽝스러운 파란색 바지, 튼튼한 워킹 샌들, 나침반이 들어 있는 나일론 배낭을 보았다. 하나도 멋지지 않았다. 따분한 열쇠 수리공 대신 프랑스 작가의 곁에 머물렀다면 미리엄은 호화롭고도 창의적인 삶을 살았을 것이다. 그녀의 자식들은 사립학교 교육을 받았고 아무 부족함 없이 자랐을 것이다. 아서는 댄과 루시가 사달라는 장난감이 너무 비싸서 사주지 못한 적도 많았다.

그러나 그의 아내는 한 번도 그가 부족한 사람이라는 생각이 들게 하지 않았다. 이제 그가 자신에게 그렇게 말하고 있었다.

계단을 올라가는데 무릎이 후들거렸다. 아서는 무쇠로 만든 검은색 고리쇠를 잡았다. 사자 머리 모양이었다. 그는 허리를 펴고 나이 지긋하고 머리가 검은 프랑스 출신 연애의 신이 문을 열어주길 기다렸다.

아서는 드 쇼펑이 지금도 몸에 붙는 검은색 바지에 터틀넥 스웨터를 입고 있을 거라고 단정 짓고 있었다. 그의 트레이드

마크일 테지. 맨발에 귀에는 연필을 꽂고 있을 것이다. 그가 어떻게 문을 열어줄까? 호들갑을 떨면서? 아니면 최신 걸작을 집필하는 데 방해를 받아서 한숨을 쉬면서?

아서는 최대한 단호하게 문을 두드렸다. 그리고 몇 분 기다렸다가 다시 문을 두드렸다. 멀미가 났다. 장거리 여행을 하고 이제 막 열차에서 내린 것처럼. 머리는 그에게 돌아서라고, 한심한 임무 따위는 잊어버리고 그냥 가라고 말했지만, 심장은 가지 말라고, 계속 밀어붙이라고 말하고 있었다.

문 뒤에서 달그락거리는 소리가 나더니 체인이 풀리는 소리가 들렸다. 문이 몇 센티미터 열렸다. 얼핏 분홍색 옷자락이 스쳤다. 문틈으로 눈 하나가 보였다.

"네?"

남자 목소리인지 여자 목소리인지 분간이 가지 않았다. 연적의 목소리로 기대했던 목소리가 아니었다.

"프랑소와즈 드 쇼펑 씨를 만나러 왔습니다."

"누구시죠?"

"아서 페퍼라고 합니다. 제 아내가 쇼펑 씨의 친구였던 걸로 알고 있어요." 문이 여전히 조금 열려 있기에 그가 덧붙였다. "아내는 1년 전에 세상을 떠났고 전 아내의 친구들을 찾고 있습니다."

천천히 문이 열렸다. 20대 중반에서 후반 정도 되어 보이는 젊은 남자가 서 있었다. 무척 말랐고 바지를 엉덩이에 걸쳐 입었다. 티셔츠에는 레드 제플린이라고 적혀 있었다. 티셔츠가 배꼽을 드러낼 정도로 짧았고 배꼽에는 반짝이는 빨간 장식으로 피어싱을 했다. 공허한 파란 눈동자가 뾰족뾰족한 연분홍색 머리카락 틈에서 깜빡였다.

"못 알아볼 거예요, 아내 되시는 분." 부드러운 동유럽 억양이었다.

"사진을 가져왔어요."

남자가 고개를 저었다. "사람을 잘 기억하지 못해요."

"그분과 제 아내가 가까운 사이였다고 믿을 만한 근거가 있어요. 아주 오래전 일입니다. 60년대……."

"알츠하이머예요."

"아." 예상 못 한 일이었다. 검은 옷을 입은 거만한 비트족의 이미지는 사라졌지만, 다른 어떤 이미지로도 대체되지 않았다.

젊은 남자는 바로 문을 닫을 기세였지만, 다음 순간 그 남자가 말했다. "안으로 들어오시겠어요? 좀 앉으셔야 할 것 같아서요."

그제야 아서는 발목이 완전히 맛이 가버리기 직전임을 깨달았다. 카페에서 여자 친구가 둘인 남자를 만난 이후 계속 걸었기 때문이다. "그래주시면 정말 감사하겠습니다."

"제 이름은 세바스티안이에요." 젊은 남자가 어깨너머로 말했다. 현관홀의 모자이크 타일을 가로지르는 남자의 발이 쩍쩍거리는 소리를 내며 흔적을 남겼고 발자국은 몇 초 뒤 사라졌다. "편안히 계세요." 남자가 문 하나를 손가락으로 가리키며 말했다. "차 한잔 드시겠어요? 저 혼자 마시려고 만들고 싶진 않아요." 남자의 눈은 커다랬고, 갈망으로 가득 차 있었다.

"차 좋죠."

아서가 문을 열고 방으로 들어갔다. 벽마다 바닥에서 천장까지 책이 빼곡하게 꽂혀 있었다. 기다란 사다리가 한쪽 벽에 기대서 있었다. 묵직한 가구들은 짙은 목재에 벨벳 방석이 붙어 있었고 쿠션들은 루비, 사파이어, 황금, 에메랄드 색으로 다양했다. 천장엔 어두운 파란 바탕에 은색 별무늬가 있었다. 캬! 아서는 생각했다. 그는 제자리에 서서 한 바퀴를 돌았다. 마치 영화 세트장 같았다. 그는 앉고 싶지 않았다. 방을 둘러보고 책들을 만져보고 싶었다. 접이식 뚜껑이 달린 큼직한 참나무 책상이 거리 쪽으로 난 퇴창 아래 놓여 있었다. 그 위에 종이 한 장이 꽂힌 낡은 타자기가 드 쇼펑이 또 하나의 걸작을, 혹은 표절작을 써주길 기다리고 있었다. 아서는 빳빳한 새 종이에 글자가 찍혔는지 보려고 가까이 다가갔다. 아무것도 없었다. 문득 실망감이 밀려들었다. 아서는 예술적인 사람도, 창의적인 사람도 아니어서 그림을 그리거나 글을 써서 생계를 유지한다는 게 매혹적으로 느껴졌다.

한참이 지난 뒤에야 탁자에 먼지가 소복이 쌓여 있음을 깨달았다. 조각마루 바닥에는 머그잔들이 뒹굴었다. 초콜릿 바 포장지가 소파 위에 놓인 쿠션 뒤로 비죽 나왔다. 모든 것이 처음에 생각했던 것처럼 광이 나지 않았다. 아서는 연두색 벨벳을 씌운 의자를 골라서 앉았다.

세바스티안이 방으로 돌아왔다. 그는 빨간색과 흰색 물방울무늬가 있는 플라스틱 쟁반을 들고 왔다. 쟁반 위에는 볼품없는 찻잔과 그에 어울리는 찻주전자가 놓여 있었다. 그가 쟁반을 커피 테이블 위에 올려놓았고 그 바람에 잡지들이 바닥으로 떨어졌다. 아서가 잡지를 집어 다른 의자에 올려놓았다.

세바스티안은 아무 말이 없었다. 그가 지나가는 자리에 그런 소동이 벌어지는 건 지극히 당연하다는 듯이. "자, 차를 가져왔으니, 제가 어머니가 되어서 차를 따라드릴까요?* 여기선 이렇게 말하죠?"

"네." 아서가 미소를 지었다. 그는 젊은 남자의 손이 떨리는 것을 보고 도우려고 손을 뻗으려다가 멈췄다.

"자, 그럼." 세바스티안이 아서에게 찻잔과 받침을 내밀었다. 그는 손가락으로 방 안에 있는 의자들을 하나씩 가리키더니 그 중 가장 큰 의자를 골랐다. 빛바랜 청록색 천 한 귀퉁이로 충전재가 삐져나와 있었다. 그는 다리를 올리고 앉았다. "부인 얘기를 해보세요. 여긴 어쩐 일로 오셨습니까?"

아서가 팔찌에 대해 설명했고 두 사람이 만나기 이전 미리엄

---

* Shall I be Mother, and pour? 음식이나 음료를 대접할 때 서빙해도 되겠느냐고 묻는 일종의 관용적 표현.

에 대해 더 알고 싶어서 참에 담긴 사연들을 추적하게 되었다고 말했다. "실은 나 자신에 대해서도 배우고 있어요." 그가 시인했다. "한 사람 한 사람 만날 때마다, 그들의 이야기를 들을 때마다, 내가 변하고 성장하는 것 같은 기분이 드네요. 다른 사람들도 날 만나서 조금이나마 도움을 얻을 수도 있겠지요. 기분이 묘합디다."

"재미있겠네요."

"재미있어요. 그런데 한편으론 죄책감도 들어요. 난 살아 있는데 아내는 없으니까요."

세바스티안이 이해한다는 듯 고개를 살짝 끄덕였다. "저도 한때는 살아 있는 것 같은 기분을 느꼈어요. 여기도 가고 저기도 가고, 설렜어요. 하지만 지금은 이곳에 있지요. 갇힌 채로."

"설마 진짜 갇혀 있는 건 아니죠? 원하면 언제든 떠날 수 있는 거 아닌가요?"

세바스티안이 손사래를 쳤다. "제 삶에 대해 얘기해드릴게요, 아서. 당신은 새로운 삶을 발견하고 있는데, 제 삶은 죽어가고 있네요. 제 말이 좀 극단적으로 들릴 수는 있겠지만 그게 바로 제 기분이랍니다. 프랑소와즈와 저는 그가 자기가 누구인지 잊어버리기 전 몇 년 동안 함께 살았어요. 처음엔 사소한 일들로 시작되었어요. 불을 끄는 걸 잊어버린다든가 안경을 잃어버린다든가. 하지만 누구나 그러잖아요. 아침에 먹는 시리얼을 커피 찬장에 넣는다든가 신발을 침대 밑에 넣어두고 잊어버리는 건 괜찮아요. 2층으로 올라갔는데 왜 올라갔는지 기억을 못 한다거나 냉장고에 우유가 있는데 또 우유를 사는 것도요. 하지만 이 집을 홀랑 태울 뻔한 적도 있어요." 감정에 북받친 듯 세바스티안의 눈이 촉촉해졌다. "그가 낮잠을 자려고 위층으로 올라갔어요. 매일 2시부터 4시까지 낮잠을 자거든요. 그 시간 동안은 프랑소와즈가 혼자 있게 내버려둬요. 그래야 다시 체력을 회복해서 글을 쓸 수 있으니까요. 그를 깨우러 방으로 들어갔는데 침대에 불이 붙어 있는 거예요. 불길이 거의 천장까지 닿을 정도였죠. 프랑소와즈는 우두커니 앉아서 창밖만 내다봤어요. 자기가 위험에 처한 줄도 모르더라고요. 저는 한 마리 영양처럼 뛰어다니면서 담요를 들고 욕실로 가서 샤워기로 담요를 적셨어요. 젖은 담요로 불길을 잡았지요. 매트리스가 시커메져서 연기가 났어요. 그런데도 프랑소와즈는 아무 말도 하지 않았어요. *괜찮아?* 내가 물었어요. 하지만 그는 그저 멍하니 절 쳐다보기만 했어요. 그제야 저는 그가 완전히 정신이 나갔다는 걸 알았어요. 다시는 총명해지지 않을 거예요."

묘한 느낌이 아서에게 엄습해왔다. 세바스티안은 조수의 입장에서 드 쇼펑에 얘기하는 게 아니었다. "프랑소와즈를 어떻게 만났나요?"

"제가 4년 전에 런던으로 와서 나이트클럽의 바에서 일하고 있었거든요. 고용주들은 말을 험하게 했고 제가 컵을 깨면 월급에서 깎았어요. 스스로를 지키기 위해 앞으로 나서기엔 제가 너무 어렸죠. 그러던 어느 날 밤 프랑소와즈가 친구들하고 왔는데 어쩌다보니 이런저런 얘기를 나누게 되었어요. 그러다 그가 매일 밤 오기 시작했지요. 3주 동안 매일 얘기를 나눴는데 세바스티안이 제게 일자리를 제안했어요. 집안일도 하고 행정적인 일도 하면서, 자기 친구가 되어달라는 거였어요. 전 그가 정말 멋지다고 생각했어요. 유명한 작가가 관심을 가져주니 우쭐한 기분이 들더군요. 전 그를 돕기 위해 이 집으로 들어왔고 우리의 관계는 거기서 더 발전했어요."

아서는 *관계*라는 말을 생각하며 차를 홀짝였다.

"이런 얘기를 해도 되는 건지 모르겠네요, 아서." 세바스티안이 말했다. "어쩌다보니 얘기를 하게 되었네요. 아주 오랫동안 속으로만 품고 있었거든요. 너무 많은 사람들이 프랑소와즈를 증오해요. 친구들과 가족들도 더 이상은 관심을 갖지 않고요. 에이전트를 바꿨는데 새 에이전트는 돈 벌 궁리만 해요. 이젠 저만 남았어요. 저마저 훌쩍 떠나버릴 수가 없어요. 그래서 여기 남아서 그를 돌보고 있죠. 난 떠날 수가 없어요. 이제 스물여덟 살인데 여기 갇혀버렸어요."

"당신이 그의…… 간병인인가요?"

"지금은 그래요. 우리 사이에 다른 건 아무것도 없으니까요. 우리가 처음 만났을 때 프랑소와즈는 정말 대단했어요. 자유로웠죠. 그래서 그를 좋아했어요. 저는 글을 쓰는 걸 도왔고, 집 안의 허드렛일도 도왔고, 일정 관리도 도왔어요. 그는 절 보면 푸들이 생각난다고 했어요. 너무 예쁘고 너무 의욕적이라면서. 전 그 말을 듣고 웃었고, 그는 제가 불쾌해하지 않아서 좋다고 했어요. 폭언을 하고 심술을 부리고 괴팍하게 굴 때도 있었지만 어쨌든 그는 제게 머물 곳을 주었어요. 자신감도 갖게 해주었고요. 집으로 보낼 돈도 주었어요. 그래서 왠지 여기 남아서 프랑소와즈를 돌봐야 할 것만 같아요. 제가 떠난다면 누가 그를 돌보겠어요? 이게 바로 제…… 고민들이랍니다." 세바스티안이 양손을 머리 옆에 대고 빙글빙글 돌렸다.

"이 상황을 해결할 사람이 있지 않을까요?" 아서가 물었다.

세바스티안이 고개를 저었다. "제가 알기론 없어요."

"얘기해볼 만한 사람도 없어요?"

"친구들이 몇 명 있긴 한데, 친하진 않아요. 이렇게 얘기하는 것만으로도 도움이 되었어요, 아서. 제 생각을 말로 표현했으니까요. 얘길 하고 싶었고, 기분이 한결 나아졌어요. 언젠가는 떠나야 한다는 건 알고 있어요. 그러지 않으면 미쳐버릴 테니까."

"나도 집을 떠나서 사람들을 만나보니 참 좋더라고요." 아서가 시인했다. "그게 좋을 거라곤 전혀 생각 못 했거든요."

세바스티안이 고개를 끄덕였다. "제 얘기 들어주셔서 감사합니다."

두 사람은 찻잔을 비웠고 세바스티안이 찻잔들을 챙겼다. 그는 다른 잔 네 개와 함께 찻잔들을 테이블 위에 올려놓았다. "아내 되시는 분과 프랑소와즈가 연인 관계였을 거라고 생각하시나요?" 세바스티안이 물었다.

노골적인 질문이었지만, 케이트 그레이스톡이 사진을 보여준 뒤로 아서는 줄곧 그 생각을 하고 있었다. "그랬을지도 모른다고 생각해요." 그가 말했다.

"그래서 슬프신가요?"

"그렇게 슬프진 않지만, 혼란스러워요. 날 만나기 전에 다른 남자와 동거한 줄은 몰랐거든요. 그렇게 대단한 명성을 지닌 남자와 날 어떻게 견줄 수 있었는지 모르겠어요."

"흠," 세바스티안이 생각에 잠기는 듯했다. 그러더니 말했다. "프랑소와즈가 동성애자인 건 아시죠?"

아서가 고개를 저었다. "아뇨. 하지만 그렇다면 어떻게……" 세바스티안이 동성애자일 거라고는 짐작하고 있었지만 드 쇼펑이? 케이트는 그를 난잡한 플레이보이로 묘사했다.

"프랑소와즈와 당신의 아내는 연인이었을지도 몰라요. 60년대, 70년대에는 도무지 그 물건을, 뭐라고 표현하더라, 바지 속에 얌전히 넣어두질 못했으니까요. 그는 남자도 좋아했어요. 하지만 그렇게 말했다간 그의 작품, 그의 명성에 금이 갔겠죠. 그는 자신을 전설적인 존재로 생각하고 싶어 했어요. 주위에 소녀들과 여자들이 많았어요. 너무 많았죠. 어떤 여자와도 상대가 상심할 정도로 오래 사귀지 않았어요. 여자가 애정에 굶주린 사람이 아니었다면요." 세바스티안는 마치 하나의 질문처럼 그 말을 했다.

"미리엄은 강한 여자였어요."

"그랬다면 프랑소와즈가 그녀를 상심에 빠뜨리고 떠났을 것 같진 않네요. 이런 얘기가 도움이 될는지 모르겠지만요……."

도움이 되지 않았다. "혹시 직접 만나볼 수 있을까요?"

"당신이 와 있다고 얘기는 해볼 수 있어요…… 찾아오는 사람이 별로 없거든요. 어쩌면 반가워할지도 모르겠어요."

아서는 여자들에게, 그의 아내에게 거짓말을 한 사람, 그레이스톡 경의 아이디어를 훔친 사람을 직접 보고 싶었다. 이 수수께끼의 인물을. "네." 그가 일어섰다. "만나보고 싶습니다."

그는 세바스티안을 따라 계단을 두 층 올라갔다. 맨 꼭대기 층 방문 앞에 이르렀을 때 자신이 주먹을 불끈 쥐고 있음을 깨달았다. 그러나 그는 아내의 과거 중 이 대목과 조우해야만 했고, 모든 면에서 그 자신과 정반대인 이 남자를 만나야만 했다. 이 거칠고 무모한 천재는 과연 미리엄의 마음을 훔쳤을까?

세바스티안이 문을 열고 먼저 안으로 들어섰다. "깨어 있네요." 그가 말했다. "하지만 너무 오래 있진 마세요. 쉽게 피로를 느끼고 총을 쏴대기 시작하면 제가 맨 앞줄에서 총알받이를 해야 하거든요." 그가 손가락으로 총 모양을 만들어서 관자놀이에 쏘는 시늉을 했다.

아서가 고개를 끄덕였다. 그는 밖에서 잠시 머뭇거리다가 안으로 들어갔다.

드 쇼펑의 병에 대해 들어서 알고 있었는데도 방 한 귀퉁이에 놓인 팔걸이의자에 웅크리고 앉은 드 쇼펭의 모습에 아서는 완전히 무방비 상태였다. 왜소했고 흰머리가 제멋대로 자랐고 눈썹도 너무 길게 자랐다. 손톱은 날카로웠고 얼굴은 일그러졌다. 빤히 쳐다보는 눈빛은 공허했다. 케이트 그레이스톡이 준 사진 속의 오만한 젊은 남자는 온데간데없었다. 드 쇼펭은 아서와 세바스티안이 들어온 것도 의식하지 못했다.

방에서 소변과 살균제 냄새가 진동했고 장미향 방향제도 악취를 막지 못했다. 잿빛 울 담요가 있는 싱글 침대 하나가 있었고 그 옆에는 사용한 흔적이 있는 도자기 요강이 있었다. 침대 맡 탁자에는 책들과 유아용 모니터가 놓여 있었다. 불이 켜진 걸로 보아 아직 읽을 수는 있는 모양이라고 아서는 생각했다. 이 가엾은 영혼에게 아직은 그 마지막 즐거움이 남아 있으니 다행이었다.

아서가 드 쇼펭에게 다가갔고 세바스티안이 뒷걸음질해 방에서 나갔다. “5분 뒤에 돌아올게요.”

아서는 고개를 끄덕이고는 다시 돌아섰다. “드 쇼펭 씨. 저는 아서 페퍼라고 합니다. 제 아내를 아실 것 같아서요.” 사진을 내미는 그의 손이 떨렸다. “유감스럽게도 좀 오래된 사진입니다. 1963년도예요. 여기 당신하고 제 아내가 같이 서 있어요. 보이세요? 사진에서 제 아내가 당신을 얼마나 그윽한 눈빛으로 쳐다보는지 질투가 나더군요.” 아서가 사진 속 미리엄의 머리를 살짝 두드리며 말했다. 그는 드 쇼펭의 반응을 기다렸다.

시들어버린 드 쇼펑의 얼굴에 미소가 스치거나 눈이 휘둥그레지는지 관찰했다. 아무 변화도 없었다.

그는 주머니에서 팔찌를 꺼냈다. "혹시 이 팔찌의 참을 당신이 준 건지 알아보려고 왔어요. 책입니다. 안에는 글씨가 새겨져 있어요. '*마 셰리*'라고." 말을 하면서도 아서는 자신의 말이 길을 잃었음을 알았다. 노인은 누군가 자신에게 말을 걸고 있다는 것조차 인식하지 못하는 것 같았다. 아서는 잠시 그 자리에 서 있다가 한숨을 쉬고 돌아섰다.

세바스티안이 팔짱을 끼고 문 앞에 서 있었다. 아서는 처음으로 세바스티안의 팔 곳곳에 찍힌 푸르스름한 잿빛 멍 자국을 보았다. 아서는 세바스티안에게 다가가 속삭였다. "*그가* 당신한테 이런 짓을 했나요?"

"제가 그를 움직이려 할 때 혼란스러워하면서 몇 번 그랬어요. 하지만 어젯밤엔…… 너무 외로웠어요. 그래서 옛날…… 친구를 불렀어요. 친구가 집으로 왔는데, 상황이 통제할 수 없는 상태로 치달았어요. 프랑소와즈가 절 잡고 흔들었어요."

"경찰에 신고는 했어요?"

세바스티안이 고개를 저었다. "제 잘못이에요. 그의 상태를 아니까요. 하지만 그래도…… 안을 사람이 필요했어요. 외롭다는 게 어떤 건지, 혹시 이해하세요, 아서?"

"네. 이해합니다."

세바스티안이 아래층으로 내려갔고 아서가 그 뒤를 따랐다.

"조만간 프랑소와즈를 아래층으로 데리고 와야 할 텐데. 그럴 힘이 없어요."

"당신은 도움이 필요해요. 이런 일을 혼자 떠안을 순 없어요."

"어떻게든 방법을 찾아봐야죠."

현관홀에서 아서가 팔찌를 내밀었다. 낙엽처럼 의자에 웅크리고 앉은 드 쇼펑의 모습으로 이 여행을 끝낼 수는 없었다. "이 책 모양 참 속에 '마 셰리'라는 글자가 적혀 있어요. 혹시 이 참에 대해 아는 게 있나요?"

세바스티안이 참을 만져보더니 고개를 끄덕였다. "네, 있는 것 같아요." 그는 거실에서 몸을 숙이고 벽장문을 열었다. 그러고는 아서에게 책을 한 권 내밀었다.

"제가 프랑소와즈의 작품들은 속속들이 다 알거든요. 그의 소설과 시와 단상들을 그를 씻기고 옷을 갈아입히는 틈틈이 전부 다 읽었어요. 이 책에 시가 한 편 있어요. 시 제목이 '마 셰리'였어요. 기막힌 우연의 일치죠?"

"네. 어쩌면요."

세바스티안이 페이지를 넘겼다. "1963년도에 쓴 시예요. 프랑소와즈와 아내가 친구였을 때와 같은 해 맞죠?"

아서가 고개를 끄덕였다. 그는 그 시를 읽고 싶지 않았다. 소설가와 그의 아내 사이에 무슨 일이 있었는지 알고 싶지 않았다. 그러나 봐야 한다고, 알아야 한다고 생각했다.

"가지세요. 열 권 정도 있어요. 프랑소와즈는 항상 자기가 쓴 책의 팬이었어요. 전 그의 작품을 좋아하지 않아요. 뭐랄까, 너무…… 과하달까. 너무 극적이에요. 예전에 그가 어떤 사람이었는지 기억하고 있어서 그를 사랑하지만, 날 여기 묶어두어서 그가 미워요. 전 마치 금박 새장에 갇힌 새 같아요."

"사회복지사들한테 연락해보세요."

"전 불법 이민자예요. 전 존재하지 않아요. 이름을 알릴 수가 없어요. 사회보장번호가 없어요. 전 투명인간이고, 계속 그렇게 살아야만 해요. 전 아무도 아니에요. 제겐 두 가지 선택이 남아 있어요. 머물 것이냐 떠날 것이냐. 만약 떠난다면 어디로 가야 하죠?" 세바스티안이 양손을 쳐들었다. "전 갈 곳이 없어요. 그가 없으면 난 대체 뭔지 모르겠어요."

아서는 문득 이 젊은 분홍 머리 남자에게 책임감을 느꼈다. 언제나 이기적이었던 한 노인 때문에 한 젊은이의 삶이 저당잡혔다. "방법을 찾아야죠. 아직 젊잖아요. 아직 살날이 많잖아요. 지금 모험과 경험과 사랑을 놓치고 있잖아요. 메모를 남기고, 편지를 쓰고, 신분을 밝히지 말고 전화를 해요. 그리고 당신 자신의 삶을 살아요. 누군가를 찾을 수 있을 거예요. 당신에게 상처를 준 사람 곁에 주저앉지 말아요. 당신을 사랑하는, 당신 또래의 남자를 만나요." 아서는 이런 말들이 어디서 나오는지 생각해봤다. 마지막으로 댄의 과학 숙제에 대해 충고를 하려 했을 때 아들이 교재를 그에게서 낚아챘었다. ("저한테 이래라 저래라 하지 마세요. 그건 엄마가 하는 일이잖아요. 아빠는 항상 집에 없잖아요.")

아서는 아들을 쳐다봤다. 발끈하는 아들의 모습이 당혹스러웠다. 미리엄처럼 항상 곁에 있어주진 못했어도 아이들을 도와줄 순 있었다. 그날 이후 그는 입을 다물었고 숙제는 다른 가족들에게 맡겼다. 미리엄이야말로 공감할 줄 아는 사람이었고 '이해하는' 사람이었다. 아서는 자신의 위치를 알고 있었다. 그건 나가서 돈을 벌고 가족을 부양하는 것이었다.

"고마워요, 아서." 세바스티안이 몸을 숙이더니 그의 뺨에 키스했다. "제가 도움이 되었길 바라요."

"도움이 되었어요. 고마워요." 아서는 한 번도 남자로부터 키스를 받아본 적이 없었다. 걸음마를 뗀 아들의 키스 외에는. 낯선 기분이었고, 썩 좋진 않았다. 그러나 적어도 쓸모 있는 사람이 된 것 같은 기분이 들었다.

긴 하루였다. 아서는 기대했던 것을 찾지 못했다. 세바스티안이 이곳에 갇혀 있는 것처럼 미리엄도 갇혔다고 생각했을까. 아서는 멍든 자리 아래로 세바스티안의 팔을 잡았다. "떠나고 싶으면, 지금 떠나요." 그가 속삭였다. "내가 여기 있을게요. 내가 쇼펑 씨를 위해 일을 대신 처리할게요. 그 사람은 괜찮을 거예요."

세바스티안이 아서의 제안을 곱씹더니 고개를 저었다. "그런 부탁을 드릴 순 없어요. 그 사람을 떠날 순 없어요. 적어도 아직은요. 하지만 제게 해주신 말씀은 잘 생각해볼게요. 참 친절한 분이시네요. 아내 분께선 운이 좋으세요."

"내가 운이 좋았죠."

"책 속에서 원하는 걸 찾을 수 있길 바랍니다."

"당신도 이 일이 잘 풀리길 바랍니다."

아서가 집을 나설 때 하늘은 사파이어의 파란 빛이었다. 반달 모양의 길에 들어선 집집마다 불이 들어와 안에 사는 사람들의 모습을 엿볼 수 있었다. 드 쇼펑의 집에서 멀어지면서 검은 단발의 여자아이가 피아노를 치는 모습, 10대 소년들이 창가에 서서 지나가는 행인들에게 V 표시를 해 보이는 모습, 뿌리 부분이 검은색인 금발 여자가 유모차 하나를, 그리고 또 하나를 집으로 들여놓으려고 씨름하는 모습을 보았다. 그녀가 아서에게 소리쳤다. "쌍둥이들이라, 고통도 두 배죠."

이웃 사람들은 56호에서 무슨 일이 벌어지는지 알고 있을까. 젊은 이민자 청년이 한때 유명한 작가였던, 병들고 나이 든 파트너를 돌보고 있다는 걸 알고 있을까. 아서는 누구에게도 이 사실을 말할 수 없었고 세바스티안의 상황을 해결해줄 수도 없었다. 그가 관여할 일이 아니었다.

광장 맞은편에 벤치가 하나 있었다. 광장에서 어느 커플과 그들의 영국불테리어 개가 어둠 속에서 프로세코*를 병째로 마시며 소풍을 즐기고 있었다.

---

* 이탈리아 화이트 와인의 일종.

램프의 불빛이 벤치를 환하게 밝히고 있었고, 아서가 앉아서 책을 펼치는 순간 책장이 오렌지빛으로 반짝였다. 그는 손끝으로 색인을 훑은 다음 「마 셰리」라는 시를 찾았다.

마 셰리

그대의 웃음은 종소리, 그대의 눈동자는 별빛
그대 없이 나 어찌 다시 혼자일 수 있으리오?
그대가 나를 살게 하고, 나의 울음을 듣네.
그대의 입술은 헤프지 않고, 거짓을 말하지 않네.
여린 몸, 밤색 머리카락
인도, 그리고 나에게로
그러나 그대는 모르겠다 말하고
나는 그 말에 상심하네.

짧은 로맨스는 너무도 강렬하네.
우리의 손가락이 맞닿는 순간
그대는 알지.
그대가, 그대의 광채가,
우리가 함께하는 시간이
내게 얼마나 소중한지.

마 셰리.

아서는 책을 덮었다. 구역질이 났다. 드 쇼평이 남자를 더 좋아했다고 해도 이 시가 그의 아내에 대한 시인 것만은 틀림없었다. 머리카락 얘기와 그녀가 이전에 살았던 곳을 언급한 것만으로도 확실했다.

대단한 연애였던 게 분명했다. 드 쇼평이 시를 쓰지 않을 수 없을 정도로 열정 가득한 사랑이었던 것이다.

쥐며느리를 발견하고 싶지 않거든 나무 밑을 들여다보지 마라. 언젠가 어머니가 그에게 한 말이었다. 기억이 물밀듯 밀려들었다. 그는 눈을 질끈 감고 언제 어디서 세세한 것들을 놓쳤는지 생각해봤다. 지금 그녀와 함께 있으면 좋겠다고, 아무 근심도 책임도 없는 소년 시절로 돌아갔으면 좋겠다고 생각했다. 하지만 눈을 떠보니 책을 들고 있는 주름진 손만 보였다.

이제 책, 코끼리, 호랑이 참에 대해 알게 되었다. 팔레트와 반지, 꽃, 골무와 하트가 남아 있었다.

그는 런던 벤치에 앉아 있는 노인이었다. 발목이 시큰거리고, 책으로 둘러싸인 감옥에 세바스티안을 남겨두고 온 공허감에 마음 한편이 저리지만 그의 여정은 계속되어야 한다.

아서는 시집을 덮어 벤치 위에 놓았다. 벤치에서 멀어지면서 다음번엔 어떤 조그만 참에 대해 알게 될지 궁금해하지 않을 수 없었다.

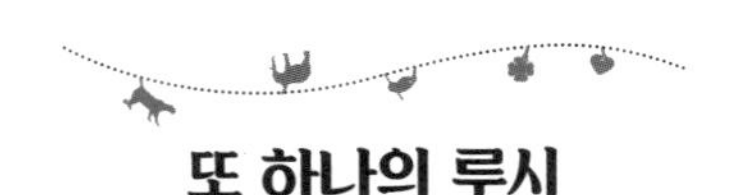

또 하나의 루시

아서에겐 아무 계획도 없었다. 드 쇼평을 찾는 것 말고는 생각해둔 게 없었다. 배낭에 세면도구를 챙겨 넣긴 했지만, 저녁 때 다시 집으로 돌아갈 수도 있겠다 싶어서 오늘 밤 묵을 호텔도 예약하지 않았다. 그런데 어느덧 밤이 되었고 10시가 넘었다. 요크로 돌아가는 열차 시각을 확인해봤지만 이 밤에 킹스 크로스 역까지 가는 버스를 타고 싶지도 않았고, 난생처음 타는 지하철과 씨름하고 싶지도 않았다.

그는 지금 있는 곳이 어딘지 감조차 잡히지 않을 때까지 계속 걸었다. 장면들과 대화의 단편들이 머릿속에서 소용돌이쳤다. 문틈으로 내다보는 세바스티안의 눈은 신혼여행에서 잠들어 있는 미리엄의 모습을 바라보고 있었다. 처음으로 댄을 학교에 내려주며 눈물을 훔치던 그 자신의 모습이 보였다가 이내 펄리 퀸 카페에서 두 연인 중 누구와 결혼해야 할지를 놓고 고민하던 남자의 모습이 보였다.

한때 그는 미리엄의 사랑받는 남편이자 댄과 루시의 헌신적인 아버지 아서 페퍼였다. 지극히 단순했다. 하나 이제 자신을 놓고 그렇게 말하자니 왠지 고리타분한 사망 기사처럼 들렸다. 이제 그는 무엇인가? 혼자가 된 미리엄의 남편? 그건 아니었다. 그 이상의 무언가가 필요했다. 그는 아내의 죽음으로 정의될 수 없었다. 이제 어디로 가야 하나? 다음번 단서는 뭘까?

생각하기엔 너무도 피곤했고 머릿속에 소용돌이치는 생각들에 화가 났다. *제발 이제 그만.* 터덜터덜 걸어서 또 한 번 모퉁이를 돌며 그가 마음속으로 외쳤다. 아서는 활기 넘치는 거리로 들어섰다. 한 무리의 아이들이 패스트푸드점 앞에서, 찐득찐득한 피자를 상자째 들고 먹으며 서로를 도로 쪽으로 밀치고 있었다. 검은 택시 한 대가 급브레이크를 밟으며 경적을 울려댔다. 아이들이 야유를 퍼부었다. 관광객들을 위한 가판대는 아직도 거리에 줄지어 있었다. 두 개에 10파운드짜리 파시미나, 휴대전화 충전기, 티셔츠, 가이드북.

소리들과 장면들이 아서의 머릿속을 더 꽉 채웠다. 어디든 누워서 그의 뇌가 오늘 하루 일어난 사건들을 정리하고 다음에 무얼 할지 생각하게 하고 싶었다.

거리에 조그만 간판이 달린 문이 보였다. 호스텔. 아서는 생각할 겨를도 없이 안으로 들어갔다.

안내실에 앉아 있는 젊은 오스트레일리아 여자는 흰 조끼를 입고 오른쪽 어깨를 뒤덮은 파란색 족장 문신을 과시하고 있었다. 여자가 아서에게 하룻밤에 35파운드이고 침대가 하나밖에 없다고 알려주었다. 그러고 나서 아서에게 돌돌 만 담요와 푹신한 베개를 주면서 복도 맨 끝 방으로 가라고 했다.

아서는 2인실을 나눠 써야 할지도 모르겠다고 생각했지만 안으로 들어가보니 침대가 세 개가 있었고 다섯 명의 독일 아가씨들이 바닥에 앉아 있었다. 그들 모두가 데님 청바지와 색깔이 있는 브라 위에 몸에 과하게 달라붙는 체크무늬 셔츠를 걸치고 있었다. 그들은 부서지는 빵 한 조각과 에담 치즈* 한 조각, 캔 사이다를 나눠 마시고 있었다.

아서는 놀라움을 감추며 그들에게 쾌활하게 "안녕들 하세요!"라고 인사를 건넨 뒤 옷과 배낭들이 잔뜩 쌓여 있지 않은 침대 하나를 확인했다. 그러고는 기껏 침대에 기어 올라갔는데 무릎이 말을 듣지 않는다는 걸 깨닫게 되는 우를 범하고 싶지 않아서 양해를 구한 뒤 안내실로 가서 여자들이 외출할 때까지 사흘 지난 신문을 읽었다. 아서는 여자들이 서로의 몸을 끌어안으면서 밤을 즐기기 위해 나가는 모습을 지켜봤다.

처음 데이트를 시작했을 무렵 미리엄을 만날 준비를 할 때면 얼마나 설렜던가. 씻고, 면도하고, 빗과 크림으로 머리를 빗어

---

* 네덜란드제 치즈. 안은 노란색이나 겉은 빨간 왁스로 싼 둥그런 모양.

넘길 때면 가슴속에서 나비가 파닥거렸다. 양복과 셔츠를 반드시 다려 입었고 구두는 광을 냈다. 주머니에 빗을 넣고 그녀를 만나러 걸어가면서 휘파람을 불었다. 아이스크림 가게의 창가 자리에 앉아 바닐라 가루를 뿌린 레모네이드를 마시곤 했다. 극장에 가기도 했다. 수련생이었던 터라 돈이 넉넉치 않을 때라 미리엄이 좋은 식당에 가자고 할 경우에 대비해 한 주 내내 돈을 모았지만 미리엄은 그저 그와 함께 걷는 소박한 데이트로도 만족했다. 미리엄이 호랑이들과 살았고 유명한 프랑스의 작가가 그녀에 관한 시를 썼다는 걸 그때는 알지 못했다.

한 무리의 소녀들이 호스텔 창문 앞을 지나갔다. 면사포를 쓰고 초보운전 안내판*을 목에 건 한 소녀와 빨간 악마의 뿔을 달고 빨간 튀튀**에 그물 스타킹을 신은 아이들은 목이 터져라 노래를 불렀다. '처녀처럼Like a Virgin', 그가 들은 가사였다.

그들이 그에게 손을 흔들었고 그도 손을 흔들었다. 미리엄의 처녀파티를 하던 날 밤 두 사람은 어머니와 두 친구와 함께 버니 인으로 식사를 하러 갔었다. 거기가 동네에서 가장 고급스러운 식당이었다. 결혼식 전날 밤 아서와 그의 친구 빌(지금은 세상을 떠났다)은 축구 경기를 보러 갔고 섄디*** 두 잔을 마셨다.

---

* 신부가 처녀파티에서 성적 경험이 없음을 표현하는 의미로 초보운전 안내판을 거는 전통이 있다.

** 발레할 때 입는 짧은 스커트.

*** 맥주와 레모네이드를 섞은 음료.

다음 날 미리엄과 결혼하게 된다는 설렘에 모든 감각이 한껏 고조되었다. 샌디에 들어 있는 레모네이드는 달콤했고 축구 경기의 함성에 귀가 먹먹했다. 셔츠의 상표가 목에 닿는 것까지 느낄 수 있었다. 그의 온몸이 미리엄을 아내로 맞을 준비가 되어 있었다.

그들의 결혼식 날이 교회를 떠날 때 머리 위로 흩날리던 색종이처럼 소용돌이치며 스쳐 지나갔다. 피로연은 서른 명을 수용하는 마을 회관에서 열렸다. 미리엄의 완고한 어머니가 결혼 선물로 샌드위치와 돼지고기 파이를 손수 만들었다. 아서의 부모님이 어느 농장으로 신혼여행을 갈 수 있도록 비용을 내주었다. 그들은 그날 밤 '우리 방금 결혼했어요'라고 쓴 안내판과 쨍그랑거리는 음료수 캔들을 차 뒤에 테이프로 붙이고 아서의 모리스 마이너 승용차를 타고 떠났다.

농장은 이가 딱딱 부딪칠 정도로 추웠다. 밤새도록 양이 울어댔고 집주인은 말벌 한 마리를 삼킨 것 같은 표정이었다. 그러나 아서는 그곳이 좋았다. 미리엄이 침실 나무 칸막이 뒤에서 잠자리에 들 준비를 했고 아서는 옥외 화장실을 사용했다. 잠옷 바지를 부츠 속으로 집어넣고 벗은 옷을 들고는 진흙탕을 가로질러 들어와야 했다.

목 주위에 분홍색 장미를 수놓은, 바닥까지 끌리는 드레스를 입은 미리엄은 아름다웠다. 그에게 다가온 미리엄의 허리에 손이 닿는 순간 아서는 욕망으로 신음하지 않으려 애썼다. 두 사람은 침대에 누워 처음으로 사랑을 나눴다. 그리고 그다음에는 서로를 품에 안고 앞으로 살게 될 집과 키우게 될 아이들에 대해 이야기했다. 지금까지도 그날은 그의 인생 최고의 날이었다. 달콤함과 안도감과 욕망으로 가득 찬 날이었다. 그 후로도 두 사람은 댄과 루시의 탄생, 가족 휴가 등등 수많은 좋은 날들을 함께했지만 미리엄과 같이 있던 그 시간이, 남편과 아내가 되어 처음 보낸 그 몇 시간이 그중에서도 가장 좋았다. 그는 초보운전 안내판을 목에 건 소녀도 결혼식 날 그런 경험을 하길 바랐다.

사실 그의 나이쯤 되면, 앞으로 더 좋은 날이 올 거라 기대하긴 어려웠다. 멈춰 서서, *이 순간을 영원히 기억해야지,* 라고 생각하게 되는 그런 날들 말이다. 카일과 마리나가 아기였을 때 그는 그들을 품에 안고 젖내 나는 달콤한 숨결와 꼼지락거리는 살냄새를 맡았다. 그런데 앞으로는 뭘 기다리며 살아야 하나.

그는 자신이 더 이상은 런던에 있지 않으면 좋겠다고, 언제나처럼 초콜릿과 신문을 들고 그의 침대에 누워 있으면 좋겠다고 생각했다. 대신 그는 혼란에 휩싸인 채 홀로 이곳에 있었다.

우울한 기분을 감안할 때 지금 그가 할 수 있는 가장 좋은 일은 잠자리에 드는 것일 텐데. 그는 자정이 조금 지나서 방으로 돌아가 발목이 욱신거리는 상태로 침대에 올라갔다. 옷을 다 입은 채 담요를 덮고 누워 신혼여행을 떠올려보려 애썼다. 밖에서 버스들이 덜컹거리며 지나갔고 고함 소리들이 들렸고 마지막으로 구급차의 사이렌 소리를 들으며 잠이 들었다.

새벽 3시쯤 여자들이 돌아왔을 때 아서는 잠에서 깼다. 그들은 술에 취해 독일어로 노래를 불렀다. 그중 한 명이 남자를 끌고 들어왔다. 남자가 아서의 침대 아래 칸으로 들어왔다. 두 사람은 키득거리며 이불을 버스럭거렸다.

다행히 삐걱거리는 소리와 흔들리는 소리는 몇 분간만 지속되었다. 다른 여자들이 키득거리며 수군거렸다. 아서는 자신의 까슬까슬한 담요를 머리끝까지 뒤집어썼지만 눈은 커다랗게 뜨고 있었다. 설마 섹스를 할 리는 없다고 처음엔 생각했다. 밖에서 만난 사람을 데리고 들어와, 다른 사람들이 있는 방 안에서 섹스를 하는 사람이 어디 있겠는가. 그러나 헐떡이는 소리와 한숨을 쉬는 소리로 보아 바로 그것이 그의 밑에서 벌어지는 일임을 알 수 있었다. 세상이 참 많이 변했고, 때때로 이 새롭고 현대적인 세상이 썩 마음에 들진 않았다.

수다 소리가 천천히 잦아들었고 아래 침대 커플이 요란한 소리를 내며 한참 동안 키스를 했다. 가방의 지퍼 여는 소리, 티슈 봉지 여는 소리가 들렸고 그다음엔 잠잠했다.

아서는 거기 누워서 1년 만에 처음으로 밤을 홀로 보내고 있지 않다는 생각을 했다. 자신이 다른 사람들과 함께 밤을 보낼 거라고는 상상조차 해본 적이 없었다. 이상하게도 다시 잠이 들 때엔 사람들의 숨 쉬는 소리와 코고는 소리가 방 안에 파문처럼 번지면서 그를 편안하게 해주었다.

아침이 되자 아서는 여자들이 모두 잠들어 있을 때 침대에서 내려왔다. 그가 샌들을 신고 있는데 아래 침대 남자가 일어나 운동화 끈을 묶었다. 남자는 더러운 분홍색 바짓단을 발목에서 접어 올렸다. 바지의 분홍색이 머리카락의 갈색과 충돌했다. "쉿!" 남자가 손가락을 입술에 댔다. "여기서 몰래 빠져나가자고요." 마치 자신의 작전에 아서도 포함되어 있다는 듯 남자가 말했다. 아서는 자신은 혼자 여행 중이고 어젯밤 일에 연루될 생각은 없다고 설명하고 싶었다. 그 독일 여자들과 어떤 식으로든 얽히지 않았다고 말하고 싶었다. 그러나 대신 고개를 끄덕였다.

"킹스크로스로 가려면 어느 쪽으로 가야 하는지 알아요?" 두 사람이 이른 아침 햇살에 눈을 깜빡이며 문 앞에 서 있을 때 아서가 물었다. 호스텔의 아침 식사는 투숙객의 이름이 적힌 갈색 봉투에 담겨 안내실에 놓여 있었다. 누군가가 그의 이름을 '아서 피퍼peeper'라고 적어놓았다. 미국인 남자는 '애나'라는 이름이 적힌 봉투를 집어 들었다.

"음…… 왼쪽으로 가다보면 지하철 역이 나올 거예요. 거기서 킹스크로스 역으로 가시면 돼요." 남자가 봉투 안을 들여다보고 코를 찡긋했다. "사과 한 개, 플랩잭,* 오렌지 주스 한 팩, 젠장 이게 다야?"

* 귀리, 버터, 설탕, 시럽으로 만든 두꺼운 비스킷.

아서는 섹스를 즐기고, 하룻밤 잠자리를 얻고, 공짜 아침을 먹는 주제에 그가 너무 감사할 줄 모른다는 생각이 들었다.

남자는 플랩잭을 한쪽 주머니에 넣고 주스를 반대쪽 주머니에 넣었다. 그러더니 사과를 깨물어 먹으며 종이봉투를 구겨 호스텔 바닥에 던졌다. "또 봐요." 남자가 말하고는 마치 자기는 이곳이 아닌 어딘가 다른 곳에 있어야 한다는 듯 걸음을 재촉했다.

아서는 지하철 역에 도착해 지하로 내려갔다. 플루트를 연주하는 남자가 있었고 좀 더 걷다보니 발치에 모자를 뒤집어놓고 기타를 연주하는 여자도 있었다. 그는 두 사람에게 각각 50펜스씩 주고 나서 사람들의 행렬을 따라 역 안으로 더 깊숙이 들어갔다.

아서가 반짝이는 기계에 동전을 넣자, 기계가 표 한 장을 뱉어냈다. 길을 잃은 것 같은 기분이 들었다. 단지 전에 한 번도 지하철을 타본 적이 없어서가 아니었다. 런던에서는 명확한 대답을 얻을 수 있을 거라 생각했는데, 아직도 벗겨낼 껍질들이 남아 있었다. 거대한 양파처럼 계속 껍질을 까고 싶은가? 아니면 이대로 내버려둬야 하나?

타일 벽에 붙어 있는 지도는 더할 나위 없이 큼지막했다. 굵고 검은 글씨가 있는 또렷한 지도였지만 대체 뭐라는 건지 도무지 이해가 가지 않았다. 언젠가 거리의 공중전화 박스를 해체하는 엔지니어를 본 적이 있었다. 전화기 안에는 (아서로서는) 도저히 이해할 수 없는 여러 색의 전선들이 뒤엉켜 있었다. 이 지도도 비슷했지만 그보다 더 복잡해 보였다. 눈으로 선 하나를 따라가다가도 이내 놓쳐버려서 가야 할 곳을 손가락으로 짚어보고 싶었다. 주위의 사람들은 모두 자기들이 무얼 하는지 어디로 가야 하는지 알고 있는 것만 같았다. 그들은 지도를 흘긋 쳐다보고, 고개를 끄덕이고는 분명한 목적을 지니고 자신감 있게 걸었다. 아서는 상대적으로 자신이 무척 왜소하고 하찮은 존재처럼 느껴졌다.

킹스크로스 역으로 가는 길을 다시 한번 따라가보려 했지만 어디서 갈아타야 하는지 도무지 알 수가 없었다. 그냥 아무 열차나 타고 내리고 싶은 곳에서 내려볼까나. 아니면 밖으로 나가서 버스를 기다려야 할까나.

"안녕하세요." 왼쪽 귓가에서 친절한 목소리가 들려왔다. "무슨 문제라도 있으세요?"

돌아보니 젊은 남자가 어깨가 맞닿을 정도로 가까이 서 있었다. 낮게 내려 입은 배기 바지 주머니 속에 양손을 넣고 있었다. 빨간 속옷이 바지허리 위로 족히 몇 센티는 보였다. 검은색과 흰색이 섞인 티셔츠에는 '킬러들'이라고 선명하게 적혀 있었지만 남자의 미소는 환하고도 다정했다.

"아, 내가 지하철이 처음이라서요."

"런던에 처음이세요?"

"그렇다오. 내가 길을 찾는 게 영 익숙지가 않아요. 킹스크로스로 가서 집으로 가는 기차를 타야 하거든."

"여기서 먼 곳에 사세요?"

"요크 근처."

"그러시군요. 그러니까, 킹스크로스 역으로 가시려고요? 별로 어렵지 않아요. 몇 번만 갈아타시면 되거든요. 지하철 표 있으세요?"

"있어요."

"제가 한번 볼게요."

젊은이의 친절에 고마워하며 아서가 뒷주머니에서 지갑을 꺼냈다. 지갑을 열고 지하철 승차권을 꺼내려는 찰나, 지갑이 손에서 사라져버렸다. 휙! 청년이 전속력으로 달아났고 곧바로 인파가 그를 집어삼켰다.

슬로모션 동작처럼 아서는 자신의 텅 빈 손을 보았고 그다음에는 믿을 수 없다는 듯 청년을 쳐다보았다. 강도에게 당했다. 이런 바보 천치를 봤나. 그와 비슷한 타입의 사람들에 대한 기사는 항상 신문에 났다. 속이기 쉬운 연금 생활자. 좌절감에 그도 모르는 사이 어깨가 축 늘어졌다.

그러나 자신의 어리석음에 대한 책망은 이내 분노로 바뀌었다. 지갑에는 미리엄의 사진이 들어 있었다. 사진 속의 미리엄은 어린아이들을 끌어안고 웃고 있었다. 한 장밖에 없는 사진이었다. 그를 골탕 먹이다니 괘씸한 놈. 배 속에서 끓어오른 분노가 가슴까지 밀려들더니 말이 되어 입 밖으로 튀어나왔다.

“*거기 서! 이 도둑놈아!*” 아서가 있는 힘을 다해 소리쳤고 그 소리가 얼마나 우렁찬지 그 자신도 놀랄 지경이었다. 그는 다시 한번 소리를 질렀다.

그리고 달리기 시작했다.

다리를 마지막으로 이렇게 혹사시켰던 게 언제였는지 기억조차 나지 않았다. 아마도 버스를 타려고 달렸던 2년 전 이후 처음인 듯했다, 그때는 버스를 놓치건 말건 그다지 중요하지 않았다. 그럼 그 전에는 언제였는지, 그 자신도 알 수 없었다. 바닷가에서 아이들을 쫓아갈 때였던가? 그땐 터벅터벅 걸었지 죽어라 뛰진 않았다. 그러나 그의 두 다리는 나름 생각이 있는 것만 같았다. 그의 다리는 도둑이 달아나도록 내버려두지 않을 작정이었다.

다리가 후들거리거나 주저앉아버릴지도 모른다는 걱정은 청년을 쫓아 속력을 내는 동안 전부 다 날아가버렸다. 그는 ‘실례합니다!’, ‘좀 지나갈게요!’ 같은 말들을 공손하게 외쳤다.

서류와 가방을 든 회사원들을 피했고 쟁반 같은 선글라스 너머로 커다란 지도를 들여다보고 있는 일본인 관광객들을 지났다. 초록색 머리에 눈썹에 징을 몇 개 박은 친구 곁에 서 있는 보라색 머리 여자도 지났다. 그들 모두가 거의 관심이 없거나 아예 관심이 없었다. 도둑을 쫓는 노인네 정도는 그들이 늘상 보는 광경일 뿐이라는 듯이.

“저 녀석이 내 지갑을 훔쳤어요!” 딱히 누구에게랄 것도 없이 아서가 그 청년을 가리키며 소리쳤다. 청년이 속력을 냈다. 심장이 벌렁거렸고 내딛는 걸음마다 무릎에 충격이 느껴졌다. 연극과 오페라 포스터로 뒤덮여 있는 지하철역의 회색 벽들이 뿌옇게 스쳐 지나갔다. 다리에 기운이 빠져 이리저리 비틀거리면서도 그는 추격을 계속했다.

그러나 지하철 밖으로 나가는 길에 갑자기 사람들이 밀려들었다. 아무래도 그의 표적은 사라져버린 것 같았다. 부질없는 노릇이야. 숨을 고르기 위해 잠시 멈춰 섰을 때, 아서는 생각했다. *그냥 포기해.*

그만두려는 순간, 다 포기하려는 순간, 빨간 속옷이 눈앞을 휙 스쳤다. 제법 쓸 만한 추적 장치였다. 아서는 죽어라 다리를 움직였다. *달려, 아서. 계속 달려.*

어린 루시와 댄의 모습이 뇌리를 스쳤다. 휴가 중이었고 미리엄이 아이스크림 밴에서 아이스크림콘을 사고 있었다. 두 아이는 술래잡기를 하면서 서로의 팔을 치고 달아나곤 했다. 루시가 양팔을 벌리고 댄의 다리를 때리려 했지만 댄이 몸을 피했다. 댄은 조금씩 뒤로 점프를 하면서 루시가 휘두르는 손을 피하다 점점 더 보도 가장자리 쪽으로 다가갔고 어느 순간 도로로 내려섰다. 루시는 계속 댄 쪽으로 뛰어갔다. 오로지 짜증스러운 오빠를 잡고 말겠다는 생각뿐이었다. 도로에서 차가 한 대씩 지나갔고 아이들과의 거리가 아슬아슬할 정도로 가까웠다. 그때 대형 트럭 한 대가 우르릉거리며 달려왔다. 아서는 얼어붙은 듯 그 자리에 서 있었고 모든 일이 너무도 순식간에 일어났다. 그와 아이들은 7미터 정도 떨어져 있었다. 미리엄에게 소리를 질렀지만 미리엄은 듣지 못했다. 미리엄은 콘 가장자리에 흐른 라즈베리 소스를 핥고 있었다. 아서는 내면의 힘을 발휘했다. 그가 상상조차 하지 못했던 놀라운 힘이었다. 어떻게 거기까지 갈 수 있었는지 몰라도 아서는 댄과 루시의 팔을 잡아끌어 위험에서 구했다. 슈퍼맨. 댄은 분하다는 듯 그를 쏘아봤다. 아서가 아이들을 다시 보도로 끌고 올라오자 루시는 의기양양하게 제 오빠의 팔을 때렸다. 아서의 뺨에 눈물이 흘렀다. 미리엄은 아무것도 모르고 달려와 아이들에게 아이스크림콘을 하나씩 건넸다. 얼마나 끔찍한 일이 일어날 뻔했는지 오직 그만이 알고 있었다.

그날의 경험을 떠올리며, 아서는 햇살 속으로 힘차게 달려나갔다. 환한 햇살에 눈을 깜빡이면서도 비틀거리며 앞으로 나아갔다. 희게 빛나던 햇빛이 옅어지면서 비로소 빨간 이층 버스와 나무들과 노란 형광 재킷을 입고 있는 학생들의 행렬이 보였다. "거기서! 이 도둑놈아!" 그가 다시 소리쳤다.

청년은 이제 본격적으로 달렸고 보폭도 컸다. 두 사람의 간격은 더욱 벌어졌다. 그래도 아서는 달렸다. 그의 심장과 발이 함께 힘차게 달렸다. 고르지 않은 판석, 뒤집어놓은 튀김 가판대들, 빈 과자 봉지, 발들, 행인들. 그때 통증이 가슴을 덮쳤다. *맙소사. 안 돼.* 그는 비틀거리다 멈춰 섰다. 누군가 심장을 움켜

잡은 것 같았다. 미리엄의 목소리가 귓가에 울려 퍼졌다. "그냥 놔둬, 여보. 그럴 가치가 없는 일이야." 그는 자신이 한계에 달했음을 알았다. 지갑 속에 뭐가 들어 있었더라. 비자카드, 10파운드 혹은 20파운드짜리 지폐들, 사진들. 칼에 찔리지 않은 게 다행이지.

멈춰 서서 숨을 헐떡이고 있는데 또 다른 청년이 그에게 다가왔다. 배기바지를 입은 녀석과 비슷한 옷차림이었다. 어깨에 구멍이 난 초록색 후드 티를 입고 있었다. 코에는 주근깨가 났고 머리카락은 녹슨 못 빛깔이었다. "쟤가 뭐 훔쳤어요?"

아서가 고개를 끄덕였다. "내 지갑."

"알겠어요. 여기 가만 계세요." 두 번째 청년이 그의 손에 무언가를 쥐여주더니 어디론가 사라졌다. 손을 펴보니 아쉬운 대로 개줄로 쓰는 모양인 낡은 분홍색 끈이었다. 끈은 개의 목에 느슨하게 묶여 있었다.

개는 자그마했고 머뭇거렸다. 털은 검고 뻣뻣했고 오렌지색 눈으로 그를 물끄러미 쳐다보고 있었다. "그리 오래 걸리진 않을 거야." 아서가 말했다. "걱정 마."

그가 손을 뻗어 개의 머리를 긁어주었다. 제대로 된 목줄도, 이름표도 없었다. 그들이 있는 곳 근처에 트위드 모자 하나가 떨어져 있었다. 아마도 청년이 떨어뜨리고 간 모양이었다.

아서와 개는 햇살 속에 우두커니 서 있었다. 딱히 할 일이 없었다. 자주색 울 모자를 쓴 여자가 지나가면서 동전을 짤랑거리더니 개의 머리를 쓰다듬고는 동전 한 움큼을 모자에 넣었다. 이거야 원. 그가 거지라고 생각하는 모양이었다. 그러고 보니 빈털터리 같은 몰골이긴 했다. 이틀 동안 면도도 하지 않은 데다 파란 바지가 어지간히 후줄근했다.

"이게 네 직업이냐?" 아서가 개에게 물었다. "여기 앉아서 사람들이 돈을 주길 기다리는 게?" 개가 눈을 깜빡였다.

아서는 너무도 앉고 싶었다. *대체 나한테 무슨 짓을 한 거야?* 그의 몸이 그에게 말했다.

10분이 흘렀다. 아서는 만약 청년이 나타나지 않으면 어떻게 해야 할지 궁리하기 시작했다. 개를 가장 가까운 경찰서로 데려가서 거기 두고 와야 하나. 녀석을 집으로 데려갈 순 없었다. 개가 지하철을 타는 게 허용이 되던가?

마침내 청년이 다시 나타나 아서의 지갑을 내밀었다. 아서가 믿기지 않는 듯 청년을 쳐다봤다. "이걸 직접 되찾았다고요?"

"네……" 청년은 숨이 턱까지 차서 몸을 숙이고 양손으로 무릎을 짚었다. "전에도 그 자식이 여기서 물건 훔치는 걸 봤거든요. 힘없는 노인들이나 외국인들만 노리더라고요. 쓰레기 같은 놈. 겨우 잡았네. 다리를 걸었더니 나가떨어지더라고요." 청년이 자축하듯 껄껄 웃었다. "본때를 보여줬죠. 다음번엔 지갑을 단단히 쥐고 계세요."

아서는 자신이 그렇게 늙지도 기운이 없지도 않다고 우기고 싶었지만 그건 사실이 아니었다. "그래야겠네요." 그가 온순하게 말했다. "이런 한심한 노릇이 있나." 아서는 무릎이 후들거렸다. 어디든 앉고 싶은 마음이 간절했다.

청년이 모자를 줍더니 한 팔을 뻗어 아서의 허리를 감으며 부축했다. "여기 벤치가 있어요. 이쪽으로 오세요."

아서는 청년이 이끄는 대로 움직여 벤치에 털썩 주저앉았다. 개가 그의 다리 사이로 파고들더니 다리에 머리를 기댄 채로 보도에 앉았다.

"어, 쟤 좀 보세요. 할아버지가 좋은가봐요. 이건 좀 드문 일인데. 아주 소심한 녀석이거든요. 자기 꼬리도 무서워해요."

"예쁘기도 하지."

버나뎃은 몇 번인가 아서에게 개를 사라고 설득하곤 했다. 개가 그에게 삶의 목표를 줄 거라고. 그러나 아서는 그럴 생각이 없었다. 네 발 달린 짐승은 고사하고 제 한 몸 돌보기도 벅찬 그였다. 지난 몇 년 동안 미리엄도 애완동물을 길러보자는 얘길 꺼내곤 했지만 그럴 때마다 아서는, "우리보다 더 오래 살면 어쩌려고"라고 대꾸했다. 결국 그들은 개를 사지 않았다.

"얜 이름이 뭔가요?"

"루시."

"이런," 아서의 말에 청년이 한쪽 눈썹을 치켜 올렸다. "내 딸 이름이 루시거든."

"앗. 죄송해요. 예전 여자 친구가 지은 이름이에요."

"죄송할 것 없어요. 어울리는 이름이구먼 뭘. 어딘가 분위기가 비슷해요. 우리 딸도 조용하고 사려 깊거든요."

"제가 개를 걱정하는 것보다 이 조그만 개가 절 더 걱정하는 거 같아요. 어느 날 현관문을 열었는데 얘가 무슨 수호천사처럼 거기 앉아 있는 거예요. 그래서 제가 말했죠. 나보다 더 나은 주인을 만나야지. 가서 제대로 된 직업 비슷한 거라도 있는 사람을 찾아봐. 그러고는 건물 밖으로 나가는 길을 알려줬어요. 그런데 다음 날 문을 열었더니, 얘가 또 거기 있는 거예요. 제 아파트로 따라 들어왔고 그때부터 우린 늘 함께였어요. 제 눈엔 안 보이는 제 내면의 무언가를 얘는 볼 수 있나봐요."

아서가 눈을 감았다. 눈꺼풀에 닿는 햇살이 따스했다.

"커피 한잔 드릴게요." 청년이 말했다. "그런 일을 겪으셨으니 마실 게 필요할 거예요. 경찰에 신고할지는 생각해보세요."

"다 내 불찰이에요. 그 사람들이 관심 보일 것 같지도 않고."

"무슨 말씀인지 알아요. 경찰이라면 저도 겪을 만큼 겪었거든요. 항상 저희를 쫓아내려 하죠. 저와 루시는 그저 생계를 유지하려는 것뿐인데."

아서는 그제야 청년의 주머니 밖으로 비죽이 나온 플루트를 보았다. "어떤 여자 분이 모자에 동전을 넣던데."

"잘됐네요. 그러니까 제 말은, 누구든 관심을 가져주니 다행이라고요. 그렇다고 제가 부자가 될 건 아니지만요." 청년이 어깨를 으쓱했다.

"내가 커피를 살게요. 큰 신세를 졌으니."

"좋죠." 청년이 손을 내밀었다. "마이크라고 해요. 블랙에 설탕 세 스푼요."

"난 아서라고 해요. 아서 페퍼."

"부탁 하나 할게요, 아서. 루시를 좀 데려가주세요. 루시 소변 좀 보게요. 지하철 역 입구 근처에 소변 보는 건 싫거든요."

루시는 기꺼이 아서를 따라나설 기세였다. 그들이 걸을 때 루시의 발톱이 보도를 두드리는 소리가 경쾌하게 들렸다. 길 건너편에 커피와 뜨끈한 음식을 파는 밴이 보였다. 아서는 커피 두 잔과 소시지 샌드위치 두 개를 추가로 주문했다. 돈을 지불하면서 길에서 음식을 사 먹는 사람들을 싫어했던 미리엄의 기억을 애써 떨쳐버렸다. 보아하니 마이크는 한동안 아무것도 못 먹은 것 같았다.

플루트 소리를 따라가다보니 마이크가 모자를 발치에 놓고 잔디 위에 책상다리를 하고 앉아 있었다. 아서를 보고 마이크가 플루트를 내려놓았다. "다녀오시는 동안 돈이나 좀 벌어야겠다고 생각했어요." 청년이 모자에서 2파운드짜리 동전을 내밀었다. "제 커피 값요."

"그런 소리 말아요. 내가 사는 거니까. 소시지 샌드위치도 가져왔어요."

마이크의 눈이 반짝였다. "케첩도 뿌려서요?"

"물론."

딱히 앉을 곳이 없어서 아서도 잔디밭에 앉았다. 아서는 빵을 조금 떼서 다리가 하나뿐인 비둘기에게 던져주었다. 그러자 곧바로 50여 마리의 비둘기 떼에 둘러싸였다. 그중 한 마리가 그의 신발 끈을 쪼았다.

"먹이 주면 안 돼요. 완전 유해 동물이라고요. 날아다니는 쥐예요. 해마다 넬슨 기념탑에 쌓인 비둘기 똥 수십 톤을 치워야 한대요. 그거 아셨어요?"

아서는 몰랐다고 대답했다.

두 사람은 나란히 앉아 함께 먹었다. 햇살 아래 청년과 개와 함께 앉아 소시지 빵을 먹고 있는 그의 모습을 보았다면 미리엄은 분명히 못마땅해했을 것이다. *미안, 미리엄.*

"그러니까 무슨 사연이 있으신가요, 아서?" 마이크가 적갈색 머리에 앉은 벌을 쫓으며 말했다.

"사연?"

"네. 바지가 너무 안 어울려요. 런던에는 분명히 처음이신 것 같고, 그런데도 지도도 없이, 지갑을 흘리고 다니시잖아요. 겉으로 보이는 것보다 더 깊은 사연이 있는 게 분명해요."

관광이나 하려고 런던에 왔다고 대충 얼버무릴까도 생각했지만 방금 그를 위해 위험을 무릅써주었던 청년에게 거짓말을 하는 건 옳지 않다는 생각이 들었다. 그래서 아서는 마이크에게 자신의 진짜 사연을 간단하게 들려줬다. 미리엄과 미리엄의 팔찌와 버나뎃, 호랑이와 사는 남자, 책들과 사는 남자에 대해. 그러고 나서 마이크에게 자기 이야기를 해보라고 했지만 마이크는 고개를 저었다.

"제겐 그 정도로 재미있는 사연은 없어요." 청년은 말했다. "전 그저 생계를 유지하려 애쓰며 살아가는 소박한 청년일 뿐이거든요. 하지만 황금 팔찌에 대해 알 만한 사람을 알아요. 여기서 멀지 않은 곳에 가게가 하나 있어요. 원하시면 그 사람한테 가서 팔찌를 보여주세요. 뭔가 해줄 이야기가 있을지도 몰라요."

아서는 다시 지하철을 탈 기분이 아니었다. 서둘러 돌아갈 이유도 없었다. 남아 있는 참들의 단서는 이제 막다른 골목에 이르렀다. "안 될 것 없지." 그가 말했다. "걷기에 좋은 날씨로구먼."

폴리스티렌 패스트푸드 용기들이 발에 밟히고 수상한 냄새가 나는 골목길에 접어든 뒤에야 아서는 사람을 잘 믿는 자신의 성격이 못미더워지기 시작했다. 혹시 마이크와 그 강도가 한통속이 아닐까? 어쩌면 이게 전부 다 멍청한 노인네한테서 지갑 이상의 무언가를 뜯어내려는 수작일 수도 있었다. 그들은 그렇게 한참을 걸었고 아서는 그가 있는 곳이 어딘지 완전히 감을 잃었다. 모퉁이를 돌아서니 북적이던 사람들이 서서히 자취를 감추기 시작했다. 아서와 마이크, 루시만이 음침한 자갈길을 걷고 있었다. 벽돌 건물들이 양쪽에서 조여왔다. 태양은 구름 한 조각 뒤로 숨었다. 아서는 걸음을 늦췄다.

"제 걸음이 너무 빠른가요? 이제 거의 다 왔어요."

뮤지컬 〈올리버!〉의 장면들이 아서의 머릿속에 떠올랐다. 지저분한 소매치기 소년들, 페이긴*, 그리고 검은 눈의 개. 이름이 뭐였더라? 아, 그렇지, 불스아이. 빅토리아 시대 영국의 무고한 시민들을 대상으로 사기를 치는 사람들. 아서는 언제든 문에서 손 하나가 불쑥 튀어나와 몽둥이로 머리를 때릴지 모른다고 생각하고 마음을 다잡았다. 그는 항상 사람들의 선함을 믿고 싶었다. 그러나 이제 그런 성격 때문에 또 한 번 강도한테 털리게 생겼다.

바로 그때, 희망이 부풀어 올랐다. 골목 끝에 상가가 있었다. 거리는 온통 망고, 전자담배, 귀마개, 바람에 펄럭이는 알록달록한 스커트 따위를 파는 가게와 상인들로 바글거렸다. 가게들과 카페들이 도로에 줄지어 들어서 있었다.

"여기예요." 마이크가 멈추더니 조그만 가게의 문을 열었다. 어두운 창문에는 황금색 글자가 새겨져 있었다. *금. 매매. 신제품 및 중고.* 머리 위의 종이 땡그랑거렸다. 고기파이와 광택제 냄새가 풍겼다. "제프," 마이크가 가게 안에 대고 소리를 질렀다. "제프, 안에 있어요?"

구슬 커튼 뒤에서 삐거덕 소리와 버스럭 소리가 들렸고 낡은 핸드백처럼 그을린 갈색 얼굴의 남자가 나왔다. 어깨가 얼마나

* 『올리버 트위스트』에 등장하는 못된 노인으로 어린이를 소매치기나 도둑질의 앞잡이로 만든다.

넓은지 빨간 타탄 셔츠 속에 멍에라도 멘 것 같았다. "마이크, 별일 없고?"

"네, 별일 없어요. 제 친구 아서를 데리고 왔어요. 팔찌를 하나 갖고 있는데 좀 봐주세요. 아주 근사한 금팔찌예요."

제프가 머리를 긁적였다. 손톱과 손마디가 검었다. "좋아. 어디 한번 볼게. 좋은 물건을 가져오다니 자네답지 않군, 마이크."

아서가 주머니에 손을 넣고 손가락으로 팔찌를 꽉 움켜쥐었다. 마이크와 제프가 기다리고 있었다. 여기서 곤경에 처하게 되면 달아날 도리가 없었다. 그러나 이미 너무 늦었다. 그는 팔찌를 카운터 위에 올려놓았다.

제프가 낮게 휘파람을 불었다. "굉장하네. 훌륭한 물건이네요." 팔찌를 집어 들더니, 아주 조심스럽게 다루었다. 제프가 서랍에서 돋보기를 꺼냈다. "이제야 잘 보이네. 세공이 기가 막혀요. 아주 섬세해요. 얼마나 생각하십니까, 아서?"

"팔고 싶진 않습니다. 그저 이 팔찌에 대해 좀 알고 싶어서요. 제 아내 물건이거든요."

"그렇군요. 팔찌 자체는…… 18캐럿 금이고, 아주 견고해요. 아마도 유럽, 어쩌면 영국 제품일 수도 있고요. 상표를 찾아볼게요. 하지만 참들은…… 품질과 제작년도가 전부 다르네요. 다 훌륭하지만 개중에 좀 더 나은 게 있어요. 코끼리. 코끼리에 박힌 에메랄드는 최상품이고요. 팔찌는 빅토리안풍인데 참들 대부분은 그보단 최근 거예요. 하트는 요즘 제품이고, 새 거예요. 납땜을 제대로 한 게 아니라, 그냥 오링 두 개를 이어 붙였네요. 부인께서 이 참을 최근에 사셨나요?"

아서는 고개를 저었다. "그랬을 것 같진 않은데……."

"흠…… 마지막 참은 약간 성급하게 붙인 것 같아서요." 제프가 말을 이었다. "호랑이는 훌륭하지만 대량 생산된 제품인 것 같아요. 대략 50년대나 60년대쯤. 골무와 책도 품질이 우수하지만 코끼리가 단연 최고입니다."

"인도 제품으로 알고 있습니다."

"그 점에 대해선 저도 이견이 없네요, 아서." 제프가 좀 더 자세히 들여다보았다. "꽃은 아크로스틱*일 수도 있어요."

"초월적인 힘에 대해 인지할 수 없다는?"**

제프가 웃었다. "아니. 그건 불가지론이고. 내 말은 아크로스틱이라고. 빅토리아 시대에 인기가 있던 방식인데 원석을 어떤 이름이나 메시지에 따라 배열하는 거야. 친척이나 사랑하는 사람들에게 주는 일종의 감각적인 선물이지." 그가 캐비닛에서 황금 반지를 꺼냈다. "원석들이 한 줄로 박혀 있는 거 보이시죠? 원석 이름 첫 글자가 '사랑하는 사람dearest'이라는 단어를 이루고 있어요. 다이아몬드diamond, 에메랄드emerald, 자수정amethyst, 루

---

* acrostic, 각 행의 첫 글자를 아래로 연결하면 특정한 어구가 되게 쓴 시나 글.
** agnostic, 초경험적인 것의 존재나 본질은 인식 불가능하다고 하는 철학상의 입장.

비ruby, 에메랄드emerald, 사파이어sapphire, 토파즈topaz."

"그럼 이 꽃도 하나의 단어라는 겁니까?" 아서가 물었다.

"흠…… 어디 보자. 아마 1920년대일 거고, 아르누보 스타일*이고. 연결고리가 앙증맞은 걸로 보아 본래는 참이 아니라 펜던트였을 것 같아요. 에메랄드, 자수정, 루비, 터키석, 페리도트네요."

아서는 머릿속으로 그 원석들의 첫 글자를 몇 차례 배열해봤다. "원석들은 펄*pearl*이라는 단어가 되네요. 그리고 한가운데 박힌 건 진주인가요?"

제프가 고개를 끄덕였다. "그럼 그렇지. 정말 대단한 물건이네요, 아서. 펄이라는 이름을 가진 분을 아세요?"

아서가 얼굴을 찌푸렸다. "미리엄의 어머니 이름일 수도 있어요." 미리엄의 어머니는 항상 켐프스터 부인으로 불렸다. 심지어 그와 미리엄이 결혼한 뒤에도. 그녀는 댄이 태어나기 전에 세상을 떠났다.

미리엄이 처음으로 차 한잔 하자며 그를 초대했을 때 미리엄의 어머니가 아서에게서 처음 본 것은 그의 커다란 발이었다. 290밀리미터에 달하는 발을 늘 보면서도 그는 자신의 발이 그렇게 크다고 생각해본 적이 없었다. 그러나 그날 이후로는 아

---

* '새로운 예술'이라는 뜻으로, 19세기 말에서 20세기 초에 걸쳐 서유럽 전역 및 미국에까지 널리 퍼졌던 장식적 양식.

서도 자신의 발을 의식하기 시작했다.

켐프스터 부인은 각진 턱에 눈빛이 매섭고, 침착하고 빳빳한 여자였다. 미리엄은 항상 그녀를 '엄마'가 아닌 '어머니'라고 불렀다.

"그 이름인가 보네요. 그럼…… 1920년은 어떤 의미가 있습니까?" 제프가 말했다.

"아마 그 무렵 태어나셨을 거예요."

"세례 선물이었을 수도 있겠네요." 제프가 어깨를 으쓱했다. "나중에 아서의 부인에게 주었겠죠."

아서가 고개를 끄덕였다. 그럴듯한 얘기였다.

"이 팔레트 모양도 참 마음에 듭니다. 근사한 물건이에요. 작은 이니셜이 새겨져 있어요. S. Y. 제가 아는 상표는 아닙니다." 그가 팔찌를 다시 아서에게 돌려주었다. "아주 예쁜 보석을 갖고 계시네. 이런 물건을 사려면 천 파운드 정도는 있어야 할걸요. 저라면 기꺼이 그 값을 지불하겠습니다."

"정말요? 그렇게나 많이?"

"참 팔찌는 사람들한테 특별한 물건이잖아요. 참 하나하나가 아주 의미 있고 소중하죠. 팔목에 추억을 차고 있는 거나 마찬가지니까요. 그 참들을 바라보니, 아내 분이 아주 멋지고 다채로운 삶을 사신 것 같습니다. 얘깃거리가 아주 많았겠어요."

아서가 바닥으로 눈을 내리깔았다.

마이크가 눈치를 챘다. "그럼, 잘 있어요, 제프."

밖으로 나온 아서는 팔찌의 무게를 묵직하게 느꼈다. 이곳에 오니 한층 더 혼란스러워졌다. 하트 참은 새것일 리가 없었다. 그렇지 않은가? 그리고 미리엄의 어머니 이름이 펄이었는지도 확실히는 알 수 없었다. S. Y.라는 이니셜은 본 적도 없었다.

"혹시 팔 생각이 있으셨어요?"

"모르겠어."

이제 이 추적을 그만 접어야겠다고 생각했는데, 낯선 사람으로부터 단서가 될 정보들을 얻고 보니 마음이 흔들렸다. "이제 그만 가봐야겠네."

"어디로요? 집으로 가는 기차표는 있으세요?"

아서가 없다고 대답했다. 마이크는 멍한 표정으로 아서를 쳐다봤다.

"오늘 밤 묵을 곳은 있으시고요?"

"거기까진 미처 생각을 못했어. 아무래도 호텔을 알아봐야 할 것 같은데." 다시 호스텔로 돌아가고 싶은 생각은 추호도 없었다.

"그러시면," 마이크가 잠시 생각에 잠겼다. "제 아파트에서 주무세요. 보잘것없지만, 그래도 집은 집이니까요. 이 동네 호텔은 엄청 비싸요."

이 한심한 모험이 아서의 혼을 쏙 빼놓았다. 카페에서는 웬 남자의 머릿속을 뒤죽박죽으로 만들어놓더니 이젠 그 자신의 머리에 대고 같은 짓을 하고 있으니 원. 낯선 사람 집에서 자고 싶진 않았지만 금방이라도 돌로 변할 것처럼 몸이 뻣뻣해지고 있었다. 지하철로 돌아갈 생각을 하니 겁부터 덜컥 났다.

그는 고개를 끄덕이고 루시의 줄을 잡았다.

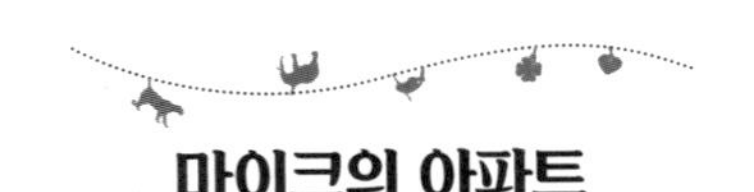

마이크의 아파트

마이크의 아파트엔 가구가 별로 없었다. 콘크리트 복도 끝 초록색 문에 누가 발로 찬 것처럼 구멍이 뚫려 있었다. 가구는 하나같이 낡고 구식이었다. 오렌지색 광택제를 칠한 1970년대식 커피 테이블 상판은 파란색과 흰색 모자이크 무늬였고, 나무다리가 달린 소파는 꽃무늬 시트로 덮여 있었다. 바닥에는 흠집이 났고 페인트가 튀었다.

아서는 멍하니 책장을 바라봤다. 2미터 높이의 책장에 빼곡하게 책이 꽂혀 있었다. 추리소설, 전기, 성경, 그리고 스타워즈 애뉴얼 만화책. "책이 굉장히 많네." 그가 말했다.

"아…… 네, 저도 읽을 줄은 알거든요." 마이크가 말했다. 말투에 가시가 있었다.

"미안. 다른 뜻은 없었고 그저……."

"아. 괜찮아요." 마이크가 주머니에 손을 찔러 넣었다. "죄송해요. 제가 좀 발끈했죠. 거리에서 생계를 꾸려가다보니, 다들 당연히 제가 아무 생각 없는 애일 거라고 생각하더라고요. 그동안 별의별 소리를 다 듣고 살다보니, 제가 좀 민감해졌어요. 마실 것 좀 만들어 올게요. 커피 괜찮으세요? 차는 다 떨어졌어요."

아서는 고개를 끄덕이며 소파에 앉았다. 루시가 뛰어올라 그의 무릎에 앉았다. 쓰다듬어주었더니 오렌지색 눈으로 그를 쳐다보았다.

"다음 행선지는 어디예요?" 마이크가 뜨거운 머그잔 두 개를 테이블 위에 올려놓으며 말했다. "다음번엔 어떤 참을 추적하실 거죠?"

"나도 모르겠어. 팔레트가 끌리긴 한다만. 오랜 세월 동안 장모님 생각을 거의 안 했거든. 아니면 이제 그만 이 여행을 접어야 할까봐. 마음이 너무 아파."

"포기하시면 안 돼요." 마이크가 말했다. "그 팔찌의 참들이 행운을 가져다줄지도 모르잖아요."

아서가 고개를 저었다. 지금까지 겪은 일들을 생각하면 그럴 것 같진 않았다. "행운?"

"왜 그런 거 있잖아요, 왜. 행운의 부적. 저한텐 루시가 행운의 부적이에요."

"그럴 것 같진 않아……."

"나이가 어떻게 되세요, 아서?"

"예순아홉."

"뭐, 나이가 좀 있으시긴 한데, 그렇다고 노쇠한 나이는 아니잖아요. 앞으로 20년도 더 사실 텐데, 히아신스나 심고 차나 마시면서 인생을 허비하실 거예요? 부인 되시는 분이 그렇게 사는 걸 원할 것 같아요?"

"나도 잘 모르겠어." 아서가 한숨을 쉬었다. "팔찌를 찾기 전엔 꼭 그렇게 살고 있었고 미리엄도 내가 그렇게 살길 바랄 거라고 생각했는데, 지금은 잘 모르겠어. 아내를 잘 알았다고 생각했는데, 아내가 나한테 말하지 않은 것들, 내가 아는 걸 원치 않았던 것들을 알게 되었으니 말이야. 이런 것들을 비밀로 간직했다면, 또 뭘 감췄을까? 나한테 신의는 지켰을까? 나 때문에 아내가 따분하게 살진 않았을까? 아내가 하고 싶어 했던 일들을 내가 못하게 했을까?" 그는 바닥에 깔린 알록달록한 양탄자를 내려다보았다.

"사람들이 자기가 좋아하는 일을 하는 건 누구도 막을 수가 없어요. 그게 정말 하고 싶은 일이라면 말이에요. 아마 아내 분은 아서를 만나기 이전의 삶은 더 이상 중요하지 않다고 생각했을 거예요. 때로 삶의 한 장(章)이 끝나고 나면 다시 돌아보고 싶지 않을 때가 있잖아요. 전 약물 때문에 제 인생의 5년을 잃었어요. 그 시절의 기억이라곤 엿 같은 기분으로 아침에 눈을 뜨거나 마약을 구하려고 거리를 서성이거나 주사를 맞고 나서 해롱거리던 것밖에 없어요. 다시는 돌아보고 싶지 않아요. 저는 다시 두 발로 서고 싶고, 제대로 된 직장을 갖고 싶고, 제게 맞는 여자를 만나고 싶어요."

아서가 고개를 끄덕였다. 마이크의 말을 이해할 순 있었지만 그와는 상황이 달랐다. "저 책들에 대해 얘기 좀 해봐." 그가 말했다. "그 얘기를 듣고 싶어."

"그냥 제가 좋아하는 책들이에요. 어렸을 때 읽은 책이 지금도 기억이 나요. 꿀단지 속에 들어가고 싶은 곰 이야기였어요. 곰은 절대 포기하지 않았죠. 마약에서 벗어나고 싶었을 때 그 동화를 생각했어요. 저는 그 꿀단지를 열어보려고 계속 노력했어요."

"나도 우리 아이들이 어렸을 때 책 읽어주는 걸 좋아했지. 아들은 아내가 읽어주는 걸 훨씬 더 좋아했지만, 내가 읽어줘야 할 땐 왠지 특별한 기분이 들었어. 나도 이야기책을 좋아했거든."

"누구에게나 들려줄 이야기가 있어요, 아서. 만약 어젯밤에 누군가 제게 모험심 가득한 어떤 노인이 우리 집에서 하룻밤 자게 될 거라고 말했다면 아마 전 완전 화가 났을걸요. 하지만 지금 이렇게 우리 집에 와 계시잖아요. 아서는 좋은 분 같아요. 깐깐한 연금 생활자치고는."

"자네도 마찬가지야. 꾀죄죄한 청년치고는."

두 사람이 웃었다.

"내가 지금 몹시 피곤해서 말인데," 아서가 말했다. "그만 잠자리에 들어도 될까?"

"되고말고요. 욕실은 복도 끝에 있고요. 제 침대에서 주무세요. 전 소파에서 잘게요."

"당치 않은 소리. 난 여기서도 충분히 잘 수 있고, 보아하니 루시도 나랑 같이 잘 것 같으니 괜찮아." 조그만 강아지가 그의 곁에 웅크리고 잠들어 있었다.

마이크가 나가더니 좀 퀴퀴한 냄새가 나는 초록색 울 담요를 들고 돌아왔다. "이거면 따듯하실 거예요."

"따듯하고말고." 아서가 다리를 덮었다.

"그럼 안녕히 주무세요, 아서."

"잘 자게."

잠자리에 들기 전에 아서는 루시에게 전화를 걸어 자기가 어디 있는지 알려주고 루시와 이름이 같은 조그맣고 털이 복슬복슬한 친구에 대해 말해줘야겠다고 생각했다. 그러나 루시는 전화를 받지 않았다. 그는 소파 쿠션 밑에 휴대전화를 넣어뒀다. 눕자마자 곧바로 눈이 감겼다. 그가 마지막으로 본 건 거리의 가로등 불빛을 받아 반짝이는 팔레트 참이었다.

*

다음 날 아침 아서가 깨어보니, 루시가 보이지 않았다. 그는 하품을 하며 마이크의 아파트 거실을 둘러보았다. 그의 눈이 천천히 커피 테이블에서 멈추었다. 테이블 위에 아무것도 없었다. 참 팔찌가 그 자리에 없었다. 더 이상 반짝이지 않았다.

아서는 눈이 휘둥그레져서 벌떡 일어나 앉았다. 목에서 욕지기가 치밀어 올랐다. 어디 있지? 분명히 저기 뒀는데. 일어서다가 하마터면 뒤로 자빠질 뻔했다. 무릎은 뻣뻣했고 허리는 구부정했다. 그는 천천히 몸을 바로 세웠다. 설마 마이크가 팔찌를 가져간 건 아니겠지. 그는 마이크를 믿었다. 여긴 마이크의 아파트였다. 하지만 과연 그럴까. 개인 소지품이 하나도 보이지 않았다. 책 이야기를 꺼냈을 때 긴장하던 마이크의 모습이 떠올랐다.

"루시?" 아서가 외쳤다. 그의 목소리가 공허하게 울려 퍼졌다. 아서는 루시의 발톱이 마룻바닥을 긁는 소리가 들리는지 귀를 기울여봤다. 들리는 소리라고는 이웃집에서 부부싸움 하는 소리뿐이었다. 남자가 여자에게 게을러빠진 년이라고 욕했고 여자는 남자에게 돼지 같은 머저리라고 소리쳤다.

그는 초록색 담요를 바닥에 내려놓고 일어나 아파트를 둘러봤다. 다시 봐도 가구는 실용적인 것들뿐이었다. 액자도, 장식도 없었다. 욕실 세면대에는 다 쓴 치약 하나만 덩그러니 놓여 있었다. 냉장고를 열어보니 우유 반 병이 있었다. 그는 혼자였다. 이곳엔 아무것도 없었다.

그는 소파에 털썩 주저앉아 양손으로 머리를 감쌌다. 쿠션

밑에서 전화기를 꺼내 확인해보니 루시는 아직 그의 전화에 응답을 하지 않았다. 애초에 이 여행을 오는 게 아니었다. 온갖 감정과 사건의 롤러코스터를 겪고 나니 따분했던 그의 삶이 호사스럽고 안락하게 느껴졌다. 그때 그는 배낭을 떠올렸다. 배낭도 사라졌나? 지갑을 앞주머니에 넣어뒀는데. 돈 한 푼 없이 어떻게 런던을 가로지른담? 여기가 어딘지도 모르는데. "내가 아주 바보 천치 같은 짓을 했어, 미리엄." 그가 소리 내어 말했다. 이곳에서 벗어나 집으로 돌아갈 수만 있다면 무슨 짓이든 할 수 있을 것 같았다.

더 이상 무거울 수 없을 정도로 마음이 무겁게 내려앉았을 때 현관문 열리는 소리가 들렸다. 심장이 두근거렸다. "마이크?" 아서가 소리쳤다. "마이크! 자넨가?"

"그게 제 이름은 맞는데요. 이름 닳겠어요." 쾅 하고 문이 닫히고는 루시가 쪼르르 달려왔다. 루시가 아서의 무릎 위로 뛰어올랐고 그는 루시의 목을 문질렀다.

마이크가 가방을 소파에 던졌다. "뭐 좀 사 오느라고요. 뭘 많이 살 형편은 못 되지만 토스트를 만들어보려고 빵하고 버터를 조금 사 왔어요. 우유 살 돈은 없었어요. 냉장고에 있는 건 상했고요. 드릴 수 있는 게 블랙커피뿐이네요."

아서는 도저히 참을 수가 없었다. 그는 마이크에게 다가가 와락 끌어안았다. 마이크의 몸이 뻣뻣하게 굳었다. "어…… 괜찮으세요?"

“괜찮아.” 아서가 안도감에 고개를 끄덕이며 대답했다. 그의 시선이 테이블로 향했다.

“아. 팔찌가 어디 있나 걱정하고 계셨구나. 일어나보니 팔찌도 없고 저도 없고. 제가 줄행랑을 놓은 줄 아셨군요.”

“미안하네. 그런 생각이 들긴 했어. 내가 지금 누굴 믿을 만한 처지가 아니라서 말이야.”

“이해해요.” 마이크가 책장으로 가더니 사전을 한 권 뽑아 들었다. 그가 안쪽에서 팔찌를 꺼냈다. “지난달에 도둑이 들었거든요. 그래서 중요한 물건은 밖에 내놓지 않아요. 더 이상 갖고 있는 것도 없지만.”

“중요한 물건을 잃어버렸나?”

“아버지 시계요. 롤렉스 금시계였어요. 제프가 엄청난 돈을 주겠다고 했는데, 도저히 팔 수가 없었어요. 그 시계를 파느니 차라리 굶어죽는 게 나았으니까요. 아버지 유품 중에 남은 건 그것뿐이에요. 다른 건 약을 사느라고 다 팔아버렸거든요. 지금은 정말 후회돼요. 아버진 제가 세 살 때 돌아가셨어요.”

“저런.”

“문제는, 누가 훔쳐갔는지 제가 알고 있다는 거예요. 옆집 개자식들이 가져갔어요. 제가 언제 나가고 언제 돌아오는지 놈들이 알거든요. 부엌 찬장 안에 상자째로 그 시계를 넣어뒀었어요. 어느 날 거리 공연을 마치고 돌아와보니 강제로 문이 열린 흔적이 있더라고요. 옆집 문을 두드렸는데, 그 자식이 너무 친절하게 굴었어요. 한 번도 나한테 친절한 적이 없었는데 어쩐 일인지 저한테 차까지 권하더라고요. 제가 시계에 대해 물었더니, 그때 이리저리 움직이는 눈빛이 아주 교활했어요. 그 자식이 갖고 있는 게 확실해요. 아버지 이름이 시계 뒷면에 새겨져 있거든요. 제럴드라고."

아서는 뭐라고 위로의 말을 건네야 할지 알 수 없었다. 귀금속 한 점에 얼마나 많은 감정과 추억이 깃들 수 있는지 그는 알고 있었다. "참 안타까운 일이로구먼. 하룻밤 머물게 해주었으니 내가 돈을 좀 지불하겠네."

"필요 없어요." 마이크가 쿠션을 올려놓았지만 쿠션은 다시 떨어졌다. "동정을 받을 정도는 아니거든요. 이놈의 플루트를 어디다 뒀더라?"

"책장에 있네."

"아. 그렇군요. 고맙습니다." 마이크는 플루트를 주머니에 찔러 넣고 커피 테이블 위에 있던 줄을 집어 들었다. 그는 줄을 루시의 목에 리본 모양으로 묶었다. 루시가 고개를 흔들더니 아서를 쳐다봤다.

"오늘은 같이 못 가." 아서가 루시의 턱을 문질러주었다. "오늘은 너하고 마이크뿐이야."

두 사람은 얼른 커피를 내리고 토스트를 한입 베어 먹은 다음 함께 아파트를 나섰다. 분위기가 달라졌다. 아서는 괜한 소리를 해서 젊은이의 기분을 상하게 한 것 같았고 상황을 더 악

화시키고 싶지 않았다.

마이크가 문을 잠갔고 두 사람은 콘크리트 계단을 내려갔다.

"자, 아서." 계단 아래서 마이크가 어정쩡한 표정으로 말했다. "여기서 인사드릴게요. 건너편에 버스 정류장이 있어요. 87a를 타시면 킹스크로스 역으로 가요."

"고맙네. 내가 어떻게든 사례를 해야 되지 않을까?"

마이크는 고개를 저었다. "아뇨. 재미있었어요. 그럼 또 만나요." 마이크가 돌아서서 걷기 시작했다.

아서는 마이크를 쳐다보았다. 두 사람은 경험을 공유했다. 두 사람의 작별에는 이 이상의 뭔가가 있어야 했다. 아서의 친구는 아서에게 인간에 대한 신뢰와 믿음을 조금이나마 회복시켜주었다. "마이크." 그가 소리쳤다.

그의 구원자가 돌아섰다. 이맛살을 찌푸린 채로. "네?"

"전부 다 고맙네."

"고맙긴요. 길 잃지 마세요. 낯선 사람하고 얘기하지 마시고요. 항상 밝은 쪽을 보는 걸 잊지 마세요. 그 참들이 행운을 가져다줄지도 몰라요."

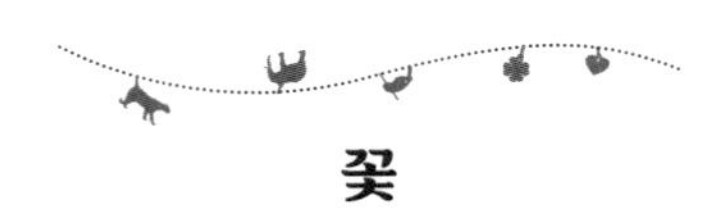

꽃

아서는 마이크가 알려준 대로 버스를 타고 킹스크로스로 갔다. 기차를 타고 집으로 가는 길 내내 잤다. 앙상한 손이 어깨를 잡는 느낌이 들어서 잠에서 깨어보니 "요크에 도착했어요"라고 눈썹이 흰 깃털 같은 노인이 말했다. "여기서 내리십니까?"

아서는 고맙다고 고개를 끄덕였다. 기차역 자판기에서 물을 한 통 사서 손바닥과 얼굴에 뿌렸다. 피곤한데도, 가슴속에 여전히 갈망이 남아 있었다.

그는 역에서 나와 광장에 서서 택시들과 기차를 타러 뛰어가는 사람들과 환영하는 친척들, 사랑하는 사람들과 친구들을 바라보았다. 다시 익숙한 동네로 돌아와서 기뻤고 주위에서 들려오는 모든 억양이 친근했다.

마음 한편으로는 집으로 돌아가 프레데리카를 살펴보고 근사한 차 한잔을 마시고 싶었다. 또 한편으로는 아직은 집으로 돌아갈 준비가 되지 않았다. 적어도 아직은. 그는 미리엄의 어머니에 대해 좀 더 알아보고 싶었다.

걷는 동안 아서는 길을 조금 돌아서 손애플의 중심지를 관통했다. 집으로 가는 지름길이 있지만 생각할 시간이 필요했다. 지난 며칠 동안 일어난 일들이 머릿속에 뒤죽박죽으로 뒤엉켜 있었고 그 일들에 대해 생각해보고 싶었다.

그는 미리엄이 여행을 하는 동안 어디에 머물렀는지, 누구를 만났는지 알아냈다. 그러나 왜 떠났는지는 알 수 없었다. 손애플 출신이 결혼해서 아이를 낳고 마을에 머무는 것 이외에 다른 일을 하는 건 아주 특별한 일이었다.

호랑이들과 영지에 사는 게 즐거웠을까? 아니면 다른 무언가를 찾을 때까지 어쩔 수 없이 불편을 감수했을까? 프랑소와즈 드 쇼펑이 게이라는 건 알고 있었을까? 아니면 그가 미리엄의 일생일대의 사랑이었을까? 조그만 꽃 펜던트를 물려주면서 냉정한 그녀의 어머니는 미소를 지었을까? 모녀는 달콤한 시간을 보냈을까? 아마도 그는 영원히 알아낼 수 없을 것이다.

아서가 발견한 건 결국 그 자신에 관한 것들이었다. 호랑이한테 물렸을 때 그토록 용감하게 행동할 거라고는 생각지 못했다. 그는 침착하게 대처했다. 정말이지 그는 자신이 비명을 지르거나 겁에 질릴 줄 알았다. 또 잠옷과 치약도 없이 이상한 영지에서 하룻밤을 묵었다. 바로 전날만 해도 일상의 조화가 깨어진다는 생각만으로 이마에 진땀이 나던 그였건만.

카페에서 낯선 사람에게 인간관계에 대한 조언을 했고, 그 조언이 그가 그 자신을 두고 생각하는 것처럼 한심한 노인네가 하는 소리 같진 않았다. 과거의 연적을 만났고 무심히 돌아설 수도 있었지만 세바스티안에게 도움의 손길을 내밀었다. 약물 중독 전력이 있는 청년과 청년의 개에게 보여준 열린 마음과 포용력에 스스로도 놀랐다. 그 자신조차 알지 못했던 것들이었다. 아서는 스스로 알고 있는 것보다 더 강하고 더 속 깊은 사람이었고, 그는 자신에 대한 이러한 새로운 발견이 마음에 들었다.

그 사람들과 사건들이 아서의 내면에서 불러일으킨 것은 *갈망*이었다. 욕정이나 그리움이 아닌 다른 사람들에 대한 자신의 반응을 두고 하는 말이었다. 그들이 어려움에 처했을 때, 그는 돕고 싶은 욕망을 느꼈다. 호랑이가 그를 공격했을 때 살고 싶은 욕망을 느꼈다. 오렌지색 짐승이 그를 내려다볼 때, 그는 과거가 아닌 미래를 생각했다.

미리엄이 죽고 난 뒤 여러 달 동안 밤마다 잠자리에 들면서 아침에 눈을 뜨지 않길 바랐던 것과는 전혀 상반된 감정이었다. 길 건너 테리에게 편지를 써서 침대에 죽어 있는 자신을 발견해달라고 부탁할 생각을 하던 그가 아니었던가.

다른 사람들이 어떻게 살고 있는지 지금껏 한 번도 생각해본 적이 없었다. 온 나라 사람들이 똑같이 가구가 배치된 똑같은 집에서 살고 있을 거라 생각했다. 매일 아침 똑같은 시간에 일어나 그가 하는 것처럼, 날마다 똑같은 일상을 보낼 거라 생각했다. 사람들의 실제 생활을 쫓는 리얼리티 프로그램에 관한 기사는 신문에서 늘 읽고 있었다. 참 따분한 프로그램도 있다고, 그는 생각하곤 했다. 다른 사람들이 사는 모습이 그와 너무도 다르다는 것도 모르고서.

이제 그는 다름과 다양함을 알게 되었다. 사람들은 저마다의 황금빛 새장 속에 살고 있었다. 몇 달 동안 사랑했지만 이내 낯선 사람이 되어버린 사람의 시중을 들며 살고 있는 세바스티안처럼. 서로를 종으로 호출하는 그레이스톡 부부도 떠올렸다. 그들을 생각하니 아서의 삶은 미리엄의 옷장에 있는 카디건들처럼 잿빛인 것만 같았다.

한때는 지난날을 되돌아보면 모든 것이 총천연색이었다. 하늘도, 백사장도, 아내의 옷들도. 그러나 새로운 사실을 발견할 때마다 그의 추억들은 여러 색이 뒤섞여 탁하게 변해갔다. 이제 그만 멈추고 싶었고 시간을 되돌려서 미리엄의 갈색 스웨이드부츠를 손을 넣어보지 않은 채로 자선 단체에 가져갈 가방에 던져 넣고 싶었다. 그랬다면 아무것도 모르고 살 수 있었을 텐데. 그랬다면 장밋빛 색안경으로 아내와의 삶을 돌아보는 속 편한 홀아비로 살았을 텐데. 그랬다면 모든 게 완벽했을 텐데.

그러나 그렇지가 않았다. 결코 그렇지 않다는 걸 아서도 알고 있었다. 그에겐 자식이 둘 있었고, 그들은 그의 삶에서 멀어졌다. 루시와 통화할 때면 목소리에서 근심과 애정을 느낄 수 있었지만 루시는 그와 거리를 두고 있었다. 아직은 참 팔찌에 대해 루시에게 얘기할 수 있을 것 같지가 않았다. 루시 역시 그에게 숨기는 게 있는 것 같았다. 문득 생각이 나서 댄에게 전화를 걸어보면 항상 가족의 소음이 들리고 부산스러움이 느껴졌다. 미리엄이 없는 지금 그의 가족은 아직 본래의 리듬을 찾지 못하고 있었다.

다시 삶의 주도권을 회복해야 했다. 참 팔찌의 미스터리를 감춰진 채로 내버려두지 않았던 것처럼 가족과의 관계에서도 같은 일을 해야 했다. 가족의 유대가 더 이상 끈끈하지 않은 이유를 밝혀내고 유대를 복원해야 했다.

마치 황무지에 홀로 버려진 씨앗 같은 기분이었다. 그러나 그 씨앗은 모든 역경을 딛고 단단한 땅을 밀어내며 마침내 싹을 틔웠다. 초록색 싹이 움트고 있었다. 그는 그 싹을 키우고 싶었다. 언젠가 프레더리카의 잎이 시들어 가장자리가 갈색으로 변한 적이 있었다. 그때 그는 물을 주고 애정을 주었다. 이제는 그 자신에게도 같은 일을 하고 있었다.

용기가 생겼다.

아서는 마이크의 수고에 고마움을 표시하자는 생각이 들었고 그러다보니 어느덧 우체국 근처였다. 그는 감사 카드를 사기 위해 적진으로 들어가는 위험을 감수할 생각이었다.

아담하고 빨간 우체국 건물에 도착해보니 '점심시간 휴무'라는 간판이 걸려 있었다. 1시 반에 다시 연다고 했다. 베라가 정확히 12시 25분에 우체국 문 옆에 서서 엄청 거들먹거리며 간판을 '휴무' 쪽으로 돌렸을 것이다. 늦게 온 사람들이 손잡이를 흔들어봐야 들어갈 수 없었을 것이다.

15분의 여유가 생긴 아서는 울퉁불퉁한 우체국 앞 보도를 서성거렸다. 연금 생활자들 여럿이 보도에 쪼그려 앉아 있었다.

그는 똑같이 생긴 조그만 석조 주택들이 들어선 길을 바라보았다. 미리엄도 빨간 문이 달린 그런 집에서 살았다. 지금 그 집에는 젊은 가족이 살고 있었다. 여자 둘과 아이들이었다. 소문에 따르면(베라에게서 전해들은 이야기였다) 그들은 서로를 위해 각자의 남편을 떠났단다.

미리엄은 외동딸이었다. 그녀의 어머니는 미리엄을 과잉보호했다. 아서는 항상 구두에 광을 내고 케이크를 사 들고 가서 미리엄의 어머니가 면화 공장에 다니다가 손가락이 기계에 끼었다는 이야기를 몇 시간씩 들어주면서 그녀의 환심을 사려 애썼다. "내가 그 사고 얘기 했던가?" 그녀가 이야기보따리를 풀어놓기 시작하면 미리엄과 아서는 서로 눈빛을 주고받곤 했다.

그들의 결혼사진에선 신혼부부가 다가올 미래를 꿈꾸며 뺨을 꼭 맞대고 미소를 짓고 있었다. 켐프스터 부인은 마치 다른 사진 속에 있어야 할 것 같은 표정이었다. 큼직한 갈색 가죽 핸드백을 가슴에 바짝 끌어안고 방금 셔벗을 먹은 사람처럼 입술을 꼭 다물고 있었다.

그 집을 정리할 때 켐프스터 부인의 소지품은 소형 밴의 짐칸에 전부 다 들어갔다. 검소하기가 이를 데 없었다. 그때가 미리엄이 이미 참을 물려받은 이후였는지 궁금했지만 아무리 생각해도 아내에게 그런 얘기를 들은 기억이 없었다.

조금 더 서성이다보니 어느덧 48번지 앞에 이르렀고 때마침 문이 열렸다. 두 여자 중 한 명이 밖으로 나왔다. "괜찮으세요?" 여자가 쾌활하게 물었다. 머리에 보라색 스카프를 둘렀고 브라를 하지 않은 채로 초록색 셔츠를 입었다. 머리카락은 검은 스프링처럼 꼬불거렸고 피부는 커피 빛깔이었다. 여자가 행주를 비틀어 짜더니 앞 계단에서 털었다.

"네. 괜찮습니다." 아서가 손을 들었다.

"뭐 찾고 계신 거라도?"

"아뇨. 뭐, 어쩌면요. 제 아내가 예전에 이 집에 살았거든요. 그러니까, 아내가 어렸을 때요. 그래서 이 집을 지날 때면 이런저런 생각이 나네요."

"그러시군요. 언제 떠났는데요?"

"우린 69년도에 결혼했어요. 하지만 이 집을 아주 떠난 건 70년인가 71년도에 어머니가 돌아가셨을 때일 겁니다."

여자가 집 쪽으로 고갯짓을 했다. "들어와서 한번 둘러보세요. 원하신다면."

"아뇨, 괜찮습니다. 그럴 필요 없어요. 번거롭게 해드려 죄송합니다."

"전혀요. 얼마든지 보세요. 아이들 물건이 좀 밟힐 테니 조심하시고요."

아서는 이번에도 사양하려다가 생각을 고쳤다. 그러지 못할 이유가 뭔가? 어쩌면 추억이 되살아날 수도 있었다. "고맙습니다. 참 친절하시네요."

그 집에는 예전 모습이 전혀 남아 있지 않았다. 알록달록했고 환했고 어수선했다. 행복해 보였다. 아서는 그와 미리엄이 벽난로 맞은편 의자에 다소곳이 앉아 있는 모습을 그려봤다. 켐프스터 부인은 가운데 앉아 날렵한 손놀림을 과시하며 뜨개바늘을 달그락거렸다. 벽은 갈색이었고 카펫은 낡았다. 석탄 난로 냄새가 나는 것만 같았다. 개가 불가에 얼마나 바짝 다가앉았는지 털이 그슬리는 냄새가 났다.

"친근한가요?" 여자가 물었다.

"별로요. 구조는 똑같은데, 모든 게 다르네요. 지금이 훨씬 더 행복해 보입니다. 더 현대적이고요."

"돈이 많이 안 드는 범위 내에서 노력하고 있어요. 전망이 나쁘지 않아요. 우체국 여자는 저와 생각이 다르겠지만요. 제가 파트너하고 동거하고 있거든요. 우리 둘 다 혼혈인 게 그 여자 눈엔 더 못마땅하겠죠."

"베라가 썩 포용력 있는 사람은 아니죠. 남 얘기 하길 좋아해요."

"누가 아니래요. 하여간 이 동네 일을 전부 다 꿰고 있다니까요."

아서가 부엌으로 들어섰다. 반짝이는 흰 주방 가구에 노란 식탁이 놓여 있었다. 켐프스터 부인의 부엌은 어두웠고 사람을 반기는 분위기가 아니었다. 마룻바닥은 삐걱거렸고 뒷문에서 북극 바람이 휘파람 소리를 냈다. 익숙한 모습이 하나도 남아 있지 않았다.

그는 위층으로 올라가봤다. 층계참에 서서 한때 아내의 방이었던 방을 들여다봤다. 벽은 밝은 빨간색으로 칠했다. 간이침대들이 있었고, 테디베어들이 있었고, 밝은색 지도가 벽에 걸려 있었다. 아서는 그 지도를 잠시 쳐다보다 눈이 휘둥그레졌다. 추억이 되살아났다.

켐프스터 부인이 꼭 한 번 그가 위층으로 올라가는 걸 허락한 적이 있었다. 부인의 침대 다리를 보수하기 위해서였다. 부인은 그와 미리엄이 허튼짓을 하지 않는지 감시하고 싶어 했다. 화장실에 가고 싶을 때마다 뒷마당 화장실을 써야 했다.

그때 아서는 드라이버와 나사못, 기름 한 통을 들고 수리를 하러 올라갔다. 계단 꼭대기에 이르자 미리엄의 방 안을 흘긋 들여다보고 싶은 마음을 억누를 수가 없었다. 미리엄의 침대에는 퀼트 이불이 덮여 있고, 나무 의자에는 인형이 앉아 있었다. 벽에는 세계지도가 걸려 있었다. 지금 이 방에 걸려 있는 것과 비슷한 자리에. 그 지도는 더 작았고, 더 낡았고, 가장자리가 돌돌 말린 상태였다.

당시 아서는 그 방에 지도가 있는 게 이상하다고 생각했다. 미리엄은 여행을 하거나 낯선 곳을 탐험해보고 싶다는 얘기를 한 번도 한 적이 없었다. 빨간 꼭지가 달린 핀이 세 개 꽂혀 있던 기억이 났다. 그는 좀 더 자세히 보려고 방 안으로 들어갔다. 옅은 연두색 대륙에 꽂혀 있던 핀들의 색깔이 너무도 눈에 띄었다. 만져보려고 손을 뻗으면서 아서는 아내가 지리에 관심이 있거나, 아니면 그 지도가 그녀의 것이 아닐 거라 생각했다. 핀은 영국, 인도, 그리고 프랑스에 꽂혀 있었다.

아서는 침대 다리를 나사로 단단히 조여 고정시킨 다음 켐프스터 부인이 그 위에 누울 때 내려앉지 않을지 여러 차례 시험했다. 이 정도면 됐다 싶었을 때 연장을 챙겨 아래층으로 내려갔다.

그는 아내 앞에서 그 지도 얘기를 꺼낸 적이 없었다. 캐묻는 것처럼 보이고 싶지 않았고 별로 중요한 일도 아닌 것 같아서 그대로 묻어뒀었다. 지금까지는.

이제 아서는 미리엄이 런던에 갔었고 인도에 살았다는 걸 알게 되었다. 그렇다면 미리엄이 프랑스에도 갔을까.

아서는 침실을 슬쩍 들여다보면서, 미리엄의 어머니 이름이 펄이 맞다고 말하는 목소리가 들릴까 기대했지만 그런 목소리는 들리지 않았다. 미리엄이 어머니의 유품을 정리할 땐 출생증명서가 없었고 가족사진 몇 장만이 남아 있었다.

이름을 확인해줄 사람은 꼭 한 명뿐이었다. 손애플의 모든 일과 모든 사람에 대해 알고 있는 단 한 사람. 바로 우체국 베라였다.

그는 아래층으로 내려가 여자에게 고맙다고 인사한 뒤 다시 우체국으로 향했다.

문이 묵직했다. 그가 들어서는 순간 베라가 숨을 헉 들이켜는 소리가 들렸다. 버나뎃에 대해 묻는 그녀에게 쏘아붙인 뒤로 아서는 한 번도 우체국에 온 적이 없었다.

그는 안에서 서성거리며 용기를 끌어모았다. 소형 셀로판테이프 한 개, 폴로 민트 사탕 한 통, 수화물 이름표 한 팩, 마이크에게 줄 파티 모자를 쓰고 있는 강아지 그림 카드 한 장, 그레이스톡 부부에게 줄 고양이 그림 카드 한 장을 골랐다. 베라의 시선이 뒤통수에 따갑게 와닿았다. 머지않아 양손이 가득 차 더 이상은 물건을 집을 수가 없었다. 아서는 집은 물건들을 계산대에 쏟아놓았다. 베라가 유리 칸막이를 위로 올렸다. 그녀는 물건 하나하나를 차례로 들면서 요란한 동작으로 가격을 확인하고 계산기를 두드렸다.

"오늘…… 날씨가 참 좋네요." 대화의 물꼬를 터보려고 아서가 말을 건넸다.

베라가 앓는 소리를 냈다. 전혀 감흥이 없음을 보여주려고 그녀가 천천히 눈을 한 번 깜빡였다.

그는 침을 꿀꺽 삼켰다. "아내가 예전에 살던 집에 들러봤어요. 48호요. 그 집 여자 말이 당신이 이 동네 사람들에 대해 아주 많은 걸 알고 있다고 하더군요."

베라가 계산기를 조금 더 두드렸다.

"아주 몰라보게 달라졌더군요. 미리엄이 그 집에 살던 때가 벌써 언제 적인지, 세월이 참 많이 흘렀네요."

마치 대화에 끼어들고 싶다는 듯, 베라의 입술이 씰룩거렸다. 그러나 베라는 셀로판테이프 가격을 확인하기 위해 진열대 쪽으로 갔다. 그녀는 오렌지색 바코드 스티커를 가지고 와서 책상 위에 눌렀다.

"긴 세월 동안 수많은 사람들이 드나드는 걸 보셨겠지요. 우체국을 운영하면서 이 동네에서 중요한 역할을 맡는다는 건 분명 특권일 거예요. 마지막으로 왔을 때 퉁명스럽게 굴어서 미안해요. 내가 미리엄을 떠나보내고 나서, 아직도 홀로 서려고 노력하는 중이다보니……" 그가 자기 발을 쳐다봤다. 부질없는 노릇이었다. 베라는 그와 얘기할 생각이 없었다. 그가 그 기회를 날려버렸다.

"사랑스러운 여자였어요. 아내 분요."

아서가 고개를 들었다. 그녀의 입술은 여전히 가로줄을 긋고 있었다. "맞아요, 그랬죠."

"그 어머니도요."

"어머니도 아셨어요?"

"우리 어머니와 친구였어요."

"그럼 날 도와줄 수 있겠네요. 켐프스터 부인의 이름을 알고 싶어요. 펄이 맞나요?"

"맞아요. 언젠가 우리 어머니가 날 앉혀놓고 두 가지 중요한 사건이 일어났다고 얘기했던 기억이 나요. 하나는 마릴린 먼로가 시체로 발견되었다는 것, 또 하나는 펄 켐프스터가 이혼 수속이 채 끝나기도 전에 약혼자를 자기 집으로 들였다는 것."

"마릴린 먼로가 1962년에 죽었던가요?"

"네, 맞아요."

"기억력이 좋으시네요."

"고마워요, 아서. 난 늙은 뇌세포를 항상 바쁘게 하는 게 좋아요. 펄의 새 남자는 나쁜 사람이었어요. 하지만 펄은 그걸 몰랐죠. 가엾은 미리엄이 그렇게 훌쩍 떠나버린 것도 당연해요."

"그 일을 알고 있었어요?"

"알고 있었죠. 자기 부모가 갈라서고, 엄마가 험악한 새 남자 친구를 데리고 들어오는 꼴을 봤으니…… 아마 그래서 미리엄은 자기가 일하던 병원의 의사가 인도로 돌아갈 때 따라갔을 거예요. 그게 아니고서야 왜 그렇게 낯선 나라로 떠났겠어요?"

아서가 눈을 깜빡였다. 그제야 알 것 같았다. 켐프스터 부인이 그에게 그토록 냉랭했던 것도 당연했다. 이혼에, 외국으로 떠나버린 딸, 거기다 못된 애인까지. 그녀는 투사였다.

"고마워요, 베라. 정말 큰 도움이 됐어요."

"괜찮아요. 언제든지요." 그녀가 거북 등딱지 안경을 콧잔등 위로 올렸다. "내가 하루 종일 여기서 남 흉이나 보고 있다고 생각하고 계시죠?"

"그게……."

"그건 사실이 아니에요. 난 사람들에게 그 사람들이 알고 있는 것, 그 사람들이 익숙한 것들에 대해 얘기해요. 우체국은 마을의 중심지잖아요. 이 마을 사람들한테 중요한 곳이라고요."

"이해합니다. 다시 한번 고마워요." 그녀가 너무도 친절하게 도와줘서 아서는 조금 겸손해졌다.

돌아서보니 연금 생활자들이 반원을 이루고 서 있었다. 그들은 다양한 각도로 고개를 기울인 채 둘의 대화를 엿듣고 있었다. 문득 어느 늦은 밤 TV에서 보았던 좀비 영화가 떠올랐다. 좀비들이 인간의 뇌를 파먹으려고 준비하는 모습. 그러나 그가 너무 고약하게 굴고 있었다. 아마 그들도 자신처럼 외로운 것뿐이리라. "안녕들 하세요!" 그가 손을 들었다. "여러분 모두 만나 뵈어서 반갑습니다. 베라와 아주 유쾌한 대화를 나눴어요. 좀 지나가도 될까요? 고맙습니다. 고마워요."

아서는 다시 밖으로 나왔고 어느새 해가 나 있었다. 그는 또 하나의 참을 풀었다. 이 참에는 전혀 불미스러운 사연이 없었다. 어쩌면 다른 참들도 마찬가지일 것이다. 더 이상은 연인이 등장하지 않고, 질문도, 불편함도 일으키지 않을 것이다. 기분이 한결 나아졌다.

"어머, 안녕하세요, 아서." 길 건너편에서 버나뎃이 그를 알아보고 손을 흔들었다. 그녀가 네이단을 재촉하며 길을 건너왔다. "세상에, 어떻게 된 거예요? 그레이스톡에 가시더니 쉴 겨를도 없이 바로 또 여행을 떠나시고. 갑자기 마이클 페일린*이라도 되신 것 같네요."

아서가 미소를 지었다.

"오늘 파이를 들고 갔더니, 잔디 깎는 기계를 돌리던 앞집의 착한 분이 아서가 외출했다고 알려주더라고요. 그래서 파이를 먼턴 부인에게 가져다줬어요."

"이런. 미리 알려드릴 걸 그랬네요."

"저한테 알릴 필요는 없어요, 아서. 제가 보호자도 아니잖아요. 밖으로 나오신 걸 보니 좋네요. 그뿐이에요."

"대학 알아보는 건 어떻게 되어가고 있니?" 아서가 네이단에게 물었다.

그가 어깨를 으쓱했다. "그럭저럭요."

"맨체스터 대학이 괜찮아 보여요." 버나뎃이 말했다. "아주 현대적이던데요."

"잘됐네요."

"배낭을 사셨네요." 그녀가 말했다.

"네. 샌들도요."

"진짜 여행자 같아요."

"런던에 다녀왔어요."

* 영국의 배우이자 여행 작가, 각본가, 사회자.

네이단이 기대감에 들뜬 표정으로 고개를 들었다. 그러나 아서는 굳이 자세히 설명하지 않았다. 드 쇼펑에 대해 얘기하고 싶진 않았다.

"내일 계획 있으세요?" 버나뎃이 물었다. "랙 푸딩*을 만들어 보려고요. 전 흰 면포에 싸서 만들거든요."

아서는 입에 침이 고이기 시작했지만 이미 생각해둔 일이 있었다. "내일은 딸의 집에 좀 가볼까 합니다. 본 지가 한참 되었거든요." 미리엄이 펄에게서 떠났던 것처럼 루시가 그의 삶에서 사라져버리는 걸 그는 원치 않았다.

"잘됐네요. 만나서 반가웠어요. 그럼 다음에 또 만나요."

"네, 저도 반가웠어요. 그럼 이만."

아서는 휴대전화를 들고 딸에게 전화를 걸었다. 루시가 전화를 받지 않자 전화를 끊었다. 그러다가 다시 전화를 걸어 메시지를 남겼다. "루시, 애비다. 런던에 다녀왔단다. 우리 다시 시작할 수 있을까 해서 전화했어. 난…… 네가 보고 싶고, 우리가 다시 가족이 되었으면 좋겠다. 네 어머니 얘기를 좀 해야겠다는데 내일 아침 10시 반쯤 너희 집으로 가마. 그때 보자꾸나."

아서는 우체국에서 산 물건들을 가방에 넣고 집으로 향했다. 이제 그는 미리엄이 여행을 떠난 이유를 알게 되었다. 하지만 왜 그 얘기를 아서에게 하지 않았을까?

---

* 다진 고기와 양파를 페이스트리 반죽에 싸서 찌거나 데치는 영국의 전통 요리.

새싹

다음 날 아침 아서가 잠에서 깨어났을 땐 뭔가 달라져 있었다. 첫째, 그가 늦잠을 잤다. 알람시계는 멈췄고 새벽 3시를 알리고 있었다. 지금이 그 정도로 이른 시각이 아니라는 건 아서도 알고 있었다. 창밖으로 보이는 하늘이 티슈의 흰색이고 테리의 잔디 깎는 기계 돌아가는 소리가 들리는 걸 보면 알 수 있었다. 손목시계를 보니 9시였다. 평상시 같으면 기겁을 했을 것이다. 아침 식사 시간에 한 시간이나 늦었으니까. 그러나 지금 그는 베개에 머리를 대고 누워 루시네 집에 갈 생각만 하고 있었다.

일어나서도 침대 위에 입을 옷을 꺼내놓지 않았다. 잠옷 차림으로 아래층으로 내려갔다. 그는 너무 큰 식탁에서 혼자 앉아 식사를 하는 대신 TV 앞에서 무릎 위에 시리얼을 놓고 아침을 때웠다.

걷는 시간을 넉넉히 잡고 9시 45분에 집을 나섰다. 그가 지나갈 때 테리가 손을 흔들었다.

"아서, 돌아오셨군요. 지난번에 따님이 찾아왔더라고요."

"그런 것 같더군."

"따님이 걱정하던데요. 워낙 외출을 잘 안 하시잖아요."

"맞아. 잘 안 했지." 아서가 가던 길을 계속 가려고 한쪽 다리를 앞으로 내밀고 서서 말했다. 그러나 이내 생각을 바꾸고 이웃과 이야기를 나누기 위해 길을 건넜다. "내가 배스에 있는 그레이스톡에 다녀왔다오. 그다음엔 런던에 갔었고. 뭐, 관광도 하고 둘러볼 셈으로."

"잘하셨네요." 테리가 기계에 몸을 기댔다. "정말 잘하신 거예요. 제 어머니가 돌아가셨을 때 아버지는 말도 아니었거든요. 칩거하면서 모든 걸 포기했어요. 외출도 하시고…… 삶을 즐기시니…… 보기 좋아요."

"고맙네."

"언제 음료 한잔 하면서 얘기나 하러 오세요. 저 혼자 살아서 언제든 환영입니다. 혼자 사는 게 썩 즐겁진 않아요. 그죠?"

"맞아. 썩 즐겁진 않지."

"동굴 속의 남자들에서 다시 뵐 수 있으면 좋겠네요."

"바비는 여전히 이래라 저래라 소리를 질러대고 있나?"

"그럼요. 제 목공 실력은 여전히 형편없고요. 아직도 거북을 자동차처럼 만들고 있어요."

아서가 까치발을 하고 섰다. "그 얘기가 나와서 말인데……" 아서는 테리의 관상용 풀 속에서 움직임을 포착하고 눈을 가늘게 떴다.

테리가 과장스럽게 한숨을 쉬었다. "설마 또 온 건 아니죠?" 그가 거북 쪽으로 걸어가더니 몸을 숙여 달아난 거북을 또 한 번 잡았다. "도대체 우리 정원은 왜 이렇게 파충류들한테 인기가 있는 걸까요?"

"어쩌면 자네가 좋은 건지도 모르지."

"어쩌면요. 아니면 그저 모험을 즐기는 거북인지도 모르죠. 한곳에 갇혀 있는 게 싫은가봐요."

*

루시의 집으로 걸어가면서, 그는 평상시에 알아차리지 못했던 풍경들과 소리들을 음미했고, 이따금 멈춰 서서 자신이 사는 동네의 아름다움을 감상했다. 멀리 펼쳐진 들판은 초록색 조각보였다. 보도의 틈새를 비집고 자란 데이지 꽃들도 보였다. 그는 자신이 내딛는 모든 걸음을 의식했다. 시큰거리는 발목부터 딸에게 가까이 다가갈수록 느껴지는 설렘까지도.

요크 민스터의 뾰족탑이 햇살 아래 황금빛으로 반짝였다. 아서는 마지막으로 그 사원에 들어가본 게 언제였는지 기억조차 나지 않았다. 그는 해야 할 일들의 목록을 적어본 적도 없었고 그저 하루하루, 미리엄과 아이들이 하자는 대로 하며 살아왔지만, 지금부터는 목록을 작성해봐야겠다는 생각이 들었다.

루시의 집에 도착한 순간 루시를 찾아온 게 몇 달만이라는 생각이 들었다. 루시가 항상 그들을 찾아왔다. 크리스마스, 생일, 그리고 미리엄의 죽음으로 소원해지기 전까지는 매주 한 번씩. 루시가 메시지를 받기는 했는지.

문은 주홍색으로 새로 칠했고 창틀은 산뜻한 흰색이었다. 루시가 문을 여는 순간 아서는 루시에게 달려들어 와락 끌어안고 싶은 충동을 느꼈다. 마이크에게 그랬던 것처럼. 그러나 루시가 어떤 반응을 보일지 몰라서 꾹 참았다. 자신에 대한 루시의 감정을 더 이상 확신할 수 없었다.

"들어오세요." 루시가 말하며 문을 열었다. 흰 앞치마에 초록색 정원용 장갑을 끼고 있었다. 눈에서부터 턱까지 흙이 묻어 있었다. 루시가 돌아서는 순간 얼핏 제 어머니의 모습이 보였다. 아서는 그 자리에 꼼짝 않고 서 있었다. 두 사람이 닮았다는 게 기분이 묘했다. 두 사람은 똑같이 살짝 들린 들창코였고 똑같은 파란 눈동자에 똑같은 평온함을 지녔다. "아버지?" 루시가 말했다. "괜찮으세요?"

"아, 괜찮아. 널 보니…… 네 어머니 생각이 나서 그래. 아주 잠깐."

루시는 얼른 고개를 돌렸다. "들어오세요." 그리고 다시 한번 말했다. "정원으로 가요. 집 안에 있기엔 날씨가 너무 좋아요."

아서는 다이닝 룸에 베이지색 카펫이 깔려 있던 걸로 기억하고 있었지만 지금은 맨 마룻바닥이었다. 남자의 고무장화 한 켤레가 문 앞에 놓여 있었다. 앤서니가 신던 장화인가? 아니면 새로운 남자의 장화인가? 루시가 다른 사람을 만났는지, 아니면 아직도 자신의 결혼 생활을 애도하고 있는지 그는 알지 못했다.

그의 마음을 읽기라도 한 듯 루시가 그의 시선을 좇았다. "저한테 너무 크긴 하지만 정원 일을 할 땐 저걸 신어요. 앤서니한테 돌려줄 건 아닌데, 그렇다고 내다 버리기도 너무 아까워서요. 양말을 두툼하게 신으면 그런대로 저한테도 맞거든요."

"잘됐구나. 튼튼하고 좋아 보인다. 나도 장화 하나 사야 하는데. 장화에 구멍이 났거든."

"이건 290 사이즈예요."

"아, 나도 그걸 신었지. 지금은 275란다."

"저거 가져가세요."

"아니야. 난 됐어. 네가 쓰는 건데……."

"저한텐 너무 커요." 루시가 장화를 들어 아서에게 내밀었다. "제발 가져가세요."

그는 항의하려다가 루시의 눈빛에 깃든 결의를 보았다. 상처를 보았다. 그래서 고집을 꺾었다. "고맙다. 마침 필요했는데 잘됐구나. 네 어머니 물건 중에도 너한테 맞는 게 있을 텐데."

"어머닌 235, 저는 255예요."

"아."

두 사람은 이야기를 나눴고 올해 당근 농사는 괜찮았지만 감자 농사는 시원치 않았다는 데 의견을 모았다. 대황으로 만들 수 있는 음식의 목록들과, 막대 사탕의 막대를 채소밭고랑의 이름표로 쓰면 어떤 점이 좋은지 열거했다. 올 한 해 햇볕은 충분했지만 비는 충분치 않았다는 점에 대해서도 생각이 같았다. 버나뎃이 요즘엔 뭘 만들어서 가져오느냐고 루시가 물었고 아서는 소시지 롤이 특히 맛있었지만 마지팬 케이크는 가져오지 말았으면 좋겠다고, 그 맛은 도무지 입에 안 맞지만 안 먹으면 기분이 상할까봐 하는 수 없이 먹는다고 했다. 루시도 마지팬이야말로 그녀가 상상할 수 있는 최악의 음식이라고, 마지팬은 아몬드로 만드는데 아몬드는 좋아한다는 게 정말 이상하지 않으냐고 했다. 두 사람 다 크리스마스 케이크는 아이싱이 한 겹인 편이 훨씬 더 좋다고 입을 모았다.

더운 날이었다. 아서는 바지 위에 옷깃이 뻣뻣한 셔츠를 입고 있었다. 지금까지 날마다 이런 옷을 입고 어떻게 편안하다고 생각할 수 있었는지 원. 그는 이런 옷들을 좋아한 적이 없었다. 미리엄이 매일 그 옷을 꺼내줬고 그래서 그 옷이 그의 유니폼이 되었다.

목을 타고 땀방울이 흘러 옷깃 밑에 고였다. 바지의 허리띠가 몸을 굽힐 때마다 허리를 파고들었다. "이번 여행에 대해 너한테 설명해야 할 것 같구나."

루시가 모종삽으로 땅을 푹 찔러 잡초를 파내고는 어디 떨어지는지 보지도 않고 휙 던졌다. "맞아요, 아버지. 느닷없이 그레이스톡 영지로 가신다더니, 호랑이한테 공격을 당했다는 황당한 메시지를 남기셨잖아요."

"런던에도 다녀왔단다." 아서는 루시에게 진실을 말하기로 했다. 루시가 팔찌와 그 팔찌에 담긴 사연들을 알기를 바랐다.

루시는 이를 악물었고, 그 바람에 뺨에 보조개가 패었다. 루시는 잡초 하나하나에 집중해, 잡초를 노려보다가 뽑아냈다. "전 아버지가 많이 걱정돼요."

"걱정할 필요 없어."

"걱정할 필요가 없긴요. 아버지 요즘 진짜 이상하게 행동하시잖아요. 여기저기 돌아다니면서 대체 뭘 하시는 거예요?"

아서는 자신의 신발을 보았다. 루시가 파낸 흙이 발끝에 튀었다. "너한테 할 얘기가 있어. 그럼 내가 그동안 뭘 하고 다녔는지 설명이 될 거야. 네 어머니 얘긴데……."

루시는 고개를 들지 않았다. "계속하세요."

아서는 루시가 눈을 맞춰주길 바랐지만 루시는 계속 애꿎은 잔디만 공격하고 있었다. 두더지들이 난동을 부린 현장 같았다. 그는 개의치 않고 말을 이었다 "내가 네 어머니 옷장을 정리하고 있었는데 말이다. 그러니까 그게, 네 어머니가…… 그렇게 된 지…… 벌써 1년이 되었잖니. 네 어머니의 부츠 속에 금팔찌가 하나 들어 있지 뭐냐. 그걸 보고 얼마나 놀랐는지. 전에 한 번도 본 적이 없는 물건이거든. 여러 가지 참들이 달려 있더구나. 코끼리, 하트, 꽃. 혹시 넌 그 팔찌에 대해 아는 게 좀 있니?"

루시가 고개를 저었다. "아뇨. 어머닌 팔찌 같은 거 잘 안 하잖아요. 참이 달린 팔찌라고요? 그게 어머니 물건인 건 확실해요?"

"네 어머니 부츠 속에 있었어. 그리고 인도에 사는 메라라는 사람이 그 코끼리 참은 자기가 준 거라고 하더라."

"*코끼리*요?"

"응. 코끼리 참. 예전 네 어머니가 인도 고아에서 메라라는 사람의 보모로 일했더라고. 그 사람이 어렸을 때."

"*아버지*." 루시가 무릎을 꿇고 앉았다. 그녀의 얼굴이 벌겋게 달아올랐다. "말이 안 되는 얘기잖아요. 어머닌 인도에 간 적이 없어요."

"나도 그렇게 생각했다. 하지만 인도에 갔더구나, 루시. 거기 살았더라고. 메라 씨가 그렇게 말했고 난 그 사람 말을 믿어. 아주 이상하게 들린다는 거 안다. 난 미리엄이 인도 말고 또 어디서 살았는지, 결혼하기 전에 또 뭘 했는지 알아내는 중이야. 그래서 그레이스톡에도 갔었고, 런던에도 갔던 거야."

"무슨 말씀을 하시는 건지 모르겠어요. 그게 대체 무슨 말씀이세요?"

아서가 속도를 늦췄다. "팔찌에 달린 참 중 하나에 번호가 새겨져 있더구나. 전화번호였어. 그래서 인도에 산다는 아주 좋은 분하고 통화를 했지. 미리엄이 자길 돌봐주었다고 하더구나. 난 지금 네 어머니에 대해 전혀 몰랐던 것들을 알아가고 있단다."

"어머니는 *절대*로 인도에 간 적이 없어요." 루시가 우겼다.

"이해한다. 믿기 힘들겠지."

"뭔가 착오가 있을 거예요."

"메라라는 사람은 의사란다. 그 사람이 네 어머니의 웃음을 아주 정확하게 묘사하더라. 구슬 주머니도. 난 그 사람이 진실을 말한다고 생각해."

루시가 다시 땅을 공격하기 시작했다. 그녀는 잠시 하던 일을 멈추고 모종삽 끝으로 벌레 한 마리를 들어 올리더니 벌레를 화분 속에 넣은 다음 다시 모종삽을 칼처럼 찔러댔다. 그러는 내내 낮은 소리로 웅얼거렸다.

아서는 다른 사람의 감정 표현에 어떻게 반응해야 하는지 알지 못했다. 루시의 사춘기 호르몬은 그녀가 열세 살이 되던 해에 마각을 드러냈고, 아서는 전부 다 미리엄한테 맡겨두고 신문이나 보는 게 최선의 대처임을 터득했다. 사내 녀석들 때문에 눈물 흘리는 루시, 한동안 파랗게 부분 염색을 했던 머리, 쾅 닫는 문, 집어 던진 커피 컵을 감당한 사람은 미리엄이었다. 혈기왕성한 댄에게 주기적으로 진정하라고, "아버지한테 그런 식으로 말하면 못써!"라고 말했던 사람도 미리엄이었다.

아서는 그런 감정들은 외면하면 사라져버릴 거라고 생각했다. 그러나 지금 무언가가 딸을 몹시 힘들게 하고 있다는 게 느껴졌다. 루시는 밖으로 나오려 안달하는 벌 떼를 삼킨 것 같은 모습이었다. 그는 더 이상 참을 수가 없었다. "루시, 괜찮니?" 아서가 한 손을 루시의 팔에 얹었다. "미안하구나. 이제야 이런 얘기를 해서."

루시가 햇살에 얼굴을 찌푸렸다. 이마에 주름이 잡혔다. "네, 괜찮아요."

아서는 잠시 멈추고 그냥 이대로 내버려둬야 할지 고민했다. 오랜 세월 동안 수없이 그랬던 것처럼. 그러나 그는 여전히 손을 그 자리에 두었다. "아니, 넌 괜찮지 않아. 아버진 알아."

루시가 일어서서 허리를 폈다. 그녀가 바닥에 모종삽을 떨어뜨렸다. "더 이상은 못하겠어요."

"뭘?"

"아버지는 말도 안 되는 여행을 다니시면서 어머니에 대한 이상한 얘길 늘어놓으시잖아요. 전 앤서니 없는 삶을 견디려고 애쓰고 있다고요. 사실 전……" 루시가 손으로 머리를 쓸어 넘기고 고개를 저었다. "아니에요. 이런 건 중요하지 않아요."

"중요해. 중요하고말고. 널 걱정시킬 생각은 없었어. 이리 와서 앉으렴. 나하고 얘기 좀 하자. 네 얘기를 들으려고 노력하마. 뭐가 문제인지 말해보렴."

루시는 잠시 먼 곳을 쳐다봤다. 아서의 제안을 생각해보는 동안 그녀의 입술이 왼쪽으로 일그러졌다. "좋아요." 마침내 그녀가 말했다.

그는 헛간에서 간이 의자 두 개를 꺼내 풀밭에 나란히 놓고 정원 장갑 한 짝으로 의자의 먼지를 털어냈다. 루시와 루시의 아버지는 의자에 앉아 태양을 향해 고개를 젖히고 눈살을 찌푸렸다. 무슨 얘기를 하건 서로 얼굴을 보지 않아도 되도록. 그래야 그들이 하려는 얘기에 일종의 익명성이 보장될 테니까.

"무슨 일이니?"

루시가 심호흡을 했다. "어머니 장례식 때 제가 왜 못 갔는지 말씀드리고 싶어요. 아버지도 아셔야 하니까."

"다 지난 일이야. 네가 몸이 좋지 않았잖니. 넌 네 방식으로 작별 인사를 했어." 루시가 오지 않았다는 사실이 몹시 괴로웠지만 아서는 딸을 용서하며 그렇게 말했다. 그러나 딸이 어떻게 그럴 수가 있었는지 뼛속 깊이 알고 싶었다.

"아팠던 건 사실이지만 그것 말고도 다른 이유가 있었어요. 정말 죄송해요……."

그때 루시가 울음을 터뜨렸다. 아서의 눈이 휘둥그레졌다. 그러나 딸은 더 이상 어린애가 아니었다. 딸을 안아줘야 하나? 그는 자신의 본능에 따라 의자에서 일어섰다. 태양을 등지고 섰다가, 무릎을 꿇었다. 아서는 그녀가 자랄 때 수도 없이 그랬던 것처럼, 루시를 꼭 끌어안았다. 루시는 잠시 저항했다. 몸이 경직되었고 전혀 반응이 없었다. 그러다가 어느 순간, 줄이 끊긴 꼭두각시 인형처럼, 루시가 그의 품에서 무너져 내렸다. 루시는 그의 턱 밑에 머리를 파묻고 온 힘을 다해 그를 끌어안고는 한동안 그 자세로 있었다.

"대체 무슨 일이냐?"

흐느낌을 참았다가 다시 쏟아내는 루시의 가슴 깊은 곳에서 지금껏 아서가 한 번도 들어본 적 없는 소리가 터져 나왔다. 목을 조이는 듯한 울음이었다. 루시는 침을 삼키며 턱에 묻은 침을 닦아냈다. "저 유산했어요, 아버지. 임신 15주차였는데. 검사도 받았고 모든 게 정상이었어요. 두 분한테 직접 말씀드리고 싶었는데. 너무 기쁜 소식이라 전화로 알리고 싶진 않았어요. 엄청난 소식이었으니까요. 제가 차 마시러 간다고 했던 거 기억하시죠? 임신했다고 말씀드리려고 했어요." 그녀가 회한으로 가득 찬 한숨을 쉬었다. "검사를 받고 왔는데 배가 너무 아픈 거예요. 욕실 바닥에 웅크리고 누웠는데 아기가 너무 일찍 나오기 시작했어요. 앤서니가 구급차를 불렀어요. 몇 분 만에 구급차가 도착했지만 손을 쓸 수가 없었어요." 그녀가 고개를 저었다. "죄송해요, 그 일은 생각하고 싶지가 않아요. 제가 임신했다는 사실을 알기 전부터 우린 이미 멀어지고 있었어요. 그러던 차에 어머니가 돌아가셨죠. 전 어떻게든 추스르고 일어나려 했어요. 억지로 침대에서 일어나고 씻고 옷을 입었지만, 어머니 장례식 날엔 완전히 무너지고 말았어요. 관과 기도와 울음소리가 있는 교회에 있을 수가 없었어요. 그 교회는 앤서니와 제가 결혼했던 교회잖아요. 정말 죄송해요, 아버지."

아서는 조용히 루시의 이야기를 들었다. 그제야 그와 거리를 두려 했던 것도 납득이 갔다. 아서는 욕실 바닥에 혼자 웅크리고 있던 딸의 모습을 떨쳐버리려 애썼다. "정말 씩씩하게 대처했구나. 네 어머니도 이해할 거다. 그래도 그때 내가 알았더라면 좋았을 텐데……."

"아버진 장례식 준비를 해야 했잖아요. 아버지도 슬픔에 잠겨 있었죠."

"우린 한 가족이니 서로 곁에 있어주었어야 해. 그땐 너무 할 일이 많더구나. 서명할 서류들도 많고 의사들과 얘기도 해야 하고, 준비할 것들, 꽃들…… 정신이 없는 게 오히려 다행이다 싶었지. 너하고 얘기할 때 난 전혀 눈치를 못 챘어."

루시가 고개를 끄덕였다. "그렇게 점점 소원해졌죠? 저는 어떻게든 결혼 생활을 지킬 생각만 하고 있었고…… 댄은 떠나버렸고……."

아서가 손을 뻗어 딸의 얼굴에서 눈물을 닦아냈다. "어쨌든 지금은 이렇게 함께 있잖니."

루시는 엷은 미소를 짓고는 잔디를 둘러봤다. "제가 정원을 엉망으로 만들어놨어요."

"잡초가 좀 자란 것뿐인데 뭘."

루시가 의자에 뒤로 기대더니 한 손으로 머리를 받쳤다. "어머니 생각 많이 나세요?"

"항상."

"저도요. 어머니한테 전화하려고 수화기를 들곤 해요. 그러고는 어머니가 더 이상 없다는 사실을 떠올리죠. 그래도 아직 살아 계신 척해요. 두 분이 함께 그 집에 있고 어머니가 분주하게 돌아다니면서 청소를 하고 편지를 쓰고. 그렇게 생각하지 않으면 견디기가 너무 힘들어요."

아서가 고개를 끄덕였다. 그는 데이지 한 송이를 뽑아 손가락에 감았다. "내가 여기 오길 잘한 것 같구나."

"저도 그렇게 생각해요. 하지만 댄한테 전화는 해야 할 것 같아요. 별일 없다고."

"별일 없다고?"

"아버지가 버나뎃하고 여행을 떠나고 호랑이한테 물렸다고 메시지를 남기는 바람에 제가 댄한테 전화했거든요. 전 어쩌면……."

"어쩌면?"

"아버지가 치매 같은 병에 걸린 건 아닌가 생각했어요."

"루시, 미안하다. 애비는 아주 멀쩡해. 이 팔찌가 내 안의 뭔가를 건드린 것뿐이야. 네 어머니에 대해 알고 싶었어. 널 놀라게 할 생각은 없었단다."

루시는 아버지의 얼굴을 살폈다. 똑같은 따듯한 눈빛, 똑같은 빨간 코. 그녀가 보기에도 아버지는 괜찮았다. "괜찮으시다니 정말 다행이에요." 그녀가 안도의 한숨을 쉬었다. "팔찌 얘기는 사실이에요? 참들하고 인도 얘기?"

"그래." 아서는 주머니에서 팔찌를 꺼내 루시에게 건넸다.

루시는 참 하나하나를 살펴보았다. 그녀는 고개를 저었다. "어머니 물건처럼 보이지가 않아요."

"네 어머니 물건이야. 그건 확실해."

"그럼 더 듣고 싶어요. 아버지의 모험담을 들려주세요."

아서가 고개를 끄덕였다. 아서는 어쩌다가 팔찌를 찾게 되었는지 설명했다. 루시에게 호랑이 이야기를 들려준 다음 소매를 어깨까지 걷어 상처를 보여줬다. 늙은 드 쇼펑과 함께 사는 세바스티안 걱정도 했고, 루시라 부르는 마이크의 개 얘기도 했다. 우체국 베라를 만났다는 얘기도 했다. 루시는 코끼리 장식에 박힌 에메랄드를 돌려봤다. "아버지가 그동안 그런 여행을 하셨다는 게 믿기지가 않아요."

"너한테 알렸어야 했는데, 너무 황당한 일들이라."

"이제 알리셨잖아요." 루시가 팔찌를 그에게 돌려주었다. "다음번 여행지는 어디예요?"

아서가 어깨를 으쓱했다. "잘 모르겠다. 팔레트에 이니셜이 있어. S. Y.라고. 보석 가게 주인도 뭔지 모르겠다고 하더라."

"계속 찾아보셔야죠."

"그런데 괜히 긁어 부스럼이면 어쩌지? 알면 알수록 점점 더 의문이 생기니 말이다."

"그래도 아는 게 낫지 않을까요? 돌아가시기 전에 어머니가 저한테 분홍색과 흰색 줄무늬 상자 주신 거 기억하세요? 그 안에 사진들이 잔뜩 들어 있었어요. 그동안은 그 사진을 볼 수가 없었어요. 지금 한번 꺼내볼까……" 그녀의 말이 허공을 맴돌았다.

아서는 미리엄이 침대맡 벽장에 두었던 흰색과 분홍색 줄무늬 상자를 잊고 있었다. 미리엄이 그 상자를 루시에게 줘도 되겠느냐고 물었고 아서는 그러라고 했다. 그는 사람들과 사건들, 시간들을 머릿속에 간직하는 편이지 사진을 찍거나 열차표, 우편엽서, 여행 기념품 같은 것을 챙겨두는 편은 아니었다. 아서는 하늘을 올려다보고는 곧이어 흙이 뒤집힌 정원을 내려다봤다. "좋을 대로 하렴."

루시가 상자를 가지러 갔고 두 사람은 부엌 식탁에 앉았다. 루시가 상자의 뚜껑을 여는 순간 아서는 낡은 종이 냄새, 잉크 냄새, 라벤더 향기를 맡았다.

그는 루시가 사진을 한 움큼씩 꺼내 넘기는 것을 지켜봤다. 루시는 사진을 이렇게 저렇게 돌려보며 미소를 지었다. 루시가 한 장을 뽑아 들었고 아서가 보니 자신의 결혼사진이었다. 그의 갈색 머리카락이 오른쪽 눈썹 위에서 곱실거렸고 양복 소매는 너무 길어서 손등을 덮었다. 미리엄은 어머니가 입었던 웨딩드레스를 입고 있었다. 집안 대대로 물려 입는 드레스였다. 미리엄의 할머니도 그 드레스를 입었다. 허리 부분이 좀 넉넉했다. "아버진 안 보실 거예요?" 루시가 말했다.

그는 고개를 저었다. 지난날의 사진들을 보고 싶지 않았다.

사진을 다 보고 나서 루시가 상자 안을 들여다봤다. “구석에 뭐가 끼어 있어요.” 그녀가 말하며 엄지와 검지로 뭔가를 끄집어내려 애썼다.

“내가 꺼내볼게.” 아서가 말했다. 그는 가까스로 구겨진 종이 쪽지를 꺼냈다. 루시에게 건네자 그녀가 반듯하게 폈다. 흐릿해진 글자들이 잔뜩 적혀 있었다.

“근정표* 끄트머리나 오래된 영수증 같아요.” 루시가 자세히 들여다봤다. “르 *데아 쿠드르 도르.* 글씨가 적혀 있는데 찢어졌어요. 숫자 같아요.”

그들은 서로를 멍하니 쳐다봤다.

“난 모르는 이름이야.” 아서가 어깨를 으쓱했다.

“도르는 프랑스어로 *황금*이라는 뜻인데.” 루시가 말했다. “휴대전화로 확인해볼게요.”

아서는 종이를 받아 들었다. “숫자는 1969인 것 같구나. 네 어머니와 내가 결혼한 연도야.”

루시가 휴대전화 버튼을 몇 번 눌러가며 단어를 번역했다. 그녀가 얼굴을 찌푸리더니 다시 한번 눌렀다. “찾은 것 같아요.” 루시가 말했다. “르 *데아 쿠드르 도르. 황금 골무*라는 뜻이에요. 파리에 그런 이름의 웨딩 부티크가 있어요.”

“파리에?” 아서가 말했다. 아서는 미리엄의 침실 벽에 걸린

---

* 회사의 로고가 찍힌 종이.

지도의 핀들을 생각했다. 영국, 인도…… 그리고 프랑스. 핀이 꽂혀 있던 자리가 파리였는지는 기억이 나지 않았다.

루시가 화면을 넘겨 그에게 보여줬다. 진열대에 근사한 흰색 맞춤 드레스가 전시되어 있는 매혹적인 상점의 사진이었다.

아서는 순간 심장이 멎는 것만 같았다. 단순한 우연의 일치일 리가 없었다. 미리엄의 팔찌에 달린 황금 골무와 그가 결혼한 연도와 황금 골무라는 상점 이름이 찍힌 종잇조각. 뭔가 연관이 있었다. 그러나 과연 그는 아내에 대해 더 많은 걸 알아낼 준비가 된 걸까? 혹시 당혹감과 상처로 이어지진 않을까? 더구나 골무 참이 이번엔 그를 파리로 이끈다면?

"가봐야 할까요?" 루시가 나지막이 말했다.

아서도 같은 생각에 잠겼다. "좋은 단서가 될 것 같긴 한데……."

"언젠가 어머니가, 연금을 받고 나서 제게 돈을 주셨어요. 기분을 내고 싶을 때 쓰라고 하셨는데, 쓰지 않았어요. '너 자신을 위해 써. 뭔가 특별한 걸 선택해. 집안 살림이나 청구서 같은 데 쓰는 건 안 돼.' 꼭 그렇게 말씀하셨어요." 루시가 말했다. "아기가 생기면 뭐든 살 생각이었는데, 그렇게 되지 않았죠…… 제 옷장 잼 통에 아직도 그 돈이 그대로 있어요."

"너 자신을 위해 쓰렴. 네 어머니가 말한 것처럼. 좋은 걸 하나 사."

"우리를 위해 쓰기로 지금 방금 결심했어요. 프랑스 여행 어떠세요? 그 웨딩 부티크도 들러볼 겸."

아서는 잠시 생각해봤다. 팔찌에 대해 아무것도 알아내지 못한다 해도 딸과 멋진 시간을 보낼 수 있을 것이다. "그거 아주 좋은 생각이구나. 가자." 그가 말했다.

골무

누군가 아서에게 파리를 어떻게 상상했느냐고 묻는다면, 아서는 파리에 대해 그다지 깊이 생각해본 적이 없다고 대답했을 것이다. 미리엄이 세인스베리 슈퍼마켓 세일 기간에 반값에 구입한 식탁매트에 그려진 에펠탑이라면 본 적이 있고 관광객들을 태우고 센 강을 유람한다는 크루즈 보트에 관한 TV 프로그램을 본 적도 있었다. 그 보트의 선장은 뱃멀미를 하는 데다 사람들을 돕는 일이라면 학을 떼는 사람이었다. 센 강의 물은 탁해 보였고 아서는 만약 자신이 어디로든 항해를 하게 된다면 수영장이 있는 매끄러운 흰 유람선을 타고 지중해 곳곳을 둘러보리라고 생각했다. 파리는 그에게 그리 마음이 끌리는 도시가 아니었다.

그러나 미리엄은 프랑스의 모든 것에 심취했다. 미리엄은 할인 행사 기간에 《비바!!》라는 잡지를 구독했다. 멋진 여자들이 우산을 들고 물웅덩이를 지나며 춤을 추거나 조그만 잔에 커피를 마시거나 자전거 앞 바구니에 조그만 강아지를 넣고 다니는 사진들이 실려 있었다.

아서가 기억하는 한 미리엄은 파리에 가고 싶다는 간절한 바람을 내비친 적이 없었다. 파리 물가가 무척 비싸다고 말한 적은 있었지만 잡지 기사를 읽고 하는 얘기일 거라 생각했다. 그 자신은 상투적인 생각들에 매여 있었다. 줄무늬 티셔츠를 입은 사람들, 장바구니 밖으로 삐져나온 마늘 한 묶음과 바게트 빵.

그러나 아서의 생각은 이번에도 틀렸다. 마치 그가 안다고 생각했던 모든 것이, 심지어 그가 생각했던 모든 것이 새로 쓰여지는 것 같았다. 파리는 아름다웠다.

그는 거리 한편에 서서 그림엽서 같은 풍경을 감상했다. 앙상한 검은 고양이가 그의 앞 보도를 획 가로질렀다. 사크레쾨르대성당의 희고 둥근 탑이 햇살 속에서 얼린 케이크처럼 반짝였다. 어느 카페 위층 아파트의 미늘 창문에서는 바이올린의 선율이 흘러나왔다.

자전거를 탄 남자가 선율이 아름다운 노래를 휘파람으로 불며 지나갔다. 제과점에서는 갓 구운 빵 냄새가 풍겼고 케이크 판매대 위에 높이 쌓인 플라밍고 분홍색의 마카롱과 머랭을 본 순간 입안에 침이 고였다.

아서가 부티크 쪽으로 길을 건널 때 나무에서 꽃잎들이 흩날렸다. 루시는 앤서니와의 결혼과 관련된 나쁜 추억을 떠올리기 싫다며 웨딩드레스 상점에는 들어가고 싶지 않다고 했다. "길 건너 카페에서 커피 한잔에 크루아상이나 먹으면서 기다릴게요." 그녀가 말했다. 그리고 덧붙였다. "행운을 빌어요."

진열장에 놓인 하얀색 정원 의자 위에 웨딩드레스 한 벌이 걸쳐져 있었다. 천장에 새장을 매달아놓았고 그 속엔 종이 반죽으로 만든 비둘기가 한 마리 앉아 있었다. 드레스는 회색이 감도는 흰색이었고 몸체에 조그만 진주들이 조개껍데기 모양을 이루며 박혀 있었다. 스커트에는 파도 같은 소용돌이무늬로 수를 놓았다. 인어에게 어울릴 것 같은 드레스였다. 안내판에는 이렇게 적혀 있었다.

르 데아 쿠드르 도르

그 밑에 조금 더 작은 글씨로 이렇게 적혀 있었다.

프로프리에테르* : 실비 부르댕

큼직한 청동 손잡이를 돌리려고 손을 뻗는 순간 아서는 자신의 손등을 보았다. 투명한 살갗 위로 고속도로 안내도 같은 시

* 프랑스어로 '소유주'의 뜻.

퍼런 핏줄이 드러나 있었다. 손톱은 두껍고 누렇게 변색되었다. 출입문 유리 속에 미리엄과 결혼했던 젊은 남자는 온데간데없고 그 대신 너무 굵은 흰 머리카락에 호두처럼 주름이 자글자글한 노인만 서 있었다. 세월 참 빠르기도 하지. 아서는 가끔 자신을 못 알아보곤 했다. 그는 쓴웃음을 지었다. 적어도 자신의 앞니만큼은 알아볼 수 있었다. 약간 비뚤어진 앞니만큼은.

안으로 들어설 때 체인에 달린 조그만 종들이 딸랑거렸다. 실내가 얼마나 서늘한지 몸이 부르르 떨렸다. 트랙터 타이어 크기의 샹들리에 아래에서 흰 대리석 바닥이 반짝였다. 한쪽 벽에 설치된 레일에 웨딩드레스들이 걸려 있었다. 파란 벨벳 천으로 감싼 황금 왕좌에 의자와 똑같은 파란색 징이 박힌 목줄을 맨 포메라니안 개 한 마리가 앉아 있었다.

아치문에서 여자가 나왔다. 흠잡을 데 없이 완벽하게 재단된 짙은 파란색 정장에 팔목엔 금팔찌들이 걸려 있었다. 나이는 그와 얼추 비슷한 것 같았지만 피부를 잘 관리한 데다 짙은 검은색 마스카라에 주황색 립스틱을 바른 덕분에 15년은 젊어 보였다. 백금색 머리카락은 높이 틀어 올렸고 몸은 무용수처럼 호리호리했다. "*봉주르, 무슈,*"* 경쾌한 리듬이 느껴지는 목소리였다. "*코망 푸이예 부 에데?*"**

* 프랑스어로, '안녕하세요, 선생님.'

** 프랑스어로, '무엇을 도와드릴까요?'

아서는 버벅거리던 프랑스어 수업 시간으로 돌아간 것 같은 기분이었다. 그는 언어에 영 소질이 없었고 요크에서 벗어나 외국어를 사용할 일은 영영 없을 거라고 생각했다. "봉주르," 그가 말했지만 그것 말고는 프랑스어가 하나도 생각이 나지 않았다. 자신의 무지를 만회해볼 요량으로 그가 미소를 지었다. "전…… 마담 부르댕을 뵈러 왔습니다. 이 부티크의 주인 되시는 분요."

"전데요, 무슈."

"아, 다행입니다." 아서가 안도의 한숨을 내쉬었다. "영어를 하시네요."

"노력합니다. *꼼씨 꼼싸*."* 그녀의 웃음소리가 문에 달린 은종들처럼 가게 안에 울려 퍼졌다. "하지만 가끔은, 말이 잘 안 될 때도 있어요. 웨딩드레스를 보러 오셨나요?" 그녀가 마법의 지팡이를 휘두르듯 그의 옷에 대고 손을 휙 저었다.

아서는 자신의 옷차림이 매혹적인 왕자처럼 변해 있길 내심 기대하면서 자신의 모습을 바라봤다 "아뇨." 그가 말했다. "제 일로 온 게 아닙니다. 그건 절대 아니고요. 전 당신을 만나러 왔습니다."

"*무아?*"** 그녀가 양손을 가슴에 댔다. "그러시군요. 이리 앉

---

* 프랑스어로, '그럭저럭.'

** 프랑스어로, '저를요?'

으세요." 그녀가 흰 책상 쪽으로 그를 안내한 뒤 맞은편 의자에 앉으라고 손짓했다. 파란 쿠션이 있는 또 하나의 왕좌였다. "어떻게 도와드릴까요?"

아서는 주머니에서 사진을 꺼내 책상 위에 올려놓았다. 미리엄과 아이들이 스카버러 해변에서 찍은 사진 중 한 장이었다. "이 가게 주인으로 오래 일하셨나요?"

"아 *위*.* 아주 오랫동안요. 제가 처음부터 주인이었어요."

"그럼 제 아내를 아실지도 모르겠네요."

그녀는 한쪽 눈썹을 치켜 올리더니 사진을 집어 들고 잠시 들여다봤다. 그리고 아서를 보았다. 그녀의 눈이 휘둥그레졌다. "세상에, 미리엄이네. *농?*"**

그가 고개를 끄덕였다.

그녀가 다시 사진을 보았다. "그럼 혹시…… 당신이 아서?"

"그런데요." 아서의 심장이 두근거리기 시작했다. "절 아십니까?"

"아주 오래전에, 미리엄이 제게 편지를 쓰곤 했어요. 자주는 아니었지만요. 그런데 제가 워낙 연락을 주고받는 걸 잘 못해요. 전 훌륭한 드레스 디자이너지만, 편지는 잘 못 쓰거든요. 미리엄이 아서라는 멋진 남자와 결혼하게 되었다고 했어요. 결혼

---

* 프랑스어로, '네.'

** 프랑스어로, '아닌가요?' 혹은 '맞죠?'

식에 초대를 받았지만 안타깝게도 전 어머니를 돌보느라 파리에 머물러야 했어요. 제가 미리엄에게 부티크의 드레스를 선물하겠다고 했지만 미리엄은 어머니의 드레스를 입었어요. 맞죠? 그래서 전 미리엄에게 선물을 보냈어요. 앤티크 가게에서 찾은 조그만 참이었죠. 황금 골무. 그게 우리 가게 이름이에요."

"제 딸과 제가 그 이름이 적힌 종잇조각을 찾았습니다."

"그 참을 보낼 때 짧은 편지를 동봉했거든요."

아서가 팔찌를 주머니에서 꺼내 그녀에게 내밀었다.

"이게 그 참 맞아요!" 마담 부르댕이 소리쳤다. "미리엄은 그때 이 팔찌를 늘 차고 있었어요. 그래서 이걸 본 순간 사서 미리엄에게 보내줘야겠다고 생각했죠."

"저는 지금 이 참과 다른 참들에 숨겨진 사연들을 찾으려 애쓰고 있습니다, *마담*."

"*마담!* 쯧쯧. 실비라고 불러요. 저한테 그 사연을 물으시는 모양인데, 미리엄이 직접 얘기해주지 않던가요?" 그녀의 목소리가 기대감으로 한 옥타브 올라갔다. "같이 오셨나요? 본 지가 너무 오래됐네요."

아서가 눈을 내리깔았다. "유감스럽게도 1년 전에 세상을 떠났습니다."

"오, *농!* 정말 슬픈 소식이네요, 아서. *세 테리블!** 지난 세월

---

* 프랑스어로, '끔찍하네요!'

동안 미리엄을 여러 번 생각했어요. 다시 찾아서 연락해봐야겠다고 생각했지요. 그런데 가게 일이 워낙 바쁜 데다 항상 다른 일들이 생기곤 했어요. 하지만 마음속에 간직하게 되는 그런 사람은 늘 있잖아요? 결코 잊을 수 없는."

"두 분이 서로 어떻게 알게 되었나요?"

"어떤 남자를 통해 알게 되었어요. 그 사람 이름은 프랑소와즈였어요."

"드 쇼펑?"

"네. 그 사람을 아세요?"

"조금요."

"미리엄이 그 사람을 위해 일하고 있을 때 전 그 사람의 여자 친구들 중 한 명이었어요. 그 사람은 우리 둘한테 그리 친절하지 않았어요. 저는 정신을 차리고 파리로 돌아가겠다고 결심하고는 미리엄에게 같이 가자고 했어요. 그래서 우리 둘이 같이 거기서 탈출했어요! 계획도 없고 돈도 없었죠. 모험이었어요." 그녀가 머뭇거렸다. "미리엄은 어떻게 된 건가요?"

"폐렴으로 죽었습니다. 너무도 충격적인 일이었어요."

실비가 고개를 저었다. "좋은 사람이었어요. 우리가 만났을 때 난 영어를 아주 조금밖에 못했고, 미리엄은 프랑스어를 아주 조금밖에 못했지만 그래도 우린 통했어요. 이 상점을 차릴 때 미리엄이 도왔던 거 아세요? 전 늘 저만의 웨딩 부티크를 갖고 싶었어요. 저와 미리엄은 센 강변 벤치에 앉아서 백조들한테 씨앗이나 빵을 주곤 했는데, 그때 우린 각자의 꿈 이야기를 했어요. 주로 제가 했죠. 전 항상, 그런 사람을 뭐라고 하더라? 몽상가?"

아서가 고개를 끄덕였다.

"하루는 걷다가 어느 도매상 앞을 지나게 되었어요. 폐업하는 가게였는데, 웨딩드레스를 상자째로 팔고 있는 거예요. 남자 둘이 길가에 밴을 세워놓고 상자들을 짐칸에 싣고 있었어요. 우리는 거기 서서 그 사람들을 지켜봤죠. 차가 떠나고 나서 그중 한 명이, 그러니까 상점의 주인이라는 사람이 우리가 관심 있어 하는 걸 보고 나머지 드레스를 사겠느냐고 묻는 거예요. 미리엄은 그가 하는 말을 이해하지 못해서 내가 통역했어요. 드레스 가격은 괜찮았지만 제가 사기엔 너무 비쌌어요. 전 정말 가난했고 빵과 치즈만 먹고 살았거든요. 하지만 미리엄은 안 된다고 생각하지 말라고 했어요. 그러면서 자기가 시키는 대로 남자한테 말하라고 했죠. 웨딩드레스를 파는 일을 하고 싶어서 기회를 찾고 있는 젊은 여자라고, 인생을 바꿀 기회를 달라고. 우리 둘이 힘을 합쳐서 그 사람을 매혹시켰어요.

결국 저는 남자가 애초에 부른 가격의 절반에 드레스 스무 벌을 살 수 있었죠. 그런데 막상 사고 나니 그걸 팔 데가 없더라고요. 제겐 매장이 없었고, 제 아파트는 빨래방이 있는 건물 3층이었으니까요. 미리엄이 고개를 젓더니 말했어요. '팔 곳은 얼마든지 있어!' 우린 꽃이 핀 어느 나무 한 그루에 드레스들을 걸어놓고는 길거리에서 팔았어요. 나무에 걸린 드레스들은 햇살을 받아 이국적인 새들처럼 아름다웠죠. 멋쟁이 여자들이 지나갔고, 자기들이 결혼할 것도 아니면서 친구들한테 알렸어요. 여자들의 입에서 입으로 소문이 퍼졌어요. 하루가 끝날 무렵, 드레스는 겨우 두 벌이 남았죠. 우리 사업은 그렇게 시작된 거였어요. 아마 그렇게 *꽃피었다*고 해야 할까요? 우리는 다시 도매상한테 가서 드레스를 한 박스 더 샀고 그 뒤로 사흘 동안 똑같이 했어요. 그렇게 팔고 나니 바로 이 가게의 석 달 치 임대료를 낼 수 있을 정도로 돈이 모였어요. 세월이 흐르면서 가게도 커졌고요. 제가 계속 확장했지요. 지금은 드레스를 제가 직접 만들어요. 하지만 이 모든 일이 나와 당신의 아내가 스무 벌의 드레스를 나무에 걸어놓으면서 시작된 거였어요."

"참 멋진 이야기네요." 아서는 그런 얘기를 들은 적이 없었지만 젊은 미리엄과 실비가 웃으며 꽃나무를 타고 올라가는 모습을 그려볼 순 있었다.

"미리엄은 다시 영국으로 돌아갔고 우리는 한동안 편지를 주고받았어요. 제겐 상점이 있었고 미리엄에겐 아이들이 있었죠. 세월이 참 쏜살같이 흘렀어요."

그녀가 얘기하는 동안 아서의 머릿속에서 기억들이 되살아나기 시작했다. 미리엄이 드레스 상점을 갖고 있는 친구 얘기를 한 적이 있었다. 프랑스에 있는 친구라고 말한 기억은 없었다. 그러니까 그녀의 삶의 이 대목은 비밀에 부쳐진 게 아니었다. 미리엄은 이따금 프랑스어를 쓰곤 했다. *푸르쿠아* 혹은 *메르시* 같은. 아서는 그런 것들에 주의를 기울이지 않은 자신을 책망했다. 퇴근하고 돌아오면 차 마시는 것 외의 다른 일엔 집중하기가 힘들었다. 아이들이 잠자리에 들면 그는 아내와의 시간을 즐겼다. 과거 이야기보다는 하루의 일과에 대해 대화를 나눴다. 과거에도 좀 더 관심을 가졌더라면 좋았을 텐데.

"미리엄을 추억하게 저하고 샴페인 한 잔에 간단한 식사나 하시죠." 실비가 말했다. "우리가 어떻게 만났고 얼마나 즐거운 시간을 보냈는지 들려드릴게요. 고작 몇 달을 알고 지냈을 뿐이지만 추억은 영원하죠. 아서 씨 얘기도 들려주세요. 두 사람이 함께한 삶과 자식들 이야기를 들려주세요. 제 친구에 대해 좀 더 알고 싶어요."

*

한 시간이 지난 뒤에야 아서는 카페로 루시를 만나러 갔다.

"아버지가 오늘 거기 하루 종일 있을 작정인 줄 알았어요." 루시가 웃었다.

그가 시계를 보았다. "이런, 이렇게 오래 걸린 줄 몰랐네. 그동안 계속 여기 있었니?"

"좋았어요. 앤서니는 항상 스타벅스만 고집했거든요."

"*마담?*" 그들 앞에 웨이터가 나타났다. 검은 바지에 셔츠를 입고 흰색과 파란색으로 된 줄무늬 앞치마를 허리에 느슨하게 묶었다. 살짝 매부리코라 1920년대 무성영화 배우처럼 보였다.

"크림 커피 한 잔 더 주세요." 루시가 말했다.

"손님은 무얼 드릴까요? 무슈?"

아서가 멍하니 쳐다봤다.

"커피 드릴까요? 식사 하시겠어요?"

"커피, 좋죠. 커피 한 잔 마시면 딱 좋겠네요." 그가 루시를 쳐다보았다. "점심 식사할까?"

루시가 배를 두드렸다. "초콜릿 크루아상을 두 개나 먹었으니, 전 됐어요. 프렌치 양파 수프가 맛있어 보여요. 몇 번 주문 나가는 거 봤어요."

"그럼 그거 먹어야겠다."

웨이터가 고개를 끄덕였다.

아서가 냅킨을 무릎 위에 펼쳤다. "실비가 그 골무를 사서 결혼 선물로 보냈다는구나. 네 어머닌 한동안 여기 살았어."

"파리에 살았으면서 우리한테 한번도 얘길 안 하다니 이상하네요. 왜 그랬는지 짚이는 데가 있으세요?"

아서가 고개를 저었다. "하지만 이제 또 하나의 참에 숨겨진 이야기를 알게 되었잖니."

잠시 후 그들이 주문한 커피와 아서의 수프가 도착했다. 그는 갈색 도자기 그릇을 들여다봤다. 수프에는 두툼한 치즈 크루통*이 들어 있었다. "저 웨이터가 네가 마음에 드나보다." 수프를 불며 그가 말했다. "길을 건너면서 보니 웨이터가 널 쳐다보고 있더라."

"팁을 두둑이 남겨주길 바라나보죠." 루시가 얼굴을 붉히며 말했다.

"그런 건 아닌 것 같아."

"그런 게 아니면 왜 절 쳐다보겠어요?"

아서가 그녀를 올려다봤다. 분홍빛으로 물든 광대뼈와 주근깨. 딸의 얼굴이 너무도 예뻐 보였다. 베일을 걷어 올린 듯 그녀의 얼굴에서 긴장과 짜증이 사라졌다. 아서는 그런 얘기를 해줘야 하나 잠시 망설였지만 적절한 말이 떠오르지 않았다. 대신 수프 그릇을 들여다보았다. "이 수프 진짜 맛있구나." 그가 말했다. "양파를 어떻게 이렇게 부드럽게 갈았는지."

아서가 수프를 먹는 동안 두 사람은 말이 없었다. 루시는 그들의 옆자리에 검은색 푸들을 데리고 앉았던 노인이 남겨두고 간 신문을 훑어봤다.

아서는 그릇을 기울여 마지막 한 스푼까지 수프를 떠먹었다. 속이 든든해졌고 나무 사이로 스며드는 햇살이 그를 차분하고도 여유롭게 했다. 어깨가 별로 뻐근하지 않았다. 루시와 함께 이곳에 머무는 동안 비로소 지난 몇 주를 돌이켜볼 여유가 생

* 수프나 샐러드에 넣는 바삭하게 튀긴 작은 빵 조각.

졌다. 그는 부티크를 돌아봤다. "여행을 하면서 미리엄이 알았던 사람들을 만나다보니, 내가 하는 말과 행동으로 사람들이 날 기억한다는 사실을 깨닫게 되더구나. 미리엄은 더 이상 여기 없지만 사람들의 마음과 생각 속에 아직 살아 있어."

"좋은 말이네요."

"다른 사람이 날 그렇게 좋은 사람으로 기억해줄는지 모르겠다."

"왜 그런 말도 안 되는 소리를 하세요, 아버지."

"말도 안 되는 소리가 아니야. 날 만나기 전 네 어머니의 멋진 삶에 대해 알게 될수록 그동안 내가 얼마나 모험도, 여행도 하지 않고 누군가를 만나 큰 영향을 주지도 못했는지 새삼 깨닫게 되더구나."

"하지만 지금은 그렇게 하고 계시잖아요. 아직 늦지 않았어요."

아서는 어깨를 으쓱했다.

루시가 고개를 저었다. "아버지가 지금 너무 마음이 약해져서 그래요. 그러는 게 당연하죠. 먼 길을 왔고 전에 한 번도 들어본 적 없는 어머니 얘길 듣고 계시니까요. 하지만 분명히 말씀드리는데, 아버진 항상 제 삶의 일부일 거예요. 아버진 항상 제게 특별해요."

루시의 다정한 말에 고마움을 느끼며 아서가 고개를 끄덕였다. "고맙다." 그도 딸에게 무슨 말이든 해야 할 것 같았다. 루시가 태어난 그 순간부터 얼마나 그녀를 사랑했는지 말해주고 싶었다. 미리엄은 그런 말을 너무도 스스럼없이 여러 차례 했었다. 그러나 아서는 좀처럼 입이 떨어지지 않았다. 어린 루시가 잠이 들면 아이의 이마에 키스하면서 "사랑한다"라고 말하곤 했지만, 이런 공공장소에서, 카페에서, 그는 대답을 할 수 없었다. "나도…… 동감이야."

"아, 아버지."

루시가 갑자기 아서의 목에 팔을 둘렀다. "괜찮니? 갑자기 왜 그래?"

루시가 코를 훌쩍였다. "그냥 어머니가 너무 보고 싶어요, 그뿐이에요. 여기 우리 곁에 함께 있으면 얼마나 좋을까요."

"그러게 말이다." 무슨 말을 해야 분위기를 바꿀 수 있을지 몰라 그가 루시의 등을 두드렸다.

루시가 먼저 그에게서 떨어졌다. 그녀가 티슈를 찾으려고 가방을 뒤졌다.

"*마담?*" 웨이터가 루시 곁으로 다가왔다. 아서가 한쪽 눈썹을 치켜 올렸다. "괜찮으세요?" 자기 친구를 울린 걸 비난이라도 하는 듯한 눈초리로 웨이터가 아서를 흘금 쳐다보았다.

"네. 괜찮아요. 제 아버지예요. 우린 지금 행복해요."

"행복하다고요?"

"네. 아주 행복해요. 걱정해줘서 고마워요. 그냥 휴지가 좀 필요한 것뿐이에요." 루시가 말했다.

웨이터가 잠시 자리를 떴다가 티슈 한 통을 가져와서 테이블 위에 올려놓았다. "쓰세요."

"*메르시*. 친절하시네요."

"클로드," 웨이터가 말했다. "제 이름은 클로드예요."

"이건 제가 낼게요." 눈물을 찍어내고 코를 푼 다음 루시가 우겼다. "제 돈이니까 제가 원하는 대로 쓸래요. 기억하시죠?"

"그러렴, 아가." 막무가내인 딸의 모습에 그는 미소 지었다.

화장실에 다녀와보니 클로드가 딸과 이야기를 나누고 있었다. 웨이터는 팔 아래 쟁반을 끼고 있었고 루시는 미소를 지으며 머리카락을 손가락으로 꼬고 있었다. 아서는 신발 끈을 묶으려고 고개를 숙였다. 두 사람이 여전히 이야기를 나누고 있어서 지갑에 유로가 얼마나 남았는지도 확인해봤다. 클로드가 자리를 뜨자 아서가 테이블로 돌아왔다. "괜찮니?"

그가 물었다.

"네, 좋아요." 루시가 말했다. 루시의 뺨이 붉게 물들었다.

"웨이터와 얘기하는 거 봤다."

"아, 네. 그 사람이……" 그녀가 헛기침을 했다. "오늘 저녁 자기하고 산책을 하겠느냐고 물었어요. 조금 의외였어요."

"기막힌 우연의 일치로구나. 실비가 저녁 식사에 날 초대했거든."

두 사람이 서로를 쳐다보며 웃었다.

"네가 허락했길 바란다." 아서가 말했다.

파리마치

아서는 면도용 거품을 턱에 묻히고 면도칼을 들었다. 호텔 거울 앞에서 거울에 비친 자신의 모습을 보았다. 외모를 가꾸는 일이 낯설었다. 이제 그는 낯선 사람과 함께 저녁 식사를 할 참이었다. 파리에서 금요일 밤에. 실비처럼 사랑스러운 여자가 저녁 시간에 다른 약속이 없다는 게 놀라웠다.

손가락이 간지러웠다. 이 상황에 대해 너무 깊이 생각하고 싶진 않았다. 그랬다간 취소해야겠다는 생각이 들지도 모르니까. 금요일 저녁이 되면 그와 미리엄은 TV 앞에서 칩을 먹으며 차를 마시곤 했다. 아서는 실비를 만나는 건 미리엄 얘기를 하고 추억과 사연들을 공유하기 위해서라고 스스로를 설득했다. 그것은 그가 원하는 일이지 피할 일이 아니었다.

그가 걱정하지 않으려 애쓰는 것 중 하나는 그들이 뭘 먹게 될까 하는 것이었다. 모든 프랑스 레스토랑에선 개구리 다리가 나오고 모든 음식에 마늘이 들어갈까? 그러지 않았으면 좋겠는데. 그는 문득 버나뎃이 만든 파이가 먹고 싶었다. 집에서 만든 음식과 그녀와 함께 있는 시간이 그리웠다. 실비가 부디 다정하면 좋으련만.

웨딩 부티크 맞은편의 조그만 카페에서 점심 식사를 한 뒤 아서와 루시는 쇼핑을 하러 갔다. 미리엄과는 쇼핑을 한 적이 거의 없었다. 어쩌다 쇼핑을 하게 되어도 결국 탈의실 밖에서 서성이며 시계를 보게 되곤 했다. 미리엄은 셔츠와 바지들을 그의 몸에 대보고는 고개를 끄덕이며 바구니에 넣거나 옷걸이에 도로 걸어놓으려고 들고 가곤 했다. 그 옷들은 어느 날 마법처럼 옷장에 나타났다. 매장에서 잡힌 주름이 반듯하게 다려지고 상표가 뜯긴 채로 그가 입어주길 기다리면서. 가족 중에 생일이 있거나 크리스마스가 되면, 잘 고른 선물이 부엌 싱크대에 화사한 포장지로 예쁘게 포장되어 리본으로 묶여 있었고, 선물 카드에는 '미리엄과 아서로부터'라고 적혀 있었다. 사실 아서도 가족들을 위해 쇼핑을 하거나 그들이 좋아할 거라 생각하는 물건을 고르는 건 좋은 일이라고 생각했지만 선물 사는 일은 미리엄의 영역이었다. 미리엄은 그 일을 즐겁게 했다.

이번엔 그 자신도 쇼핑이 즐거웠다. 그와 루시는 시간에 쫓기지 않고 거리를 거닐었다. 다양한 치즈를 맛보았고 올리브 오일도 시음했다. 폐업 세일을 하는 옷 가게를 찾았고 루시가 한사코 우기는 바람에 새 셔츠 다섯 벌, 점퍼 두 벌, 바지 한 벌을 샀다. 새 옷을 입은 자기 모습을 바라보면서 한결 젊어 보인다는 사실을 스스로도 인정하지 않을 수 없었다.

아서는 루시가 보고 있지 않을 때 실비에게 줄 프리지아 한 다발과 루시에게 줄 고양이 모양의 에나멜 브로치를 샀다. 앤티크 상점의 진열장에서 그는 단순한 디자인의 진주 목걸이를 손으로 가리켰다. "네 어머니가 저거 마음에 들어했을 텐데." 아서가 말했다.

루시도 동의했다. "어머니를 너무 잘 아시네요."

*

아서는 새 옷을 입고 다시 한번 웨딩 부티크 앞에 서서 실비를 기다렸다. 가게 불이 꺼지는 순간 그는 아주 잠시 동안 그녀가 마음을 바꾸었기를, 그리고 다시 생각해봤기를 바랐다. 가게 밖에서 서성거리면서 그는 프리지아 꽃다발을 너무 세게 쥐지 않으려 애썼다.

파리의 금요일 밤은 커플들의 밤인 것 같았다. 다양한 연령대의 잘 차려입은 멋쟁이들이 뽐내며 그의 곁을 지나쳤다. 기다리는 그의 모습을 보고 그들이 미소를 지었다. 걱정 마세요, 여자가 곧 나타날 테니, 하고 말하는 것 같았다.

10분이 지났고, 상점 문이 달그락거리는 소리가 들리더니 실비가 모습을 드러냈다. "미안해요, 아서. 막 나오려는데 전화가 와서요. 젊은 신부가 자기 드레스 때문에 기겁을 하고 전화를 했지 뭐예요. 결혼식 준비하느라 굶고 있었는데 체중이 너무 많이 빠져서 가슴이 드레스에 맞지 않는다는 거예요. 그래서 걱정 말고 내일 오라고 했어요. 결혼식은 3주 뒤니까 체중이 다시 불어날 수도 있거든요. 수선이 답이라고 생각하진 않아요. 브라에 패드를 살짝 넣으면…… 어쨌든." 그녀가 손으로 머리카락을 넘겼다. "내가 아서한테 왜 이런 얘기를 하는 거죠? 오래 기다리게 해서 미안해요. 실은 그 말을 하려고 했어요."

꽃을 받으며 실비가 미소를 지었다. 그녀는 고개를 숙여 향기를 맡은 다음 꽃을 들고 안으로 들어갔다 나와 상점 문을 잠갔다. 아까 만났을 때와 똑같은 정장 차림이었지만 지금은 반짝이는 청록색 목걸이를 하고 크림색 그물 숄을 걸치고 있었다. 아서는 긴장이 조금 풀렸다. 그녀가 저녁 식사를 위해 특별히 옷을 갈아입진 않았기 때문이다.

두 사람은 강 쪽으로 이어진 꼬불꼬불한 자갈길을 따라 걸었다. 어느 순간 실비가 발을 헛디뎠고 아서는 그녀가 중심을 잡도록 팔꿈치를 내밀었다. 함께 걷는 동안 그녀의 손은 여전히 그의 팔에 머물렀고, 두 사람은 팔짱을 끼었다. 아서는 자신의 팔이 뻣뻣해지는 걸 느꼈다. 두 사람은 팔짱을 끼고 걷고 있었다. 그가 편안하게 받아들일 수준보다 훨씬 더 친근한 행동이었다. 지나가는 사람들은 그들이 커플이라고 생각하려나. 그런 생각에 아서는 괜히 머쓱해졌다. 실비가 그와의 외출을 친구로서의 외출 이상으로 생각하지 않았으면 좋겠는데. 아마도 이게 프랑스의 방식인 모양이라고 그는 생각했다. 다정하게 접촉하는 게 아마 그들의 방식인 모양이라고.

그가 그녀를 흘긋 보았다. 그녀는 미소를 짓고 있었다. 전깃줄에 앉아 있는 비둘기와, 풍선 한 묶음을 쥐고 하늘로 날아오르는 소녀를 그린 벽화를 가리킬 때는 그녀의 발걸음이 춤을 추는 듯했다. 실비가 손을 뻗더니 어느 가게 앞에 놓인 그릇에서 올리브 열매 두어 개를 집어 들었다. 그녀는 안에 있는 식당 주인에게 손짓을 하고는 아서에게 올리브 열매를 건넸다. 아서가 올리브를 받았고 기름이 손을 타고 흘렀다. 그는 주머니에서 손수건을 꺼냈다. 그러고는 그 참에 팔을 옆으로 반듯하게 내렸다.

두 사람은 테이블이 여덟 개뿐인 아주 조그만 식당 안으로 들어섰다. *셰 루페르*. 실비는 주인이 친구라고 설명했다. "우리가 좋아할 만한 음식은 뭐든 내오라고 했어요. 소박한 입맛을 가진 영국인이라고 당신을 소개했고요." 그녀가 웃었다. "여러 가지 음식을 조금씩 맛볼 수 있어요."

"타파스*처럼요?" 아서가 말했다. 그와 미리엄은 언젠가 마을 회관에서 교회 지붕 공사 기금 마련 행사로 열린 스페인 축

* 스페인에서 식사 전에 술과 곁들여 간단히 먹는 소량의 음식을 이르는 말.

제에 간 적이 있었다. 그들은 사과와 오렌지 조각들을 높이 쌓아 올린 산그리아*를 한 잔씩 받았다. "술이 든 과일 샐러드 같군." 한 모금을 마신 뒤 그가 말했다. 테이블마다 조그만 테라코타 접시 여섯 개가 나왔고 접시마다 다른 음식이 담겨 있었다. 모르는 음식들이었지만 전부 다 먹었다. 가는 길에 배가 고파서 칩 가게**에 들러야 했지만 그날 저녁은 즐거웠다.

"네, 타파스처럼요." 실비가 대답했다.

음식을 기다리는 동안 그들은 메를로 와인 한 병을 편안하게 마신 뒤 한 병 더 주문했다. 아서는 모든 근심이 사라진 듯 마음이 홀가분해졌다.

그는 마늘 버터로 요리한 홍합과 부야베스라고 부르는 걸쭉한 프랑스 생선 수프를 맛보는 자신의 모습에 놀랐다. 송아지 고기와 버섯 스튜를 먹었고 레드 와인도 벌컥벌컥 들이켰다. 예전엔 왜 새로운 것들에 좀 더 마음을 열고 살지 못했는지 생각하지 않으려 애썼다.

지나가던 악사가 식당으로 들어와 아코디언을 연주하자 실비가 일어나 춤을 추자고 했다. 영국 남자의 한심한 춤을 보고 주위 사람들이 모두 웃었고, 아서도 고개를 숙이고 그들과 함께 웃었다.

저녁 식사를 하고 난 뒤 실비가 다시 그의 팔을 잡았고 이번

---

* 레드 와인에 과즙, 레모네이드, 브랜디 등을 섞은 음료.

** 영국에서 생선 튀김·감자튀김 등을 파는 튀김 음식 전문점.

에는 좀 더 자연스럽게 느껴졌다. 그들은 함께 센 강을 따라 걸었다. 일몰이 기가 막혔다. 마치 하늘에 불이 붙은 것 같았다. 실비가 매력적인 여자라고 생각하면서도 아내가 이곳에 있었으면, 그와 함께 웃고 함께 일몰을 감상했으면 좋겠다는 생각을 하지 않을 수 없었다. 그는 미리엄의 이름을 말하고 싶었고 그녀 덕분에 그가 이곳에 있음을 스스로에게 일깨우고 싶었다.

"미리엄도 여길 좋아했을 거예요." 그가 말했다.

"여길 좋아했어요." 실비가 말했다. "몇 번인가 여기 와서 같이 산책하면서 미래를 구상했죠. 우린 젊은 자신감으로 가득 차 있었어요. 전 세계 최고의 웨딩드레스 디자이너가 되고 싶었어요. 모든 유명인과 영화배우가 실비 부르댕의 드레스를 입게 될 거라 생각했죠. 하지만 그렇게 몇 주가 지나고 몇 달이 지나고 몇 년이 지나니, 좀 더 합리적으로 생각하게 되더군요. 꿈은 꿈일 뿐이란 사실도 알게 되고요."

"하지만 자기 이름을 건 가게를 갖고 있잖아요. 당신은 멋지게 잘해냈어요. 꿈을 이루기 위해 노력했어요."

"미리엄의 꿈도 이루어졌나요? 미리엄은 남자를 만나 아이를 여럿 낳고 큰 정원이 딸린 집에 사는 게 꿈이라고 했어요."

"그런 얘길 하던가요? 호랑이 얘기나 돈 많은 소설가 얘긴 안 하던가요?"

"지금 장난하는 거죠?"

"조금은요." 두 사람은 멈춰 서서, 저물어가는 햇살 아래 수

은처럼 반짝이는 물을 가르며 지나가는 보트를 바라보았다. "조그만 집에 살았고, 자식 둘을 두었고, 변두리에 살았던걸요. 저와 함께했던 삶이 미리엄의 꿈엔 미치지 못한 것 같습니다."

"제가 보기엔 우리 둘 중 꿈을 이룬 사람은 미리엄인 것 같은데요. 보다시피 전 자식을 낳지 않았어요. 늘 일 때문에 바빴죠. 전 자식들 대신 아름다운 상점을 갖게 되었어요. 절 만나러 오는 아가씨들이 전부 다 내 딸 같아요." 실비가 웃었다. "큰 행사를 치르고 나서도 절 기억해주는 사람들이 있어요. 가끔은 제 꿈이 좀 더 소박했더라면, 가정과 일을 전부 다 가질 시간이 있었더라면 좋았을 거란 생각도 들어요."

두 사람은 웃음소리가 울려 퍼지는 조그만 술집을 찾아 길가에 놓인 검은색 철제 의자에 앉았다. "여긴 저도 모르는 집이에요." 실비가 소리쳤다. "당신이 날 탐험가로 만드네요, 아서."

그들이 웨딩 부티크로 돌아왔을 땐 새벽 2시가 다 되어 있었다. 아서는 미리엄 얘길 많이 하지 못해서 죄책감이 들었다. 그들은 요크와 루시와 댄 이야기를 했다. 아서는 실비에게 버나뎃과 프레더리카와 참들에 얽힌 이야기를 했다. 실비는 그에게 과거의 연인들에 대해 말했다. 하마터면 돈 한 푼 없는 예술가와 함께 파리를 떠나 시골 물레방앗간에서 살 뻔했지만 결국 정신을 차린 덕분에 그와 결혼하지 않았다면서. "신부들을 위한 상점을 갖고 있으면서 정작 제 자신은 한 번도 신부가 되어본 적이 없어요." 그녀가 말했다.

부티크가 가까워지자 아서의 맥박이 빨라졌다. 이런 상황에선 어떻게 처신하는 게 예의인지. 뺨에 키스해야 하나? 양쪽 뺨에? 안아줘야 하나? 알 수 없었다. 퇴창 앞에 섰을 때 아서는 거의 말이 없었다.

"덕분에 즐거웠어요, 아서. 이렇게 웃어본 게 얼마 만인지 몰라요."

"저도 즐거웠어요." 실비와는 너무 애쓸 필요가 없었다. 아서는 아내와 함께 있을 때 말곤 느껴본 적 없는 편안함을 느꼈다. 그녀가 아내를 알았다는 사실이 그녀와 더 가까워지고 싶게 만들었다. 그녀의 눈가 주름을 만져보고 뺨을 어루만지고 싶었다. 실비가 좀 더 가까이 다가왔다. 그녀의 뺨이 그의 목에 닿았고 말려 올라간 속눈썹과 이마 사이의 작은 고랑이 보였다.

아서는 그녀에게 키스하고 싶었다.

키스하고 싶다고?

대체 이런 생각은 어디서 나오는 건지 원. 오직 아내에게만 키스하고 싶어야 하는데.

그의 생각을 읽기라도 한 듯 실비가 그를 바라보며 미소를 지었다.

어느새 그의 손이 그녀의 허리를 감고 있었다. 너무 늦기 전에 이쯤에서 물러서야 하나?

그가 그런 생각을 하고 있을 때 두 사람의 입술이 만났다.

다른 사람과 키스를 하고 있다니 기분이 묘했다. 계속하기 전에 잠시 멈추고 생각을 좀 해보고 싶었지만 그녀에게서 떨어질 수가 없었다. 그에게는 인간적인 접촉이 필요했고, 아직도 누군가가 그를 원한다는 느낌이 필요했다. 그녀의 입술은 보드랍고 따스했다. 시간이 스르르 흘러갔다.

실비가 먼저 아서에게서 물러났다. "점점 추워지네요." 그녀가 몸을 떨며 숄로 어깨를 단단히 여몄다. "들어가서 커피 한잔 할래요?"

예상치 못했던 질문이었다. 하지만 앉아서 좀 더 얘기를 나누는 건 오늘 밤의 자연스러운 마무리였다. 잊어버리고 묻지 못했던 것들을 물을 수도 있을 것이다. 하지만 한편으로는 위험한 일일 수도 있었다. 혹시 그녀는 커피 이상의 뭔가를 원하는 게 아닐까?

"그만 호텔로 돌아가야 해요." 그가 말했다. "내가 어디 있는지 루시가 궁금해할 거예요." 말하는 순간 너무도 한심하게 들렸다. 아서와 루시는 각자 다른 방에 묵고 있었다. 아침이 될 때까지 루시를 보지 않아도 되었다.

"하지만 루시는 그 웨이터 친구를 만난다고 하지 않았나요?"

"네. 클로드."

"따님은 이제 성인이라고 생각하는데요."

"네. 그런데도 늘 이렇게 걱정이 되네요."

"클로드가 따님을 안전하게 호텔로 데려다줄 거예요. 그리고 따님도 휴대전화 있죠?"

"네." 아서가 휴대전화를 주머니에서 꺼냈다. "아, 메시지가 왔네요. 딸이 메시지를 남겼어요." 그가 전화기를 열었다. 루시가 25분 전에 보낸 메시지였다. 그에게 걱정하지 말라고 호텔로 돌아가는 길이라고, 내일 아침 9시에 보자고 했다. "아, 다행이네." 그가 미소를 지었다.

"그럼 커피 마실 거죠?"

아서가 전화기를 주머니에 넣었다. 손을 그 안에 잠시 넣어둔 채로 그가 입을 열었다. "그게……."

실비가 끼어들었다. 그녀는 고개를 꼿꼿이 들고 도도하게 말했다. "실은 말이에요, 아서. 난 가끔 외로워요. 시간이 너무 빨리 지나가는 것 같아요. 당신이 나와 함께 커피를 마시고, 어쩌면 같이 밤을 보내줬으면 좋겠어요. 난 젊은 남자들, 신랑들을 만나요. 신부의 아버지들도 때로는 하지 말아야 할 제안들을 하죠. 난 직업 정신이 투철한 사람이라 항상 그 제안을 거절해요. 내가 좋아하는 사람들, 내가 어떤 감정을 느낄 수 있는 사람들은 많이 만나지 못해요."

아서는 배 속에서 갈망의 고통을 느꼈다. 다시는 그 누구와도 이런 감정을 느끼지 못할 거라 생각했다. 기분이 너무도 달콤했지만 그러면서도 한편으로는 죄책감 때문에 속이 울렁거렸다. 이건 결혼 생활에서도 용인되는 욕망, 영화배우나 가질 수 없는 누군가에 대한 욕망이 아니었다. 실비는 현실 속의 여자였다. 그녀는 아름다웠고 그런 그녀가 자기 방으로 가자고 그에게 묻고 있었다.

마치 아내를 두고 부정을 저지르는 기분이구먼.

그런 생각이 머리를 스쳤다. 물론 미리엄은 더 이상 여기 없다고, 그런데 어떻게 바람을 피울 수 있느냐고 스스로를 정당화할 수도 있었다. 그럼에도 바람을 피운 것 같은 기분이 들 거라는 사실을 그는 알고 있었다. 실비는 아내의 친구였다. 물론 아주 오래전의 친구였지만 그래도 미리엄을 배신할 순 없었다.

아서는 양팔을 옆으로 떨어뜨렸다. "미안해요, 실비. 나도 당신과 커피를 한잔 하고 싶지만……" 그가 고개를 떨어뜨렸다.

실비는 잠자코 서 있었다. 그녀가 살짝 고개를 끄덕였다. "이해해요."

"이해해주길 바랍니다. 왜냐하면 당신은 정말 멋진 여자니까요. 당신은 아름답고 우아하고 지혜롭고 똑똑하니까요. 하지만……."

"하지만 당신은 여전히 다른 사람과 사랑에 빠져 있다고요?"

아서가 고개를 끄덕였다. "제 아내와 사랑에 빠져 있죠. 항상 그럴 겁니다. 만약 다른 누군가를 만나게 된다면, 그럴 것 같진 않지만, 천천히 가고 싶어요. 파리에는 하룻밤만 더 머물 예정이고 그건 제게 충분한 시간이 아닙니다. 설령 누군가를 만난다고 해도 미리엄이 이해해줄 만한 사람이어야 해요."

"제 생각엔 미리엄도 당신이 행복하길 바랄 거예요." 실비가 가방에서 열쇠를 꺼냈다.

"나중에 행복할 수 있을지 잘 모르겠어서 그래요. 그리고 난 행복하고 싶어요. 멋진 시간이었길 바라고, 옳은 일이었다고 생각하고 싶어요."

그녀가 목걸이를 만지작거렸다. "믿으실지 모르겠지만, 제가 굳이 물어볼 필요조차 없었던 시절도 있었어요. 남자들이 줄을 서 있었고 늘 저를 쫓아다녔죠."

"이해하고말고요. 당신은 *트레 마니피크*[*] 하니까요."

그의 프랑스어에 두 사람 다 웃었다. "하지만," 그가 주머니에 손을 넣어 팔찌를 꺼냈다. "이 팔찌에 담긴 모든 이야기를 알아내기 전에는 다른 사람을 만날 수가 없습니다. 아내 말고 다른 여자를 만날 준비가 아직 안 됐어요."

"당신은 고결한 분이시군요." 실비가 입술에 힘을 주었다. "하지만 계속 그 사연을 쫓다보면 원치 않는 사실을 알게 될 수도 있어요."

"벌써 그런 사실을 알았어요."

"더 있을지도 몰라요."

아서는 그녀의 말투가 싸늘해졌음을 깨달았다. 그가 그녀의 손을 잡았다. "뭔가 아는 게 있나요, 실비?"

부정하는 그녀의 눈빛에 뭔가 스치는 걸 아서는 보았다. "농, 그저 그럴 수도 있다는……."

---

* 프랑스어로, '굉장히 아름다운.'

"혹시 아는 게 있다면 말씀해주세요."

"말했듯이 미리엄은 제게 편지를 몇 번 썼어요."

"무슨 편지죠?"

실비가 숨을 참았다. 그러더니 말을 이었다. "좀 더 알고 싶다면, 그녀의 친구 소니를 찾아보세요."

"소니?" 아서가 물었다.

"내 기억이 맞는다면 보석을 만들어요."

아서는 팔찌를 생각했다. "혹시 성을 아세요?"

"음…… 아마 Y로 시작했던 것 같은데. 아, 맞아요, 야들리. 제 사촌 중에 그런 성을 가진 남자와 결혼한 사람이 있어서 기억하고 있어요. 제 기억력 정말 대단하죠?"

"그렇네요, 정말. 소니 야들리. 팔레트 모양의 참에 S. Y.라고 적혀 있었어요. 뭔가 연관이 있는 것 같네요. 어디 가면 만날 수 있을지 아십니까?"

"아뇨."

"그녀와 관련된 무언가라도 떠올릴 수 있을까요?"

실비가 얼굴을 찌푸렸다. "소니의 오빠가 화가였을지도 몰라요. 하지만 그것 말고는 아는 게 없어요."

"제가 찾아보겠습니다."

"만약 그녀를 찾게 되면 당신이 알고 싶은 것, 혹은 알고 싶지 않은 것에 대해 얘기해줄 거예요."

"무슨 뜻이죠?"

실비가 어깨를 으쓱했다. "직접 알아보세요."

실비가 그만 들어가고 싶어 한다는 걸 아서는 느낄 수 있었다. 그가 그녀의 자존심에 상처를 입혔다. 그녀와의 모든 대화가 아내 얘기로 귀결되었다. 아서는 그녀의 뺨에 키스하고 그녀의 환대에 고맙다고 인사한 뒤 호텔 쪽으로 걸었다. 마음 깊은 곳에서 묵직한 회한이 느껴졌지만 그래도 옳은 일을 했다는 생각이 들었다.

하늘은 벌써 다음 날을 준비하느라 옅은 파란빛으로 물들어 갔고 별들은 흐릿해지고 있었다. 아서는 팔찌를 손에 들고 호텔에 도착할 때까지 손에 힘을 꽉 주었다. 회전문으로 들어서기 전에 그는 옷깃을 매만지려고 멈춰 섰다. 그러는 동안 뭔가가 그의 주의를 끌었다. 돌아보니 루시와 클로드가 함께 서 있었다. 루시가 뺨에 키스한 뒤 클로드에게서 멀어졌다.

아서는 루시와 함께 안으로 들어가려고 기다렸다.

"아, 아버지." 루시가 너무 쾌활하게 말했다.

"그래. 좋은 시간 보냈니?"

"네. 아주 좋았어요. 아버지는요?"

아서가 떠오르는 태양을 바라봤다. "그랬지." 그가 말했다. "좋은 시간을 보냈어. 하지만 실비를 다시 만날 것 같진 않구나. 난…… 그러니까 난 말이다…… 네 어머니를……."

루시가 고개를 끄덕이고 문을 열었다. "알아요, 아버지. 클로드도 오늘 밤으로 충분해요. 때론 그것도 괜찮아요."

북페이스

다시 그의 집, 그의 침대에 눕는 기분이 아주 그만이었다. 호스텔에서 자고, 마이크의 소파에서 자고, 파리의 화려한 호텔에서 자고, 오렌지색과 검은색 줄무늬 벽지가 있는 저택에서 자고 보니, 그의 방이야말로 그가 가장 머물고 싶은 곳이 되었다. 마치 누에고치 속처럼 아늑하고 친근했다. 아무 때고 원할 때 차를 마실 수도 있었다.

아서는 침대에 누워 실비와의 키스를 한참 생각했다. 두 사람의 입술이 맞닿던 순간이 머릿속에서 자꾸만 재생되었다. 그녀의 나긋한 허리, 그의 몸에 닿던 그녀의 체온을 여전히 느낄 수 있었다. 배에서 열기가 뿜어져 나오는 것 같아서 아서는 손으로 배를 만져봤다. 눈을 감는 순간 그는 어느덧 다시 파리로 돌아갔다. 그녀의 향기가 아직도 생생했다.

그녀와 커피를 마시지 않은 게 후회되는 건 아니었지만 그랬다면 어떤 일이 벌어졌을지 궁금했다. 만약 위층으로 올라가 그녀의 침실로 들어갔다면? 사랑을 나눴을까? 아니면 도저히 그 일을 치를 용기가 없어서 밤의 어둠 속으로 황급히 내뺐을까? 아서는 영원히 알 수 없을 것이다. 지금까지 아서는 아내 외에는 누구와도 밤을 보낸 적이 없었다. 다른 여자와 함께하는 상상을 하는 것만으로도 현기증이 났고 호기심이 발동했다. 아서는 눈을 뜨고 모로 누웠다가, 부적절한 상상을 하는 자신의 모습에 당황하며 침대에서 내려섰다. 그러나 여전히 약간의 갈망이 가슴속에 남아 있었다.

그는 루시와 함께 파리에서 산 바지와 셔츠를 입은 다음 실비의 향기가 밴 셔츠를 빨래 바구니에 넣었다. 거울에 비친 자신의 모습을 본 순간 너무 근사해 보여서 놀랐다. 정수리 부분의 머리카락이 길게 자랐다. 미리엄이 봤다면 동네 이발소에 다녀오라고 했겠지만 이대로가 좋았다. 그는 손으로 머리를 헝클어뜨렸다.

아서는 이제 오랫동안 지켜왔던 일과표에 따라 제대로 된 하루를 시작해볼까 잠깐 망설였다. 어느새 토스트를 구울 시간인지 시계를 보고 있었다. 그러나 그 순간 생각했다. *집어치워.* 오늘만큼은 마음 가는 대로 움직여보고, 어떻게 되는지 한번 볼 생각이었다.

부엌에 맨발로 서서 창밖으로 정원을 내다보며 사과를 한 개

먹었다. 정원을 둘러싼 울타리가 너무 높다는 생각이 들었다. 그와 미리엄은 왜 그렇게 높은 울타리를 만들어 이웃들의 정원을 가렸을까? 조그만 피켓 스타일의 울타리가 나았을 텐데.

이제 숨겨진 사연을 밝혀야 할 참은 세 개뿐이었다. 그가 갖고 있는 유일한 단서는 소니 야들리였다. 아무리 생각해봐도 미리엄이 소니라는 이름을 언급한 기억은 없었다.

아서는 일단 전화번호를 뒤지는 것으로 조사에 착수했다. 그는 Y자를 따라 손가락으로 조심스럽게 훑어 내렸다. S. 야들리라는 이름에는 두 명이 있었고 전화해보니 한 명은 스티브, 또 한 명은 스튜어트였다. 어쩌면 소니라는 여자가 결혼을 해서 이름을 바꿨거나, 더 이상 생존해 있지 않을 수도 있었다. 조사를 계속할 정보가 없다는 사실이 당혹스러워서 그는 온 집안을 구석구석 청소했다. 일과에 포함되어 있진 않았지만 필요한 일이었다. 그는 실비와 함께 갔던 레스토랑에서 아코디언 연주자가 연주했던 곡을 흥얼거렸다. 프레더리카에게 물을 준 다음 맑은 공기를 마시라고 암석정원에 내다놓았다.

햄 샌드위치를 만들고 우유 한 잔을 막 따르고 나니 초인종이 울렸다. *버나뎃.* 그는 벌떡 일어나 새 셔츠를 손으로 쓸어내렸다. 내셔널 트러스트의 동상 모드에 돌입할 생각은 추호도 없었다. 버나뎃을 만나면 무척 반가울 것 같았다. 분명히 파리 이야기를 듣고 싶어 할 테지. 자그마한 선물도 하나 준비했다. 봉투를 입에 문 새 한 마리를 수놓은 조그만 라벤더색 가방이었다. 그는 미소를 머금고 문을 열었다. 그런데 문 앞에 서 있는 사람은 버나뎃이 아니라 네이단이었다. 아서는 깜짝 놀랐다.

"저기, 호랑이 아저씨."

"아. 네이단. 어서 와라."

"제가 올 줄 모르셨죠?"

"몰랐지. 난…… 네 어머니가 올 줄 알았어."

"우리 엄마 여기 안 계세요?" 네이단이 손등으로 코를 쓱 닦으며 물었다. 입고 있는 흰 티셔츠에는 큼직한 검은 글씨로 '부모님의 조언'이라고 적혀 있었다.

"아니. 그동안 네 어머닌 못 만났어. 딸하고 같이 프랑스에 다녀왔거든."

아서는 그 어린 친구가 어깨를 으쓱하고 돌아설 거라고, 다른 데 가서 찾아보겠다고 웅얼거릴 거라고 생각했지만, 네이단은 뿌리를 내린 듯 문 앞에 그대로 서 있었다. 두 사람이 서로를 쳐다봤다. "들어와서 차라도 한잔 하련?" 아서가 물었다.

네이단이 어깨를 으쓱하면서도 안으로 들어왔다.

"둘러보렴. 편하게 있어."

"아저씨네 집이 저희 집하고 좀 비슷하네요." 네이단이 거실로 들어갔다. 소파에 앉더니 다리를 팔걸이에 걸쳤다. "구조는 똑같아요. 우리 엄마가 좀 더 현란한 색깔을 좋아하셔서 그렇지." 네이단이 눈을 부라렸다. "아저씨네 집은 좀 중성적이고 차분해 보여요."

"그래? 내가 보기엔 그냥 좀 구식 같은데."

네이단이 어깨를 으쓱했다. "괜찮은데요."

상대편이 말하기를 기다리는 듯한, 혹은 딱히 할 말이 없음을 깨달은 듯한 어색한 침묵이 흘렀다. "물을 좀 올려놔야겠다." 아서가 말했다.

그는 서둘러 부엌으로 가서 차 한 주전자를 끓이고 쟁반 위에 비스킷 한 접시를 놓았다. 거실로 돌아가보니 네이단이 벽난로 위의 사진들을 보고 있었다. 걸음마를 뗀 아기들의 사진과 마을 회관을 빌려서 열었던 루시의 열여덟 번째 생일날 찍은 가족사진이었다. 그날 우체국 베라는 초대하지 않았는데도 나타났다.

"프랑소와즈 드 쇼평은 찾으셨어요?" 네이단이 물었다.

"그랬지. 그의 집에 갔었단다." 아서가 쟁반을 바닥에 내려놓았다. "네가 알려준 그 주소가 맞더라."

"커다란 흰 저택요?"

"바로 그 집."

네이단이 혀를 차더니 도로 소파에 앉았다. "살아 있는 전설을 직접 만나시다니, 짱 멋지네요. 그 집엔…… 책이 빼곡하게 꽂혀 있던가요? 가느다란 담배를 물고 벨벳 가운을 입고 집 안을 거닐던가요? 여자 친구도 있겠죠? 여자 친구는 아마 나이가 스물한 살밖에 안 되었겠죠?"

아서는 다락방에 혼자 앉아 있던 쭈글쭈글한 노인을 떠올렸다. 그러나 네이단의 환상을 깨고 싶진 않았다. “그래, 책이 엄청 많더구나. 근데 그 사람이 좀…… 바쁘더라고. 그래서 오래 있진 못했어.”

“사인 받으셨어요?”

“아니. 못 받았어. 시집은 한 권 받았지.”

“멋지네요. 좀 봐도 돼요?”

아서는 그제야 마지막으로 그 시집을 보았던 기억을 떠올렸다. 런던의 어느 벤치에서 거리의 램프 아래 오렌지빛으로 반짝이고 있었다. “받자마자 잃어버렸지 뭐냐.”

“아.” 네이단이 고개를 숙였다. 앞머리가 얼굴을 덮었다.

아서가 차 한 잔을 따라 네이단에게 내밀었다. “실은 내가 너한테 도움을 좀 청할 생각이었단다.”

“그러세요?”

“우체국에서 북페이스 얘기를 하는 걸 들었어. 사람들 이름을 쳐보면 찾을 수 있다는 것 같던데.” 학창 시절 남자 친구를 찾으려 했던 베라의 경우엔 스토킹이라고 표현하는 게 옳을 것이다. “또 누굴 좀 찾아야 해서.”

“페이스북 말씀하시는 거예요?”

“아, 그걸 페이스북이라고 하니? 그럼 페이스북인가보다. 그걸로 뭘 할 수 있니?”

“우체국에 있는 그 수다쟁이 할망구처럼, 사람들 이름을 찾아서 온라인상에서 친구가 되고, 상태를 올리고 사진 같은 것도 올리고 그러는 거예요."

마치 외국어를 듣는 것 같은 기분이었지만 아서는 이해한다는 듯 고개를 끄덕였다.

"한때는 난리였는데, 요즘은 한물갔어요. 구세대들만 쓰죠. 30대 이상은 다 써요."

"소니 야들리라는 사람을 찾고 싶은데 말이다. 네 컴퓨터 기술을 이용해서 좀 도와줄 수 있겠니?"

네이단이 후루룩거리며 차를 마셨다. "오늘 밤 찾아볼게요. 지금 제 휴대전화가 고장 났거든요. 아이폰 갖고 있는 사람은 전부 다 전화기를 떨어뜨린다는 거 아세요? 오늘 아침 웅덩이에 빠뜨렸어요. 소니란 사람에 대해 더 아는 거 없으세요? 나이는요?"

"내 나이쯤."

"쥐라기 시대에 태어났군요. 하하."

"선사시대인 건 확실해."

"저한테 맡겨두세요."

두 사람은 함께 차를 마셨고 네이단은 비스킷을 전부 다 먹어치웠다. "그래서 네 어머니가 어디 있는지 모르겠다고?" 아서가 말했다.

"아뇨. 아마 동네에서 실패자들을 보살피고 있을 거예요."

"아주 따듯한 사람이야. 네 어머니 말이다."

"알아요." 그가 머뭇거리며 입을 열려다가 고개를 한번 확

젖혔다. "전 엄마가 왜 그렇게 절 먼 대학으로 보내려고 하는지 잘 모르겠어요. 물론 제가 가끔 좀 이상한 짓을 하긴 하지만…… 꼭 절 쫓아내려는 것 같잖아요."

"네 어머닌 너한테 뭐가 최선인지, 너한테 가장 좋은 학교가 어디인지만 생각하는 것 같던데."

"제가 집에서 가까운 대학에 가서 엄마하고 같이 살길 원할 줄 알았는데……" 그가 어깨를 으쓱했다.

"그렇게 얘기해봤니?"

"아뇨. 엄만 오로지 제가 대학에 진학해서 제대로 된 학문을 배워야 한다는 생각뿐이에요. 그래야 졸업하면 좋은 직장을 가질 수 있다나 어쨌다나. 그래서 주택 사다리*를 타야 한다나 어쨌다나. 영문학 학위로 제가 뭘 할 수 있을지 모르겠어요. 영어로 말을 할 수 있는데 더 이상 뭘 바라요?"

"글쎄다." 아서가 말했다. 자신이 열여덟 살 소년에게 충고를 하기에 적임자는 아니라는 생각이 들었다. "그럼 넌 뭘 하고 싶으냐?"

네이단이 고개를 저었다. "제가 말씀드리면, 아마 안 믿으실걸요."

"내가 왜 안 믿어?"

"왜냐하면, 엄마도 안 믿으니까요. 엄마도 제 말을 들으려 하

---

* 작은 집에서 시작해서 돈을 모아 나이가 들수록 차츰 집을 넓혀간다는 개념.

지 않으니까요."

아서는 루시와 텃밭에 앉아서 루시의 얘기를 들어주겠다고 약속했던 일, 그 시간이 두 사람을 잇는 다리 역할을 해 다시 가족을 되찾는 기폭제가 되었던 일을 떠올렸다.

"난 얘길 잘 들을 줄 아는 사람이란다." 아서가 말했다. "시간도 얼마든지 있고."

네이단이 입술을 깨물었다. "비스킷 더 있어요?"

"버본?"

"전 커스터드 크림이 더 좋아요."

"뭐가 있는지 어디 한번 보자."

부엌에서 아서는 일부러 시간을 끌며 네이단에게 얘기할지 말지 생각할 시간을 주었다. 네이단은 말수가 적은 아이였다. 아서는 다시 거실로 돌아가 제이미 도저*와 파티 링**이 담긴 접시를 네이단에게 건넸다.

"파티 링이네!" 네이단이 소리쳤다. "저 이거 진짜 좋아해요." 그러나 얼린 비스킷을 보고 그렇게 신나 하는 건 별로 쿨하지 않다고 여겼는지 곧 잠잠해졌다. "좋아요, 그럼. 호랑이 아저씨…… 제가 대학에서 뭘 하고 싶은지 알고 싶다고 하셨죠. 전 케이크를 굽고 싶어요."

---

* 잼이 들어간 영국 비스킷.

** 가운데 구멍이 뚫린 영국 비스킷.

아서는 자신이 들은 말을 어렵사리 소화했다. 미소를 짓거나 놀라지 않으려고 엄청난 주의를 기울였다. "케이크?" 그가 덤덤하게 물었다.

"그것 봐요." 네이단이 앞머리 사이로 바람을 훅 불었다. "엄마한테 말했더니 절 미친 사람 보듯 하더라고요."

아서가 네이단의 어깨에 손을 얹었다. "난 네가 미쳤다고 생각하지 않아. 널 나무랄 생각 없다."

네이단이 심호흡을 했다. "알아요. 죄송해요. 하지만 전 빵 굽는 걸 좋아해요. 항상 그랬어요. 부엌에서 엄마 일을 돕기도 해요. 엄마는 빵 굽는 건 진짜 학문이 아니라고, 뭔가 쓸모 있는 걸 배워야 한다고 해요. 얘기를 좀 해보려고 해도 도무지 들으려고 하질 않아요. 엄마는 소시지 롤이나 파이를 만들어도 되고 전 그러면 안 된대요."

"빵 굽는 기술은 유용해. 주방장이 될 수도 있고, 케이크 가게도 낼 수 있고……."

"제 레스토랑을 열 수도 있고 다양한 제품을 만들 수도 있고요. 전 이 일을 잘 알아요. 엄마가 이해를 못 하는 거죠. 엄마는 항상 다른 사람들을 돌보느라 바빠요."

"엄마는 그 누구보다 널 걱정한단다."

네이단이 고개를 돌렸다. "알아요. 그렇겠죠. 저기, 혹시 아저씨가…… 그러니까 엄마한테 얘기 좀 해주시면 안 될까요? 제 편을 들어주세요."

"내 말이라고 들을 것 같진 않은데."

"아뇨. 들을 거예요." 네이단이 얼른 말했다. "엄마는 아저씨를 무척 좋게 생각하고 있어요. 전 알아요." 아서는 가슴이 살짝 부풀어 오르는 걸 느꼈다. "한번 해보마." 그가 고개를 끄덕였다. 버나뎃이 자기 아들에게 좋은 조언자가 되어달라고 부탁했는데, 이젠 또 거꾸로 네이단이 도움을 청하고 있었다.

"고맙습니다. 한 가지 더 여쭤봐도 될까요? 솔직하게 대답해 주셨으면 좋겠어요." 네이단이 말했다.

아서가 찻잔을 내려놓았다. "물론."

네이단이 코를 문질렀다. "우리 엄마가 죽게 될까요?"

그 말에 아서는 기겁을 했다. 차가 쏟아져서 무릎 위로 흘렀다. 펄쩍 뛰며 뒤로 물러나는 바람에 하필 바지 사타구니 부분에 쏟아져서 마치 실수라도 한 것처럼 보였다. "네 엄마가 뭐?"

네이단은 덤덤하게 말하고 있었다. "이번엔 마음의 준비를 하고 싶어요. 아빠가 돌아가셨을 때 진짜 충격이었거든요. 엄마가 병원에 예약을 했더라고요."

병원에 예약을 했다고? 아서는 전혀 모르는 일이었다. 버나뎃은 그런 말을 한 적이 없었다. 그녀가 찾아오면 항상 그가 주인공이었다. 그녀는 그의 기분이 어떤지, 그가 무얼 하고 지냈는지 물었다. 그는 한 번도 그녀의 안부를 묻지 않았다. "다른 사람 기록을 훔쳐보면 못 써." 그가 휴지로 바지를 찍어내며 말했다.

네이단이 어깨를 으쓱했다. "엄마가 더 잘 숨겼어야죠. 아무

데나 두지 말고. 암 병동 예약이던데. 우리 엄마 암이에요?" 네이단은 아서의 대답을 기다리지 않았다. "제가 제대로 알아야 엄마를 더 잘 돌볼 수 있잖아요. 엄마는 뭐든 숨기기만 하면 절 보호하는 건 줄 알아요. 그래봐야 상황이 더 나빠질 뿐인데. 아저씨는 알고 계실 줄 알았어요. 엄마가 분명히 얘기를 했을 거라고……."

"아니. 아무 얘기도 못 들었어." 그가 들을 준비가 되어 있었더라면 얘기를 할 수도 있었을 텐데. 버나뎃은 어떻게 참아주었을까? 넋두리를 하며 맥없이 돌아다니는 그를, 그녀를 피해 숨어 있는 그를. 아서는 그녀의 존재를 당연하게 여겼다. "아무래도 네가 엄마하고 얘기를 해보는 게 좋을 것 같구나." 그가 나지막이 말했다. "서로에게 정직해야 해. 대학에 대한 네 생각을 말하렴. 엄마가 걱정된다고 말해. 제대로 된 대화를 나눠봐."

네이단이 찻잔 바닥을 들여다봤다. 티백으로 끓인 차인데도 찻잎을 보고 무언가 알아내려는 듯이. "제가 흥분할 거 같아요. 그러면 너무 창피할 거예요. 엄마가 그런 모습을 보는 게 싫어요."

"엄만 상관하지 않을 거야. 제발, 얘기를 하렴. 나도 아이들하고 좀 더 대화를 했어야 한다는 생각이 들더구나. 이제야 과거의 잘못을 바로잡고 있단다. 나처럼 오래 방치하지 마. 아마 잘했다 싶을걸."

네이단이 아서의 말을 생각해보며 고개를 끄덕였다. 네이단이 일어섰다. "고맙습니다, 호랑이 아저씨. 이제 괜찮으신 거 맞죠?" 네이단이 아서의 팔에 주먹을 날렸고, 호랑이 앞발에 긁힌 자국에 정통으로 맞았다.

아서는 통증을 참고 미소를 지었다.

그날 오후 아서는 우체국에 갔다. 그가 들어서자 베라가 반갑게 손짓을 했다. 그는 베라에게 버나뎃을 봤느냐고 물었지만 베라는 못 봤다고, 하지만 브리지 스트리트에 음식이 필요한 과부가 하나 생겨서 어쩌면 거기 갔을지도 모른다고 했다.

*

집으로 돌아오니 아서의 자동응답기에 빨간불이 반짝이고 있었다. 그가 버튼을 누르고 녹음된 내용을 들었다.

"호랑이 아저씨. 소니 야들리라는 사람 찾았어요. 여자던데요! 제가 왜 그 사실을 알고 놀랐는지 모르겠어요. 페이스북에 두 사람이 있는데, 한 명은 열여덟 살이에요. 코걸이를 하고 머리가 분홍색이에요. 제 생각엔 아저씨가 찾고 있는 사람은 스카버러 대학의 강사인 것 같아요. 보석에 대해 가르쳐요. 홈페이지엔 그것 말고 별다른 건 없어요. 아주 기본적인 정보뿐이에요. 친구가 다섯 명밖에 없네요. 하하. 도움이 되었으면 좋겠어요. 그럼 이만."

팔레트

아서는 그날 저녁 버나뎃에게 전화를 했지만 받지 않았다. 집으로 찾아가볼까 생각했지만 괜한 의심을 불러일으킬 것 같았다. 네이단이 그에게 병원 예약에 대해서는 언급하지 말아달라고 신신당부를 했다.

아마 밸리 댄스 수업에 간 모양이라고 아서는 생각했다. 조그만 놋쇠 장식들이 달린 보석 빛깔 옷을 입고 근심을 훌훌 털어버리는 모습이 어쩌면 멋질 것 같기도 했다. 그는 다음 날 전화를 해보기로 마음먹었다.

필요 이상으로 섬뜩하긴 해도 그런대로 재미있는 NCIS를 보면서 그는 전화번호부에서 스카버러 대학을 찾았다. 보석학과의 번호는 없었지만 미술 디자인학과는 있었다. 그는 수화기를 들고 15분을 망설이다가 마침내 전화를 걸 용기를 끌어모았다. 인도의 메라 씨에게 걸었던 전화는 아내의 삶에 대한 기나긴 발견의 여행에 불을 지폈다. 그가 알게 될 것들을 좋아하지 않을 수도 있다는 실비의 말이 머릿속에 맴돌았다. 하지만 미리엄과 소니가 친구였다면 그가 좋아하지 않을 얘기가 뭐가 있겠는가?

번호를 누르는 그의 심장이 두근거렸다. 걱정 말라고, 이 시간에는 아무도 없을 거라고 스스로에게 되뇌었다.

응답기에서 학교의 업무시간은 오전 9시부터 오후 5시까지이며 연락하고 싶은 학과와 사람을 메시지로 남기고 싶으냐는 음성 안내가 나왔고, 그는 비로소 숨을 내쉬었다.

그는 소니 야들리가 최대한 빨리 아서 페페에게 연락해주길 바란다는 메시지를 남겼다. 집 전화번호와 휴대전화 번호도 남겼다.

다음 날 10시 30분이 되어도 전화가 오지 않자 한 번 더 메시지를 남겼고 4시가 넘어서 한 번 더 남겼다. 그사이 버나뎃에게 연락을 했지만 버나뎃은 이번에도 전화를 받지 않았다.

다음 날 아서는 버나뎃을 직접 찾아가보기로 결심했다. 집을 나서는데 테리가 잔디를 깎고 있었다.

"따님하고는 별일 없으신가요, 아서?"

"별일 없어. 고맙네. 같이 파리에 가서 긴 주말을 보내고 왔지."

"그러셨다면서요. 얘기 들었어요. 정말 근사했겠어요."

"루시가 우리 휴가에 대해 얘기하던가?" 아서가 얼굴을 찌푸렸다. 루시와 테리가 아는 사이인 줄은 몰랐다. "언제?"

"학교에서 우연히 만났어요. 조카를 돌보고 있다가 잠깐 얘기를 나눴거든요." 테리의 시선이 잠시 먼 곳을 향하더니 다시 아서에게로 돌아왔다. "루시가 조만간 차를 마시러 올까요?"

"아마 그럴걸."

"여기서 먼 데 사나요?"

"아니. 그렇게 멀진 않아."

"다행이네요. 가족끼리 가까이 사는 게 좋죠."

아서가 잔디 쪽으로 고갯짓을 했다. "왜 계속 잔디를 깎지?" 그가 물었다. "그렇게 자주 깎을 필요는 없지 않나."

"없죠. 그냥 소일 삼아 하는 거예요. 제가 깔끔한 걸 좋아하거든요. 아내가 저한테 잔디를 자주 깎게 했어요. 우리가 같이 살 때요."

"결혼한 적이 있는 줄은 몰랐네."

"미들랜즈에서 이쪽으로 이사했는데, 일이 잘 안 풀렸어요. 이혼한 지 1년이 넘었어요. 독신으로 살 만큼 살았어요. 다시 누군가를 만나서 이런저런 일들을 함께하면 좋을 것 같아요. 혹시 루시는…… 사귀는 사람이 있나요?"

"얼마 전에 남편하고 갈라섰다네."

테리가 고개를 저었다. "힘든 일이죠."

"힘들었지. 사랑스러운 아이인데."

"다정한 사람 같더라고요, 아서. 가족이라면 그래야 하는 거 아닌가요? 서로를 보살펴줘야죠. 어머니가 낙상 사고로 다치는 바람에 이곳으로 이사했거든요. 어머니 혼자 씨름하도록 방치할 수가 없었어요. 낯선 사람한테 맡기고 싶지도 않았고요. 제 전처는 우리의 이사에 좀 불만이 있었지만 결국엔 이곳을 좋아하게 됐어요." 테리가 쓴웃음을 지었다. "결국 다른 사람을 만나서 절 떠났지만."

"이런. 안타까운 일이로구먼."

테리가 어깨를 으쓱했다. "어떻게든 돌이켜보려고 했는데, 안 되더라고요."

"그럼 어머니는……?" 아서가 조심스럽게 물었다.

"아주 정정하세요." 테리가 웃었다. "거의 매일 만나요. 심지어 남자 친구도 있는걸요. 두 집 건너에 사는 좋은 분이죠. 일요일엔 거의 매주 함께 식사를 하러 나가요. 어쨌든, 이제 그만 잔디 깎는 일로 돌아가야겠어요. 거북들도 잡고요. 루시한테 안부 좀 전해주시겠어요?"

"그러겠네. 그럼 이만." 걷기 시작하면서 테리가 루시에게 특별한 감정을 품고 있어서 안부를 전해달라는 건지 궁금했다. 그리고 설령 그렇다고 해도 상관없다는 결론을 내렸다.

버나뎃의 집 앞에 다다르자 아서가 문을 두드렸다. 거실 창문이 열려 있는 걸 보니 집에 사람이 있는 모양이었다. 그는 복도에 서서, 벽에 등을 기대고 그에게서 숨어 있는 그녀의 모습을 상상했다. 어쩌자고 그렇게 잔인하고 황당한 짓을 했는지. 가냘프게 록 음악의 선율이 들렸고 아서는 그 자리에 서서 "네이단?" 하고 불러보았다. 대답이 없었다.

집 뒤쪽으로 가보는 건 너무 노골적인 것 같아서 집으로 돌아왔다. 자동응답기의 빨간불은 반짝이지 않았다. 소니 야들리는 아직 전화를 주지 않았다.

아무래도 직접 나서서 해결해야 할 때가 된 것 같았다.

*

스카버러 대학은 학생들로 바글거렸다. 학생들은 마치 한 덩어리처럼, 흰개미 떼처럼 안내실을 지나 복도 쪽으로 몰려갔다. 주위를 둘러싼 젊음과 활기 탓에 아서는 무척 늙은 기분이 들었다. 이 젊은이들은 자기들 앞날이 창창하다고 생각하겠지. 눈 깜짝할 사이 세월이 지나간다는 것도 모르고.

그들 틈에 있는 미리엄의 모습을 그려보기란 어렵지 않았다. 어떤 패션은 여전히 그대로였다. 검게 화장한 눈, 눈썹에 닿는 무거운 앞머리, 짧은 니트 스커트. 두 사람이 데이트하기 시작하면서 미리엄은 좀 더 어른스러운 옷을 입기 시작했다. 자신의 일부를 벗어던진 것처럼. 그를 놀라게 했던 유행도 있었다. 눈썹에 뚫은 구멍이라든가, 온몸을 뒤덮은 문신이라든가.

아서는 안내 데스크에 미술이나 보석학과에 야들리라는 사람이 있느냐고 물었다. 안내 데스크 뒤에 앉아 있는 여자는 한 쪽 귀엔 전화를, 다른 쪽 귀에는 휴대전화를 대고 양쪽으로 번갈아 통화를 하고 있었다. 그러면서 눈앞엔 파일을 펼쳐놓았다. 그녀가 양쪽 전화를 다 내려놓자 아서가 말했다. "팔이 하나 더 있어야겠어요."

"네?" 아이폰을 잃어버렸다는 또 한 명의 학생을 상대할 태세로 그녀가 그를 쏘아봤다.

"문어처럼 말이에요. 그래야 여러 가지 일을 동시에 할 수 있을 테니."

"누가 아니래요." 여자가 껌 하나를 입안에 던져 넣었다. 동그란 얼굴에 은빛 머리카락을 뒤로 묶고 있었다. "실버 서핑* 클럽 때문에 오셨어요?"

"서핑이라고요? 여기서 서핑도 합니까?"

"지금 웃기려고 그러시는 거예요?"

"아뇨." 그녀가 무슨 소리를 하는 건지 도무지 알아들을 수가 없었다. "보석학과를 찾고 있습니다. 소니 야들리라는 사람을 찾고 있어요."

"오늘은 못 만나실걸요. 병가를 내셨어요. 벌써 몇 주째 휴가 중이세요."

아서는 맥이 빠졌다. "그래도 여기서 일하는 건 맞습니까?"

---

* 인터넷을 즐기는 노인.

"맞아요.. 하지만 시간제로만 근무하세요. 마지막 학기이고 이제 곧 은퇴하실 예정이에요. 애덤을 만나보세요. 애덤이 그 수업을 대신 진행하고 있거든요. 304호실요."

안내원이 그에게 강의실의 방향을 알려주었다. 강의실은 이 대학의 구관에 자리 잡고 있었다. 그가 도착한 건물의 로비는 유리로 마감한 현대적인 분위기였다. 긴 빅토리아풍의 빨간 건물과 통로로 이어져 있었다. 조그만 판유리를 여러 개 붙인 구관은 유리창이 높았고 벽에는 암녹색과 크림색의 반짝이는 평판을 타일 식으로 붙였다. 아서는 다시 학교로 돌아간 것 같은 기분이 들었다. 금방이라도 늙수그레한 클랜차드 선생님이 강의실에서 나와 나무 자로 위협하듯 자기 손바닥을 때릴 것만 같았다. 그는 몸서리를 치고는 강의실에 붙은 호수를 읽으며 걸었다. 도자기 스튜디오, 조각, 종이공예, 유리. 마침내 304호를 찾았다.

강의실에 학생들이 빙 둘러앉아 있었다. 이젤 앞에 앉은 학생도 있었고 나무 벤치에 앉은 학생도 있었다. 그들 모두가 백지를 앞에 놓고 있었다. 강의실 한복판에는 웬 남자가 서 있었는데, 다른 학생들보다 나이가 많았고 빨간 체크무늬 셔츠에 무릎이 드러난 청바지를 입고 있었다. 그 남자가 한 손을 머릿속에 파묻었다.

아서가 남자의 어깨를 두드렸다. "애덤?"

"네!" 마치 자기네 축구팀이 득점이라도 했다는 듯 남자가 큰 소리로 대답했다. "다행히 와주셨네요. 안 그래도 다들 기다리고 있었어요."

안내데스크에서 미리 전화를 해둔 모양이었다. "아서 페퍼라고 해요. 난……."

"아서. 네. 좋습니다." 애덤이 얼굴을 씰룩거렸다. "저, 제가 지금 전화를 한 통 해야 하거든요. 아내가 절 떠나겠다고 협박하는 중이라. 당장 전화하지 않으면, 제 불알을 잘라버릴 거예요. 이쪽 방으로 들어가세요. 5분이면 됩니다." 그가 다급하게 움직였고 아서는 그의 뒤를 따랐다.

아서는 배우자를 되찾기에, 더구나 칼을 들고 있다면 5분은 좀 짧지 않은가 싶었지만 그가 시키는 대로 했다.

"잠깐만 여기 계세요." 애덤이 말했다.

목조 패널 벽으로 이루어진 방이었다. 아서는 TV에서 〈해리 포터〉 시리즈를 한 번 본 적이 있었는데 이곳은 그 속의 호그와트를 연상하게 했다. 초록색 가죽 상판이 있는 오래된 참나무 책상이 있었고 벽에는 미술 작품이 걸려 있었다. 그는 방 안을 돌아다니며 그림들을 감상했다. 세 번째 작품(아주 인상적인 목탄화)을 보고 나서야, 그림의 모델이 전부 다 나체임을 깨달았다. 남녀 할 것 없이 전부 다. 그들은 초상화의 모델로 누워 있거나, 서 있거나, 앉아 있었다. 아마추어의 눈으로 아서는 붓질이 선명하고, 배색이 훌륭하며, 얼굴이나 표정이 잘 표현된 작품들을 훌륭한 작품으로 평가했다. 그 외의 다른 작품들은 솔직히 잘 이해가 가지 않았다. 물감을 묻혀 성난 붓질로 낙서를 하거나 여기저기 흩뿌린 것으로밖엔 보이지 않았다. 작품마다 날짜가 기록되어 있었고 날짜순으로 배열되어 있었다. 해마다 작품이 하나씩 이 전시실에 추가된 모양이었다.

방을 거꾸로 도는 바람에 최근 작품을 먼저 보다가 1970년대 그리고 1960년대 작품을 보게 되었다. 맨 끝줄에 있는 작품이 시선을 끌었다. 다른 작품들과 달리 그림 속 여자가 미소를 짓고 있었다. 마치 화가를 알고 있고 직업상으로라기보다는 그를 위해 특별히 포즈를 취한 것 같았다. 젖가슴을 보란 듯이 앞으로 내밀었고, 입술은 살짝 벌렸다. 여자는 미리엄과 상당히 닮았다. 두 사람이 닮은 것이 신기해서 아서가 미소를 지었다.

그러다가 그의 얼굴에서 미소가 싹 가셨다.

아서는 조금 더 가까이 다가가 초상화를 다시 한번 찬찬히 살폈다. 청록색 눈동자를 보았고 왼쪽 허리의 반점을 보았다. 미리엄은 항상 그 점을 싫어했다. 크고 둥근 원 밑에 조그만 네모가 붙어 있는 열기구처럼 생긴 반점이었다.

아서는 아내의 나체를 그린 그림을 하염없이 바라봤다.

"내 이럴 줄 알았다니까." 애덤이 방으로 들이닥쳤다. 머리카락 속에 손을 파묻었다. "제 말을 도무지 듣지를 않네요. 전화를 끊어버렸어요. 다시 전화를 해야 하는데. 한 열댓 번은 해야 전화를 받거든요. 내가 얼마나 자기를 원하는지를 전화 횟수로 판단하죠. 일종의 게임이긴 하지만, 제가 아내를 원하는 이상

게임을 할 수밖에 없어요. 젠장, 이런 짓 좀 안 하고 살 수 없나. 어쨌든, 학생들이 불안해하네요. 절 따라오세요."

아서가 그를 따라 강의실로 돌아갔다.

학생들이 여전히 강의실을 서성거리며 수다를 떨고 있었고 따분해 보였다.

아내의 초상화가 여전히 그의 머릿속에 남아 있었다. 대체 언제 저런 포즈를 취했지? 누구를 위해? 왜 나체로? 머릿속이 멍했고 자신이 있는 곳이 어딘지, 여기 뭘 알아보러 왔는지 집중할 수가 없었다. 한 발 한 발 걸음을 내디뎠지만 걷는다기보다는 떠다니는 것 같았다. 그는 얘기를 나눠볼 생각으로 이곳에 왔다. 누구든 팔레트 참에 관해 아는 게 있는지 정도만 알아볼 생각이었다. 그런데 이 사실을 알게 되었다. 미리엄 페퍼는 대체 어떤 여자였던가?

"칸막이 뒤로 가세요. 바로 시작하겠습니다." 애덤이 손뼉을 쳤다.

아서는 멍하니 그를 쳐다봤다. 머리가 제대로 돌아가지 않았다. 대기실이 또 있나? 어디? 아, 저기 있군. 뭐, 그렇다면. 그의 발이 다시 움직였다. 그는 오직 그 자신과 자신의 불편한 마음만 의식할 뿐이었다.

그 방은 제대로 된 방이라기보다는 나무 칸막이로 만든 공간에 가까웠지만 플라스틱 의자가 하나 있었고 나지막한 테이블 위에 물이 한 잔 놓여 있었다. 타월 가운도 한 벌 있었다. 그는 앉아서 애덤을 기다리며 아이들과 바닷가에 갔을 때 미리엄이 타월을 몸에 감은 채 후디니 같은 동작으로 젖은 수영복을 벗고 속옷을 입던 모습을 떠올렸다. 결혼 첫날밤 미리엄은 한사코 불을 꺼달라고 했다. 그런데 여기서는 나체였다니. 그녀의 벗은 몸을 그린 그림이 지난 40여 년 동안 누구나 볼 수 있도록 벽에 걸려 있었다. 이 일을 어떻게 받아들여야 할지. 다시 그 방으로 가서 그 그림을 떼내야 하나? 혹시 미리엄은 그 그림을 자랑스러워했을까? 중요한 건 미리엄이 아니라 그 그림을 그린 사람인가?

대체 *누가* 그 그림을 그렸지?

어느덧 익숙해진 질투와 혼란의 감정이 다시금 그의 몸을 공략했다. 참에 대해 하나씩 알아갈 때마다 아서는 다음번에 아내에 대해 알게 되는 사실은 평범한 것이기를, 이해할 수 있는 것이기를 바랐다. 이번 참은 그들 부부가 아무 문제도 없었다고 말해주길 바랐다. 그러나 아서는 매번 더 큰 당혹감을 느꼈다. 한때는 모든 게 너무도 단순했건만. 그의 호기심이 전부 다 망쳐버리고 말았다.

떠드는 소리가 잦아들었다. 몇 분이 흘렀다. 애덤이 칸막이 뒤에서 고개를 내밀었다. "준비되셨어요?"

"난 준비됐어요." 아서가 말했다. "준비되면 알려줘요." 그는 물을 한 모금 마시고는 손을 뻗어 가운을 만져봤다. 흰색 타월 천이었고 너무 여러 번 빨아서 뻣뻣했다. 몇 분이 더 흘렀다.

이번엔 여자가 나타났다. 검은 머리에 앞머리는 핫핑크로 물들이고 체크무늬 스커트에 바이커 부츠를 신고 있었다. "애덤은 전화를 또 해야 한대요. 준비되셨는지 궁금해서요."

"준비됐어요. 애덤한테 말했어요. 난 여기서 애덤을 기다리는 중이에요."

"근데 아직 옷 입고 계시네요."

그 말이야말로 세상에서 가장 이상하고도 가장 명확한 말이었다. "그런데요."

"저…… 애덤한테 얘기 못 들으셨어요? 저희는 지금 인체를 공부하고 있거든요."

그게 무슨 상관인지 도무지 이해가 가지 않아서 아서가 얼굴을 찌푸렸다.

"저희가 그리는 그림을 바탕으로 인체 보석을 만들 거예요."

"그것 참 근사하네요."

"시간이 한 시간 15분밖에 안 남아서…… 준비가 되셨으면 이제 그만…… 난방을 켜두어서 밖은 따듯해요."

여자가 하는 말의 의미를 깨닫기까지 잠시 시간이 걸렸다. 그가 침을 꿀꺽 삼켰다. "혹시 내가…… 모델이라고…… 생각하는 건가요?" 그가 더듬거리며 물었다.

"아, 네."

"아, 아니에요." 그가 맹렬하게 고개를 저었다. "절대 아니에요. 난 야들리를 만나러 왔어요. 병가 중이라 안내원이 나한테 애덤을 만나보라고 하더라고요. 애덤한테 팔찌 참 얘기를 해볼 생각이었지요. 애덤이 나한테 그림이 걸려 있는 방에서 기다려보라고 하더니, 이젠 또 여기서 기다리라고 하더라고요."

"그럼, 저희 모델이 아니신가요?"

"아니고말고."

"그럼 그 사람이 안 나타난 건가?" 여자의 눈이 휘둥그레졌다. 금방이라도 울음을 터뜨릴 것처럼 눈가가 촉촉해졌다. "꼭 해주셔야 해요. 이거 못하면 저희 기말 시험 낙제라고요."

"미안하지만 난 도울 수가 없……."

여자가 고개를 젓고는 다시 생각해보는 듯 허리를 폈다. "저도 한 번 했어요. 지금도 할 수는 있지만 저는 수업을 해야 해요. 그냥 가만히 앉아 계시기만 하면 돼요. 아주 간단한 일이에요. 아저씨는 앉아 계시고, 우린 그리는 거죠."

"하지만 나체로 앉아 있어줄 사람을 원하잖아요."

"맞아요."

"난 모델이 아니거든."

"상관없어요."

"애덤은? 혹시 애덤이……?"

그녀가 눈을 부릅떴다. "애덤을 다시 볼 수나 있으면 운이 좋은 거예요. 수업 시간 내내 나타나지 않는 경우도 있어요. 부인이 진짜 못됐거든요? 그나저나 전 에디스예요." 여자가 손을 내밀었다. 아서가 손을 잡자 여자가 말했다. "제발 저희를 도와주세요."

"난 아서라고 해요. 아서 페퍼."

미리엄의 그림이 다시 그의 머릿속에 떠올랐다. 그림의 모델이 되어 앉아 있을 때 미리엄은 어떤 기분이었을까? 자유를 느꼈을까? 누군가를 도우려고 앉았을까? 아니면 돈 때문에? 혹시 원하지 않는 일을 억지로 한 건 아닐까 하는 생각도 해봤지만 그녀는 미소를 짓고 있었다. 그 일을 즐기는 것처럼. 그 자신이 같은 상황에 처해본다면 미리엄의 심정을 좀 더 이해할 수 있을지.

미리엄은 아름답고 젊은 몸을 갖고 있었다. 그의 몸은, 더 이상은 매달려 있고 싶지 않다는 듯 뼈와 근육에서 피부가 흘러내려 늘어져 있었다.

그러나 사실 숨길 게 뭐가 있는가? 앞으로 그의 삶에는 연인도 없을 것이고, 물놀이를 하러 바닷가로 갈 일도 없을 것이다. 다음번에 발가벗은 몸을 남한테 보여야 할 때는 아마 죽은 뒤에 병원에서 간호사들이 몸을 씻겨줄 때겠지. 그렇다면 두려워할 이유가 대체 뭐람.

추억이 밀려들었다. 달콤하고도 고통스러운 추억이었다. 그와 미리엄이 내셔널 트러스트의 공원으로 소풍을 갔을 때였다. 아이들은 학교에 갔고 그의 약속이 취소되는 바람에 갑작스럽게 얻어걸린 하루 휴가였다. 미리엄이 샌드위치를 만들었고 두 사람은 숲으로 들어가 양귀비가 높이 자란 들판을 찾았다. 풀밭에 앉자 풀의 키가 그들의 머리를 넘어섰다. 점심을 먹으려고 앉았는데 미리엄이 더워서 옷이 몸에 달라붙는다고 불평을 했다.

"벗으면 되잖아." 그가 말하며 오렌지를 집으려고 바구니로 손을 뻗었다. 그는 엄지손톱을 찔러 넣어서 오렌지 껍질을 깠다. 고개를 들어보니 미리엄이 속옷만 입고 앉아 있었다.

"그거 좋은 생각이네." 그녀가 웃었다. 그러나 그녀의 미소는 이내 잦아들었다.

두 사람은 도저히 열정을 억누를 수가 없어서 다급하게 움직였다. 햇살에 반짝이는 너무도 따스한 그녀의 피부를 어루만지며 그는 신음했다. 그들은 순식간에 사랑을 나눴다. 아서는 여전히 윗옷을 입고 있었다. 잠시 후 그녀는 풀밭에 누워 있었다. 등을 바닥에 댄 채로, 완벽하게 나체인 상태였고 완벽하게 자연스러웠다. 그는 그렇게 아름다운 광경은 일찍이 본 적이 없었다.

"미리엄, 우리……" 아서가 평상시의 신중함을 회복했다. "누가 올지도 몰라."

"알아." 그녀가 드레스를 집어 들더니 머리부터 넣어서 입고는 그의 코끝에 키스했다. "케이크 가져오는 거 안 잊었지?"

두 사람은 바텐버그*를 먹었고 수줍고도 은밀한 눈빛을 주고

* 색깔이 다른 두 케이크 위에 마지팬을 씌운 케이크.

받다가 개를 산책시키는 사람에게 인사를 건넸다.

그런 일이 자주 있었던 건 아니지만 미리엄이 때로는 즉흥적이고 자유분방할 수 있다는 걸 아서는 알고 있었다.

그러나 오직 그만을 위한 거라고 생각했다.

"그럼, 해주실 거죠?" 에디스가 물었다. 그녀가 코를 긁적였고 그 바람에 코끝에 목탄이 묻었다. 그녀는 미리엄처럼 속눈썹이 검고 짙었고 양손을 비비고 있었다. "제발요…… 아서."

아서는 자신이 떨고 있음을 깨달았다. 옆에 에디스가 없었다면 아서는 아마도 양손에 얼굴을 파묻고 엉엉 울었을 것이다. 아내와의 애틋했던 시간들 때문에, 영원히 끝나지 않는 이 상실감 때문에. "만약에 하게 된다면, 속옷은 입고 있어도 되나?" 그녀가 고개를 저었다. "벤은 남자의 성기를 소재로 한 인체 장신구를 구상하고 있어요. 세부적인 묘사가 필요해요. 수영하러 다니시죠? 사람들이 전에도 아저씨 나체를 본 적이 있죠?"

"있어요. 하지만…… 포즈를 취한 적은 없어요."

"이건 자연스러운 일이에요."

"나한텐 자연스럽지가 않아요."

"우리가 아저씨 몸을 상대로 욕정을 품거나 하는 것도 아니잖아요."

그녀의 말이 옳았다. 그의 발가벗은 몸은 그보다는 움찔하게 하거나 놀라게 하거나 어깨를 움츠리게 만들 공산이 더 컸다.

"그리고 우리 중에 다시 만날 사람도 없고요." 그녀가 미소를 지었다.

"그 사실이 딱히 도움이 되진 않네요." 아서가 바지 한쪽을 10여 센티 걷어 발목을 드러냈다. 그는 겨울철에도 다리는 구릿빛이었다. 아서는 눈을 감고 소풍을 가던 날 아내의 모습을 다시 한번 생각했다. *벗으면 되잖아*…… 아서는 미리엄의 모습을 떠올리면서 그녀에게 했던 말을 속으로 해봤다. 그녀가 얼마나 순식간에 옷을 벗었는지, 얼마나 스스럼이 없었는지도. *벗으면 되잖아.* 아서도 할 수 있었다. "알았어요." 그가 조용히 말했다.

"좋아요." 그가 마음을 바꾸기 전에 에디스가 칸막이 뒤로 사라졌다.

아서는 망설였다. 방금 내가 무슨 짓을 한 건가. 그러나 이내 셔츠 단추를 풀기 시작했다. 그의 가슴은 그런대로 괜찮았다. 회색 털이 몇 줄로 났고 그을려 있었다. 미리엄은 아서의 몸이 멋지다고 했다. 그때는 미리엄에게 그의 몸을 비교할 만한 대상이 없을 거라고 생각했다. 아서는 바지를 벗고 양말을 벗고 속옷을 벗었다. 마침내 나체가 되었다. 그는 가운으로 사타구니를 가리고 가림판 뒤에서 게걸음으로 나가 강의실로 들어섰다. 아내는 단 한 명을 위해 포즈를 취했을까? 아니면 방 한가득 사람들이 있었을까? 몇몇 학생들이 고개를 들었다. 그들의 표정은 한마디로 볼 만큼 본 사람들의 표정이었다. 아서가 의자 쪽으로 가서 의자에 앉아 자신의 품위를 지키려고 다리를 모았다. 에디스가 고개를 끄덕이자 그는 마지못해 가운을 바닥으로 미끄러뜨렸다.

갑자기 백지 위에서 기분 좋게 사각거리는 연필과 목탄과 지우개 소리가 들리기 시작했다. 그는 앞을 보고 시선을 전등갓에 고정했다. 먼지가 앉아 있었고 애벌레 한 마리가 전구 속에서 꿈틀거렸다. 그는 문득 자유를 느꼈다. 동굴에서 나와 미술 강의실로 들어온 네안데르탈인이 된 것 같은 기분이었다. 어떻게 보면 실제로 그런 것 같기도 했다.

어느 순간 애덤이 강의실 안으로 고개를 들이밀었지만 아서의 자세를 바꾸거나 흐트러뜨리려는 건 아니었다. 정강이에 오렌지색 불빛을 드리우는 조그만 전기난로 덕분에 몸이 따듯해졌고 그는 어느덧 소풍하던 날로 다시 돌아가고 있었다. 그는 그 달콤한 날의 매 순간을 음미하면서 다리를 꼬고 있길 다행이라고 생각했다.

10분 정도가 지나자 누군가가 소리쳤다. "다른 포즈를 취해주실 수 있을까요?"

아서는 자신이 발가벗은 상태임을 의식하지 않고 일어서서 팔을 양옆으로 내리고는 정면을 쳐다봤다.

"저기, 그러니까 어떤 포즈 같은 걸 취해주실 순 없을까요? 좀 슬퍼 보여서요."

"어떻게 하는 게 좋을지 알려줘요."

남학생이 다가와 아서의 양팔을 잡더니 한쪽 팔은 곧게 펴고 한쪽 팔은 구부렸다. "활을 쏘는 시늉을 해보세요. 전쟁을 소재로 한 인체 장신구를 만들 거거든요."

"학생이 벤인가요?"

"네, 맞아요."

"원하는 걸 정확히 말해줘요, 벤."

이 학생들은 그의 도움을 받아 멋진 보석 혹은 예술품을 만들 것이다. 그가 떠나고 나면 그에 대한 기억이 보석이 박힌 코드피스*나 완장으로 남을 테지. 미리엄에 대한 기억이 목조 패널 벽 방에 남아 있는 것처럼.

그 순간 문득 이상한 생각이 들었다. 그는 그녀의 초상화가, 비록 나체일지라도, 그 방에 계속 걸려 있길 바랐다. 어쩌면 미리엄은 포즈를 취할 때 그 그림이 그토록 오래 전시될 거라고는 생각 못 했을지도 모른다. 그것은 멋진 예술작품이었다. 그의 삶은 아니었지만 그녀의 삶 일부였다. 사람들이 볼 수 있어야 했다.

*

"잘하셨어요." 수업이 끝나자 벤이 말했다. "한번 보시겠어요?"

---

* 15~16세기 유럽의 남자들이 입던 바지 앞 살 부분에 생식기를 덮는 돌출된 부분으로 심을 넣거나 장식을 한 천.

아서는 옷을 입고 벤과 에디스를 따라 강의실을 둘러봤다. 자신의 모습이 스무 점 남짓한 예술작품의 소재가 된 걸 보니 기분이 묘했다. 그는 목탄으로, 파스텔로, 얼룩으로, 붓으로 표현된 자신의 몸을 보았다. 이 젊은 예술가들은 그를 노인으로 보지 않았다. 그들은 그를 모델로 보았고, 전사로 보았고, 궁수로 보았으며, 아름답고 쓸모 있는 존재로 보았다. 이제 이 작품들은 어떻게 될까. 포트폴리오에 수록되거나, 자랑스럽게 벽에 걸릴 것이다. 지금부터 20년 뒤, 그가 더 이상 이곳에 있을 수 없을 때, 그의 육체를 여전히 누군가가 감상할 것이다. 아서의 눈에 눈물이 고였다. 어떤 작품에서는 그의 모습을 알아볼 수 있었고 또 어떤 작품에서는 알아볼 수 없었다. 그의 얼굴은 평화로워 보였다. 매일 아침 거울 속에서 그가 마주하는 주름지고 피로해 보이는 유령과는 다른 모습이었다.

"마음에 드세요?" 에디스가 물었다.

"아주 훌륭해요."

"아내가 저한테 한 번 더 기회를 주겠대요." 애덤이 강의실로 들어섰다. 얼굴이 잿빛이었고 어깨는 축 늘어져 있었다. "수업 끝났어요?" 그가 방 안을 둘러보고 자신의 시계를 보았다. "좋은 작품들이 나왔네요." 애덤이 소리쳤다.

벤과 에디스 모두 애덤을 경멸의 눈초리로 쳐다본 뒤 밖으로 나갔다.

"쟤들 왜 저런대요?" 믿을 수 없다는 듯 애덤이 말했다. "무슨 일 있었어요?"

"모델이 나타나지 않았어요."

"하지만 작품들이…… 학생들이 작품을……" 그가 말끝을 흐렸고 그들의 작품 속 대상을 보았다. "이런……."

아서가 옷깃을 매만졌다. "내 이름은 아서 페퍼입니다. 이제 내가 여기 온 이유에 대해 얘기 좀 해볼까요. 팔레트 모양의 참에 대해 알고 싶어요. 거기 S. Y.라는 이니셜이 적혀 있는데, 어쩌면 소니 야들리를 뜻하는 게 아닐까 싶어서."

이 학교에서는 학생들의 작품을 전부 다 보관하진 않지만 그 해에 가장 촉망받는 학생의 스케치나 사진들은 보관한다고 애덤이 설명했다. 아서는 1960년대 중반에 만들어진 예술작품을 찾고 있다고 말했고 애덤은 책장에서 두툼한 책을 한 권 꺼내 아서의 앞에 놓았다.

"그럼 작품을 찾으러 왔다고 말씀을 하셨어야죠." 애덤이 말했다. "옷을 벗게 해서 정말 죄송합니다. 오늘로 이런 사고가 두 번째예요. 누구든 이 사실을 알게 되면 전 바로 해고예요. 그렇게 되면 아내는 결코 찾을 수 없겠죠. 아무한테도 말 안 하실 거죠?"

아서가 말하지 않겠다고 대답했다. "왜 아내가 자꾸만 떠나겠다고 협박을 하나요?"

"왜냐하면, 제 꼴을 한번 보세요. 별 볼일 없는 시간강사잖아요. 아내는 변호사라서 저하곤 수준이 맞지 않아요. 저보다 훨씬 낫죠. 대부분의 시간에 아내는 일밖에 몰라요. 하지만 떠나겠다는 협박으로 절 바짝 긴장하게 만들길 좋아해요. 계속 이런 식으로는 못 살겠어요."

"무지하게 피곤할 것 같네요."

"피곤하죠. 하지만 우리 둘 다 그걸 좋아해요. 화해하고 난 뒤의 섹스는 끝내주거든요."

"아." 아서가 책장을 넘기며 스케치들을 좀 더 자세히 살폈다.

"그해에도 분명히 참을 만들었을 거예요." 애덤이 말했다. "올해는 갑옷이나 인체 장신구를 만들어요."

"벤이 말해줬어요. 내 페니스가 코 보호대 같은 게 될 수도 있겠더군요." 아서가 아무 생각 없이 말하고는 웃음을 터뜨렸다. 그가 '페니스'라는 말을 했다는 사실, 학생들 앞에서 한 시간 넘게 발가벗고 있었다는 사실이 우스웠다. 희한한 일이었다. 그래서 아서는 더 웃었다. 뺨으로 흐른 눈물을 닦아냈다. 벤이 그의 페니스 모양으로 청동 예술품을 만든다고 생각하니 아랫배가 싸했다. 아서는 손가락으로 눈 밑을 찍어냈다. 그는 자제력을 잃고 있었다. 아내와 함께했던 그의 삶은 거짓이었다.

"뭘 좀 찾으셨어요?" 애덤이 말했다. "몇 년도 보고 계세요?"

"음. 1964년. 미안해요. 내가 잠깐 신경이 좀 날카로워졌나봐요."

그리고 바로 그 순간 아서는 찾았다. 그가 넘긴 페이지에 섬세한 소묘가 있었다. 여섯 개의 물감과 붓이 있는 팔레트였다.

"바로 이거예요." 그가 주머니에서 팔찌를 꺼내 지면 위에 올려 놓았다.

아서가 그 페이지를 보았다. "아, 그건 소니 야들리가 만든 거예요. 훌륭한 예술가였죠. 영감이 뛰어났어요. 이 물건을 실제로 갖고 계시다니 정말 영광스러우시겠어요."

"소니가 그동안 아팠다고 하던데, 이 참에 담긴 이야기와 아내가 어떻게 이 물건을 갖게 되었는지 알고 싶어요."

"돌아오시면 전화드리라고 할게요."

아서는 다시 아내의 그림이 있는 방으로 갔다. 두 사람은 서로에게 미소를 지었다.

애덤이 아서의 곁에 섰다. "저도 이 그림이 제일 좋아요. 눈에 뭔가 특별한 게 있지 않아요?"

아서가 고개를 끄덕였다.

"이건 마틴 야들리의 작품이에요. 소니의 오빠죠. 그림을 그린 기간이 아주 짧았어요. 모르겠지만." 애덤이 목소리를 낮추었다. "아무한테도 얘기한 적 없는데요. 사실 전 이 그림을 보고 선생님이 되어야겠다고 생각했어요. 학교 다닐 땐 제가 뭘 하고 싶은지 몰랐거든요. 그림을 사랑했지만 직업으로 생각해 본 적은 없었어요. 그러다가 이 대학을 한번 둘러보러 왔어요. 그때 소니의 모습을 기억해요. 소니는 큼직한 오렌지색 바지를 입고 머리에 두건을 쓰고 있었죠. 열다섯 살짜리 남자 애들이 여자 누드 그림을 보고 얼마나 키득거렸을지 짐작이 가시죠.

저는 성숙한 척하려고 노력했지만 젖가슴 그림들이 잔뜩 걸려 있는 이 방을 돌아다니는 게 제겐 가장 신나는 일이었어요. 직업으로 발가벗은 여자를 그리면 얼마나 좋을까 하는 생각이 들었죠. 이 갤러리를 자주 들락거리면서 붓 터치를, 특히 이 작품을 감상했어요."

"내 아내랍니다." 그가 나지막이 말했다. 그 말이 어떻게 들릴지 의식하면서. 이 나체 초상화를 감상하는 청년과 나란히 서서 이런 얘기를 하고 있다니 기분 한번 묘하다 생각하면서.

"정말요? 놀라운 일이네요. 부인을 데려와서 보여주세요. 그리고 말해주세요. 이 그림이 제게 그림을 그리게 해주고, 수많은 멋진 여자들을 만나게 해줬다고. 그럼 부인이 소니를 알겠네요?"

아서가 그를 바라보았다. 그는 유감스럽게도 미리엄은 세상을 떠났다고 말하려다가 이내 생각을 고쳤다. 자신과 아내에 대한 동정의 말을 더는 듣고 싶지 않았다. 아서는 아내를 알지 못했다. 미리엄은 그에게 낯선 사람처럼 느껴졌다. "한때 친구였다는군요." 아서가 말했다.

아서는 애덤에게 작별 인사를 하고 대학을 나섰다. 오후의 환한 햇살을 손으로 가리며 어디로 가야 할지 알지 못한 채로.

버나뎃

버나뎃이 아서의 집 초인종을 눌렀을 땐 그 소리가 여느 때처럼 요란하게 들리지 않았다. 그건 한층 누그러든 띠링 소리였다. 아서는 부엌에서 차를 만들고 있었다. 그는 자동적으로 찬장으로 손을 뻗어 찻잔을 하나 더 꺼냈다. 아직 네이단이 지닌 제빵의 꿈과 그녀의 병원 예약에 관한 얘기를 하지 못하고 있었다.

현관으로 나가기 전에 그는 *스카버러의 장관*이 담긴 달력을 흘금 보았다. 내일이 그의 생일이었다. 그 날짜에 동그라미가 쳐져 있는 걸 몇 주째 쳐다보면서도 그게 뭔지 제대로 알아차리진 못했다. 그는 이제 일흔 살이 되었다. 축하할 명분이 없었다. 그저 죽음에 1년 더 가까워졌을 뿐.

대학에 다녀오고 나서 그는 바보가 된 기분이었다. 머릿속이

제발 좀 조용해지면 좋으련만. 시끄러운 아이들처럼 온갖 생각들이 머릿속에서 아우성쳤다. 아서는 그 생각들이 멈추길, 그를 가만히 내버려두길 바랐다. 머릿속에 청소와 프레더리카에게 물을 주는 일밖에 없었을 때는 어떤 기분이었는지 기억조차 나지 않았고, 그런 날들이 그리워지기 시작했다.

미리엄이 누드로 포즈를 취할 정도로 친밀했던 남자가 있었는데 그에게 한 번도 언급한 적이 없다는 게 이해가 가지 않았다. 아서는 혹시 소니라는 이름의 여자를 한 번이라도 만난 적이 있었는지 곰곰이 생각했다. 미리엄이 그녀에게 편지를 썼던가? 그러나 소니라는 여자는 분명히 그에게 낯선 인물이었다.

초인종이 다시 울렸다. "네, 나가요." 아서가 소리쳤다.

화창하고 아름다운 날이었다. 노란 햇살이 복도로 흘러들었고 허공에서 티끌들이 반짝거렸다. 그는 미리엄이 햇살을 얼마나 좋아했는지 생각하다 이내 그 생각을 머릿속에서 지웠다. 그걸 정말 좋아했던가? 뭐가 옳고 뭐가 그른지, 그가 뭘 알고 뭘 모르는지, 더 이상 어떻게 단정할 수 있단 말인가?

소니 야들리는 이번 주에 학교로 전화를 걸어서 강의 복귀 일자에 대해 논의할 예정이고, 아서에게 연락하라고 애덤이 전해주겠다고 했다. 어쩌면 마지막 참, 반지와 사랑의 참에 대한 단서를 찾을 수도 있었다. 아서는 빨리 이 임무를 끝내고 훌훌 털어버리고 싶었다.

"안녕하세요, 아서." 버나뎃이 문 앞에 서 있었다.

"안녕하세요." 아서는 버나뎃이 안으로 들어와 복도에 먼지가 있는지 살펴볼 거라고 내심 기대했지만 그녀는 제자리에 가만히 서 있었다. 아서는 암 병동 예약에 관한 네이단의 말을 떠올렸다. 혹시라도 뭔가 알고 있는 것 같은 느낌을 줄까봐 그녀의 시선을 피했다. "들어오세요." 그가 말했다.

그녀가 고개를 저었다. "바쁘시잖아요. 이걸 만들어 왔어요." 그녀가 종이 봉지에 담긴 파이를 내밀었다. "윔베리예요."

아서는 그녀의 목소리 톤을 유심히 들었다. 혹시 화가 났거나 슬퍼하는 건가? 아서는 오늘 그녀를 위해 특별한 노력을 기울이기로 했다. "아, 윔베리! 정말 잘됐네요. 제가 가장 좋아하는 것 중 하나가 윔베리거든요."

"잘됐네요. 그럼, 맛있게 드세요." 그녀가 돌아서서 멀어졌다.

아서가 그녀를 바라봤다. 그녀가 이렇게 가버리고 혼자 남게 되면 그는 물티슈로 조리대 상판이나 닦고 있을 것 같았다. 그녀가 괜찮은지도 알아야 했다. "난 하나도 안 바빠요." 그가 말했다. "같이 드실래요?"

그녀는 잠시 가만히 서 있다가 그를 따라 안으로 들어왔다.

아서는 그녀를 흘금 쳐다봤다. 눈 밑에 다크서클이 드리워져 있었다. 붉은 머리카락은 색조가 어두워져서 마호가니 색에 가까워졌다. 병원 예약을 언급하면 그에 대한 네이단의 신뢰가 깨어질 테니 그럴 수 없었다. 그는 미리엄을 잃은 걸 생각하지 않으려 애썼다. 그의 삶에서 또 다른 누군가를 잃는다면 어떤 기분일지도. 그의 나이쯤 되면 친구나 가족도 나이 들고 쇠약해질 터였다. 그는 그레이스톡의 호랑이가 앞에 떡 버티고 서 있을 때와 똑같이, 속이 뒤집힐 것 같은 두려움을 느꼈다.

하지만 아서는 자신이 괜한 호들갑을 떠는 거라고 생각했다. 별것 아닐 수도, 어쩌면 그저 정기검진일 수도 있었다. 그는 뭔가 기분 좋은 말을 해보려 애썼다. "네이단도 빵 굽는 걸 좋아한다던데." 봉지에 든 파이를 바라보며 그가 말했다.

버나뎃은 건성으로 "네, 좋아해요"라고 대답했다.

아서는 파이를 오븐 쟁반에 올려놓고 오븐을 켠 다음 타지 않도록 가장 낮은 온도에 맞췄다. "이제 음식 안 가져오셔도 돼요. 이젠 숲에서 나왔거든요. 자살하지도 않을 거고 절망의 바다에 빠지지도 않을 거예요. 전 더 이상 실패자가 아닙니다. 잘 살고 있어요." 그가 돌아서서 환하게 웃으며, 그녀도 그렇게 해주길, 축하해주길 바랐다.

"실패자? 자신을 실패자라고 생각하고 있었어요?" 버나뎃이 화를 내며 말했다.

아서는 뺨이 붉게 물드는 걸 느꼈다. "아뇨, 난 그렇게 생각하지 않아요. 우체국에서 들은 소리예요. 베라가 말하길, 당신이 곤경에 처한 사람을 돌보는 일을 좋아한다더군요. 베라가 그 사람들을 당신의 실패자들이라고 하던데."

버나뎃이 턱을 치켜 올렸다. "그 한심한 여자는 다른 사람 험담하는 것 말곤 달리 할 일이 없나보죠." 그녀가 쏘아붙였다.

"난 아무에게도 도움이 못 되고 하염없이 시간을 보내느니 그 시간을 쓸모 있게 써서 다른 사람을 돕고 싶은 것뿐이에요."

아서가 그녀의 기분을 상하게 한 모양이었다. 버나뎃은 무턱대고 화를 내는 사람이 아니었다. "미안해요." 그가 말했다. 그의 자신감이 시들해졌다. "괜한 말을 했군요. 내가 생각이 짧았어요."

"오히려 얘기해줘서 기뻐요. 그리고 난 아서를 실패자로 생각한 적이 없어요. 아내를 잃고 약간의 도움이 필요한 좋은 사람이라고 생각했어요. 그게 무슨 범죄라도 되나요? 약간의 관심을 갖고 다른 사람들을 도와주는 게 잘못인가요? 그 우체국엔 다시는 안 갈 거예요. 그 베라라는 여자, 가끔 진짜 못되게 군다니까요."

버나뎃이 그렇게 화를 내는 모습을 아서는 본 적이 없었다. 언제나 볼 수 있던 그녀의 미소가 사라졌다. 평상시보다 아이라이너를 더 진하게 칠했다. 두툼한 검은 선이 부서지고 흩어졌다. 아서는 그걸 나쁜 징조로 여기고 싶지 않았다. "파이 냄새가 좋네요." 그가 기어 들어가는 목소리로 말했다. "밖에서 먹죠. 날씨도 좋은데."

"곧 나빠져요." 버나뎃이 코웃음을 쳤다. "앞으로 며칠 동안 폭풍이 온다고 했어요. 먹구름이 끼고 비가 올 거예요." 그녀가 일어나서 오븐으로 다가가 조절기의 온도를 확인하더니 조금 더 높였다. 그러고는 오븐 쟁반을 들고 오븐의 문을 열었다. 그때 파이가 쟁반에서 미끄러지기 시작했다. 반은 쟁반 위에 나머지 반은 쟁반 밖에 위태롭게 걸쳐질 때까지. 파이가 가장자리로 미끄러지는 걸 두 사람 다 보고 있었다. 서서히 파이의 반이 쟁반에서 떨어졌다. 쟁반과 직각을 이루더니 바닥에 척 하고 붙었다. 반죽이 뭉개졌고, 리놀륨 바닥 위에 부스러기들이 흩어졌다. 쟁반에 남아 있던 나머지 반에서 자줏빛 윔베리가 삐져나왔다. 버나뎃의 손이 떨렸다. 아서가 재빨리 다가가 쟁반을 그녀에게서 받아 들었다.

"이런! 가만히 앉아 계세요. 이건 제가 치울 테니. 비와 쓰레받기 가져올게요." 그가 떨어진 반죽을 집으려고 몸을 숙였고 그 순간 허리가 삐끗했다. 아서는 그제야 버나뎃의 눈에 눈물이 고여 있는 걸 보았다. "걱정 마세요." 그가 말했다. "아직 반이 남았잖아요. 실은 난 윔베리가 뭔지도 몰라요."

버나뎃이 자기 뺨 안쪽을 깨물고 있었다. "블루베리 혹은 빌베리라고도 하죠." 그녀의 목소리가 떨리고 있었다. "어렸을 때 그걸 따곤 했어요. 자줏빛 혀에 자줏빛 손으로 집으로 돌아가면 어머니는 내가 뭘 하다 왔는지 바로 알았어요. 소금물에 넣어두면 조그만 벌레들이 전부 다 기어 나왔어요. 파이를 먹을 때마다 혹시 벌레들이 남아 있진 않을까 걱정하곤 했죠."

"어차피 오븐에 들어가잖아요." 아서가 다정하게 말했다.

"벌레들은 물에 빠져 죽기보다는 타 죽기를 원했을 것 같아요. 어느 쪽도 좋은 죽음이라고 말할 순 없지만."

"좋은 죽음이란 건 애당초 없어요." 이런 상황에 적합한 대화가 아니었다.

"맞아요." 그녀가 창밖을 내다봤다.

아서도 창밖을 보았다. 프레더리카는 암석정원에서 여전히 행복해하고 있었다. 울타리는 여전히 높았다. 그는 버나뎃이 정원 얘기나 날씨 얘기를 꺼낼 거라고 생각했지만 그러지 않았다. 그는 할 말을 곰곰이 생각해봤다. 버나뎃은 망쳐버린 파이 때문에 몹시 속상해하는 것 같았다. 두 사람의 유일한 공통의 관심사는 음식이었다. "런던에 갔을 때," 그가 말했다. "풀밭에 앉아서 소시지 샌드위치를 먹었거든요. 기름지고 케첩으로 뒤범벅이 되어 있는 데다 갈색이 되도록 익힌 흐물흐물한 양파가 들어 있었어요. 그렇게 맛있는 음식은 진짜 오랜만에 먹어봤어요. 물론 버나뎃이 만들어준 파이들은 빼고요. 미리엄은 공공장소에서 뜨거운 음식을 먹는 건 진짜 매너가 없는 거라고 생각했거든요. 특히 걸으면서 먹는 거요. 죄책감이 들긴 했지만 그러면서도 한편으론 묘한 해방감을 느껴지더라고."

버나뎃이 창가에서 돌아섰다. "칼은 매주 일요일 소고기를 먹자고 했어요. 어렸을 때부터 그렇게 먹었대요. 한번은 칠면조 요리를 했는데 칼이 화를 내는 거예요. 내가 자기 집안의 전통을 모욕했다나. 일요일에 먹는 소고기가 자기한테는 일종의 위안이었대요. 내가 칠면조를 요리한 건 그의 성장 과정 전체에 의문을 제기한 거래요. 그가 죽은 뒤에도 그이를 기억하면서 일요일마다 소고기를 구웠는데, 좋아서 한 적은 없어요. 그러던 어느 날 더 이상은 못 하겠더라고요. 그래서 치즈하고 절인 양파 샌드위치를 만들었어요. 그의 기억을 저버리는 것 같아서 도저히 삼킬 수가 없었어요. 하지만 그다음 주에도 또 그렇게 했어요. 그게 내가 먹어본 가장 맛있는 샌드위치였어요. 지금은 내가 먹고 싶을 때 먹고 싶은 음식을 먹어요. 하지만 그 전에는 소고기 점심을 바꿀 수가 없었어요. 내가 원하는 음식은 아니었지만, 칼이 내가 함께 식사하고 싶은 사람이었으니까요."

각자의 배우자를 생각하느라 잠시 두 사람 다 말이 없었다.

"농장에 가서 사 온 좋은 치즈가 있어요." 아서가 말했다. "양파 피클은 항상 있고요. 일단 샌드위치를 만들어 먹고 윔베리 파이는 나중에 먹죠."

버나뎃이 그를 쳐다봤다. 아서는 그녀의 표정을 읽을 수가 없었다. "저한테 식사하자고 한 게 오늘이 처음인 거 아세요?"

"*그런가요?*"

"네. 정말 친절하시네요, 아서. 하지만 아서의 시간을 뺏고 싶지 않아요."

"버나뎃은 내 시간을 뺏고 있지 않아요. 같이 점심 식사를 하면 좋겠다고 생각했어요."

"지금 돌파구를 찾고 계시네요. 다른 사람과 어울릴 생각을 하는 거 말이에요."

"이건 무슨 과학적 실험이 아니에요. 단지 버나뎃이 배가 고플 것 같아서 말한 것뿐이에요."

"그런 거라면 그 제안을 받아들일게요."

오늘 버나뎃은 어딘가 평상시와 달랐다. 평상시의 그녀는 항상 목적에 따라 민첩하게 움직였다. 그런데 오늘은 굼뜨고 생각이 많아 보였다. 모든 일에 대해 너무 많이 생각하는 것 같았다. 아서는 주방 통제권을 놓고 버나뎃과 한바탕 실랑이를 벌이게 될 거라고 생각했다. 아서가 앉아서 신문이나 읽고 있으면 버나뎃이 몇 분에 한 번씩 오븐을 들여다보겠다고 우길 거라고. 그러나 아서가 냉장고에서 치즈를 꺼내 왔더니 버나뎃은 정원을 둘러보고 오겠다고 했다. 그가 오븐용 머핀을 몇 개 잘라 버터를 두툼하게 바르는 동안 그녀는 텃밭을 거닐었다.

미리엄이 떠난 뒤로 집에서 다른 사람과 식사하긴 처음이었고 함께 식사할 사람이 있다는 게 나쁘지 않았다. 버나뎃은 늘 자신이 가져온 소시지 롤이나 파이를 그가 먹는지 지켜봤을 뿐 그와 함께 식사를 하진 않았다.

아서는 그녀를 피했던 게 얼마나 여러 번인지 다시 한번 생각했다. 그는 내셔널 트러스트 동상 모드로 서 있으면서, 그녀가 현관 매트에 음식을 내려놓는 소리에 욕을 내뱉었다. 그러고 보면 버나뎃은 성녀였다. 그런 행동들을 그녀는 어떻게 참아줄 수 있었는지, 또 왜 그를 포기하지 않았는지, 그로서는 알 수 없는 일이었다.

"식사 준비됐어요." 머핀을 넷으로 자르고 접시에 베이컨 몇 조각과 함께 담고 나서 그가 뒷문에서 소리쳤다. 그러나 버나뎃은 꿈쩍도 하지 않았다. 그녀는 요크 민스터 쪽에 시선을 고정한 채 들판을 바라보고 있었다.

아서는 슬리퍼를 신고 자갈로 나갔다. "버나뎃? 점심 준비 다 됐어요."

"점심?" 그녀가 잠시 얼굴을 찌푸렸다. 생각이 딴 데 가 있었다. "아, 네."

두 사람이 식탁에 앉았다. 미리엄이 죽은 뒤로는 음식 모양이 어떻든 별로 신경을 안 쓰고 접시에 대충 담아서 먹었지만, 오늘은 샌드위치의 모양이 아주 만족스러웠다. 그는 샌드위치들을 똑같이 자르고는 4분의 1 조각들 사이에 조금씩 공간을 두었다. 버나뎃이 미리엄이 앉았던 자리에 앉았다. 버나뎃은 아내보다 공간을 더 많이 차지했다. 그리고 아내보다 알록달록했다. 빨간 머리카락에 자주색 블라우스가 앵무새를 연상시켰다. 오늘 그녀의 손톱은 초록빛이었다. 코끼리 참의 하우다*에 박힌 에메랄드와 같은 빛깔이었다.

"그래서, 파리에 다녀오셨어요?"

아서가 고개를 끄덕였다. 그는 실비와 웨딩 부티크, 그리고 루시가 괜찮은 웨이터를 만났던 이야기를 들려주었다. 아서는 얇은 분홍색 종이로 싸둔 라벤더색 가방을 식사가 끝나기 전에

---

* 코끼리나 낙타 위에 얹는 의자.

그녀에게 내밀었다.

"이게 뭐예요?" 그녀는 진심으로 놀란 표정이었다.

"그냥 자그마한 선물이에요. 고마움의 표시로."

"뭐가요?"

아서가 어깨를 으쓱했다. "항상 도움을 주었잖아요."

그녀가 선물을 열어보고, 이리저리 돌려보고 코에 갖다대봤다. "예쁜 선물이네요."

버나뎃이 환하게 웃고 그의 팔을 꽉 잡아줄 거라고 생각했건만. 막상 그렇게 하지 않으니 아서는 마음속에서 뭔가가 빠져나가는 것 같았다. 작은 선물이었지만 그로서는 큰맘 먹고 한 일이었다. 그가 그녀에게 고맙게 생각하고 있고, 그녀를 좋아하고, 두 사람의 우정을 소중히 여기고 있음을 보여주고 싶었다. 그 여러 가지 감정들을 그 조그만 가방에 담았다. 하지만 버나뎃이 그걸 어떻게 알겠는가. 정성스럽게 편지라도 쓸 걸 그랬나. 더구나 앞으로 힘든 시간을 보내야 할 수도 있었다. 편지를 대신할 말을 찾으려 애쓰며 그의 입안이 바짝 말랐다. "버나뎃은 참 따듯한 사람이에요." 가까스로 그가 내뱉은 말이었다.

"고마워요, 아서."

두 사람은 점심 식사를 마쳤다. 그러나 아서는 마음이 결코 평온하지 않았다. 속이 울렁거렸고 샌드위치이건 파이건 배 속에 오래 머물 수 있을지 확신이 없었다. 아서는 버나뎃을 걱정하면서도 한편으로는 소니가 그에게 전화해주길, 그의 모든 질문에 대답해주길 간절히 바라고 있었다.

“혹시 버나뎃을 만나기 전에 칼이 어떻게 살았는지 궁금했던 적 있어요?” 그가 접시를 비우며 최대한 덤덤하게 물었다.

버나뎃은 한쪽 눈썹을 치켜 올리면서도 아서의 질문에 대답해주었다. “우리가 만났을 때 칼의 나이가 서른다섯이었으니까 물론 다른 여자가 있었겠죠. 예전에 결혼한 적도 있었어요. 알고 싶지 않아서 묻지도 않았어요. 그게 궁금한 거라면요. 날 만나기 전에 여자가 두 명이었건 스무 명이었건 상관없다고 생각했어요. 네이단이 좀 안됐어요. 아버지를 잃기엔 너무 어린 나이잖아요.”

아서는 이 우아한 여자에게라면, 비록 오늘은 조금 멀게 느껴지긴 하지만 미리엄의 친구인 이 여자에게라면, 털어놓을 수 있을 거라고 생각했다. 병원 예약을 언급하기엔 아직 이른 것 같았다.

“뭐 하고 싶은 얘기라도 있어요?” 그녀가 부추겼다.

아서는 눈을 감고는 발가벗은 채 희고 쪼글쪼글한 몸으로 간이의자에 앉아 있는 자신의 모습을 떠올렸다. 초상화 화가를 향해 유혹적인 미소를 지어 보이는 미리엄의 모습도 보였다. “난……” 아서는 입을 뗐지만, 적절한 단어를 찾을 수가 없었다. 과연 이 이야기를 하고 싶은지조차 확실치 않았다. “미리엄이 왜 나하고 살았는지 궁금해요. 내 말은, 날 보세요. 난 별 볼일 없는 사람이잖아요. 난 야망도 없고, 열정도 없어요. 그림도 안 그리고, 글도 안 쓰고, 뭘 만들 줄도 몰라요. 그저 보잘것 없는 열쇠 수리공일 뿐이에요. 미리엄은 분명히 무척 따분했을 거예요."

그가 쏟아낸 말에 놀란 버나뎃이 얼굴을 찌푸렸다. "미리엄이 왜 따분했겠어요? 어쩌다 그런 생각을 하게 됐어요?"

"나도 잘 모르겠어요." 그가 한숨을 쉬었다. 이젠 다 지긋지긋했다. 이 미스터리가 지긋지긋했다. "날 만나기 전에 아주 멋지게 살았더라고요. 그런데 나한테 그런 얘길 전혀 안 했어요. 나한테 숨겼어요. 우리가 함께했던 그 긴 시간 동안 미리엄이 인도, 호랑이들, 예술가와 소설가들을 생각하면서도 따분하기 짝이 없는 나한테 묶여 있었던 건 아닌지 모르겠어요. 뭔가 다른 일을 해보고 싶었는데, 임신을 하는 바람에 어쩔 수 없이 주저앉아서 나하고 살았나봐요." 창피하게도 눈물이 그의 눈을 찌르고 있었다.

버나뎃은 평온했고 목소리가 침착했다. "아서는 절대 따분한 사람이 아니에요. 아이를 낳고 어른이 된다는 건 그 자체로 하나의 모험이잖아요. 언젠가 교회 행사에서 두 사람을 봤어요. 두 사람이 서로를 쳐다보는 모습을 봤어요. 미리엄은 당신을 자신의 보호자로 생각했어요. 두 사람은 온전히 서로의 것이라고 생각했던 기억이 나요."

"그게 언제였죠?" 그가 물었다.

"몇 년 전요."

"아마 잘못 봤을 거예요."

"아뇨." 그녀가 단호하게 말했다. "난 분명히 봤어요."

아서는 고개를 홱 돌렸다. 그녀가 무슨 말을 해도 기분이 나아지지 않으리라는 걸 알고 있었다. 그는 자신의 울적한 기분을 전염시킬 게 아니라 입을 다물고 혼자 간직해야겠다고 생각했다.

"무슨 일이 일어날지는 아무도 몰라요." 버나뎃이 일어나 접시들을 부엌으로 날랐다. 음식을 다 먹지도 않았는데 수돗물로 접시들을 닦기 시작했다.

"그냥 두세요." 그가 소리쳤다. "내가 할게요."

"괜찮아요." 그녀의 목소리가 떨렸다.

아서는 얼어붙었다. 마치 우는 것 같은 목소리였다. 칼 얘기를 하지 말았어야 했는데. 아니면 교회 행사에 관한 그녀의 얘기에 토를 다는 게 아니었는데. 이제 어쩐다? 그는 어깨에 잔뜩 힘을 주고 꼼짝 않고 앉아 있었다. 그리고 아무 일도 없는 척하며 정면을 바라봤다. 그는 감정적인 문제를 다루는 데 서툴렀다. "괜찮아요?" 그가 나지막이 물었다.

"저요? 괜찮고말고요." 그녀가 수도꼭지에 시선을 고정한 채 몸을 움직이며 대답했다. 그러나 행주를 집으려고 돌아설 때 아서는 버나뎃의 눈이 젖어 있는 걸 보았다.

아서는 언젠가 미리엄과 나눴던 대화를 떠올렸다. 아서가 생일 선물로 무얼 갖고 싶은지 물었고 미리엄은 그에게 신경 쓰지 말라고, 갖고 싶은 게 없다고 대답했다. 그래서 그는 카드와 작은 흰색 프리지아 꽃다발을 준비했다. 그날 저녁 미리엄은 그에게 거의 말을 하지 않았다. 왜 그렇게 퉁명스럽게 구느냐고 물었더니 내심 선물을 기대하고 있었다고 했다.

"하지만 당신이 아무것도 필요 없다고 했잖아." 그가 항의했다.

"그랬지, 하지만 그건 그냥 하는 말이었어. 여자가 화가 나 있는데 왜 그러느냐고 물으면 '아무것도 아니야'라고 말하는 것처럼. 그건 진심이 아니야. 여자는 뭔가 잘못됐고 다시 한번, 그리고 대답을 할 때까지 계속 물어주길 바라는 거야. 내가 아무것도 원하지 않는다고 했어도 선물을 샀어야지. 당신이 날 아낀다는 걸 보여줄 기회였다고."

그래서 아서는 여자가 하는 말이 때로는 그 반대를 의미한다는 걸 알고 있었다. "괜찮은 것 같지 않아요." 그가 말하고는 일어서서 그녀에게 다가갔다. 그가 손을 뻗어 그녀의 어깨를 다독였다.

버나뎃의 몸이 경직되었다. "괜찮을 수도 있고, 아닐 수도 있어요." 버나뎃은 접시를 하나 들더니 행주로 닦은 다음 건조대에 올려놓았다.

아서가 손을 뻗어 그녀가 들고 있던 행주를 잡았다. 그는 버나뎃에게서 행주를 빼앗아 조리대 위에 올려놓았다. "왜 그래요? 무슨 일이에요?"

그녀는 그에게 말을 해야 할지 말아야 할지 생각하며 바닥을 보았다. "지난달에 밸리 댄스 수업에 갔는데 옷을 갈아입다가…… 가슴에…… 멍울이 있는 걸 발견했어요. 병원에 갔더니 유방암 검사를 받아보자고 하더라고요. 내일 결과가 나와요."

"그렇군요…… 아……" 무슨 말을 해야 할지 알 수 없었다. 네이단의 말이 옳았다.

"의사는 의례적인 검사일 뿐이라고, 확인해보는 게 좋겠다고 했어요. 하지만 우리 어머니도 유방암으로 돌아가셨고 내 동생도 유방암이에요. 그러니까 저도 유방암일 확률이 높아요." 그녀의 말이 빨라지기 시작했다. "네이단도 대학으로 떠날 거고 칼도 없는데 어떻게 견딜 수 있을지 모르겠어요. 네이단에게는 얘기 안 했어요. 괜히 걱정할 것 같아서."

"병원까지 내가 태워줄게요."

"1년 넘도록 운전 안 했잖아요."

"일 때문에 늘 운전을 하고 다녔잖아요. 괜찮을 거예요."

버나뎃이 미소를 지었다. "말씀은 감사하지만, 괜찮아요."

"날 위해 많이 애써줬잖아요."

"갚을 필요 없어요."

"갚으려고 하는 게 아니에요. 데려다주겠다고 제안하는 것뿐이에요. 우정의 선물로."

그녀는 그의 말을 듣는 것 같지 않았다. "네이단은 이제 겨우 열여덟 살인데…… 만약 나한테 무슨 일이라도 생기면 어떻게 될지…… 칼이 그렇게 떠났는데 이제 나까지."

"너무 걱정 말아요. 결과가 나올 때까진 모르는 일이잖아요. 내일이면 다 알게 되겠네요."

그녀는 숨을 들이마시고 가슴에 모았다가 코로 내뿜었다. "맞아요. 고마워요, 아서."

"그럼 내가 택시를 불러줄게요. 혼자 감당할 필요는 없어요."

"고마워요. 하지만 나 혼자 해결하고 싶어요. 혼자 병원에 갈래요."

"네이단도 무척 걱정하겠네요."

"네이단한텐 비밀로 했어요. 아무것도 몰라요."

아서는 그녀에게 네이단이 찾아왔었고 몹시 걱정하고 있다고 말해야 할지 말아야 할지 알 수가 없었다. 무슨 말을 해야 할지 몰라 고민하고 있는데 전화벨이 울렸다.

"전화 받으세요." 버나뎃이 말했다. "어차피 가려던 참이었어요."

"정말요? 전화는 나중에 다시 오겠죠."

그녀가 고개를 저었다. "가볼게요. 점심 고마워요. 맛있었어요."

"약속이 몇 시예요?"

"오후요. 전화벨 울려요. 부엌에서."

"어떻게 됐는지 알려줘요."

"전화…… 받으세요."

아서는 마지못해 현관문을 열었다. 버나뎃이 밖으로 나갔다. 그녀가 정원을 가로지르는 걸 보면서 아서는 무심코 전화를 받았다.

여자의 목소리는 또렷했고 절제가 느껴졌다. 목소리가 얼마나 냉랭한지 몸이 떨릴 지경이었다. "아서 페퍼?"

"그런데요?"

"날 찾고 있다면서요. 내 이름은 소니 야들리예요."

반지

"일하는 곳에 예고도 없이 불쑥 찾아오신 건 불쾌했어요." 소니가 말했다. "정말 경우가 없으시네요. 제가 수업 중일 수도 있었잖아요. 아시다시피 전 병가 중이어서 이런 식의 방해를 받아선 안 되는 상황이었어요. 학교로 복귀했는데 당신이 날 만나려고 직접 찾아왔었다고 애덤이 전하더군요."

"미안합니다. 가기 전에 전화도 했고 메시지도 남겼어요."

"메시지는 받았어요. 그렇다고 날 스토킹해도 되는 건 아니죠."

아서는 그녀의 목소리에서 배어나는 분노를 느꼈다. 그의 행동이 그녀를 그렇게까지 불쾌하게 할 줄은 몰랐다. "기분 상하게 해드릴 생각은 없었습니다, 야들리 씨."

"어쨌든. 이미 일어난 일이니 어쩔 수 없죠. 그래서, 애덤을 통해서 찾고자 했던 건 찾으셨나요?" 그녀의 목소리는 여전히 날카로웠다.

"제가 보석 한 점을 갖고 있어요. 참 팔찌요. 그 팔찌에 달려 있는 팔레트 모양의 참을 디자인하신 것 같던데요."

"네."

"제가 메시지에 남긴 것처럼, 제 아내 미리엄 켐프스터를 아셨던 것 같아서요. 그래서 그 참을 아내한테 준 거겠죠."

소니는 말이 없었다. 아서는 그녀의 침묵이 불편했다. 그는 그 침묵을 채우려고 전화기를 들고 부엌 식탁으로 갔다. "실비 부르댕이 당신의 이름을 알려줬어요."

"실비 부르댕이란 사람은 몰라요."

"제 아내의 친구였어요. 미리엄은 실비와 파리에 머물렀어요. 실비가 당신한테 연락해보라고 하더군요."

"그래요?" 그를 기죽이는 말투로 그녀가 물었다.

아서는 야박한 그녀의 태도에 화가 치밀었다. "야들리 씨, 아내는 죽었어요. 열두 달 전에요. 그 사실을 알고 있는지 모르겠네요. 전 아내의 과거에 대해 알아내려 애쓰는 중입니다."

아서는 그녀의 사과를 기대했고, 세상을 떠났다니 유감이라고 말해주길 기대했지만, 그녀는 그 말을 하지 않았다. 아서는 그녀가 몹시 화가 났거나, 아니면 자신의 권력을 과시하기 위해 말을 아끼고 있는 거라고 생각했다. 병을 앓고 난 뒤라 몸 상태가 좋지 않은 것일 수도 있었다. 그래서 그는 다시 웅얼거리기 시작했다. 얘기가 술술 나왔다. 참 팔찌를 발견했고, 팔찌에 달린 참들의 사연을 추적하다보니, 파리, 런던, 배스까지 다녀왔다고. 이제 밝혀야 할 참은 반지와 하트 두 개뿐이라고.

이따금 딸각거리는 소리, 귀고리가 수화기에 부딪치는 것 같은 소리가 들리는 걸로 보아 아직 듣고 있는 게 분명했다. 이야기를 끝냈을 때 그가 덧붙였다. "얘기가 그렇게 된 거였어요."

"내가 왜 지금 당장 전화를 끊어버리지 않는지 모르겠군요, 페퍼 씨." 그녀가 차갑게 말했다.

"왜 전화를 끊는다는 겁니까?"

"아내가 제 이름을 언급한 적이 있던가요?"

"아뇨. 그런 적은 없는 것 같습니다. 제 기억력이 좀 녹슬긴 했지만……."

"옷장에 다른 해골들을 몇 개나 보관해뒀을지 궁금하네요. 혹시 아세요?"

"전…… 어…… 아니요." 두 사람은 서로 다른 언어를 사용하고 있는 것 같았다. 아서는 이제 게임이라면 지긋지긋했다. 어디로 가는지 알지도 못한 채 단서를 쫓는 거라면 이제 지긋지긋했다.

"그러게요. 모르시는 것 같네요." 소니가 말했다. "그렇다면 내가 당신을 동정해야겠군요."

"당신을 만나려고 대학으로 갔었습니다. 거기서 당신의 오빠가 그렸다는 그림을 봤어요. 미리엄을 그린 그림이었어요. 오빠

되시는 분은 훌륭한 화가시더군요."

"맞아요. 대단한 화가였죠."

"더 이상은 그림을 그리지 않나요?"

"오빠는 더 이상 우리 곁에 없어요. 정말 아무것도 모르시나 봐요. 그렇죠?"

그게 무슨 소린지 아서는 알 수가 없었다. "그렇게 되셨다니 유감입니다. 하지만 작품이 여전히 전시되어 있고, 그렇게라도 오빠를 기억할 수 있다는 건 멋진 일이죠."

"난 그 그림을 증오해요. 제 취향엔 너무 충동적인 그림이에요. 만약 내 마음대로 할 수 있었다면, 그리고 내 오빠가 그린 그림이 아니었다면, 그 그림을 떼어버렸을 거예요. 아니면 태워버렸거나."

"전 아주 근사한 작품이라고 생각했는데요."

"입에 발린 소리 하지 마세요. 난 이런 대화를 나눌 시간이 없어요, 페퍼 씨."

아서는 물러서지 않았다. "단지 아내에 대해 알고 싶은 것뿐입니다. 내가 모르는 일들, 한 번도 듣지 못했던 사연들이 있는 것 같아서요."

"모르는 편이 나을지도 몰라요. 이만 전화를 끊죠. 그 팔레트 참은 내다버리세요. 그건 내가 잊고 싶은 과거의 일부니까."

아서는 정신이 아득해졌다. 수화기를 쥐고 있는 그의 손이 떨렸다. 그녀가 말한 대로 하고 싶은 마음이 간절했다. 그 자신도 그런 생각을 해보지 않은 건 아니었다. 그는 팔찌를 내다버리고 평범한 일상으로 돌아가고 싶었다. 하지만 그러기엔 너무 멀리 왔다. "당신과 제 아내는 좋은 친구가 아니었나요? 적어도 한때는?" 그가 조심스럽게 물었다.

소니가 망설였다. "네. 그래요, 우린 친구였어요. 아주 오래전에."

"그리고 마틴도 친구였겠죠? 그분이 제 아내를 그렸다면?"

"너무 오래전 일이에요."

"무슨 일이 있었던 건지 알아야겠어요."

"아뇨. 알 필요 없어요. 그냥 이대로 묻어두세요."

"그럴 수가 없어요. 미리엄과 난 서로의 모든 걸 알았다고 생각했는데, 지금은 내가 아무것도 모른다는 기분이 들어요. 커다란 구멍이 있는데, 난 어떻게든 그걸 채워야만 해요. 설령 내가 듣고 싶지 않은 얘기를 듣게 된다고 해도."

"듣고 싶지 않을 거예요."

"그래도 알아야겠습니다."

"알았어요, 페퍼 씨. 진실을 원하는군요. 진실은 이거예요. 당신의 아내는 살인자예요. 어때요? 더 듣고 싶으신가요?"

아서는 거대한 수렁으로 빨려 들어가는 기분이었다. 가슴이 철렁 내려앉았다. 팔다리가 제멋대로 흐느적거리는 것 같았다. "죄송합니다. 무슨 말씀이신지 잘 이해가 안 되네요."

"미리엄이 나의 오빠 마틴을 죽였어요."

"그럴 리가요."

"그랬어요."

"어떻게 된 일인지 말해줘요."

소니가 침을 꿀꺽 삼켰다. "미리엄과 난 아주 오랜 친구였어요. 우린 함께 놀고, 함께 숙제를 했어요. 집안에 문제가 생길 때면, 미리엄은 나한테 고민을 털어놓았어요. 난 미리엄의 얘기를 들어줬고 조언을 해주었죠. 내가 미리엄에게 메라의 가족을 따라 인도로 가라고 설득했어요. 미리엄이 떠나기 전에 행운의 선물로 팔찌를 주었죠. 파리에 있을 때에도 곁에서 미리엄을 도왔어요. 실비 부르댕이라는 이름은 들어본 것 같기도 해요. 미리엄이 여행을 하는 동안 우린 줄곧 편지를 주고받았으니까요. 더 이상 가까울 수 없을 정도로 가까운 친구였어요.

그러던 어느 날, 미리엄이 파리와 인도, 런던으로 여행을 하더니, 여기저기 떠돌아다니는 삶에 지쳤다며 집으로 돌아왔어요. 하지만 나한테 관심을 갖고 우정을 키워가는 대신, 마틴한테 관심을 갖기 시작했어요. 미리엄이 마틴한테 유혹의 눈길을 보냈어요. 두 사람은 날 빼놓고 어울리기 시작했죠. 그러더니 두어 달 만에 결혼 약속을 했어요. 그 사실을 알고 있었나요?"

"아뇨." 아서가 속삭였다.

"마틴은 미리엄에게 다이아몬드 반지를 사주고 싶어 했어요. 제대로 갖춰서 해주고 싶었던 거죠. 그래서 버는 돈을 전부 다 모았어요. 머지않아 마틴은 팔찌에 끼울 반지 모양의 참을 살 수 있었죠."

"그 참은 지금도 갖고 있습니다." 아서는 그 말을 하는 목소리가 자신의 목소리 같지 않았다. "팔레트 참은 당신이 만든 건가요?"

"네. 생일 선물이었어요."

"미리엄과 마틴이 약혼을 했다고요?" 아서는 *자신이* 그녀의 첫사랑이라고 생각하고 있었다.

"잠깐 동안 그랬죠. 마틴이 죽을 때까지. 마틴이 운전하던 차가 나무를 정면으로 들이받았어요."

"정말 유감입니다. 하지만 그렇다면 왜 미리엄이 살인자라고……."

"두 사람은 아버지의 차를 탔어요. 마틴은 아직 운전면허 시험을 통과하지 못한 상태였는데, 미리엄을 기쁘게 해주고 싶은 나머지 부모님이 외출하셨을 때 물어보지도 않고 열쇠를 들고 나갔어요. 미리엄이 옆에서 부추겼어요. 또 한 번 모험을 하고 싶다고 말하는 걸 들었어요. 검은색 라인을 그린 눈에 높이 틀어 올린 검은 머리, 근사한 옷과 진주, 마틴 같은 젊은 남자는 미리엄 같은 여자가 추파를 던지면 당할 수가 없는 법이죠. 마틴은 그림을 그렸지만 사실 글을 쓰고 싶어 했어요. 그러니까, 저널리스트가 되고 싶어 했죠. 미리엄이 프랑스 작가 드 쇼펑과 친분이 있다는 걸 알고 마음이 혹했던 거죠. 미리엄한테 잘 보이고 싶어 했어요.

어느 화창한 날 저녁이었어요. 두 사람이 팔짱을 끼고 나갈 때 새들이 지저귀는 소리가 들렸던 걸 기억해요. 내가 마틴한테 차를 끌고 나가지 말라고 했는데, 두 사람이 날 비웃었어요. 미리엄은 저보고 괜히 호들갑 떨지 말라고 했지만 마틴이 아주 잠깐 망설이는 걸 난 봤어요. 그런데도 미리엄은 마틴을 끌고 나갔고 난 두 사람이 차를 몰고 나가는 모습을 지켜봤어요.

목격자 말로는 마틴이 너무 급하게 커브를 틀었다고 하더군요. 통제력을 잃고 나무를 들이받았대요. 두 사람 다 병원으로 실려 갔는데, 미리엄은 이마에 가벼운 상처만 난 상태로 퇴원했고 마틴은 3주 동안 의식불명이었어요. 가망이 없었죠. 모든 게 다 미리엄한테 잘 보이기 위한, 자기가 미리엄에게 걸맞은 사람이란 걸 보여주기 위한 일이었어요. 만약 미리엄이 마틴에게 관심을 갖지 않았더라면, 마틴은 지금 우리 곁에 있겠죠. 그리고 다른 사람과 결혼했겠죠. 아이도 낳았을 거고, 우리 부모님은 손주들을 보았겠죠. 나는 손주들을 안겨드릴 수 없었지만 마틴은 그럴 수 있었을지도 모르죠."

"하지만 오빠 되시는 분이 운전을 하셨다고…… 미리엄은 단지……."

"미리엄이 죽인 거나 마찬가지예요."

그는 아내의 관자놀이에 있던 작은 흉터를 떠올렸다. 미리엄은 어렸을 때 넘어져 생긴 흉터라고 했다.

"그러니까 마틴 얘기를 한 번도 안 했다는 거죠? 이름조차 말한 적이 없었던 거죠?" 소니가 물었다.

"없어요. 날 만나기 전에 약혼을 한 적이 있다는 건 전혀 몰랐어요."

"그럼 이제 부인이 거짓말쟁이였다는 걸 아셨겠네요."

"거짓말을 하진 않았습니다. 단지 말을 하지 않았을 뿐이죠. 미리엄은 과거를 덮어뒀어요. 날 만나기 이전의 삶에 대해서는 얘기하지 않았어요. 특별한 일이 없어서일 거라고, 딱히 얘기할 만한 일이 없어서 그런 거라고 생각했는데, 알고 보니 그 반대였군요. 만약 그 끔찍한 사고가 일어나지 않았다면 미리엄은 마틴과 결혼했을까요? 나와 살면서 그 사람 생각을 했을까요? 그렇다고 해도 난 미리엄을 지금도 정말 사랑합니다. 때로는 미리엄 없이는 못 살 것 같아요."

소니가 헛기침을 했다. "부인에 대해 그런 식으로 말해서 미안하다고 해야겠지만, 난 사실 미안하지 않아요. 미리엄이 나와 우리 가족의 삶을 망쳤으니까."

"그럼 내가 미안하다고 해야겠군요. 그런 일이 일어나서 미안합니다. 이런 말이 의미가 있을지 모르겠지만요."

"미리엄은 매일 마틴을 찾아와서 그의 침대맡을 지켰어요. 그때 나는 도저히 그 꼴을 보고 있을 수가 없었어요. 미리엄을 보면 소름이 돋았어요. 우리 둘 다 항상 마틴을 짜증나는 오빠 취급을 했는데, 그러다가 어느 날 갑자기 미리엄이 마틴한테 끌린다면서, 그가 바로 자기가 찾던 사람인 것 같다고 했어요.

미리엄은 정착하고 싶어 했어요. 난 마틴이 다른 사람을 만나길, 너무 변덕스럽지 않은 여자를 만나길 바랐어요. 마치 미리엄이 날 팽개치고 마틴한테 달려간 것 같았어요."

아서는 자신의 몸이 부들부들 떨리는 걸 느꼈다. 그가 아내의 과거에 대해 무엇을 알게 되었건, 한때 친구였다는 사람이 아내에 대해 함부로 말하는 건 참을 수가 없었다. "당신이 미리엄을 어떻게 생각하건, 미리엄은 내가 만난 가장 따듯하고 가장 다정한 사람이었습니다. 우리는 40년 동안 결혼 생활을 했어요. 오빠의 일은 정말 유감이지만, 그건 아주 오래전에 일어난 일이에요. 당신이 말하는 그 여자는 내 아내 같지가 않아요. 사람은 변하게 마련입니다. 듣자하니 당신이 오빠의 행복을 질투했던 것 같군요."

"아, 맞아요, 그랬어요. 그건 나도 인정해요." 소니의 말이 빨라졌다. "난 미리엄의 친구였어요, 마틴이 아니고. 우린 모든 걸 나눴어요. 그러던 어느 날 미리엄이 고향으로 돌아와 우리 오빠를 빼앗아갔어요. 날 내팽개쳤어요. 나보단 오빠를 더 자주 보고 싶어 했죠."

아서는 그녀의 말이 허공에 맴돌게 했다. 소니가 그랬던 것처럼 아서도 자신의 침묵을 이용하고 있었다.

"듣고 있나요, 페퍼 씨?"

"네, 듣고 있습니다."

"미리엄이 그를 죽였어요. 망할 놈의 차를 누가 운전했건 상관없어요. 내가 아는 한, 미리엄이 마틴을 죽인 거예요. 미리엄이 우리 부모님에게서 아들을 빼앗았고 내게서 오빠를 빼앗았어요. 미리엄은 장례식에 참석했고 그 뒤로는 본 적이 없어요. 난 미리엄을 다시는 보고 싶지 않았고 그 점을 분명히 했어요. 다른 사람과 결혼했다는 소식도 들었어요. 내게 편지로 그 소식을 전하더군요. 미리엄은 다 잊고 새 출발을 했지만, 야들리 가족은 그럴 수 없었어요. 당신의 모든 질문에 대답이 되었기를 바랍니다. 이제 진실을 아시겠지요."

아서는 귀에서 수화기를 떼어냈다. 더 이상은 소니의 말을 들어줄 수가 없었다. "난 미리엄을 사랑했습니다. 과거에 무슨 일이 있었건……" 그가 말했다. "진심으로 그녀를 사랑했어요."

그는 수화기를 내려놓고 흐느껴 울었다.

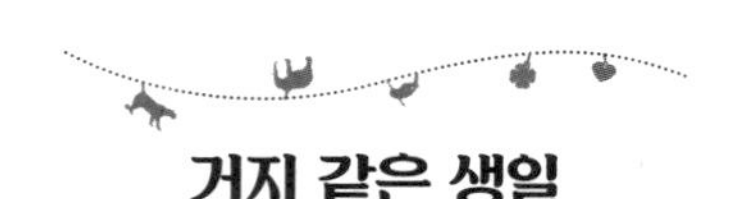

거지 같은 생일

오늘은 그의 생일이었다. 그는 일흔 살이 되었다. 오늘은 특별한 날이어야 했다. 미리엄이 살아 있었다면 그를 위한 작은 선물을 준비했을 것이다. 줄무늬 양말이라든가 책이라든가. 크라운 앤드 앵커 레스토랑에 가서 해덕*과 칩을 먹거나 햄이 든 머스터드 샌드위치를 먹었을 것이다. 샌디도 두어 잔 마시고 특별히 애플파이와 커스터드도 먹었을 것이다. 아내는 사치스러운 것을 좋아하지 않았다. 그러나 그것도 어디까지나 그의 생각일 뿐이었다.

루시는 아직도 연락이 없었다. 댄이 생일을 기억할 거라고는 기대하지 않았고 버나뎃에게는 더 중요한 일이 있었다. 보나마

* 대구와 비슷하나 그보다 작은 생선.

나 카드 한 장 받지 못할 게 뻔했다.

아서는 소니와 마틴을 생각하며 잠자리에 들었고 그들 생각에 잠에서 깼다. 얕은 잠을 자다보니 어떤 생각이 현실이고 어떤 생각이 꿈인지 알 수 없었다. 마틴과 함께 차에 타서 웃고 있는 미리엄의 모습이 보였다. 마치 미리엄이 자기 것이라는 듯, 그녀를 모든 악으로부터 지켜주겠다는 듯, 마틴의 팔이 그녀의 어깨를 감싸고 있었다. 아서는 지붕이 열리는 초록색 자동차를 그려봤다. 차가 도로의 차선 두 개를 가로질러 나무를 들이받았다. 그는 그 현장에 있다가 도움을 청하러 달려가는 자신의 모습을 상상했다. 미리엄은 고개를 떨어뜨리고 있었고 이마에서 피가 흘렀다. 운전하던 남자는 운전대에 머리를 박고 있었다. 남자의 목의 각도가 어딘가 이상했다. 마치 잘못 접은 종이접기처럼. 아서는 남자의 머리를 향해 뻗는 자신의 손을 보았고 머리카락 속에서 흘러나오는 당밀 같은 피를 보았다. 마틴이 고개를 들었다. 마틴이 피로 얼룩진 치아를 드러내며 미친 듯이 웃기 시작했다. "저 여자가 날 죽였어. 당신의 아내가 날 죽였어. 생일 축하해, 아서."

아서는 침대에서 벌떡 일어나 앉았다. 잠옷이 축축하게 젖어 피부를 한 겹 덧씌운 것처럼 몸에 달라붙었다. 그는 잠옷을 떼어내려다가 이내 벗어버렸다. 침실 바닥에 잠옷을 던져놓고 새벽 5시도 채 되지 않았는데 샤워를 했다.

아서는 얼굴에 물을 맞으며 꼼짝 않고 서서 머릿속에 떠오르는 생각들과 장면들을 떨쳐내려 애썼다. 미리엄은 이제 그의 곁에 없었다. 미리엄이 한 남자를 죽였다. 한평생을 함께 보내고도 어떻게 그 사실을 모를 수가 있었는지. 미리엄이 그에게 얘기할 생각을 했던 적은 있는지. 그런 것조차 눈치채지 못한 그는, 그녀의 과거에 대해 물을 생각조차 못 했던 그는 바보 천치였다. 아서는 미리엄과 자신이 비슷하다고 생각했고, 두 사람이 만나기 전에 그들의 삶에는 그다지 심각한 일이 없었을 거라고 추측했다. 그가 틀렸다.

몸의 물기를 닦고 나서 아서는 자동적으로 낡은 셔츠에 그레이스톡의 파란 바지를 입었다. 밖은 아직 어두웠다. 그는 무기력했다. 그는 절망적이었고, 속수무책이었고, 쓸모없는 사람이었다. 패배자.

그가 할 수 있는 의미 있는 일이 하나도 떠오르지 않았다. 오늘은 행복한 날이어야 했고 축하받는 날이어야 했다. 그의 생일이었다. 그러나 그는 실의에 빠진 채 이 집에 홀로 남았다.

아서는 침대 위 미리엄이 눕던 자리에 앉았다. 침대맡 캐비닛의 서랍을 열고 종이와 펜을 꺼낸 다음, 생각할 겨를도 없이 편지를 써내려가기 시작했다. 예전엔 그의 아내가 소니에게 편지를 썼지만 이제는 그가 편지를 쓰고 있었다. 미리엄이 마틴의 죽음에 연루되었을지언정 아서는 아주 오랜 세월 동안 그녀를 사랑했고 앞으로도 영원히 사랑할 것이다. 비록 그녀가 비밀을 털어놓지 않았다고 해도.

이 일을 해야만 한다는 생각이 들었다. 혼란스러웠고 상처를 입었지만 씁쓸해지고 싶진 않았다. 이 감정을 떨쳐내야만 했다. 어제 소니와 얘기하면서 충격에 휩싸였던 나머지 미처 못 한 얘기가 있었다.

친애하는 야들리 씨,

저는 제 아내를 진심으로 사랑했습니다. 제 아내는 완벽하지 않습니다. 하지만 누구도 완벽하진 않아요. 저는 말할 것도 없고요.

저는 조용한 사람입니다. 엄청나게 똑똑하지도 않고, 엄청나게 잘생기지도 않았습니다. 미리엄이 제 어떤 면을 마음에 들어했던 건지 오랫동안 궁금했지만, 어쨌든 저의 무언가가 미리엄의 마음에 들었을 테고 우린 행복했습니다.

제가 알지 못했던 아내의 삶에 대해 알게 되었습니다. 당신과 마틴, 인도, 파리에 대해서 저는 알지 못했습니다. 대체 왜 그런 얘기를 하지 않았는지 궁금해하며 여생을 보낼 수도 있었겠지요. 하지만 미리엄에겐 그럴 만한 이유가 있었을 거라 생각합니다. 결코 이기적인 이유는 아니었고 무언가를 감추기 위해서도 아니었을 거라고요. 아마도 미리엄은 사랑 때문에 그 사실을 제게 숨겼겠지요.

어쩌면 당신은 내가 착각 속에 빠져 사는 한심한 노인네라고 생각할지도 모르지만, 그보다는 미리엄이 사랑했던 사람, 그리고 미리엄의 사랑을 받았던 사람으로 절 기억해주셨으면 좋겠습니다. 그것만으로도 전 세상에서 가장 운이 좋은 남자라는 생각이 듭니다. 미리엄이 저를 더 나은 사람으로 만들었습니다.

물론 미리엄은 당신과 마틴도, 진심으로 사랑했던 것 같군요…….

아서는 자신이 무슨 말을 하고 있는지조차 알지 못한 채로 편지를 써내려갔다. 아내에 대한 그의 모든 분노, 좌절 그리고 사랑이 그의 글 속에 스며들었다.

마침내 끝냈을 때 아서는 네 장의 편지를 손에 들고 있었다. 손목의 힘이 빠져 축 늘어졌고 감정에 북받쳐 눈물을 글썽였다. 노른자 없는 달걀처럼 공허한 기분이 들었다.

긴 세월이 흘렀지만, 부디 제 아내를 용서해주실 것을 간곡히 애원합니다. 용서할 수 없다면, 적어도 한때 당신이 아내와 누렸던 우정만이라도 기억해주실 것을 부탁드립니다.

아서 페퍼.

그는 네 장의 편지를 편지지 묶음에서 뜯어내고는 접어서 봉투에 넣었다. 그리고 봉투 앞면에 '*소니 야들리 귀하*'라고 썼다.

그는 소매를 걷고 팔뚝을 드러내 팔을 꼬집은 다음 분홍색 손자국을 남기고 피부가 서서히 제자리로 돌아가는 것을 지켜보았다. 아무것도 느낄 수가 없었다. 그는 다시 한번 그렇게 했다. 이번엔 손톱이 파고들 정도로 세게. 아서는 무엇이든 느끼고 싶었다. 그가 살아 있고, 이 모든 게 실제로 일어나는 일임을 일깨워줄 물리적인 고통을 느끼고 싶었다.

날씨가 형편없었다. 침실 창문으로 잉크를 머금은 솜 빛깔 하늘이 보였다. 버나뎃이 말한 것처럼 화창했던 날씨는 온데간데없었다. 사방의 벽 안에 갇혀 있다는 생각에 폐소공포증이 엄습해왔다. 생일을 집에서 보내는 건 비참할 것이다. 혹시 이랬던 건 아닌가, 혹시 저랬던 건 아닌가 생각하면서 우두커니 앉아 있기밖에 더하겠는가. 아내는 40년 동안 마틴을 애도하면서 아서가 아닌 마틴의 곁에 있길 원했던 건가?

머릿속에 떠오르는 질문들 때문에 현기증이 나서 아서는 손바닥으로 벽을 짚으며 아래층으로 내려갔다. 이 집에서 나가야 했다.

현관에서 그는 날씨에 맞는 건지 생각해볼 겨를도 없이 외투를 걸치고 신발을 신었다. 집을 나서면서 편지봉투를 주머니에 넣었다.

별과 달이 여전히 하늘에 떠 있었다. 지금으로부터 70년 전 통통한 개구쟁이 아서가 태어났다는 사실을 아무도 기억하지 못할 것이다. 오늘은 다른 날과 똑같은 평범한 날이었다. 다른 점이 있다면 그의 친구 버나뎃이 자신의 몸에 암이 생겼는지 알게 된다는 것이다.

그 생각을 하는 순간 아서는 얼어붙은 듯 길에서 멈춰 섰다. 별 탈이 없어야 하는데. 또다시 소중한 사람을 잃는 것을 어떻게 견딜 수 있을지. 그에게 버나뎃은 힘겨운 시간에 도움의 손길을 내민 사람 이상의 존재였다. 그녀는 친구였다. 아주 소중한 친구였다.

테리가 집에서 나오고 있었다. "날씨 한번 험악하죠? 태워다 드릴까요?" 그가 파카의 후드를 당겨 머리에 쓰며 소리쳤다.

"아니, 그럴 것 없네."

"이렇게 이른 아침에 어딜 가시려고요?"

"오늘은 종일 나가 있을 거야."

"루시의 집에 가세요?"

아서는 테리와 얘기하고 싶은 생각이 없었고, 그래서 그 질문을 못 들은 척하고 계속 걸었다. 그러다가 세 번째 정류장에서 멈추고 요크 역으로 가는 버스를 기다렸다. 요크 역에서 스카버러행 기차를 탔다. 50여 분이 흐르는 동안 그는 창밖을 내다보았다. 구름은 두툼한 검은 담요들이었고 하늘은 형광빛 흰색이었다.

열차에서 내리자 나무들 사이로 비가 내리기 시작했다. 그러나 그는 멈추지 않았다. 거리를 지나 대학으로 향했다. 대학에 도착해 물을 뚝뚝 흘리면서 편지봉투를 은발의 안내원에게 내밀었다.

"몰골이 말이 아니시네요." 그를 알아보며 그녀가 말했다. "우산 없으세요?"

아서는 대답하지 않았다. "소니 야들리 씨가 출근하는 대로 이 봉투를 전해주세요. 아주 중요한 겁니다." 그가 돌아서서 유리문 쪽으로 걸었다. 그녀가 자기 겉옷을 빌려주겠다고 소리쳤지만 그는 듣지 못했다.

아서는 담배를 피우고, 수다를 떨고, 휴대전화를 검색하거나 수업을 듣기 위해 학교로 들어오는 학생들을 지나쳤다. 몇몇 가족들이 비를 피하려고 줄무늬 차양 밑에 모여 있는 것도 보지 못했고, 하루 장사를 시작하려고 이제 막 문을 여는 상가의 전자음과 동전 달그락거리는 소리도 듣지 못했다. 해변에 이르러보니, 아서 혼자였다. 이런 날씨에 밖에 나올 정도로, 더구나 바닷가에 나올 정도로 정신 나간 사람이 있을 리 없었다.

출렁이고 물결치는 잿빛 카펫처럼 눈앞에 바다가 펼쳐져 있었다. 그는 해변 가장자리에 서서 바다를 바라보며 철썩거리는 파도 소리가 그에게 최면을 걸게 했다. 바닷물이 신발 끝을 적셨다. 바람이 허벅지를 할퀴었다. 그렇게 서 있는 동안 발목이 점점 더 붉어지고 욱신거렸다.

불과 몇 주 만에 그는 아내를 애타게 그리워하며 슬픔에 잠겨 있던 홀아비에서 온통 의심으로 가득 찬 남자가 되었다.

두 사람은 서로에 대해 너무도 잘 알았다. 그것이 그들의 결혼 생활에서 그가 사랑했던 대목이었다. 두 사람은 서로의 생각과 감정과 좋아하는 것들로 조화를 이룬 영혼의 단짝이었다. 그러나 두 사람은 서로의 살아온 이야기를 알지 못했다. 그는 왜 아내에게 그를 만나기 전의 과거에 대해 묻지 않았던가? 그건 그녀에게 과거가 있을 거라고 생각하지 않았기 때문이었다.

아내가 없다면, 그에겐 무엇이 남아 있을까? 그에겐 루시가 있었다. 버나뎃이 있었다. 바다 건너에 사는 아들도 있었다. 그러나 그의 가슴속엔 아픈 구멍이 있었고, 그 구멍은 다시는 채워지지 않을 것이다. 아서는 자신이 사랑했던 여자, 그가 알지 못했던 여자 때문에 아팠다. 그녀 없는 집은 집이 아니었다. 그저 벽과 카펫과 그 안에서 버스럭거리는 한심한 노인네가 있는 공간일 뿐이었다.

그의 어깨에 닿는 그녀의 뺨을 느끼지 못한 채로 어떻게 살아간단 말인가? 함께 아침 식사를 만들 때 그녀가 흥얼거리는 노랫소리를 듣지 못하고 어떻게? 이제 그들이 한 가족을 이루었을 때와는 모든 게 다를 것이다. 그 생각을 하는 순간 그는 마치 모래언덕처럼 무너져 내리는 기분이었다.

빗발이 거세어지기 시작했다. 처음엔 후드득 떨어지며 눈꺼풀에 물 얼룩을 만들더니 갈수록 굵어져서 마치 하늘에서 빨대를 쏟아 붓는 것 같았다. 빗물이 얼굴을 때리고 뺨으로 흘러내렸다. 바지가 흠뻑 젖어 다리에 달라붙었다. 아서는 손을 입에 모으고 소리쳤다. "미리엄!" 바람이 그의 목소리를 집어삼켜서 어디론가 데려갔다. "미리엄!" 그는 그녀의 이름을 부르고 또 불렀다. 그녀가 들을 리 없다는 걸 알면서도, 불러봐야 소용없다는 걸 알면서도. "미리엄!"

그 말들이 사라지자 공허함을 느꼈다. 오직 그 말들만이 그를 지탱해주었던 것처럼. 바다가 발밑에서 출렁이며 신발을 채웠다. 그는 자갈에 걸려 뒤로 비틀거리다가 쿵 하고 젖은 모래에 주저앉았다. 무릎에서 우두둑 소리가 났고 양손과 엉덩이가 철퍼덕하고 모래를 때렸다. 파도가 다리에 부서지면서 다시 한번 그를 흠뻑 적시고는 흰 거품으로 후광을 만들며 에워쌌다. "미리엄." 아서는 다시 한번 힘없이 미리엄을 부르며 손가락을 모래 속에 파묻었다. 모래가 그를 빨아들이고 끌어당기는 것 같았다. 캐내고 추적하지 말고 아내를 그대로 내버려뒀으면 좋았을 것을. 그는 잠긴 채로 내버려두었어야 할 문들을 열어버리고 말았다. 그날 그 부츠에 손을 넣어보지 않았더라면 좋았을까. 중고품 가게에서 그 부츠를 산 사람이 참 팔찌를 발견했다면 기분 좋은 깜짝 선물이 되었을 텐데. 그 팔찌가 그들에게 행운을 가져다주었을지도 모를 일이었다.

그는 주머니에서 팔찌를 꺼냈다. 이젠 꼴도 보기 싫었다. 팔찌가 그의 추억에 입힌 상처가 싫었다. 잿빛 바다가 손짓하고 있었다. 그는 팔찌를 어깨 높이까지 들고 그 무게를 느꼈다. 팔찌가 허공에서 빙글빙글 돌다가 물속으로 풍덩 떨어지는 광경을 상상했다. 팔찌는 물속으로 가라앉아 해저에서 수세기 동안 누군가 발견해주길 기다리겠지. 그러다가 누군가가 팔찌를 발견하게 되면 참의 유래를 궁금해하겠지. 그러나 그 사람에게 그 팔찌는 아무 의미 없는 물건이겠지. 팔찌가 지닌 유일한 가치는 호기심 값과 금값 정도겠지.

아서는 팔찌를 없애버리면 기분이 나아질지 생각해봤다. 그러나 아직 사연을 모르는 참이 하나 더 남아 있었다. 하트. 하트 모양의 상자와 하트 모양의 자물쇠와 하트 모양의 참. 어쩌면 그 참이 아내가 그를 진심으로 사랑했음을, 두 사람이 함께한 삶이 그녀에게 일종의 타협이 아니었음을 밝혀줄 수도 있지 않을까. 어쩌면 그 참이 대답을 쥐고 있을지도 모른다.

반드시 그래야만 했다.

그러나 팔찌를 들고 바다로 들어가는 건 너무도 유혹적이었다. 바다 한복판으로 오라고 파도가 그를 어르고 있었다. 팔찌를 들고 들어간다면 팔찌는 분명 사라질 것이다. 그의 발이 젖었고, 발목이 젖었다. 그렇다면, 사타구니, 허리, 가슴, 어깨까지 적시지 말란 법이 어디 있는가? 그의 입과 코, 눈, 그리고 한 줌의 흰 머리카락만 남을 때까지 적셔서 바다가 그를 휩쓸어 데려가지 말란 법이 어디 있는가?

누가 신경이나 쓸까?

몇 달 전만 해도 그는 아무도 신경 쓰지 않을 거라고 생각했다. 그러다가 루시와 다시 소통하기 시작했다. 실비와 키스를 했다. 버나뎃은 그를 돌봐주었다.

루시를 떠올린 순간 아서는 힘겹게 몸을 일으켰다. 루시에겐 그가 필요했다. 그에겐 루시가 필요했다. 발밑에서 조약돌 달그락거리는 소리를 들으니 안도감이 밀려왔다. 바다가 부추긴 일을 하지 않았다는 안도감이었다. 루시. 그 아이는 유산으로, 결혼 생활을 끝내는 것으로, 엄마를 잃은 것으로 이미 충분히 고통을 겪었다. 자살까지 해서 루시에게 더 큰 슬픔을 보탠다면 너무 한심하고 이기적인 노인네일 것이다. 그는 계속 뒷걸음질을 쳤고 어느 순간 발이 돌밭에 닿았다. 그는 바위에 앉아 손에 쥔 팔찌를 보았다. 자갈의 어두운 잿빛과 바다와 잉크빛 하늘을 배경으로 너무도 환하게 반짝였다. 하트는 빛을 발하는 것 같았다.

그가 앉은 자리 옆에 웅덩이가 하나 있어서 발치에 후광처럼 물이 고여 있었다. 조그만 회색 게 한 마리가 죽은 듯 꼼짝 않고 바닷물에 갇혀 있었다. 아서는 한참 동안 게를 바라보았다. 그 게는 물에 갇혔다. 이제 바닷물은 빠질 것이다. 해가 나면 물이 마를 것이다. 게의 조그만 몸은 바싹 말라버릴 것이다.

그는 손가락을 물에 담가봤다. 게는 한쪽 다리를 움직였다가 이내 가만히 멈췄다. 마치 그에게 작별 인사로 손을 흔든 것 같았다. 아서는 손가락을 조금 더 넣었다. 그의 조그만 친구는 자기 버전의 내셔널 트러스트 동상 모드를 수행하는 중이었다.

"웅덩이에 있다간 죽을지도 몰라." 그가 큰 소리로 말했다.

"거기 있으면 꼼짝없이 갇혀. 바다가 더 안전해."

그는 손을 동그랗게 오므려서 게를 손바닥 안에 넣었다. 아서는 조심스럽게 손을 들었다. 그와 게는 한동안 서로를 쳐다봤다. 게의 눈은 핀으로 뚫은 것처럼 까맣고 작았다. "겁내지 마." 그가 말했다.

그는 게를 바다로 들고 가서 조그만 파도가 밀려올 때까지 기다렸다. 그러고는 게를 파도 가장자리에 얹어놓았다. 게는 감사와 작별의 인사를 하듯 잠시 멈췄다가 이내 바다를 향해 옆으로 움직였다. 보드라운 파도가 게를 휘감았고 물이 빠지고 나니 게가 사라졌다.

아서는 게가 있던 자리를 보았다. *어쩌면 나도 이 웅덩이에 갇혀 있었던 건지 몰라.* 그가 생각했다. *비록 두려운 미지의 세계일지라도, 나도 바다로 나아가야 해. 그러지 않으면 말라 죽어버릴 테니까.*

온몸이 흠뻑 젖어서 게 한 마리를 구하는 자신의 모습을 보고 루시는 뭐라고 할지. "아버지 그러다가 감기 걸려요. 어서 이리 와서 몸을 따듯하게 하세요." 루시가 어렸을 때 그가 했던 말이었다. 두 사람의 역할이 바뀌었다고 생각하니 기분이 묘했다. 미리엄도 우습다고 생각할 것 같았다.

그가 무얼 하건 이제는 상관없었다. 그는 홀아비였다. 그에게 어떻게 살아야 한다고 잔소리하는 사람은 아무도 없었다. 바닷물 속에서 우스운 춤을 추고 싶으면 그럴 수도 있었다. 못

할 것도 없지. 그는 파도가 밀려들기를 기다렸다가 발장구를 치고 춤을 추었다 "날 봐, 미리엄!" 그는 미친 듯이 웃었고 눈물이 빗물과 함께 뺨을 타고 흘렀다. "난 지금 바보짓을 하고 있어. 난 당신을 용서할 거야. 당신은 그게 최선이라고 생각했기에 나한테 얘기하지 않은 거겠지. 그럴 만한 이유가 있었을 거라고 여기고 당신을 믿어야겠지. 난 살아 있어. 당신도 살아 있으면 좋겠지만 당신은 살아 있지 않아. 가슴이 아프더라도 난 살고 싶어. 말라비틀어진 게가 되고 싶지 않아."

그는 가볍게 달리기 시작했고 그러다가 다시 걸었고 해변을 따라 뛰었다. 바닷물에 들어갔다가 나오길 반복하면서. 차가운 물이 그가 살아 있음을 일깨워주었다. 그는 양팔을 벌리고 바람을 품었고 바람이 그의 옷을 펄럭이고 눈을 찔렀다.

그는 용서하고 또 잊어야 했다. 다른 길은 없었다. 그는 양팔로 몸을 감싼 채 바람을 맞으며 걷다가 어느 바닷가 카페 앞에 이르렀다. 어느덧 먹구름이 걷히고 있었다. 태양이 고개를 내밀었다. 파란색과 흰색 줄무늬 차양 가장자리에 빗방울이 반짝였다. 길가의 웅덩이들이 거울처럼 반짝였다.

어느 커플이 카페 문을 열고 안으로 들어갔다. 그들은 폭스테리어를 끌고 왔고 녀석의 털이 젖어서 곱실곱실했다. 그들이 입고 있는 방수 바지와 외투에서 빗물이 뚝뚝 떨어졌다. *저 사람들도 나만큼 젖었군.* 그렇게 생각하면서도 아서는 미리엄이 있었다면 뭐라고 했을지 상상했다. *그런 상태로는 못 들어가.* 그러나 그는 들어갈 수 있었다. 카페 안으로 들어서는 순간 그를 반기는 온기가 훅 하고 뺨 사이로 불어왔다.

"세상에! 꼴이 말이 아니시네!" 화사한 노란색 앞치마를 두른 여자가 말했다. "일단 좀 말려야겠어요." 여자가 카운터 뒤로 사라졌다가 보송보송한 하늘색 수건을 들고 왔다. "이걸로 물기를 좀 닦으세요." 여자가 개를 닦아주라며 조금 더 거친 수건을 커플에게 내밀었다. "날씨가 아주 고약하네요. 걷다가 갑자기 비를 만나신 거예요? 날씨가 이렇게 변덕스러운지 원." 여자가 손가락으로 소리를 냈다. "기가 막히게 화창하다가도 갑자기 어두워지고 음산해지죠. 하지만 태양은 반드시 다시 나와요. 지금이 바로 그때인 것 같네요. 이제 곧 갤 거예요."

아서가 수건으로 몸을 찍어내고 닦고 문질렀다. 여전히 흠뻑 젖어 있었지만 얼굴의 물은 말랐다. 그는 핫초콜릿 한 잔을 나눠 마시는 젊은 커플을 보았다. 여자는 미리엄처럼 머리색이 짙었고 남자는 마른 데다 털이 수북했다. 그들의 음료는 길쭉한 잔에 담겨 있었고 윗부분에 휘핑크림과 초콜릿 알갱이가 뿌려져 있었다. 노란 앞치마를 입은 여자가 주문을 받으러 오자 그도 같은 것을 주문했다. 아서는 창가에 앉아 유리창의 빗방울을 바라보았다. 그는 크림을 떠서 한입 맛본 다음 후후 불고 한 모금씩 음미하며 뜨겁고 달콤한 액체를 마셨다.

음료를 마시고 나서 역으로 가서 열차를 탔고, 그다음엔 집으로 가는 버스를 탔다. 옷이 몸에 달라붙어서 걸을 때마다 소리가 났다. 집이 가까워질 때쯤 주머니 속 휴대전화의 진동이 느껴졌다. 버나뎃이 메시지를 남겼다. "전화해줘요"라고.

추억

아서의 집 현관은 어둡고, 서늘했다. 그는 버나뎃의 문자 메시지를 보았다. 단순하게 용건만 썼다. 맙소사, 안 돼. 가장 먼저 떠오른 생각이었다. 괜찮아야 할 텐데. 그는 일단 젖은 옷을 벗어놓고 전화해볼 생각이었다.

예상했던 대로 그를 기다리고 있는 생일 축하 카드는 없었다. 루시는 학교에서 아이들 숙제를 채점하고 있을 것이다. 버나뎃은 어쩌면 아직 병원에 있을지도 모른다. 그는 혼자였다.

아서는 열쇠를 잎사귀 모양 포푸리 근처의 선반 위에 올려놓다가 멈칫했다. 부스럭거리는 소리가 들렸다. 이상한 일이었다. 그는 자리에 서서 귀를 기울였다. 나이 탓이라 나지도 않은 소리를 들었다고 착각한 모양이라고 자신을 책망하며 거실 문을 조금씩 열었다. 그리고 그 순간 하마터면 심장이 멎을 뻔했다.

창문에 형상이 하나 비쳤다. 그것은 큼직했고…… 사람이었다. 그림자는 움직이지 않았다.

강도.

아서는 비명을 지르려고, 소리를 치려고, 아니 그 어떤 소리라도 내보려고 입을 벌렸지만 아무 소리도 나오지 않았다. 들어오면서 이미 현관문을 잠갔고, 열쇠를 찾으려고 버스럭거리고 싶지 않았다. *왜 하필 나지? 난 가진 게 아무것도 없는데. 난 한심한 노인네일 뿐인데.*

그 순간 오기가 발동했다. 낯선 침입자가 여기서 망쳐놓기에 그는 이미 너무 많은 일을 겪었다. 미리엄이 없는 게 다행이다 싶었다. 미리엄이 있었다면 겁에 질렸을 테니까. 그는 앞으로 나아가서 어둠 속에 대고 큰 소리로 외쳤다.

"값나가는 물건은 하나도 없다오. 지금 고이 나가주면 경찰을 부르지 않으리다."

부엌에서 쿵 소리가 났다. 공범자. 아서의 입안이 바짝 말랐다. 그는 꼼짝없이 걸렸다. 두 명의 침입자는 그의 말을 듣지 않을 것이고, 그의 말에 설득당하지도 않을 것이다. 아서는 자신을 방어할 묵직한 물건을 찾아 더듬거렸다. 손에 잡히는 거라곤 우산뿐이었다. 그는 뾰족한 부분으로 침입자를 찌를 수 있도록 손잡이 쪽을 꽉 움켜쥐었다. 그러고는 몸을 앞으로 숙이고 문틈으로 들여다보면서 머리를 향해 주먹이 날아올 경우에 대비해 마음을 다잡았다.

그의 뒤쪽에서 부엌의 불이 켜졌다. 갑자기 허를 찔린 아서는 눈만 깜빡이고 있었다.

"서프라이즈!" 일제히 외치는 소리가 들렸다. 그의 집 다이닝룸에 사람들이 모여 있었다. 그는 비틀거리며 그들의 얼굴을, 침입자들의 얼굴을 제대로 보려 애썼다. 먼저 흰 앞치마를 두르고 있는 버나뎃의 얼굴이 보였다. 테리도 거북 없이 혼자 와 있었다. 신발을 신지 않은 빨간 머리 꼬마 둘도 있었다. "생일 축하해요, 아버지." 루시가 다가와 양팔로 그를 끌어안았다.

아서는 무기를 떨어뜨렸다. "난 네가 잊은 줄 알았지."

"우리가 어둠 속에서 얼마나 오래 기다렸는데요. 그래서 제가 문자한 거예요." 버나뎃이 말했다.

"안 그래도 지금 전화하려던 참이었어요. 다 괜찮은 거예요?"

"그 얘긴 나중에 해요. 오늘은 아서의 생일이잖아요."

"아버지 흠뻑 젖었네!" 루시가 기겁을 하며 말했다. "오늘 외출하시는 걸 테리가 봤다고 하더라고요. 이맘때쯤엔 돌아오실 줄 알았죠."

"집에 있을 수가 없더구나. 난…… 오, 루시." 그가 루시를 다시 한번 끌어안았다. "네 어머니가 너무 보고 싶다……."

"알아요, 아버지. 저도 그래요."

두 사람의 이마가 맞닿았다.

카펫 위 아서의 발치에 물웅덩이가 생겼다. 그의 파란 바지가 다리에 붙어 투명해졌다. 물을 머금은 외투는 무거웠다. "산책을 나갔는데, 갑자기 날씨가 변덕을 부리더라고."

"자, 어서 옷 갈아입고 내려오세요." 루시가 말했다. "하지만 저 방엔 아직 들어가지 마세요."

"저 방에 누가 있던데. 난 강도인 줄 알았다."

"그건 아버지를 위한 깜짝 선물이에요." 루시가 말하면서 그의 어깨 너머를 보았다. "그런데 그냥 지금 받으셔도 될 것 같아요."

"저 왔어요, 아버지."

아서는 자기 귀를 의심했다. 그는 기계적으로 돌아서서 양팔을 벌리고 서 있는 아들을 바라보았다. "댄……" 그가 더듬거리며 말했다. "정말 네가 맞니?"

댄이 고개를 끄덕였다. "루시가 전화했어요. 저도 오고 싶었고요."

아서는 시간을 잊었다. 그는 다시 한번 아들을 안고 싶었고 아들 곁에 가까이 있고 싶었다. 댄이 오스트레일리아로 떠날 때 두 남자는 그저 서로의 등을 툭툭 쳐준 게 전부였다. 이제 두 사람은 서로를 꼭 끌어안고 현관홀에 서 있었다. 아서는 머리 위에 닿는 아들의 까칠한 턱을 마음껏 즐겼다. 손님들 모두 아버지와 아들이 이 순간을 음미하도록 잠자코 지켜봤다.

댄이 그에게서 떨어져 팔이 닿을 정도의 거리로 물러섰다. "무슨 그런 희한한 옷을 입으셨어요?"

아서는 자신의 파란색 바지를 보고 웃었다. "얘기가 길어."

"저 일주일 있을 거예요. 더 오래 있을 수 있으면 좋을 텐데."

"그 정도면 그동안 내가 뭘 하고 지냈는지 얘기할 시간은 충분하겠구나."

옷을 갈아입으러 위층으로 올라가니 아래층에서 시끌벅적한 소리와 웃는 소리가 들렸다. 그는 파티나 가족 모임을 별로 좋아하지 않았다. 재미있고 흥미진진한 얘깃거리가 없는 그에겐 불편한 자리였다. 미리엄이 사람들과 어울리는 동안 그는 부엌에 서서 사람들의 음료를 채워주거나 술안주를 집어 먹었다. 그러나 지금은 집 안에서 들려오는 사람들의 소리가 좋았다. 친근하고 따듯한 소리였다. 그가 갈구했던 바로 그것이었다.

그는 옷장에서 본능적으로 평상시에 입던 바지와 셔츠를 꺼냈다. 침대 위에 입을 옷을 던져놓고 젖은 옷을 벗어던졌다. 그러고는 침대 위에 옷들을 바라보았다. 낡은 바지는 발목에 닿는 느낌이 까슬까슬했고 앉으면 허리에 파고들었다. 옷 입는 방식도 그에게는 하나의 일과였고 그가 입는 옷은 홀아비의 유니폼이었다. 파리에서 루시와 함께 산 옷들은 약간 점잖은 것들이라 그는 옷장 바닥을 더듬어봤다. 뽀빠이 다리가 되기 전에 댄이 입던 진 바지에 *슈퍼드라이*superdry라고 적힌 스웨트 셔츠가 있었다. 자신이 지금 완전히 젖은superwet 상태라 재미있다는 생각이 들었다. 그는 수건으로 물기를 닦고 머리를 문지른 다음 옷을 입고 아래층으로 내려갔다.

다이닝 룸의 기다란 테이블에 뷔페가 차려져 있었다. 소시지 롤, 크리스프, 포도, 샌드위치와 샐러드. 반짝거리는 일흔 번째 생일 축하 플래카드도 벽에 테이프로 붙어 있었다. 그의 의자에는 자그마한 카드와 선물 무더기가 있었다.

"생일 축하해요, 아서." 버나뎃이 그의 뺨에 키스했다. "선물 열어볼래요?"

"나중에 할게요." 아서는 항상 사람들 앞에서 선물을 열어보고 놀라움이나 기쁨을 표현해야 하는 게 부끄러웠다. 포장지를 천천히 벗기면서 뭐가 들어 있을지 생각해보는 게 좋았다. "버나뎃이 이걸 다 준비했어요?"

그녀가 미소를 지었다. "일부만요. 댄과 루시가 애를 많이 썼어요. 앞집 테리가 빨간 머리 꼬마들의 부모님이 영화를 보러 간 동안 아이들을 돌봐주겠다고 했대요. 그래서 그 아이들도 같이 왔어요."

"하지만……" 아서가 머뭇거렸다. "병원 약속은…… 메시지를 남겼잖아요. 어떻게 됐어요?"

"쉿. 그건 나중에 얘기해요. 오늘은 아서의 날이잖아요."

"이건 중요한 일이에요. 어떤 말보다도 버나뎃이 괜찮다는 말을 듣고 싶어요."

버나뎃이 그의 팔을 두드렸다. "난 괜찮아요, 아서. 결과는 괜찮대요. 종양은 양성이었어요. 얼마나 걱정이 되던지, 아서를 위한 깜짝 파티를 준비하면서 바쁘게 지낼 수 있어서 오히려 다행이다 싶었어요. 루시가 전화를 했더라고요. 루시가 우리 모두에게 전화했어요."

아서가 미소를 지었다.

"네이단이 비밀을 털어놓았다면서요." 버나뎃이 말했다. "그 녀석이 내 병원 예약을 봤던데, 얘기할 사람이 있어서 다행이었지 뭐예요. 어쨌든, 난 괜찮아요."

"휴." 엄청난 안도감이 밀려들었다. 무릎이 후들거렸고 목이 조여왔다. 아서는 양팔을 벌려 그녀에게 두르고는 꽉 끌어안았다. "괜찮다니 정말 기뻐요." 버나뎃은 보드랍고도 따듯했고 바이올렛 향기가 풍겼다.

"저도요." 그녀의 목소리가 떨렸다. "저도요."

초인종이 울렸고 루시가 소리쳤다. "제가 나갈게요!"

잠시 후 부엌문이 열렸다. "우리 엄마 그만 놔주시죠, 호랑이 아저씨." 네이단이 말했다.

그 말에 아서가 양손을 옆으로 내렸지만 돌아보니 네이단은 웃고 있었다.

네이단은 머리를 짧게 잘랐고 덕분에 도자기 같은 푸른 눈이 드러났다. 양손에 알루미늄 포장지로 싼 무언가를 들고 있었다. "이거 아저씨 드리려고요."

"나?" 아서가 받아들었다. 포장지를 벗겨보니 고급 케이크 전문점에서 사 온 것 같은 아름다운 초콜릿 케이크가 있었다. 반짝이는 아이싱으로 뒤덮였고, 장식 글자로 '아서의 예순다섯 번째 생일을 축하합니다'라고 적혀 있었다.

"제가 만들었어요." 네이단이 말했다. "저 엄마하고 화해했어요. 다 얘기했거든요. 제가 제빵을 하고 싶다고 했더니 기뻐하시더라고요. 엄마가 검사 결과 얘기하던가요?"

"그래. 두 사람 다 너무 잘됐구나. 그리고 이 케이크 진짜 잘 만들었다." 아서는 예순다섯 살이 아니라 일흔 살이라고 말하지 않을 생각이었다. "진짜 실력이 대단하네. 맛있어 보여."

길에서 보았던 빨간 머리 꼬마 둘 때문에 아서는 하마터면 쓰러질 뻔했다. 그중 한 명이 그의 팔꿈치를 세게 때렸다. "요 놈들!" 케이크를 내려놓고 네이단이 소리쳤다. "너희들 까불지 말고 어서 양말 신고 신발 신어."

두 꼬마가 곧바로 하던 짓을 멈추고 시키는 대로 했다. "얘들은 감시할 사람이 필요해요." 네이단이 말했다. "이런 애들을 돌봐주다니 테리는 성자네."

루시가 들어왔다. "아버지? 보여드릴 게 있어요. 선물이에요."

"여기 선물을 산더미처럼 받았잖아. 아직 풀어보지도 못했는데."

"이건 저와 댄이 드리는 큰 선물이에요. 아래층 방에 있어요. 그녀가 문을 열었다.

아서가 고개를 저었다. "괜한 신경을 썼구나." 그렇게 말하면서도 아서는 루시를 따라 방으로 들어갔다.

그는 색깔들과 사람들의 향연에 둘러싸였다. 그 방의 모든 벽이 사진으로 장식되어 있었다. 마치 페인트 색상표처럼 깔끔하게 줄맞춰 정리되어 있었다. 가까이 다가가서 보니 사진 속 얼굴들이 보였다. 그의 얼굴, 미리엄의 얼굴, 댄, 루시. "이게 다 뭐냐?" 그가 물었다.

"아버지의 삶이에요." 루시가 말했다. "아버지가 줄무늬 상자를 안 보려고 하셨잖아요. 그래서 제가 사진들을 가지고 왔어요. 자세히 보셨으면 좋겠어요. 이 사진들을 자세히 보시고 아버지 어머니가 얼마나 멋진 삶을 사셨는지 기억하셨으면 좋겠어요."

"하지만 네가 모르는 것들이 있단다. 내가 새로 알게 된 것들……."

"그게 뭐든 그것 때문에 두 분이 함께 나누었던 것들이 달라지진 않아요. 아버진 오랫동안 행복하게 사셨어요. 그런데 지금은 과거에 집착하고 계세요. 아버지가 없던 시절 어머니의 삶에 대해 알아내려 애쓰시잖아요. 그리고 그 시간을 아버지가 어머니와 함께했던 시간보다 더 크고 더 밝고 더 좋은 시간으로 만드셨잖아요."

아서는 제자리에 서서 빙 돌아보았다. 그와 미리엄이 함께 찍은 수백 장의 사진들이었다.

"아버지의 삶을 보세요. 어머니가 어떻게 웃고 있는지, 아버지가 어떻게 웃고 있는지 한번 보시라고요. 두 분은 서로를 위해 태어났어요. 아버진 행복했어요. 호랑이도 없었고, 형편없는 시들도 없었고, 파리에서 쇼핑을 한 적도 없었죠. 낯선 나라로 여행을 하지도 않았고요. 하지만 두 분이 함께한 삶이 있잖아요. 이걸 보시고 소중히 간직하세요."

사진들은 높이 뻗어 올라간 고층 건물의 조그만 창문들 같았고, 창문 하나하나로 지나간 시간을 엿볼 수 있었다. 루시와 댄이 사진들을 시간순으로 정리해놓아서 그가 서 있는 자리에서 왼쪽, 문 가까이에 붙어 있는 사진들은 흑백이었다. 미리엄과 그가 처음 만났을 때의 사진이었다. 아서는 미리엄을 처음 본 날을 기억했다. 미리엄은 커다란 바구니를 팔에 걸고 정육점으로 들어서고 있었다. 그 바구니에 무얼 담았는지도 기억이 났다. 버터 한 덩이 위에 종이에 싼 돼지고기 소시지. 왕골바구니가 낡고 부러졌던 것도 기억하고 있었다. 그는 천천히 방을 돌며 사진들을 보았다. 눈앞에 펼쳐진 그의 인생을 보았다.

버나뎃과 네이단, 테리는 아이들을 몰고 눈치껏 부엌으로 자리를 피해주었다.

아서는 한 장의 사진을 향해 손을 뻗었다. 그들의 결혼식 날이었다. 그는 너무도 뿌듯해 보였고, 미리엄은 애정 어린 눈빛으로 그를 쳐다보고 있었다. 미리엄이 유모차를 끄는 사진도 있었다. 그 안에서 루시가 까르륵거렸다. 바로 그때 아서는 미리엄의 팔목에서 반짝이는 조그만 물건을 보았다.

"어디 가세요, 아버지?" 위층으로 올라가는 아서의 등에 대고 루시가 소리쳤다.

"금방 올게." 그는 연장통에서 외알 안경을 꺼냈다. 그는 사진을 가리키며 외알 안경을 눈에 끼웠다. 미리엄이 팔목에 차고 있는 것은 황금 참 팔찌였다.

"결국 그 팔찌는 비밀이 아니었네요. 어머니는 그 팔찌를 찼어요." 가까이 들여다보며 루시가 말했다.

"전 기억이 안 나요."

"나도 기억이 안 나."

"어머니한테 안 어울려요. 그죠?"

"응, 안 어울려."

"하지만 두 분이 행복했다는 거 모르시겠어요? 황금 팔찌 따위는 중요하지 않아요."

그는 양팔을 옆으로 늘어뜨리고 잠자코 서 있었다. 사랑과 자부심으로 가슴이 벅차서 현기증이 났다. 그에게 그 사실을 증명하기 위해 그의 자식들이 몇 시간에 걸쳐 엄청난 양의 접착제를 써야만 했다. 그는 장님이었다. 지난 열두 달 동안 엄격하게 정해진 일과에 따라 혼자 생활하면서 그의 삶은 빛이 바랬다. 그에겐 그 공허감을 채울 무언가가 필요했고 그는 오래된 황금 팔찌에 대한 집착으로 그 공허감을 채웠다. 오빠를 잃은 소니 야들리의 사연은 안타까웠다. 그러나 그건 끔찍한 사고일 뿐이었다. 미리엄은 새로운 삶을 시작해야 될 때라고 판단했고 실제로 그렇게 했다. 미리엄이 그 삶을 그와 함께하기로 선택해줘서 기뻤다.

그는 기억하고 또 웃으면서 방 안을 두 번 둘러보았다. 루시를 처음 품에 안았던 순간을 기억했고 아이들을 태운 유모차를 밀면서 자신이 얼마나 우쭐했었는지 떠올렸다. 마흔 살 생일 파티 때 미리엄이 얼마나 아름다웠는지, 그녀의 눈동자가 그에 대한 사랑으로 얼마나 반짝였는지도.

"이제 됐어?" 댄이 소리쳤다.

"댄!" 루시가 소리쳤다. "왜 이렇게 참을성이 없어! 아버진 아직도 보고 계셔!"

댄이 어깨를 으쓱했다. "난 지금쯤이면 됐겠다 싶었지……."

루시가 고개를 저었다. "알았어, 그럼. 시작해" 그녀가 마침내 동의했다.

"뭘?" 아서가 말했다. "뭘 할 건데?"

불이 꺼졌다. 버나뎃이 성냥을 그어 케이크 위의 촛불들에 불을 붙였다.

아서의 가슴이 두근거리기 시작했다. 모두가 '생일 축하합니다' 노래를 불렀고 그의 이름이 나오는 대목에서 모두가 다른 호칭을 대는 것이 재밌었다. 루시와 댄은 '아버지'라고 했고, 빨간 머리 아이들은 '동네 할아버지'라고 했다. 버나뎃은 '아서'라고 했고 네이단은 대충 얼버무렸다. 아서는 다시 이런 행복을 느낄 수 있을 거라고는 생각하지 못했다.

그는 칵테일 잔을 손에 들고 안락의자에 앉았다. 버나뎃이 한사코 그에게 섹스온더비치를 만들어주겠다고 우겼다. 맛이 좋았다. 달콤하고도 따듯했다. 그는 사교성이 좋은 편은 아니었지만 그래도 괜찮았다. 손님들이 차례로 그에게 와주었기 때문이었다. 댄은 몸을 숙이더니 영국이 얼마나 그리웠는지 모른다고 그에게 속삭였다. 그는 하인즈 콩 통조림과 영국의 전원이 그리웠다고 했다. 테리는 아서가 거북해하지 말았으면 좋겠다면서, 다음 주에 루시에게 영화를 보러 가자고 했는데 루시가 허락했다고 했다. 두 사람 다 좋아하는 영화가 그날 한다면서. 루시는 웃고 있었고 아서는 루시가 앤서니와 함께 있을 땐 그렇게 웃는 모습을 본 적이 없다는 생각을 했다.

"루스하고 얘기했는데, 루스가 어머니 팔찌 얘기를 하더라고요." 댄이 말했다.

팔찌는 침실 바닥의 젖은 바지 주머니 속에 들어 있었다. 아서는 망할 놈의 팔찌 따위는 생각하고 싶지 않았다. 그냥 바다에 던져버리고 올걸 그랬나. 팔찌는 과거의 산물이었고 그는 이제 과거에서 벗어나고 싶었다. "오늘 밤엔 얘기하고 싶지 않구나."

댄이 말을 하려고 입을 벌렸지만 버나뎃이 급히 다가왔다. 그녀는 초콜릿 케이크가 담긴 접시를 아서의 손에 내밀었다. "자기가 만든 거라고 얘기하던가요? 어때요?"

아서는 포크로 찔러 케이크 맛을 보았다. "아주 맛있네요. 아드님이 재능이 있어요. 버나뎃을 닮았어요."

버나뎃이 환하게 웃고는 댄이 됐다고 하는데도 한사코 한 쪽

먹어보라고 권했다.

루시가 댄의 곁으로 다가왔다. “얘기했어?”

“뭘 얘기해?” 그의 자식 둘이 그의 앞에 서서 나쁜 소식이 있다는 듯 입술에 힘을 주었다. “무슨 얘긴데?”

“자, 케이크가 왔어요. 모두들 케이크 드세요.” 접시를 한아름 들고 버나뎃이 다시 나타났다. “다들 드실 수 있을 정도로 넉넉하답니다.”

“댄?” 마지못해 접시를 하나 받아 드는 아들에게 아서가 물었다.

“내일 말씀드릴게요.”

“오늘 우리 여기서 자고 가도 될까요?” 루시가 말했다.

아서는 행복감으로 가슴이 벅차올랐다. “되고말고.”

“하지만 내일 아침엔,” 루시가 말을 이었다. “가족회의를 해야 해요. 댄이 할 얘기가 있대요.”

하트

아서는 숙취가 심했다. 뇌가 쾅쾅 두개골을 두드리는 것 같았다. 집 안은 고요했지만 낯설고도 친근한 소음이 들렸다. 댄은 예전에 자던 방에서 코를 골았다. 루시는 아직 책을 읽고 있는 모양이었다. 가만히 귀를 기울이면 책장 넘어가는 소리가 들렸다. 그는 돌아누워 침대 위의 빈자리를 보았다. "아이들이 다시 돌아왔어, 미리엄." 그가 속삭였다. "우린 여전히 페퍼 가족이야. 우리 모두 여전히 당신을 사랑해."

아이들이 시리얼을 어느 정도 먹는지 댄이 식탁에서 공간을 얼마나 차지하는지 그는 잊고 있었다. 아서는 별로 입맛이 없었는데도 댄과 루시가 서로 아침 식사를 준비하겠다고 고집을 부렸다. 그는 진통제 두 알을 차 한 잔과 함께 넘겼다. 세 사람은 먹고 웃었다. 댄이 우유를 쓰러뜨렸고 루시가 혀를 차고는 우유를 닦으며 멍청이라고 놀렸다.

그는 아들의 얼굴을 바라보았다. TV에서 〈머펫 쇼〉*가 나오면 신이 나서 팔짝팔짝 뛰며 좋아하던 동그란 얼굴, 초콜릿 단추 같은 눈에 머리카락이 수북한 소년의 모습은 아주 조금밖에 남아 있지 않았다. "나한테 할 얘기가 있다고 하지 않았니." 그가 먼저 얘기를 꺼냈다.

루시와 댄이 서로를 쳐다봤다.

"제가 댄한테 아버지의 여행에 대해 얘기했어요." 루시가 말했다.

"대단한 모험가시던데요, 아버지."

"참 팔찌 얘기도 했어요."

"어렸을 때 어머니가 그 팔찌를 보여주던 기억이 나요." 댄이 말했다.

"네 어머니가 너한테 보여줬다고?"

"루시는 학교에 있었고 전 어머니하고 집에 있었어요. 배가 아팠는데 어머니가 집에서 TV를 보고 있으라고 했어요. 조금 봤는데 너무 따분하더라고요. 그래서 침실로 갔죠. 어머니가 웅크리고 앉아서 옷장에서 뭔가를 꺼내고 있었어요. 참 팔찌였어요. 어머니가 참들을 보여주면서 각각의 참에 담긴 이야기를 들려줬어요. 물론 제가 건성으로 들어서 지금은 하나도 기억이

---

* 인형들이 주인공으로 등장하는 어린이용 코믹 버라이어티 TV쇼.

안 나지만요. 그 팔찌를 오후 내내 가지고 놀았어요. 그러고는 어머니가 팔찌를 도로 넣어두었고 그 뒤로는 한 번도 보지 못했어요. 그 팔찌 가지고 놀아도 되냐고 두어 번인가 물었는데 어머닌 그걸 '치웠다고'만 했어요. 하지만 전 늘 그 팔찌를 기억하고 있었죠. 코끼리가 가장 마음에 들었어요. 초록색 보석이 박혔잖아요."

"나도. 코끼리는 고귀한 동물이지." 아서가 아들을 바라보았다. "그래서 나한테 할 얘기라는 게 뭐냐?"

"아직 참 하나는 사연을 밝혀내지 못하셨죠?"

"그래. 하트."

"그건 제가 샀어요."

아서가 컵을 놓쳤다. 컵이 바닥에 떨어졌고 차와 유리가 사방으로 튀었다. 루시가 행주와 쓰레받기, 빗자루를 가지러 갔다. "지금 뭐라고 했니?"

"제가 하트 참을 사드렸어요. 카일하고 마리나가 고르긴 했지만요. 시드니에서 어느 가게에 들어갔어요. 어머니가 아버지한테 드릴 선물을 좀 더 신경 써서 고르라고 해서요."

"난 네가 어머니한테 보내는 선물을 좀 더 신경 써야 한다고 생각했는데."

"그래서 그때 그렇게 했어요. 보석 가게를 지나가고 있었는데 진열대에 황금 참들이 진열되어 있었어요. 마리나가 들어가서 구경하자고 했고 저는 어머니의 참 팔찌를 떠올렸어요. 그

때까지 까맣게 잊고 있었는데 그 순간 너무나 또렷하게 떠올랐어요. 호랑이와 코끼리 참을 갖고 놀던 어린 시절로 돌아간 기분이었어요. 그래서 마리나한테 참을 하나 고르라고, 그러면 그걸 영국에 계신 할머니한테 보내드릴 거라고 했죠. 마리나는 무척 흥분했어요. 그리고 곧바로 하트를 골랐어요. 어머니가 여전히 그 팔찌를 갖고 계실지는 몰라도 어쨌든 좋은 선물이 될 거라고 생각했죠."

"그 팔찌를 들고 런던의 보석 가게에 갔었는데 하트는 비교적 최근 제품이라고는 하더라. 팔찌에 제대로 걸리지 않았다고."

"아마 어머니가 아버지의 공구상자를 꺼내 직접 연결하셨을 걸요."

"하지만 나한텐 말하지 않았어. 보여주지도 않았고." 아서가 말했다.

"돌아가시기 불과 몇 주 전이었어요. 언제고 보여줄 생각이었는지도……."

아니면, 그걸 내게 보여줬다간 내가 이런저런 질문을 할까봐 그랬겠지. 아서가 생각했다. *내가 참들에 대해 물었을 거고 나한테 얘기하기엔 너무 늦었다고 생각했겠지.* 그랬다면 마틴에 대한 나쁜 기억들이 되살아났을 것이다. 아마도 하트 참은 팔찌에 행복을 더해준 것 같았다. "아마 그랬겠지." 그가 고개를 끄덕였다. "당연히 나한테 얘기할 생각이었을 거야."

*

댄은 렌터카에 아서와 루시를 태워 휘트비로 갔다. 화창하지만 바람이 부는 날씨였고 아서는 이번엔 패딩 방수 재킷에 레이스업 부츠까지 제대로 갖춰 신었다. 댄에게는 그의 옷을 빌려줬다. 아들은 영국 날씨가 어떤지 완전히 잊어버렸다.

그들은 오래된 마을을 지나고 199개의 계단을 올라 오래된 사원으로 갔다. 아서는 도중에 벤치에 앉아 오렌지색 타일 지붕의 주택들과 비앤드비들을 바라보곤 하면서 쉬엄쉬엄 올라갔다. 맨 꼭대기에 다다랐을 때 루시는 입안에 들어간 머리카락을 꺼냈고 댄은 팔을 벌리고 바람을 맞으며 뛰었다. "유후!" 댄이 소리쳤다. "카일하고 마리나도 같이 왔으면 정말 좋아했을 텐데."

"언제 한번 데리고 오지 않으련?" 아서가 조심스럽게 물었다. 아이들을 본 지가 한참이 되었다.

"그럴게요, 아버지. 약속해요. 올해부터는 매년 오도록 노력할게요. 어머니가 떠난 게 저한테 이렇게 큰 영향을 미칠 줄은 몰랐어요…… 그리고 죄송하다는 말씀도 드리고 싶어요."

"뭐가?"

"제가 어렸을 때 아버지를 좀 애먹였잖아요. 아버지가 저녁 늦게 퇴근해서 저한테 책 읽어주려고 했을 때요. 제가 자식을 낳아보기 전까지는 부모가 된다는 게 얼마나 힘든 일인지 몰랐어요. 저 완전 눈엣가시였잖아요." 그가 동생을 돌아보았다. "너한테도, 루스."

아서가 고개를 저었다. "사과할 필요 없단다, 아들아."

"누구도 완벽하지 않아." 루시가 아서의 팔을 주먹으로 때렸다. "오빠는 확실히 그래."

아서가 짓궂게 아얏! 소리를 내며 웃었다.

두 사람은 묘지를 거닐고 무너져가는 사원을 한 바퀴 돌고 나서 바다가 내려다보이는 언덕 쪽으로 걸었다.

"저하고 루시가 어머니하고 같이 아이스크림 밴에 갔던 일 기억하세요?" 댄이 물었다. "우리가 장난을 치면서 도로로 뛰어들었던 일? 커다란 트럭이 우리 쪽으로 다가오고 있었는데 우린 모르고 있었잖아요. 어디선가 아버지가 나타나서 우리 팔을 뒤로 힘껏 잡아끌었어요. 트럭이 요란한 소리를 내면서 지나갔죠. 아버지가 우리 목숨을 구했어요. 그때 저 얼마나 무서웠는지 오줌 쌀 뻔했어요."

"그걸 기억하고 있었니?"

"네. 아버지가 슈퍼맨 같다고 생각했어요. 학교 친구들한테 전부 다 말한걸요. 아버지한테 초능력이 있는 것 같았어요."

"넌 저만치 뛰어가서 아이스크림만 먹고 있던데."

"아마 너무 놀라서 그랬을 거예요. 아버진 제 영웅이었어요."

아서가 얼굴을 붉혔다.

"여기예요." 루시가 멈춰 섰다. "여기가 어머니가 가장 좋아하던 곳이에요. 저기 개 머리 모양으로 생긴 바위가 있어서 기억해요."

"저쪽엔 화산을 닮은 바위가 하나 있지." 댄이 덧붙였다. "늘 벤치에 앉아서 바다를 바라보곤 했어."

아서의 마음속에서 마치 안개 속에서 나타나는 친구들처럼, 서서히 추억이 되살아났다. 참에 담긴 이야기들에 대한 호기심은 잦아들기 시작했다. 모든 게 동화 속 이야기 같았고 아주 오래전 지나간 시간 속에서 일어난 일들 같았다. 아서는 그의 마음이 다시 그 자신의 이야기로 차오르는 게 기뻤다. 그의 아내와 그의 아이들에 관한 이야기였다.

"언젠가 우리가 아버지한테 물속으로 들어오라고 애원했던 기억이 나요." 루시가 말했다. "아버진 자꾸만 그냥 여기 앉아서 신문이나 읽겠다고 했죠. 그래서 저와 어머니와 댄이 바다로 갔는데, 갑자기 아버지가 우리 뒤에서 물을 뿌렸잖아요. 어머닌 그때 흰 드레스를 입고 있었는데 햇볕 때문에 투명해 보였어요."

"나도 기억한단다." 아서가 말했다. "난 그냥 바닷가에 앉아서 너희들을 지켜봤던 걸로 기억하고 있는데."

"아뇨. 아버지도 같이 갔어요." 댄이 말했다. "우리가 계속 졸라서 결국 항복했잖아요."

아서는 기억이라는 것이 시간이 흐르면 어떻게 변형되고 왜곡될 수 있는지에 대해 생각했다. 기억은 마음과 기분의 명령에 따라 잊히거나 복원되고, 강화되거나 흐려진다. 아서는 참을 준 사람들에게 미리엄이 어떤 마음을 품었는지 생각하며 온갖 감정들을 빚어냈다. 그는 미리엄의 마음이 어땠는지 알아내지 못했다. 알아낼 수가 없었다. 그러나 미리엄이 그를 사랑했다는 것, 댄과 루시가 그를 사랑한다는 것, 살아갈 이유가 충분하다는 것만은 알고 있었다.

"어서요, 슈퍼맨." 댄이 아서의 팔을 두드렸다. "바닷가로 내려가서 물장난 한번 할까요?"

"그러자꾸나." 아서가 말하고는 두 아이의 손을 잡았다. "자, 가자!"

집으로 온 편지

아서가 댄과 루시와 함께 휘트비 여행을 마치고 돌아와보니 현관 매트에 편지가 한 무더기 놓여 있었다. 편지는 노란 끈으로 묶여 있었고 전부 다 라벤더색 편지지에 썼다. 모든 편지 봉투가 뜯겨 있었고 거의 새것처럼 깨끗한 맨 위의 편지 외에는 보아하니 수도 없이 읽은 것 같았다. 아내의 손 글씨였다.

맨 위에 봉해놓은 마닐라 봉투가 있었다. 아서는 봉투를 뜯었다.

페퍼 씨

아주 오래전에 미리엄이 제게 보낸 편지들을 동봉해드립니다. 이 편지들은 저보다는 페퍼 씨에게 더 큰 의미가 있을 것 같군요.

때로 우리는 간직하고 싶어서가 아니라, 버리기가 힘들어서 무언가를 지니고 있곤 하지요. 이 편지가 아내에 대한 당신의 질문 몇 가지에 대답이 되기를 바랍니다.

다시는 제게 연락하지 말아주셨으면 합니다. 그러나 당신과 당신의 가족이 느낄 상실감에 애도를 표합니다.

소니 야들리.

"그게 뭐예요?" 댄과 함께 현관에서 부츠를 벗으며 루시가 물었다.

"별거 아니야." 아서가 가볍게 말했다. "나중에 읽어봐야지." 그가 편지를 주머니 속에 넣었다. 아내는 그래야 한다고 생각했기 때문에 자신의 과거를 비밀에 부쳤다. 그녀의 비밀을 지켜주기에 그는 너무 호기심이 많았다. 그러나 세상에는 과거 속에 남겨둬야 하는 것도 있었고, 자식들이 굳이 알아야 할 필요가 없는 것들도 있었다. 소니와 마틴 야들리처럼.

"자, 일단 들어가서 몸을 좀 데우자꾸나. 케첩 뿌린 소시지 샌드위치 먹으면서 뱀 사다리 게임 하고 싶은 사람?"

"저요!" 루시와 댄이 동시에 외쳤다.

*

그날 밤 아서는 잠옷을 입고 침대에 앉았다. 편지 한 꾸러미가 그의 곁에 놓여 있었다. 그는 조심스럽게 편지를 들었다. 편지를 열어보지 말고 그냥 이대로 내버려둬야 할지, 아주 잠깐 고민했다.

그는 편지를 뒤적이며 소인의 날짜를 확인했다. 맨 위에 있는 편지가 가장 최근 편지였다. 마치 어제 보낸 편지 같았다. 봉투를 열고 편지를 꺼내 펼치는 아서의 손이 떨렸다.

1969년 1월

소니에게

이 편지는 정말 쓰기가 힘들다. 내가 마지막으로 편지를 쓴 지가 정말 1년이 된 거니? 우린 정말 편지를 자주 했는데 말이야.

난 우리의 우정이 너무도 그립고 널 자주 생각해. 하지만 더 이상은 네가 나를 네 삶의 일부로 받아주지 않는다는 걸 받아들여야만 하겠지. 그 사실이 너무도 날 슬프게 하지만, 그게 네가 원하는 것이란 사실에서 위안을 얻을게.

지금껏 내 삶에는 항상 너와 마틴이 있었어. 내가 자랄 때 넌 항상 내 곁을 지켜줬고, 내 고민과 여행 얘기를 들어줬어. 마틴이 없다는 사실을 받아들이기가 너무 힘들어. 그의 죽음에 대해서는 진심으로 미안해. 나의 애도와 슬픔을 전하기 위해 너에게 여러 번 연락을 하려 했어.
난 지금도 마틴을 생각하고 그가 있었다면 어땠을까 생각하곤 해. 그 기억들은 너무도 달콤하고 너무도 고통스러워. 두 사람 다 너무나 그리워.
오랜 시간 그를 그리워한 끝에 나는 이제 그만 앞으로 나아가려 해. 그래서 너에게 다시 한번 편지를 쓴다, 친구야. 네가 다른 사람을 통해 이 소식을 듣는 걸 원치 않으니까.
난 아주 좋은 사람을 만났어. 그의 이름은 아서 페퍼야. 우리는 약혼을 했고 올해 5월에 요크에서 결혼할 거야. 그 사람은 조용하고 친절해. 한결같고 날 사랑해. 우리는 평온한 사랑을 하고 있어. 이젠 소박한 일상이 날 행복하게 해. 내 탐험의 시간은 끝났어. 이젠 집이 아닌 그 어떤 곳에도 있고 싶지 않아. 그리고 그와 함께하는 곳이 나의 집이야.
아서에게는 마틴 얘기를 하지 않았고 앞으로도 하지 않을 생각이야. 네 오빠에 대한 기억을 하찮게 여겨서가 아니라 과거에 살지 않고 미래를 향해 작은 한 발을 내딛기 위해서야. 과거를 잊고 싶지는 않아. 단지 앞으로 나아가고 싶을 뿐이야.
날 만나서 얘기를 나누고 우리의 우정을 기억하고 싶은지 다시 한번 물을게. 너에게서 소식을 듣지 못하면 너의 대답이

'노'인 것으로 알고 더 이상은 연락하지 않을게. 너의 가족이 편안하고 네가 마음의 평화를 찾았기를 바란다.

너의 친구 미리엄.

아서는 새벽 2시까지 아내가 소니에게 보낸 편지를 읽었다.

마지막으로 미리엄이 소니에게 자신에 대한 사랑을 처음 밝힌 첫 번째 편지를 한 번 더 읽었다.

그러고는 편지들을 차례로 조그맣게 찢었다. 다음 날 쓰레기통에 버리려고 종잇조각들을 쓸어 모아 손수건으로 싸놓았다.

그는 그의 아내를 잘 알았다. 두 사람은 40년 넘는 세월을 함께했다. 이제 그녀를 놓아줘야 할 때였다.

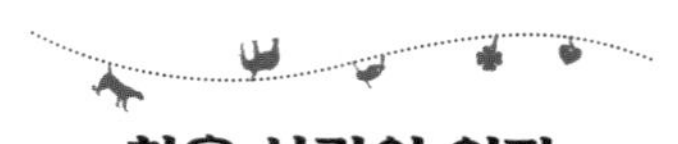

찾은 사람이 임자

6주 후

런던에 있는 제프의 상점에 들어서기 전에, 아서는 잠시 진열장의 황금 팔찌, 목걸이, 반지 들을 보았다. 저 보석들은 어떤 사랑과 행복, 죽음에 관한 이야기들을 들려줄 수 있을까. 이제 그것들은 새로운 사람이 새로운 이야기를 만들어주길 기다리고 있었다.

그는 문을 열고 눈이 어둠에 적응할 때까지 기다렸다.

"잠깐만요!" 제프의 거친 목소리가 들렸다. 잠시 후 그가 구슬 커튼을 밀고 나왔다. 그가 안경을 벗었다. "안녕하세요. 당신은……."

"아서예요." 그가 손을 내밀었고 제프가 악수를 했다.

"네, 알고 있어요. 마이크하고 같이 그 기가 막힌 팔찌를 들고 왔었잖아요. 내가 사랑에 빠진 그 참들이 달린 팔찌. 부인 거였죠?"

"기억력이 좋으시네요."

"이 일을 하다보면 여러 가지 보석을 보게 되거든요. 당연히 그렇지요. 그런 걸 파는 사람이니까요. 그 팔찌는, 어딘가 특별했어요."

아서가 침을 꿀꺽 삼켰다. "그걸 팔 생각인데, 관심이 있을 것 같아서 왔어요."

"관심 있고말고요. 다시 한번 봐도 될까요?"

아서가 배낭에서 하트 모양 상자를 꺼냈다. 제프가 상자를 열었다. "정말 아름다워요. 제가 기억하고 있는 것보다 더 멋지네요." 제프가 상자에서 팔찌를 꺼내 들고 만지작거렸다. 아서가 처음에 그 팔찌를 찾았을 때 그랬던 것처럼. "이 팔찌는 아주 자신감 넘치는 여자분이 살 거예요. 과시하기 위해서도, 투자하기 위해서도 아니죠. 이 참들을 사랑해서, 이 참에 담긴 이야기들 때문에 살 거예요. 정말 팔고 싶으세요?"

"팔고 싶어요."

"베이스워터에 이 팔찌를 좋아할 만한 분을 알고 있어요. 영화 제작자인데, 진정한 보헤미안 타입이죠. 이건 딱 그분 취향이에요."

"좋은 주인을 찾아갔으면 좋겠어요." 아서는 자신의 목소리가 떨리는 걸 느꼈다.

제프가 팔찌를 다시 하트 모양 상자에 넣었다. "정말 마음 정하셨어요? 어려운 결정일 텐데."

"이 팔찌는 더 이상은 나한테 감정적인 가치가 없어요. 오랫동안 감춰지고 잊힌 물건이에요."

"결정은 선생님 몫이죠. 전 어디 안 가니까요. 40년 동안 이 자리를 지켰어요. 제가 오기 전엔 제 아버지가 그랬고요. 전 여기 다음 주에도 다음 달에도 내년에도 있을 거예요. 그러니까 얼마든지 생각해보셔도 됩니다."

아서가 침을 삼켰다. 그가 손가락 하나로 상자를 제프 쪽으로 밀었다. "아뇨, 팔고 싶습니다. 하지만 참 하나는 간직하고 싶네요. 코끼리 하나를 빼도 이 물건에 관심이 있으신가요?"

"선생님의 팔찌잖아요. 코끼리를 갖고 싶으시면, 간직하세요. 그 자리에 다른 참을 끼워 넣을게요."

"내 여행을 시작하게 만든 녀석이라서."

아서가 카운터의 의자에 앉았고 제프는 가게 안쪽으로 들어갔다. 아서는 잡지를 한 권 꺼냈다. 잡지 뒷면에 새로 나온 참 팔찌의 광고가 실려 있었다. 달랑거리는 참 대신에 체인이 구슬을 관통하고 있었다. 미리엄의 팔찌가 그랬던 것처럼 특별한 일을 기억하게 해줄 거라는 광고였다. 세상에는 바뀌지 않는 것들이 있다는 게 신기했다.

아서는 잡지를 밀어놓고 주위의 금은보석들을 둘러보았다.

수십 년 동안 사용했고 누군가에게 큰 의미가 있었지만 팔리거나 팔려고 내놓은 물건들이었다. 이제 그 보석들은 자신을 아끼며 착용해줄 새 주인을 찾을 것이다. 아서는 제프가 안다는 영화 제작자가 어떤 사람일지 상상해봤다. 그의 상상 속에서 그녀는 빨간 실크 터번을 쓰고 하늘거리는 페이즐리 드레스를 입고 있었다. 아서는 미리엄의 팔찌가 그녀의 손목에서 달랑거리는 모습을 그려봤다. 보기가 좋았다.

"여기 있습니다." 제프가 코끼리를 아서의 손바닥에 올려놓았다. 다른 참들로부터 떨어져 있으니 늠름해 보였다. 마치 자기는 혼자 행진해야 하는 동물이라는 듯이. 아서는 에메랄드를 손가락으로 돌려봤다.

제프가 지폐 한 묶음을 건넸다. "우리가 얘기했던 금액이에요. 코끼리가 없어도 그 정도 값어치는 있습니다."

"정말요?"

제프가 고개를 끄덕였다. "절 찾아주셔서 고맙습니다. 오늘은 뭘 하시게요? 마이크를 만나보실 건가요?"

"그 친구 좀 찾아보려고요. 마이크는 종종 보시나요?"

"매일 봐서 탈이죠." 제프가 눈을 크게 뜨고 말했다. "내가 괜찮은지 보려고 매일 찾아와주는 착한 친구예요. 얼마 전에 심장에 문제가 있었거든요. 마이크가 수호천사 역할을 해주었어요, 내가 원하건 원하지 않건. 매일 와서 뭘 먹었는지, 운동을 제대로 하고 있는지 확인해요."

"마음이 따듯한 친구더라고요."

"정말 그래요. 황금 같은 마음씨를 지녔지요. 조만간 제힘으로 일어설 거예요. 나쁜 길로만 들어서지만 않으면 괜찮을 거예요. 근데, 이 돈으로 뭘 하실 건가요, 아서?"

"아들이 오스트레일리아에 살아요. 날 초대했어요."

"그 돈을 쓰셔야 해요. 당신을 행복하게 하는 일에 그 돈을 쓰세요. 돈으로 추억을 만들 순 있지만 추억으로 돈을 만들어선 안 되니까요. 골동품 상인이 아니라면 말입니다. 그 점 명심하세요, 아서."

*

그다음으로 아서는 지하철을 타고 런던을 가로질렀다. 그는 드 쇼펑의 집을 찾아가 문을 두드렸지만 아무도 나오지 않았다. 위층 커튼이 내려져 있었다. 그는 세바스티안에게 주려고 돈을 조금 떼어서 주머니에 넣어뒀다.

이웃집 문 앞에 웬 여자가 나타났다. 한 팔에는 서류가방을, 한 팔에는 치와와를 안고 있었다. "설마 빌어먹을 기자는 아니길 바라요." 여자가 쏘아붙이고는 개와 가방을 바닥에 내려놓았다.

"아뇨. 기자는 절대 아닙니다. 여기 살던 사람이 제 친구예요."

"작가요?"

"아뇨. 세바스티안."

여자가 고개를 번쩍 들었다. "유럽 억양이 있는 그 젊은 남자요?"

"네. 그 사람 맞습니다."

"몇 주 전에 떠났어요."

"아."

"굳이 말씀드리자면 아주 운 좋은 탈출이었어요. 자기보다 나이 많은 남자하고 팔짱을 끼었던데요. 옷차림이 깔끔하더라고요. 아주 잘 어울렸어요. 제 말이 무슨 뜻인지 아실지 모르겠지만."

아서는 고개를 끄덕였다. 그는 세바스티안이 여전히 노예 상태로 갇혀 있을 거라고만 생각했다. 그런데 그가 새 사람을 만난 모양이었다.

"자기밖에 모르는 늙은 개자식을 돌보는 것보단 훨씬 낫죠."

"두 사람 다 아시나요?"

"벽이 워낙 얇아서요. 그 사람들 싸우는 소리가 다 들렸어요. 그 작가라는 작자가 가엾은 젊은 남자한테 고함을 지르는 게 다 들렸어요. 그 사람은 오늘 아침에 세상을 떠났어요. 아직 뉴스에는 나오지 않았지만."

"드 쇼펑 말인가요? 그 사람이 죽었다고요?"

여자가 고개를 끄덕였다. "청소부가 발견했어요. 젊은 남자였는데, 얼마나 기겁을 했던지, 우리 집 문을 쾅쾅 두드려서 우리가 구급차를 불렀어요. 그래서 지금 기자들과 팬들이 들이닥치기를 기다리고 있었죠. 당신이 그중 한 명인 줄 알았어요."

"아뇨. 전 아서라고 합니다. 아서 페퍼."

"아서 페퍼 씨, 보아하니 이 사람들한테 무슨 일이 벌어지고 있는지 전혀 모르셨나보네요."

"맞습니다. 몰랐어요. 죄송하지만 봉투하고 종이 좀 빌릴 수 있을까요?"

여자가 어깨를 으쓱하더니 집으로 들어갔다 나와서 그에게 필기도구를 내밀었다. "필요하시면 우표도 드릴 수 있어요."

아서는 드 쇼평의 집 앞 계단 꼭대기에 앉아 50파운드를 봉투에 넣었다. 그는 짧은 편지를 썼다.

호랑이 먹이를 사는 데 쓰세요. 아서 페퍼.

그는 그레이스톡 부부의 주소를 쓴 다음 편지를 우체통에 넣었다.

다음번 행선지로 가기 위해 그는 마이크를 처음 만났던 지하철로 향했다. 운동화를 신고 배낭을 메고 지갑을 주머니 속 깊숙이 넣은 지금은 숙련된 여행가가 된 것 같은 기분이 들었다. 아름다운 플루트의 선율을 기대했지만 대신 기타 소리가 들렸다. 얼굴 전체에 피어싱을 한 소녀가 책상다리를 하고 바닥에 앉아 있었다. 줄무늬 울 스카프는 기타 끈으로도 쓰였다. 그녀가 연주하는 〈험한 세상에 다리가 되어〉는 뇌리를 떠나지 않을 정도로 아름다웠다. 아서는 20파운드를 그녀의 기타 케이스에 넣어주고는 버스를 타고 마이크의 아파트로 향했다.

그의 친구는 집에 없었다.

아서는 복도에 내셔널 트러스트 동상 모드로 서 있었다. 그는 귀를 기울이고 주위를 둘러보면서 자신이 혼자인지 확인했다. 복도는 텅 비어 있었다. 위층 아파트에서 희미하게 TV 소음이 들렸다. 게임 쇼를 보는 모양이었다. 마이크의 이웃집 아파트 벨을 누를 때 아서는 심장이 두근거렸다. 기다렸지만 아무도 나오지 않았다. 잘됐군. 딱 그가 바라던 바였다. 그는 다시 초인종을 한참 동안 눌렀다. 그러고는 바닥에 웅크리고 앉아 배낭에서 연장통을 꺼냈다. 연장통을 뒤져서 자물쇠를 따는 침들을 꺼내 하나씩 차례로 훑어보며 적절한 것을 골랐다. 한때 훌륭한 열쇠공이었던 그였다. 그는 열쇠 구멍으로 침을 넣은 다음 소리에 귀를 기울이면서 돌리고, 느꼈다. 딸깍 소리가 났다. 그리고 잠시 후 좀 더 큰 딸깍 소리가 났다. 성공이었다.

"계세요?" 그가 나지막이 말하며 문 안으로 머리를 들이밀었다. 깜짝 생일파티가 열리던 날, 그의 집에 누군가 침입했다고 생각하고 얼마나 놀랐는지 떠올리면서 집에 아무도 없길 바랐다. 그는 이 집에 겁을 주려고 온 것도, 싸우려고 온 것도 아니었다. 그저 옳은 일을 하고 싶은 것뿐이었다.

이 집은 이웃집인 마이크의 집과 구조가 정확히 일치했다. 아서는 우선 의자를 문손잡이에 받쳐놓았다. 혹시 누가 돌아오기라도 한다면 의자가 시간을 벌어줄 것이다. 이 아파트는 2층에 있었고 그의 부실한 발목으로 창문을 통해 뛰어내리는 건 무리였다. 민첩하게 행동해야 했다.

아서는 아파트 안을 둘러보면서 책을 뽑아보고 서랍을 열어봤다. 까치발로 서서 찬장 위를 훑어보고 매트리스 밑에 손을 넣어봤다. 집 안을 뒤지다가 《너츠》* 잡지 무더기를 쓰러뜨리기도 했다. 아마도 이웃집 남자가 황금 롤렉스를 훔쳐갔다는 마이크의 추측은 틀린 것 같았다. 그 시계가 여기 있다면 지금쯤은 찾았을 테니까.

집 안 곳곳에 미심쩍은 물건들이 보이긴 했다. 욕실 창틀에 금줄 한 무더기가 있었고 부엌 식탁에 노트북 컴퓨터들이 있었다. 침실에는 침대보 위에 유명 디자이너의 핸드백들이 사진을 찍으려고 준비해둔 것처럼 가지런히 놓여 있었다. 그때 아서는 침대맡 캐비닛 안에 놓인 조그만 검은 상자를 보았다. 상자 안에 롤렉스 금시계가 들어 있었다. 그는 시계를 꺼내 뒷면을 보았다. 마이크가 말한 대로였다. '제럴드.' 아서는 시계를 주머니에 넣었다. 그리고 거실로 가서 배낭을 들고 지퍼를 잠근 다음 뒤로 멨다.

---

* 젊은 남성을 대상으로 하는 영국의 잡지.

바로 그때 소리가 들렸다. 달그락거리는 소리였다. 열쇠를 구멍에 넣어 자물쇠를 여는 소리. 맙소사. 아서의 몸이 얼어붙었다. 어떻게 해야 할지 궁리하는 동안 그저 눈만 이쪽저쪽으로 굴렸다.

"이놈의 문이 말썽이네." 남자의 목소리와 또 한 번 달그락거리는 소리가 들렸다.

대답이 들리지 않는 걸 보니 혼잣말을 하는 모양이었다. 발자국 소리가 멀어지며 남자가 다른 집 벨을 누르는 소리가 들렸다.

아서는 얼른 의자를 치우고 아파트를 둘러봤다. 여기서 나가야 한다. 하지만 어떻게? 얼른 창가로 가봤다. 높이가 3미터는 족히 되어 보였다. 그가 할 수 있는 일이라고는 뛰어내리거나, 숨거나, 아니면 들어온 문으로 나가는 것뿐이었다. 이 집의 옷장은 자그마한 빅토리안풍 가구였다. 거기 숨을 순 없었다. 뛰어내리다가 양쪽 다리가 모두 부러지면 그때는 또 어쩐다?

방법은 한 가지뿐이었다.

아서는 마이크의 이웃집 남자와 눈이 마주칠 각오를 하고 천천히 문을 열었다. 시계와 온갖 귀중품을 훔칠 수 있는 위인이라면 또 무슨 짓을 할 수 있을까? 문을 조금씩 열고 밖을 내다봤다. 남자는 복도 끝에 서 있었다. 과하게 큰 바지에 그물 조끼를 입고 있었다. 머리카락은 떡졌고 검게 염색을 했다. 지금 나간다면 분명히 눈에 띌 것이다. 아서는 이런 미친 짓을 하겠다고 덤빈 자신에게 욕을 퍼부었다. 마이크가 스스로 해결하도록 내버려둘걸. 그러나 그 와중에도 롤렉스 시계가 자신의 주머니 속에 고이 들어 있다는 게 기뻤다. 그는 얼른 복도로 나가서 문을 닫았다. 딸깍 소리는 남자에게 들릴 정도로 크지 않았다. 아서의 심장이 방망이질을 했다. 쿵, 쿵. 그 소리가 얼마나 큰지 아무도 듣지 못하는 게 이상할 정도였다.

그는 반대 방향으로 서둘러 걸었다.

"저기요!" 남자가 그의 등에 대고 소리쳤다. "잠깐만요!"

아서는 더욱 속도를 냈다. 출구가 보였고 몇 발짝만 더 가면 이곳에서 빠져나갈 수 있었다. "저기요!" 다시 목소리가 들렸고 곧바로 그의 뒤를 쫓는 발자국 소리가 들렸다. 그리고 누군가가 그의 어깨를 잡았다. "이봐요."

아서가 돌아섰다. 남자가 그에게 연장통 뚜껑을 내밀었다. "이거 떨어뜨리셨어요."

"고맙습니다." 그는 여전히 연장통을 들고 있었다. 자물쇠 침이 맨 위에 있었다. "떨어뜨린 줄 몰랐네요."

"고맙긴요." 남자가 돌아서려다가 다시 멈췄다. "혹시 그거 자물쇠 여는 도구인가요?"

아서가 내려다보고 고개를 끄덕였다. "그렇습니다만." 남자가 아서를 자기 아파트 쪽으로 안내하는 동안 아서는 코에 주먹이 날아오거나 팔을 붙잡힐 거라고 생각했다.

"잘됐네요. 마침 아파트 문이 안 열려서요. 저 좀 들어가게 해주실 수 있으세요?"

아서는 침을 꿀꺽 삼켰다. "해보죠."

그는 실제보다 더 어려운 일인 척 연기를 했다. 구멍에 침을 넣고 비틀면서 끙끙거렸다. 그리고 마침내 문을 열었다. "잘됐네요. 제가 차라도 한잔 대접하겠습니다." 그가 말했다. "감사의 표시로."

아서는 그가 도둑이라는 걸 알기 전에는 좋은 사람처럼 보였다는 마이크의 말을 떠올렸다. "괜찮습니다. 제가 가봐야 해서요."

아파트에서 돌아설 때 아서는 남자가 의자가 왜 여기 나와 있는지 모르겠다고 중얼거리는 소리를 들었다.

편지를 쓰거나 돈을 보내줄까도 생각했지만 마이크가 얼마나 자존심이 강한 청년인지 아서는 알고 있었다. 대신 그는 마이크의 아파트 문에 달린 우편함을 열고 시계를 넣었다. 현관매트에 시계 상자가 쿵 떨어지는 소리가 그 어떤 소리보다 그에게 큰 만족감을 주었다.

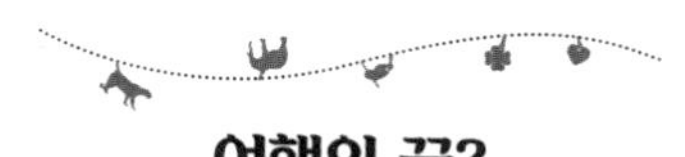

여행의 끝?

"자외선 차단지수 40?" 루시가 체크리스트를 읽으며 말했다.

"응." 아서가 대답했다.

"립 밤?"

"넣었다."

"그것도 자외선 차단되는 거예요?"

아서가 짙은 파란색 스틱을 꺼내 조그맣게 쓰인 흰 글씨를 읽었다. "차단지수 15야."

"흠…… 더 센 게 있어야 되는데."

"이거면 돼."

"제 화장품 가방에 있는지 한번 볼게요."

"괜찮아. 여행 처음 가는 거 아니잖니."

"그렇게 멀고, 그렇게 더운 나라는 아니었잖아요." 루시가 단호하게 말했다. "갑자기 아버지가 일사병 걸렸다는 전화는 받고 싶지 않다고요."

아서는 화제를 바꿨다. "테리하고 극장 갔었니?"

루시가 미소를 지었다. "아주 재미있었어요. 금요일엔 식사하기로 했어요. 시내에 있는 새 레스토랑에서. 아이들을 무척 좋아하더라고요." 그녀가 덧붙였다.

아서는 테리에게 집을 봐달라고 부탁했다. "프레더리카는 아침 일찍 물을 주는 걸 좋아한다네. 그래야 하루 종일 수분을 머금고 있을 수 있으니까."

"그 얘기 다섯 번 하셨어요." 테리가 말했다 "매일 밤 불을 끄고 커튼을 내릴게요. 사람들이 집에 사람이 있다고 생각하도록."

"좋아. 언제 내가 거북을 돌봐줘야 한다면 부탁하게나." 솔직히 그 꼬마 친구를 데리고 뭘 할 수 있을지 그 자신도 알 수 없었지만 그렇게 제안하고 나니 기분이 좋았다.

"선글라스는 챙기셨어요?" 루시가 다시 시작했다.

"응."

"잠깐만요. 혹시 제가 어릴 때 쓰던 그 선글라스예요?"

"평생 이거 하나밖엔 없었어. 좋은 제품이란다. 거북 등껍질로 만들었지." 그가 선글라스를 썼다.

"요즘 다시 그런 제품이 유행하는 거 같긴 해요."

아서가 가방 뚜껑을 닫았다. "필요한 건 다 넣었어. 만약 잊어버린 게 있으면 공항에서 사면 돼."

"아버진 공항에 가본 적도 없으시잖아요. 댄을 배웅할 때 빼고는."

"난 어린애가 아니란다."

두 사람이 웃었다. 루시가 10대였을 때 아서가 그렇게 말하곤 했었다.

"제가 진지하게 말씀드리는데요. 외국에서 한 달은 긴 시간이에요. 준비를 잘하셔야 한다고요. 어머니하고 브리들링턴으로 휴가를 가는 것과는 달라요."

"달랐으면 좋겠다." 그가 웃었다. "새로운 음식을 먹어보고 새로운 문화를 즐겨보고 싶구나."

"아버지 진짜 많이 변했어요. 어머니가 보시면 뭐라 하실지."

아서가 선글라스를 벗어 들었다. "아마 좋아할걸." 그가 시계를 보았다. "10분 뒤 택시가 올 거야."

"시간은 아직 충분해요."

다시 10분이 흘렀다. 아서는 슬슬 걱정이 되기 시작했다. "제가 전화해볼게요." 루시가 전화기를 들고 부엌으로 갔다. "역시나. 예약 기록이 없대요. 최대한 빨리 보내준다는데, 사람이 부족하대요. 러시아워라 한 시간 정도 걸릴 거래요."

"한 시간?"

"그러게요. 한 시간은 너무 늦어요. 지금쯤 출발해야 하는데⋯⋯ 교통 체증에라도 걸리면⋯⋯ 혹시 태워달라고 부탁해

볼 사람 없어요?"

"없어." 아서가 말했다. 그러나 바로 그때 떠오르는 사람이 있었다. 그가 평생 의지할 친구.

버나뎃과 네이단이 10분 뒤 집 앞에 도착했다. "길은 아는 거지?" 현관 벨이 울리기 전에 그녀의 목소리가 들렸다. 띠리리링.

"어떻게 초인종을 저렇게 요란하게 울릴 수 있죠?" 루시가 말했다.

아서가 어깨를 으쓱하고는 문을 열었다.

"걱정 말아요, 아서." 버나뎃이 서둘러 들어섰다. 그녀가 봉지 하나를 그의 손에 쥐여주었다. "여행길에 드실 소시지 롤이에요. 네이단이 시간 맞춰 모셔다드릴 거예요."

네이단이 고개를 끄덕였다. 네이단은 고분고분하게 아서의 여행 가방들을 번쩍 들어 자동차 짐칸에 싣고는 차에 타 기다렸다. 루시와 버나뎃은 현관 앞에 서 있었다. 아서는 두 이모들이 배웅하는 학생이 된 같은 기분이었다.

"전 항상 시리얼 바를 챙겨가요." 버나뎃이 덧붙였다. "도착했을 때 음식이 입맛에 맞지 않을 경우에 대비해서."

아서는 루시에게 커다란 포옹과 키스를 해주었다 "엽서를 보내마."

"그래주세요." 그녀가 고개를 끄덕이고는 현관을 나섰다.

"사랑해요, 아버지."

"나도 사랑한다."

버나뎃은 울음을 참는 것 같았다. "보고 싶을 거예요, 아서 페퍼." 그녀가 말했다.

"돌봐야 할 실패자들이라면 얼마든지 있잖아요."

"당신은 결코 실패자가 아니었어요, 아서. 잠시 길을 잃었을 뿐이죠."

"이제 난 누구한테서 숨죠?"

두 사람이 함께 웃었다. 아서는 처음으로 그녀의 눈동자가 너무도 투명하고 갈색 점이 있는 올리브색이라는 사실을 깨달았다. 널찍한 가슴으로 삶을 포용하고 결코 포기하지 않는 그녀의 모습을 아서는 사랑했다.

"당신은 결코 날 포기하지 않았어요." 아서가 말했다. "내가 나 자신을 포기할 때조차도." 그는 그녀를 안으려고 손을 뻗었다. 버나뎃은 잠시 망설이다가 앞으로 다가왔다. 그들은 잠시 서로를 안고 있다가 떨어졌다. 그녀는 그의 품에 쏙 들어왔다. 마치 그곳이 그녀가 있어야 할 자리인 것처럼. "한 달 뒤에 봅시다."

"네." 그녀가 말했다. "그때 봐요."

네이단은 도로의 교통을 제멋대로 주물렀다. 틈새로 파고들었고, 갓길로 접어들었고, 두어 번은 빨간불인데도 그대로 달렸다. 그 시간 내내 네이단은 평온했다. 너무도 조용해서 아서한테는 거의 들리지도 않는 노래에 맞춰 콧노래를 부르며 운전대를 두드렸다. "제때 도착할 거예요. 걱정 마세요." 네이단이 말했다. "친구들이 다 절 부러워해요. 누구나 다 자기 할아버지가 모험을 즐기고 그러길 바라잖아요. 아저씨가 저한테 일종의 대리 할아버지라고 말했거든요. 저한텐 할아버지가 없으니까요."

그거야말로 아서가 조금 더 알아보고 싶은 역할이었다. 그는 이미 아이싱과 밀가루와 먹을 수 있는 반짝이 구슬을 상시 준비해둬야겠다고 생각하고 있었다. 혹시 네이단이 그와 함께 케이크를 만들고 싶어 할 경우에 대비해서.

그는 의자에 기대어 앉아 이 어린 소년의 변화에 감탄했다. 아서는 머리 모양으로 네이단을 판단했지만 그것은 단지 섬세한 천성을 숨기기 위한 패션일 뿐이었다. "네 어머닌 이제 괜찮으시니?"

"네. 전 제가 열여덟 살에 고아가 될까봐 걱정했거든요. 그럼 완전 끔찍하잖아요. 우리 엄마 곁에 있어주셔서 감사합니다. 제가 요리 학교에 진학해도 엄마를 돌봐줄 친구가 있으니 마음이 놓여요. 스카버러는 다행히 그렇게 멀지도 않고요."

"나도 그 대학에 한 번 갔었지." 누드 크로키 수업을 떠올리며 아서가 미소를 지었다. "미술대학이 참 멋지더구나."

"엄마는 물론이고 아저씨를 위해서도 음식을 만들어드릴 수 있어요."

"근사하구나. 하지만 마지팬 케이크는 만들지 마라."

"걱정 마세요. 저 그거 싫어해요."

"나도. 하지만 네 어머니한테는 어떻게 말해야 할지 모르겠더라."

"저도요."

*

공항은 치과의사의 진료실처럼 환했고 가게마다 보석, 곰 인형, 옷, 향수, 술이 가득했다. 그는 돌아다니다가 구슬 몇 개와 껴안을 수 있는 코끼리 한 개, 여행 책자 한 권을 샀다. 첫 페이지를 펼쳐보니 세계지도가 있었다. 영국은 아주 작은 점이었다. 세상에 볼 것이 참 많다고, 그는 생각했다.

그의 게이트 번호가 호출되자 아서는 가슴속에 메뚜기가 들어 있는 것 같은 기분이 들었다. 그는 줄을 선 사람들의 무리에 합류했고 안내받은 대로 여권을 펼쳤다. 그는 줄을 따라 움직였다. 조그만 셔틀버스가 그를 비행기로 데려갔다. 이렇게 클 줄은 몰랐다. 비행기는 커다란 코에 빨간 꼬리를 가진 반짝이는 흰 괴물이었다. 금발을 짧게 자른 친절한 여자가 그의 탑승을 반겼고 그는 자리를 찾았다. 아서는 자리에 앉아 안전띠를 맨 다음 주위에서 벌어지는 일들을 감상했다. 자리를 찾는 사람들, 방송, 앞좌석 주머니에 꽂혀 있는 무료 잡지들. 옆자리에 앉은 여자가 아서에게 여분의 목베개와 귀마개를 내밀었다. 엔진이 우르릉거렸다. 승무원들의 응급상황 안내를 열심히 들었고 비행기가 이륙할 때 좌석에 뒤로 기대어 팔걸이를 꽉 움켜쥐었다.

이제 출발이었다. 다음번 여행지로.

미래

아서는 일광욕 의자의 가장자리에 앉아 뜨겁고 흰 모래 속 깊이 맨발을 파묻었다. 크림색 리넨 바지는 무릎까지 접었고 헐렁한 흰색 면 셔츠는 바지의 허리 밴드 속으로 반쯤 들어가 있었다. 열기가 그를 단단히 옥죄어왔다. 더위가 그를 무기력하고, 굼뜨게 했다. 겨드랑이에 땀이 찼고 이마에도 조그만 유리 구슬처럼 땀이 맺혔다. 그는 이 느낌이 좋았다. 오븐 속에 있는 것 같은 이 느낌.

그는 푸른 바다가 해변에서 부서지며 흰 거품 띠를 만드는 것을 바라보았다. 한 무리의 남자아이들이 옷을 다 입고 서로에게 물을 뿌리며 뛰어놀고 있었다. 뒤집어놓은 나무 보트들도 보였다. 어부들은 이미 바다로 나갔다가 고기를 한가득 싣고 돌아왔다. 바다를 따라 들어선 오두막의 바비큐에서 그 냄새를 맡을 수 있었다. 머잖아 화사한 색상의 천을 두르고 구슬을 단 관광객들이 저녁을 먹고 병째로 맥주를 즐기러 내려올 것이다.

어느덧 해가 지고 있었고 하늘엔 이미 자주색과 오렌지색 줄들이 그어지기 시작했다. 마치 사리*를 꼬아놓은 것처럼. 야자수가 거대한 하늘에 닿으려는 듯 손을 뻗고 있었다. 바닷가 오두막에 걸린 스카프들, 사롱들, 타월들이 바람에 펄럭였다.

아서는 일어나 바닷가 쪽으로 걸었다. 발에 닿는 모래가 따듯한 먼지 같았다. 그는 한 손에 코끼리 참을 움켜쥐었고 다른 손에는 반쯤 읽은 『인도 간편 가이드』를 들고 있었다.

오스트레일리아 대신 고아를 선택한 건 어려운 결정이었다. 그러나 그는 여행이 시작되었던 곳, 그가 전화했던 메라 씨가 있는 그곳에 와야만 했다. 그 여행으로 아내에 대한, 그 자신에 대한 생각이 바뀌었다.

그와 루시는 이미 크리스마스를 댄과 함께 보내기로 계획을 세워두었다. 학교 방학 중에 여행을 하려면 그 편이 루시에게 더 편리했다.

그는 손을 펼쳤고 황금 코끼리가 반짝였다. 태양이 조금 더 깊이 바다로 잠겨들 때 햇빛이 참 위로 미끄러졌고 그 순간 아서는 코끼리가 자신에게 윙크했다고 맹세할 수 있었다. "너도

* 인도·네팔·스리랑카·방글라데시·파키스탄 등지에서 성인 여성들이 입는 전통의상. 너비 1미터, 길이 5~6미터 내외의 한 장짜리 천으로 되어 있다.

늙는구나." 그가 소리 내어 말했다. "헛것을 다 보고." 그리고 그 순간 아서는 자신이 넌 늙었어, 라고 말하지 않았음을 깨달았다. 그는 너도 늙는구나, 라고 말했다. 그는 늙어가는 과정에 있었다.

"아서 페퍼 선생님. 아서 페퍼 선생님." 여섯 살도 안 되어 보이는 작은 소년이 그에게로 달려왔다. 귀가 컵 손잡이처럼 생겼고 검은 머리카락 한 움큼이 머리를 덮었다. "선생님. 집에서 차 드실 시간이에요."

아서가 일광욕 의자로 돌아가 샌들을 신고 소년을 따라 바닷가를 떠났다. 그들은 녹슬어가는 빨간 오토바이의 안장가죽을 뜯어 먹는 소를 지나쳤다. "절 따라오세요, 선생님." 소년이 거대한 거북 철문을 지나 안뜰로 들어섰다. 전날 밤 어두울 때 도착했기 때문에 아서는 집주인을 만나러 가는 길을 안내해줘서 다행이라는 생각이 들었다.

라제쉬 메라는 모자이크 장식이 박힌 조그만 분수대 옆에서 기다리고 서 있었다. 분수에서 흘러내리는 물이 마치 액체 은 같았다. 조그만 원형 테이블에 은주전자와 두 개의 도자기 찻잔이 놓여 있었다. 그는 온통 하얀 옷을 입었고 머리카락은 단 한 올도 없었다. 눈은 반쯤 감겨 있었고 따스했다. "아직도 선생님이 이곳에 오셨다는 게 믿기지가 않습니다. 저희 집에 묵어주셔서 감사합니다. 일광욕을 즐기고 계신지요?"

"네. 아주 많이요. 전에는 이렇게 더운 나라에 와본 적이 없었어요."

"진짜 숨 막힐 때도 있어요. 오늘은 그렇게 심하진 않네요. 미리엄도 햇빛을 좋아했습니다. 자기가 도마뱀 같다면서 햇볕을 쬐어 뼈까지 데워야 한다고 했어요."

아서가 미소를 지었다. 미리엄은 그에게도 그런 말을 했다. 해가 날 기미만 보이면 잡지를 들고 정원으로 나가 햇볕을 쬐곤 했다.

두 사람은 차를 들고 정원으로 갔다. "전 습관의 동물이랍니다." 라제쉬가 말했다. "매일 같은 시간에 차를 마시고 싶어요. 신문도 똑같이 접어야 하고 정확히 30분 동안 앉아서 읽습니다."

"제가 당신의 일상을 방해했군요."

"방해하지 않았어요. 오히려 더 강화하고 있지요. 흐트러뜨리는 것도 좋습니다."

아서는 라제쉬에게 그 자신의 규칙적인 일과에 대해 말하며, 그 일과가 처음엔 위안이었지만 나중엔 감옥이 되더라고 털어놓았다. 버나뎃이라는 아주 착한 여자 덕분에 그 일과에서 벗어날 수 있었다고. 그러나 사실 그 일과에서 벗어난 사람은 그 자신이었다. 그가 팔찌를 찾았다. 그가 메라 씨에게 전화를 했다. 그 자신이야말로 그의 삶에 변화를 일으킨 장본인이었다.

"제 기억으로 미리엄은 규칙적인 생활을 하는 사람은 아니었어요. 미리엄은 자유로운 영혼이었지요." 라제쉬가 말했다.

"전 미리엄이 특별한 사람이었다고 생각합니다. 멋진 삶을 사셨나요?"

아서는 망설이지 않았다. "네," 그가 뿌듯해하며 말했다. "미리엄은 당신을 돌봐주었어요. 호랑이와 놀았고요. 어떤 시의 영감이 되기도 했지요. 멋진 예술작품에 영향을 주었습니다. 훌륭한 어머니였고요. 우리는 진심으로 서로 사랑했어요. 미라엄은 놀라운 여자였어요."

아서는 라제쉬가 그의 잔에 차를 따라주길 기다렸다가 한 모금 마셨다. 찻잔은 앙증맞았고 조그만 분홍색 장미가 그려져 있었다. 미리엄이 좋아했을 텐데.

그와 미리엄은 정반대의 삶을 살고 있었다. 미리엄은 화려하고 활기 넘치고 강렬한 삶을 살고 있었지만 그를 만나서 조용해지고 차분해졌다. 반대로 그는 그저 아내와 자식 말고는 딱히 바라는 게 없었지만 이제 여기 이곳에 있고 샌들이 모래로 하얗게 뒤덮이고 발목은 햇볕에 그을렸다. 그가 예상하지 못했던 활기 넘치는 삶이었다. 그리고 바로 그의 아내가 그를 이곳으로 이끌었다.

"아내분이 쓰시던 방을 보여드릴까요?"

아서가 고개를 끄덕였다. 목 밑에서 뭔가가 울컥 치밀었다.

그녀의 방은 아담했다. 가로 2.5미터 세로 1.5미터 정도밖에 안 되어 보였다. 소박한 나무 침상이 있었고 책상도 하나 있었다. 벽은 흰 회벽이었고 오랜 세월 동안 사진들과 그림들이 걸렸던 구멍들이 있었다. 그는 책상에 앉아 있는 미리엄을 상상해봤다. 창밖으로 정원에서 뛰어노는 아이들을 바라보면서 손가락 틈에서 구슬들을 굴리는 미리엄의 모습을. 이곳에 앉아 아무 근심 없이 소니에게 편지를 썼겠지. 고향으로 돌아가면 어떤 끔찍한 일이 벌어질지도 모르고.

아서는 창가에 서서 눈을 감고 쏟아지는 햇살을 얼굴에 받았다. 뒷목은 이미 분홍빛이 되어서 따끔거렸지만 그는 그게 좋았다.

그때 주머니 속 휴대전화가 진동했다. "여보세요, 아서 페퍼입니다." 그가 화면을 보지도 않고 말했다. "오, 루시. 난 잘 지낸다. 오래 통화하지 마라. 휴대전화는 비싸니까. 내 걱정은 하지 마. 여긴 참 아름다운 곳이고 메라 씨와 그의 가족들이 날 무척 환대해주고 있어. 네 어머니가 젊은 시절 여기 있는 모습이 상상이 간단다. 너무도 행복하고 자유로웠을 거야. 그땐 앞날이 창창했을 테니까. 네 앞날이 그런 것처럼. 내 앞날이 그런 것처럼. 우린 삶을 즐겨야 해. 네 어머니도 그러길 바랄 거야. 그래, 잘 있어라, 아가. 네 목소리를 들으니 정말 좋구나. 사랑한다."

그는 전화를 다시 주머니에 집어넣었다. 그는 작게 미소를 지은 뒤 코끼리 참을 침대 위에, 그 코끼리가 있어야 할 자리에 두었다. 그는 다시 정원으로 나갔다. "딸이 전화를 했어요. 내 걱정을 하고 있네요."

"우린 자식들 걱정을 하는데 자식들은 우리 걱정을 하죠." 라제쉬가 대답했다. "삶의 순환입니다. 즐기세요."

"그럴 생각입니다."

"저와 미리엄이 매일 마을로 산책을 갔던 거 아세요? 각자 신선한 빵을 하나씩 사서는 돌아오는 길에 보드라운 가운데 부분을 뜯어 먹는 게 큰 낙이었지요. 어느 날 제가 사랑 고백을 했는데, 미리엄은 정말 따듯했어요. 미리엄이 제게 제가 크면 일생일대의 사랑을 만날 거라고, 그게 진짜 사랑이라고 말했어요. 물론 미리엄의 말이 옳았어요. 미리엄은 자기도 진정한 사랑을 찾고 싶다고 했지요. '난 절대 타협하지 않을 거야'라고 했어요. '난 딱 한 번만 결혼할 거야. 난 결혼을 진지하게 받아들이고 내 평생을 함께할 사람과 결혼할 거야.' 프리야를 만났을 때 전 미리엄의 말을 떠올렸고 가슴속에서 사랑의 번개가 치는 것을 느꼈어요. 미리엄도 그런 사람을 찾기를 바랐습니다. 그런데 당신을 만났으니 미리엄도 찾았군요. 미리엄은 자신의 마음을 따랐어요."

아서는 눈을 감았다. 그는 1층의 방에 댄과 루시가 붙여놓은 사진들의 행렬을 생각했다. 그는 미리엄이 행복하게 미소 짓는 모습을 보았다. 소니에게 쓴 편지의 글귀도 보았다. "내가 그 사람이라는 게 정말 자랑스럽습니다. 미리엄도 내게 그런 사람이었지요. 난 미리엄의 삶이 미리엄 자신이 선택한 삶이라고 믿어요."

라제쉬가 고개를 끄덕였다. "가시죠. 같이 걸어요."

두 사람은 수은처럼 빛나는 물가로 나아갔다. 그들 뒤로 해안의 오두막에서 지펴놓은 모닥불들이 줄지어 타오르고 있었다. 바비큐 생선의 냄새가 풍겼다. 해변에서 개 두 마리가 서로를 쫓았다. 아서는 신발을 벗고 바닷물에 발을 담갔다.

"미리엄을 위해." 라제쉬가 건배를 하기 위해 찻잔을 들었다.

"나의 멋진 아내를 위해." 아서가 말했다.

두 사람은 그 자리에 서서 오렌지색 하늘이 쪽빛으로 어두워질 때 마침내 바다로 잠겨드는 태양을 바라보았다.

감사의 말

먼저, 뛰어난 에이전트 클레어 윌리스의 통찰과 전문성, 전방위적 사랑스러움에 경의를 표합니다. 또한, 달리 앤더슨사 모든 분의 따스한 환대와 격려에, 특히 메리 다비, 엠마 윈터, 그리고 달리 본인, 빠른 회신을 주었던 비키 르 페브르에게도 감사합니다.

모든 훌륭한 책 뒤에는 훌륭한 편집자가 있게 마련이지만 저는 최고의 편집자를 둘이나 만나는 행운을 누렸습니다. 나의 영국 에디터 샐리 윌리엄슨과 미국 에디터 에리카 임레이니의 세심함과 창의성, 그리고 아서의 투사가 되어준 점에 감사합니다. 처음에 아서에게 영국의 집을 만들어주었던 사미아 해머에게도 특별한 감사를 전합니다.

할리퀸 미라와 하퍼 콜린스의 모든 팀이 훌륭했으며, 굳이 몇 사람만 언급하자면, 앨리슨 린지, 클리오 코니시, 닉 베이츠와 사라 퍼킨스 브랜는 환상적인 도움을 주었습니다.

눈을 부라리지 않고 이 책의 초안을 읽어주었던 나의 친구들, 마크 RF, 조안 K 메리 맥지 그리고 맥스 비에게 감사합니다.

나의 어머니 아버지는 항상 책과 독서에 대한 나의 사랑을 격려해주었습니다. 팻과 데이브, 두 분 없이는 불가능한 일이었어요!

이 여정의 모든 단계에서 이것이 가능한 일이라고 믿어주고 곁에서 날 지지해준 마크와 올리버에게 가장 큰 소리로 감사의 말을 외칩니다.

내게 그의 용기와 유쾌함을 자주 생각하게 해주는 나의 친구 루스 모스에게도 감사합니다.

옮긴이의 말

코끼리와 꽃, 반지와 책, 팔레트와 호랑이.

작고 섬세한 장식들이 유혹적으로 달랑거리는 팔찌, 그리고 아내와 사별한 일흔 살 노인이라니. 너무도 어울리지 않는 조합이라 처음 이 책의 번역을 의뢰받은 순간부터 그 사연이 궁금했고 번역을 시작하기 전부터 자꾸만 책을 들춰보게 되었다. 오랫동안 같은 일을 하다보니 번역 일의 단조로움을 강하고 자극적인 장르소설을 선택하는 것으로 만회하고 있던 터라, 소소하고 아기자기한 이야기가 오히려 신선하게 느껴졌다.

『아서 페퍼: 아내의 시간을 걷는 남자』는 끝이라고 생각했던 순간 새로운 삶을 시작하게 된 어느 노인의 이야기다. 모든 것을 나눈 영혼의 동반자라고 믿었던 아내의 죽음으로 깊은 슬픔에 잠긴 아서의 쓸쓸한 일상에서 이야기는 시작된다. 그러나 우리의 삶을 '이전'과 '이후'로 가르는 모든 특별한 사건들이 그렇듯이, 아서는 아무 준비 없이 아내가 남긴 팔찌가 안내하는 황당한 여행길에 오른다. 꿈에서조차 상상해본 적 없고 바란 적도 없는 이 특별한 여행을 통해 아서는 위안을 얻기는커

녕 그의 삶을 지탱해 온 반석과도 같았던 소중한 것들을 잃어버릴 위기에 처한다.

한 사람의 삶은 그 자체로 한 편의 소설이고 한 권의 책이다. 더구나 우리가 살아보지 못한 나이를 살고 있는 노인의 이야기라면 더더욱. 소설 『아서 페퍼: 아내의 시간을 걷는 남자』도 그러한 이야기의 본분에 충실하다. 여행과 모험이 소재라는 점에서 최근 많이 읽히는 노인을 주인공으로 한 소설들과 맥을 같이하지만 주인공의 성향이나 소설에 담긴 메시지는 조금 다르다.

아서는 대단한 모험가도 아니고 괴팍하고 꼬장꼬장하기로 소문난 동네의 유명한 노인도 아니다. 자신이 그어놓은 삶의 범주 안에서 조용하고 묵묵히 살아온 그에겐 산전수전 다 겪은 노인의 오만함이 없다. 튀는 데도, 모난 데도 없고 약간 고지식할 뿐 대체로 평범한 노인의 이야기인데도 이 소설은 처음부터 끝까지 독자들의 마음을 놓치지 않고 잔잔한 감동으로 이끈다. 아서는 그가 일생을 바친 자물쇠처럼 투박하지만 정겹고 우리가 귀담아 들을 만한 지혜와 닮고 싶은 품위를 지녔다. 조곤조곤 풀어가는 이야기 속에 숨겨진 뜻밖의 반전도 이 소설에 재미와 여운을 더한다.

어느 세대, 어느 나이를 살고 있는 독자들이건 이 소설에 등장하는 아들과 딸, 아버지, 그리고 아내와 남편의 모습에 자신을 대입해보기가 그리 어렵지 않을 것 같다. 결국 우리 모두가 거쳐왔거나 거쳐가야 할 길이기 때문이다.

아서는 허탈감과 공허감으로 무너져 내리는 대신 자신의 삶을 그만의 방식으로 채우고 완성했다. 일흔의 나이, 아서는 관광객이 아닌 여행자가 되었고 흘려보내는 삶이 아닌 채워가는 삶을 선택했다.

누군가를 사랑한다는 건 결국 상대방이 아닌 나를 알아가는 것이며, 상대를 완벽하게 이해하지 못했다 해도 우리의 사랑은 완벽할 수 있음을 아서의 이야기를 통해 다시 한번 깨닫는다.

이 겨울, 우리가 한 권의 책을 통해 되새겨볼 만한 소중한 깨달음이다.

2017년 12월

이진

옮긴이 **이진**

이화여자대학교에서 문헌정보학을 전공하고 광고대행사에서 근무하다가 현재 전문 번역가로 활동하고 있다. 『빛 혹은 그림자』『어디 갔어, 버나뎃』『매혹당한 사람들』『미니어처리스트』『사립학교 아이들』『658, 우연히』『비행공포』『페러그린과 이상한 아이들의 집』 등 80여 권의 책을 번역했다.

아서 페퍼

아내의 시간을 걷는 남자

초판 1쇄 발행 2017년 12월 20일
초판 2쇄 발행 2018년 1월 15일

지은이 패드라 패트릭
옮긴이 이진
펴낸이 김선식

경영총괄 김은영
기획편집 김정현 **책임마케터** 이보민, 기명리
콘텐츠개발2팀장 김현정 **콘텐츠개발2팀** 김정현, 유미란, 박보미, 민현주
마케팅본부 이주화, 정명찬, 이보민, 최혜령, 김선욱, 이승민, 이수인, 김은지, 배시영, 유미정, 기명리
전략기획팀 김상윤
저작권팀 최하나, 이수민
경영관리팀 허대우, 권송이, 윤이경, 임해랑, 김재경, 한유현
외부스태프 디자인 이경란

펴낸곳 다산북스 **출판등록** 2005년 12월 23일 제313-2005-00277호
주소 경기도 파주시 회동길 357 2, 3층
대표전화 02-702-1724 **팩스** 02-703-2219 **이메일** dasanbooks@dasanbooks.com
홈페이지 www.dasanbooks.com **블로그** blog.naver.com/dasan_books
종이 한솔피앤에스 **인쇄** 민언프린텍 **제본** 정문바인텍 **후가공** 평창P&G

ISBN 979-11-306-1536-3 (03840)

• 이 도서의 국립중앙도서관 출판시도서목록(CIP)은 서지정보유통지원시스템 홈페이지(http://seoji.nl.go.kr)와 국가자료공동목록시스템(http://www.nl.go.kr/kolisnet)에서 이용하실 수 있습니다.
(CIP제어번호 : CIP2017033056)